拜托拜托请你爱我

问九烟 著

SPM 南方出版传媒·广东人民出版社

·广州·

图书在版编目（CIP）数据

拜托拜托请你爱我 / 问九烟著. — 广州 ：广东人民出版社，2020.1
ISBN 978-7-218-14084-1

Ⅰ．①拜… Ⅱ．①问… Ⅲ．①言情小说－中国－当代 Ⅳ．①I247.5

中国版本图书馆CIP数据核字(2019)第270152号

BAITUO BAITUO QINGNI AIWO
拜托拜托请你爱我
问九烟著

出 版 人：肖风华

策　　划：李　敏
责任编辑：李　敏　　温玲玲　　罗　丹
装帧设计：阮秋雁　　刘焕文
责任技编：周　杰　　吴彦斌

出版发行：广东人民出版社
地　　址：广州市海珠区新港西路204号2号楼（邮政编码：510300）
电　　话：（020）85716809（总编室）
传　　真：（020）83780199
网　　址：http://www.gdpph.com
印　　刷：广东鹏腾宇文化创新有限公司
开　　本：890mm×1240mm　　1/32
印　　张：12　　　　字　　数：323千
版　　次：2020年1月第1版
印　　次：2020年1月第1次印刷
定　　价：48.00 元

如发现印装质量问题，影响阅读，请与出版社（020-85716849）联系调换。
售书热线：（020-85716826）

如果人类有尾巴的话，

说起来有点不好意思，

只要和你在一起，一定会止不住摇起来。

／目录／

天朗气清，微风吹过，楼宇上悬挂的巨幅海报摇曳。一楼大厅内，电影《余生》的发布会现场人头攒动。

台上，工作人员紧张有序地进行准备活动；台下，记者则架起长枪短炮，耐心等待。

发布会时间一改再改，来自各大媒体的记者们窃窃窕窕，交头接耳。各种八卦素材四起。

如今，能在娱乐圈引起这阵势的恐怕只有一人——大街小巷、路人皆知的当红小生易涵。

然而，此时此刻的易涵，正在化妆镜前闭目养神。他周围站了一圈的助理、服装师、化妆师，个个战战兢兢，不敢上前。

大家越是着急，他越是岿然不动，懒洋洋地窝在单人沙发里。

咔嗒咔嗒——高跟鞋声由远及近。易涵的眉角动了动，精致的唇线微微抿起。

"阚迪姐！你来了！"助理浩子仿佛看见救世主，赶紧迎上前。

阚迪是将易涵一手打造成顶级明星的经纪人，她黑发红唇，目光凌厉，气势慑人，行事干脆利落。

最关键的是，她大概是世界上唯一可以"对付"易涵的人！

浩子几近哀求地望着阚迪，阚迪心领神会地点点头，挥手让他们都出去忙。

众人如蒙大赦，赶紧撤离。

一杯咖啡被轻轻放在易涵面前。

"冰美式，半糖去冰。"

易涵长腿交叠，将椅子转了个角度，面向阚迪："你怎么才来？"

阚迪一身深蓝色西装，卷发过肩，脚腕处一根细细的高跟鞋带上镶嵌着几颗水钻，显得格外耀眼。

易涵再了解不过：阙迪只是外表看起来冷峻刻板，对待他，多数时候还是体贴周到的。

阙迪抱着手臂："发布会时间改来改去，从七点改到五点，现在又临时通知为一点，不绕路给你买杯咖啡，你被折腾着早起，起床气不大到天上去？"

易涵哈欠连天，伸了个懒腰，不置可否。

阙迪随手从散落在沙发上的衣物里挑出一套事先搭配好的，递给易涵，说："肯换衣服了吗？"

易涵终于起身，乖乖接过。

一个小时后，易涵妆发完成，一切准备就绪。此时阙迪的手机响起。

"对，我是，我们大概还有半个小时出发。什么？为什么？好，我知道了。"

挂断电话后，对大场面司空见惯如阙迪，也变了脸色。

"怎么回事？"易涵皱眉。

阙迪让其他人先暂停工作，然后走到易涵身边，低声说："发布会时间又改了，十二点。"

易涵看眼腕表，冷嗤一声："这是什么意思？要换掉我？"

阙迪默认。

易涵强压怒火："总该有个理由吧！"

"片方说导演对你不满意，所以，他们临时决定换人。"

"导演？哪个导演？"

阙迪如实说："片方保密工作做得很好，一直不肯透露，感觉来头不小。"

"管他什么来头，合同不都签了吗？"

阙迪一阵沉默后说："他们说，不介意毁约赔钱。"

真是讽刺得很。易涵之前还和阙迪开玩笑说，如果《余生》的导演不靠谱，就算毁约也不打算出演。这回倒好，轮到对方就算赔钱也要想尽办法换了他。

易涵越想越咽不下这口气，扯下领结，在所有人发着愣还没反应过来时，大步流星地走了出去。随后他来到车库，上了车，狠踩油门，直奔举行发布会的电影中心。

阚迪在后面追，正欲跨进车里，一条手臂挡住了她的车门。

浩子和其他几人飞奔到地下车库时，易涵的跑车早就不见了，阚迪跌倒在地，高跟鞋摔出去一只，手上有血红色的擦伤。她的对面，站着一个凶神恶煞的男人。

浩子见状正要问，阚迪焦急地往易涵消失的方向看，示意他们不要管她，赶紧去追易涵。

浩子很为难，还是听阚迪的话，开车绝尘而去。

阚迪稍微松了口气，但男人始终没有打算扶起她，而是居高临下地说："阚迪，我受够了，离婚吧。"

易涵的火气随着发布会时间的逼近，越烧越旺，整个人无比烦躁。

手机铃声不停地响，他更加心烦意乱，按了接听键。

阚迪的声音传进耳朵："你现在赶紧回来，等你过去，发布会已经结束了！"

"通稿都发了，难道就任由他们羞辱？不是要十二点开发布会吗？这种小儿科的伎俩，呵，我就十二点到，看他们还有什么借口！"易涵猛打方向盘，跑车钻进路旁的一条小胡同中。小胡同颇为狭窄，两旁都是旧式的楼房，还有些花坛和灌木，与易涵的超跑格格不入。

十二点到了，发布会正式开始。易涵油门踩得更猛，行驶到下一个路口时，忽然不知道从哪里窜出来一辆电动车，眼看就要撞上了。他连忙打方向盘，伴随着刺耳的刹车声和女人的尖叫，车子直直撞上了路旁的花坛。

易涵揉着额头，幸好他系了安全带，只有额角擦出一点小伤。

电话那边的阚迪手心冰凉，攥紧手机，喊着："易涵！易涵！你怎么了？"

事发突然，易涵恍恍惚惚的："撞车了。"

"撞车！你人没事吧？"

易涵迷糊着摸到安全带卡扣，艰难地挪动身子："没事……就是车动不了了，我打车过去！必须……必须讨个说法！"

阚迪生怕他再冲动，急忙劝道："易涵！别动！你听我的好不好？"

阚迪这般唤他，他心底不自觉地柔软平静了几分，动作顿住，真的不再乱动。

阚迪说："你听我说，浩子他们马上到。发布会这事就算过去了，我现在联系记者发通稿，说你在去参加发布会的路上出了车祸，所以才被迫退出电影的拍摄。"

易涵张了张嘴，刚要说话，车外一个身影鬼鬼祟祟地走过来。

作为公众人物，又正当红，被记者尾随跟踪，被粉丝跟拍堵门，早已是家常便饭。易涵习惯性地想找东西遮脸，然而找不到，便索性偏头直接趴在方向盘上。

车窗被用力地拍打了几下，一个女人的声音传来，由于车窗的阻隔，听起来有些模糊不清。

"先生！先生！你还好吧？"

易涵咬紧牙关，一动不动。

"对，对，江心路和孝德路的交汇处……车祸……现在人在车子里晕了过去，你们快点来人吧，我怕时间长了他会缺氧窒息……我不是肇事者，我是被撞的那个……"

什么？！报警了！

别说得那么无辜好吗？要论起责任来，他们俩一半一半吧！

怎么还不走啊？

易涵强忍着，只听到她挂了报警电话，又急匆匆接了个电话。

"冉小姐要退卡？店长，你跟冉小姐解释一下，我出车祸了，我差点……我马上打车过去！绝对不会耽误的！我保证！"

声音渐行渐远，易涵终于松了口气。

嗒嗒、嗒嗒、嗒嗒……

等等，这走回来的小碎步是怎么回事？易涵心里有不祥的预感。他微微侧头，从手臂的缝隙中看向后视镜，一个穿着粉白相间制服的女人一瘸一拐地朝驾驶室走来。她一脸大义凛然，手里举着一块……砖头？

这疯女人要干吗？

易涵眼看她一步步走近，意识到她要砸车窗，噌地一下爬起来，打开车门。

头顶传来一阵剧痛，耳旁嗡嗡作响，易涵坚持站直了身体，目光一寸寸下移，落到震惊中的女人身上，从她瞪大的深色瞳仁中，看到自己额头上有两道清晰的血痕。

她屏住呼吸，像被人点了穴，不可置信地使劲眨了眨眼，下一秒认出了他。

"你是……易涵？"

出于偶像维护形象的本能，易涵在头晕目眩中，也不忘抬手擦掉血迹。

她慌张地扔掉"凶器"，显得手足无措，说："对不起，对不起……易涵，你的头……我不是故意的，我……我送你去医院吧！"

"不用了，我没事。"易涵站定，压制住怒火，"拜托你，赶紧走！"

裴呦呦作为高级美甲店Inspire的劳模，本来是赶去给客人做指甲的，对方是她好不容易争取来的大客户，因为快迟到了，客户正威胁着要退卡。

刚才她好好地骑着车，易涵的跑车突然横冲直撞，几乎是擦着她的身体开过去。还好她反应快，及时跳下车，只伤到膝盖和小腿；电动车却壮烈牺牲，工具箱里的工具、配饰散落一地，各种颜色、型号的水钻闪闪发光。

她听话地离开几步，若有所思，再一次走过来。

"呃，那个……易涵，我好像不能就这么走了……"

易涵打量着裴呦呦：她年纪不大，扎着满街女孩都有的丸子头，露出饱满的前额，脸蛋还算干净，黝黑晶亮的眼中满是……诚挚？！

她这认真劲儿，让易涵嘴角微微抽搐，差点结巴了："你，你，还想怎么样？"

裴呦呦指着满地狼藉，继续"诚挚"地说："易涵，你看，我的电动车和工具箱已经被你撞成这样了……咱俩这事故要是追责起来，你应该负一大半责任的，对吧？嗯，可能需要你赔偿一下，我才能走。"

没等易涵做出反应，她便拿出手机，露出服务行业的招牌式微笑，点开计算器说道："别急，我给你算算啊，电动车买来是3700块，用了两个月，算上折旧，你给3000块就行；工具箱里的水钻都是最好的施华洛世奇钻，平常店里卖一颗就要100多块，我给你按进价算，就算5000块，加上电动车，一共是8000块。我刚不小心把你头砸了，你放心，我肯定不会甩手不管，我会和你一起去医院上药包扎……这差不多要赔你2000块。这样算下来，你给我6000块就好了……这样行吗？"

裴呦呦调出手机里的收款二维码，输入金额，往易涵苍白的脸前一送。

易涵顿感血气直往头顶的伤口处冲，随后温热的鲜血缓缓流到眉角。这骇人的样子吓得裴呦呦倒抽了口气，连忙收回手机。

易涵的睫毛上挂了几滴血珠，这次，他还没来得及擦，世界就开始不停旋转。紧接着，他眼皮一翻，就晕了过去。

"喂喂喂！"易涵直挺挺地摔向裴呦呦，她赶忙伸手去扶，可易涵有接近一米九的身材，她只能弯下腰，以一个极其扭曲的姿势去撑住他。

"易涵，易涵……易、涵……"

他看起来挺瘦的！怎么这么重啊？！

这场车祸没白出

裴呦呦徘徊在医院病房的走廊里，不知等了多久，站也不是，坐也不是。

病房门终于打开，裴呦呦焦急地上前，被几名女护士拦住。

随着电梯叮的一声，只见医生护士们笑逐颜开，一股脑儿迎了过去。

"你好，我是易涵的经纪人，他现在状况怎么样？"说话的是走在最前面的阚迪，她身后跟着浩子和两个工作人员。

医生热情地说："易涵先生刚刚做完身体检查，结果还没有出来，我们已将他转入VIP病房，不过他现在还没醒来，需要静养。"

阚迪道谢，随后转身，有条不紊地安排工作："小天，你去楼下守着，拦住记者。浩子，你负责密切关注媒体动态，监控网络舆情。最近几个月一直有人蓄意抹黑易涵，发现任何情况，要随时向我汇报。凯乐，你去通知和我们关系好的媒体，刚刚写好的那篇易涵因遭遇车祸决定退出拍摄的通稿，现在可以发了。"

话音一落，三人各自散开去忙，阵仗十足，很是专业。

裴呦呦大气都不敢喘，眼看阚迪就要走出自己的视线，她才鼓起勇气开口："那个……你好……我……"

"啪——"病房门再次在面前被死死关上。

裴呦呦长吐口气，每次都被无视，真是无奈。

易涵昏迷之中好像做了一个梦，梦里有疾行的电动车、莫名其妙的女人、砸向他头顶的板砖、可恶的计算器……

他在惊恐和怒火中醒来，一掀眼帘，阚迪正担忧地望着他。

易涵默默松了口气，还好只是梦……

"你感觉怎么样？"看到易涵打着点滴，整个人看起来颇为虚弱，阚迪不禁心疼，紧握住他的手。

易涵这会儿清醒多了，柔柔地回握住她的手："我没事，好着呢。"

阚迪抽出手，戳戳他手臂："别逞强。医生说你需要静养，你给我老老实实待在医院，不许再折腾了！"

易涵很是委屈，指着自己缠着白纱布的头："本来可以赶去发布会的……被一个见义勇为的热心群众揍一板砖，算什么事儿啊！"

阚迪哭笑不得，安慰他说："也不是，车祸在这节骨眼上也算没白出，刚好给了我们台阶下。反正《余生》也拍不了了，正好，最近还有两部不错的电视剧，我还没回话，剧本和班底都不错，预算给得也很有诚意，回头发给你看看。"

易涵难掩失望："我还是想拍《余生》，这是我第一部电影，以前只有我拒绝别人的份，哪轮得到别人来拒绝我？"

阚迪决绝地说："别想了，没戏了。还有，你这一出事，媒体肯定盯得紧，好好在这养伤，风声很快就过了。"

"啊？"易涵小声咕哝，讨饶地扯阚迪的袖子，"我可以今天就出院吗？那些年轻的小护士动不动就量个体温啊，看个扁桃体啊，参观我跟参观珍稀动物似的。"

阚迪手心的伤口被易涵不小心碰到，她痛呼一声。

易涵自知没有用力，在阚迪起身背手的一刹，捉住她手腕，放到眼前，只见有几缕鲜血透过了纱布。易涵眼底一红，心疼地问阚迪："怎么回事？谁弄伤了你？"

阚迪低头："没有谁。还不是那会儿为了追上你，摔了一跤。"

易涵不依不饶："说实话！"

"放开我，易涵。"

"不告诉我，我就不放！"易涵来劲了，胸口起伏，"是不是朱文耀！他敢打你？"

阚迪挣脱开来，起身向门口走去。

哪知一开门，一个女孩目瞪口呆地站在面前，阚迪的专业素养让她立刻冷静下来，判断出她既不是医护人员，也不是娱乐记者，目光最后定在她制服左胸口的胸标上：Inspire。

裴呦呦并不是有意偷听，只是想确定易涵的伤势严重与否，毕竟这关系到她最后能得到多少赔偿。

易涵和女经纪人从她进病房开始，一直审视着她。

裴呦呦不知该看向哪儿，冷不防和易涵愤怒的眼神撞了个正着，慌忙心虚地微微低头。

易涵开口："你什么时候站在那儿的？"

裴呦呦诚实地回答："从……'这场车祸没白出'开始。"

易涵重重地咳嗽一声，以掩饰尴尬，语气不耐烦地说："你开个价吧。"

"啊？"裴呦呦摸不着头脑。

阚迪上前一步，将病床上的易涵挡在身后，温柔地对裴呦呦说："别听他的，这位小姐，还不知道你怎么称呼？"

"哦，我叫裴呦呦。"裴呦呦说，"'呦呦鹿鸣，食野之苹'的那个'呦呦'。"

"名字很美，呦呦你好，我是阚迪——易涵的经纪人。是你送易涵来医院的是吗？不管怎么样，谢谢你。"

这下轮到裴呦呦尴尬了，易涵被砸伤还要拜她所赐。

"不不不，我……是我应该道歉，当时情况危急……"裴呦呦偷瞄易涵一眼，见他义愤填膺，于是她干脆放弃了解释，直接说："放心，医药费全部我来付。还有……我刚刚真的不是有意偷听。出了这个门，我一个字都不会说。"

"好啊，你现在就出去啊！"易涵马上回复，指着病房门口。

裴呦呦一口气提起来，又被噎回去了，但这回，她没听他的，一动不动。

阚迪毫不留情，回头瞪易涵。易涵不作声，气呼呼地把视线转到窗外。

阚迪态度和煦，由于个子高，她欠了欠身，关怀地问裴呦呦：
"是……还有什么事要说吗？"

裴呦呦点点头："还有赔偿的事，我的电动车和工具箱都撞坏了，一共8000……当然，我不会要那么多，去掉医药费，把剩下的给我就行。"

易涵哼道："那你可能要倒贴。"

阚迪心下明了，立刻拿出手机："抱歉，让你等了这么久，扫码支付可以吗？"

这么痛快？不愧是易涵的经纪人，肚量比他大多了。

裴呦呦稍稍犹豫一下，肉疼地问："医药费是多少啊？"

阚迪："你也是为了救人，怎么能让你拿这个钱，二维码给我吧。"

裴呦呦将手机递过去，末了，一看金额，吓一跳，两万？这是赔偿金，还是封口费？得，大明星嘛，理所当然以为她在门口苦等，不过是变相威胁要钱。虽然大客户嚷着退卡，这个月提成也泡汤了，老房子那边还……总之，裴呦呦焦头烂额，好像全世界没有人比她更缺钱的了，但扪心自问，她到底是个有原则的人，无功不受禄啊。

"麻烦你把手机给我。"裴呦呦伸出手。

阚迪不可置信地一愣，仿佛在无声地问：难道不够吗？

易涵闻声看过来，冷漠和轻蔑充斥在眼底。

裴呦呦语气坚定："太多了，我那些东西不值这么多钱。"

阚迪指了指裴呦呦包扎好的膝盖："我看过行车记录仪了，车祸责任不在你，你这份医药费，理应我们来付。"

"我这和易涵的比，是小伤，没事的。"裴呦呦将擦伤的膝盖向内并了并，又听见易涵似笑非笑的声音，只想尽快结束对话，"这样吧，我最多收8000，你们要是不答应，我也毁约，把刚才听见的话说出去。"

那两人一并愣住，整间屋子鸦雀无声。

阚迪听她这样说，无奈地将手机给她。

裴呦呦将钱转了回去，松了口气，转身走出病房。

伴随高跟鞋清脆的声响，阚迪追了出来，轻声叫道："裴小姐，等等。"

裴呦呦转头，不明所以。

"易涵就要开演唱会了，你有兴趣来吗？我可以给你留前三排VIP的票。"

"哇……"不得不说，裴呦呦心动了。

阚迪饶有兴致地问："你也是易涵的粉丝？"

裴呦呦顿了顿："不，我不是，我朋友是。"

阚迪认真地看向她："裴小姐，今天的事，希望你不要误会。"

"其实……就算你不送我演唱会门票，我也不会说的。"裴呦呦没必要跟她兜圈子，直截了当，让她放心。

阚迪由衷地说："谢谢你。"随后从手包里拿出一张卡片，放在裴呦呦手心，"这是我的名片，有需要时尽管来找我。"

裴呦呦想了想，也从口袋里拿出自己的名片，还了她一张。

折腾回店里，天已经擦黑。裴呦呦蹑手蹑脚地推开门，一回身，店长不知什么时候从办公室里冲出来，拎着她的衣领，劈头盖脸先一通骂："裴呦呦！你还知道回来？冉小姐的约你都敢不赴，这么大牌，我们店容不下你，你干脆走人算了！"

裴呦呦伸了伸腿，将自己的伤势展示出来："店长，我出车祸了，咱们把照片发过去，跟冉小姐好好解释解释吧。"

"你是天真还是傻！人家是明星！"店长气得七窍生烟，"能随随便便被我们联系到吗？冉小姐现在要退掉所有的卡，价值40万，告诉你，这笔账已经报到总部了，要么你自己去找冉小姐求情，请她不要退卡，要么你找个同等数额的订单，把这个窟窿补上，不然……"

裴呦呦屏住呼吸。

店长一甩手，毫不留情地说："把10%的提成退了，给我滚蛋！"

火山终于喷发完，一屋子店员继续闷头各忙各的。裴呦呦拖着伤腿回到自己的座位上，同事叶子小心翼翼地蹭到她身边，关心地问：

"你腿还好吧？去过医院了吗？"

裴呦呦叹气："刚从医院回来。"

"好好的搞成这样，肇事者赔你钱了吗？你应该直接把人押到店里的……"叶子一边说，一边悄悄从身后拿出平板电脑，随意滑动。屏幕上都是易涵的演唱会视频，她自顾自地欣赏："哎呀，我老公长得就是好看，鼻子好看，眼睛好看，嘴巴好看，怎么有人长得这么好看！"

视频里的易涵，是最当红的流量小生，连续两年霸占最具影响力男艺人榜首，在星辉熠熠的舞台上被万人瞩目。

裴呦呦没搭茬。

叶子继续问："呦呦，你说是不是啊？"

"唔，好看是好看。"然而，此时此刻，裴呦呦脑海里映出的却全是咬牙切齿的易涵，"就是……脾气未必好。"

"啊？你说什么呢？"叶子瞪大眼睛，一副"什么鬼"的表情，看向裴呦呦，说，"我说的是把撞你的那人带到店里来，做个证，跟店长理论理论，不然怎么办？"

"哦哦哦。"裴呦呦"哦"完了，张口结舌，又不知该说什么，总不能说：撞我的人就是你视频里的易涵啊！把他抓来跟店长解释，比去求冉子书不要退卡难一百倍吧！

"啊！"裴呦呦垂头丧气。

身旁的叶子早把两人的鸡同鸭讲抛诸脑后，大叫一声，嘤嘤哭着让裴呦呦看平板："我老公出车祸了，还在住院观察，要退出《余生》！怎么可以这样！第一次接电影啊！好期待的！"

裴呦呦麻木地应了一声，想起阚迪的那句"车祸没有白出"。

叶子哭天抢地，气哼哼地，正要关掉视频，而平板里的画面还在继续。

"易涵的缺席并没有影响当日发布会现场的热烈气氛，此前一直成谜的导演人选，也终于揭晓，他就是近年来获奖无数的新锐导演林天诺。发布会后，我们有幸跟林天诺进行了面对面访问……"

裴呦呦怔住，满面灿烂的易涵瞬间被切换成林天诺。端详着这张无比熟悉的脸，再三确认后，她的心跳仿佛渐渐停滞。

美人救英雄

裴呦呦慢悠悠地回到家，没有开灯，直接往里走，一不小心，差点被门口堆着的几个箱子绊倒。

箱子触碰到腿上的伤口，疼痛让裴呦呦立即清醒过来。她打开灯，暖色调的光把狭窄的屋子衬得格外温暖。

又累又困，裴呦呦索性一屁股坐在纸箱上，过了良久，才总算打起几分精神。

该面对的还是要面对，她打开手机银行，上面显示余额：182008.96。

这时，微信提示声响起，是房东王阿姨发来的语音："裴小姐，就按你说的，咱们明天晚上签约。"

裴呦呦脑中手机银行的余额数字快速滚动，减掉18.2万，变成了8.96。

店长的警告适时在耳边回响——把10%的提成退掉，立马滚蛋！

余额数字再次飞快地做减法，变成了负数。

裴呦呦叹了口气，起身打开纸箱，犹豫了片刻，把收拾好的东西又一样一样拿出来，重新摆回房间里。她又急又快，一本厚厚的册子被她的动作带了出来，掉在地上，那露出的一页，正是易涵刚出道时的新闻简报，随之散落的还有保存完好的明信片、杂志海报……主角全部都是易涵。

裴呦呦捡起来，忍不住一页一页认真翻看。

突然，一个念头闪过，她起身去翻包，终于找到阚迪的名片，双手合十，放在胸口。

靠你了！

易涵全副武装从侧门离开医院时，确定没人能认出他，就一溜烟钻进门口停着的保姆车里，拍了拍驾驶座，说："走，马上走！"

浩子听罢，一踩油门，车子在路上疾驰起来。

"浩子，阚迪现在在哪儿，什么情况？"下午，易涵发现阚迪手上有伤，更察觉出她情绪不对劲，担心朱文耀再伤害阚迪，便让浩子一直盯紧她。

浩子如实说："阚迪姐离开医院后，开车回到家。过了大概一个小时吧，她哭着跑出来，然后就去了那家酒吧，一直喝到现在。"

易涵捏紧拳头，一个字一个字念出阚迪丈夫的名字，恨不得将朱文耀五马分尸、挫骨扬灰。

浩子小心翼翼地说："哥，其实有句话，我说了你别不爱听。"

易涵冷冷地说："知道不爱听你就别说。"

浩子梗住，还是开口："这夫妻间，谁还没点矛盾，我觉得咱要为阚迪姐好，就别管了，他们都三十好几的人了，人家两口子知道怎么解决。"

易涵皱紧眉头，望向车窗外倒退的车水马龙，如同感受到时光的流淌，说："我18岁就跟着她，没有她就没有今天的我。她受了委屈，我不能不管，你就开你的车吧。"

浩子没敢再说话，一脚踩下油门，车子朝酒吧所在方向加速前行。

酒吧里无比喧闹，舞池里，每个人的脸都在灯光下变形。易涵焦躁地穿行其中，始终没有找到阚迪的身影。

易涵想了想，朝卫生间走去。

他守在女卫生间门口，引来了众人的侧目。

他压低帽檐，忍着尴尬，决定再守一会儿就离开。

他正要转身，突然，一段音乐不知从哪里传出来，正是阚迪的手机铃声，也是他的一首新歌。

易涵顺着声音去找，发现卫生间旁边有道后门，一开门，发现阚迪喝得烂醉，正和一个陌生男人拉扯。

阚迪显然还有意识，奋力挣扎，而男人搂着她肩膀，试图强行带她走。

易涵登时火冒三丈，挥拳打在男人脸上。

"她说放开她，你听不到吗？"

男人不甘示弱："你是谁？管老子？"

"还'老子'！今天我就替你老子教训你！"说罢，易涵又朝那人腿上踹了一脚。

两人很快纠缠厮打起来，几个回合后，易涵的帽子被掀开，口罩也被摘掉。浩子停好车匆匆赶来的时候，易涵已将对方按倒在地。

浩子赶紧上前扶起易涵，将车钥匙交给他："哥，赶紧上车，这里我来处理。"

易涵点头，拉起醉酒的阚迪，朝外面走去。

醉酒的阚迪在车上又哭又闹，易涵从没见过这么失态的她。然而易涵什么也做不了，只能时不时看后视镜，不知如何是好。

阚迪双手拉着扶手，哭着喊道："文耀，为什么要离婚？你不是说过，我努力工作的样子最迷人吗？为什么变了？我到底哪里做错了，我改还不行吗？你别不要我……我不要离婚……"

易涵心底酸楚、焦躁，百感交集。

阚迪胡说了一通，终于安静了会儿。不知怎么了，她突然直起身，扳开车门就要下车："文耀，你等我，我来了！"

刚才上车急，易涵忘记给车落锁，现在已经来不及，他连忙将车停在路边。

阚迪踉跄着下了车，差点摔倒，易涵先一步接住她。

阚迪迷迷糊糊望着他的脸，分不清到底是谁，只是不停地哭："文耀，我害怕，刚才……"

易涵不由分说，一把拉住她的手臂，将她紧紧拥进怀里。

"对不起，我刚才来晚了……不要怕，我会在你身边。"

突如其来的拥抱让阚迪愣住了，随后哭得更凶。

易涵安抚好阚迪，将车开往最近的酒店。两人穿过大堂，相互搀扶着进了电梯，对周围的情况毫无察觉。

然而这一画面，却最后定格在不远处的一架相机的取景器里。密闭黑暗的车子中，相机屏幕的光线尤其亮眼。

男人叼着一支烟，狠狠吸了几口，退回几张照片，是易涵进酒吧、和人打架、与阚迪相拥相扶，最后一起令人浮想联翩地进了酒店的画面。

很好，易涵，看这回不整死你。

裴呦呦一早起来，匆匆赶去医院，昨晚给阚迪打了两个电话都没人接，难道是觉得没诚意？毕竟阚迪看起来该是个靠谱的人。

下了出租车，裴呦呦打电话给店长，拍胸脯保证一定圆满解决退卡事件。

店长将信将疑，还是给了她一次机会。

电话那头，叶子那标志性的尖叫猛然传进耳膜。

"啊！易涵又出事了……"

裴呦呦切断通话，连忙打开微博，"易涵车祸造假，与神秘女子外出"词条后赫然显示着紫红色的"爆"。

接下来，"易涵车祸""易涵神秘女友""易涵造假"等词条通通被顶到前几位。

裴呦呦一张张点击新闻图片，开始易涵还捂得严实，之后口罩帽子都不翼而飞，而所谓"神秘女友"……仔细一看，不就是阚迪吗？

裴呦呦的思绪飞快转动，到了医院门口，一抬头，她被记者们的阵仗吓了一跳。

医院门前的阶梯上站满了人，几乎每个人都手拿话筒或肩扛摄像机，并不停朝楼内张望。

"易涵在这！"这一声，仿佛一个信号，引得人们蜂拥而至。一拨人拿话筒不停向前递，一拨人守在停车场的保姆车边。

裴呦呦惊愕地张大嘴，隐隐约约听见人群中有人大喊："你们干什么？"

易涵在助理的簇拥和保护下，仍是寸步难行。浩子说："易涵先生今天早上刚醒，状态不太好，不能接受采访，各位请回吧！"

有记者讥笑说："今天早上才醒，敢情昨天晚上去酒吧是梦游吧！"

易涵握紧拳头，没发声。

这时，阚迪的声音传来："各位，大家都是老交情了，易涵昨天刚出了车祸，医生诊断为轻微脑震荡，说他需要安心静养，希望大家高抬贵手，不要打扰他。"

众人安静了一会儿，忽然有人嘀咕一句："我看这位女士似乎跟照片里的女人十分相似啊。"

所有目光朝阚迪扫过来。

阚迪脸色一变，众人跟着一片哗然，七嘴八舌问起来。

"照片中的人是你吗？"

"你们两位交往多久了呢？"

"娱乐圈中，有艺人跟经纪人朝夕相处而日久生情的例子，你跟易涵是这种情况吗？"

提问此起彼伏，突然有人轻蔑地哼道："大家别这么问她了，据我所知，这位阚迪女士已经结婚了吧！"

死一般的短暂寂静后，人群沸腾起来，新一轮你推我搡开始了，众记者试图直接与易涵对话。

"易涵先生，你为什么会跟已婚的女经纪人秘密约会呢？"

"易涵先生，这是你这么多年没有女友的原因吗？"

"所以，你喜欢熟女对吗？"

"所以，易涵先生，这次能回答了吗？"一个多次引导记者提问方向的人，死死盯着易涵，"昨晚，你到底在哪？都干了些什么？"

阚迪上前一步，坚定地说："易涵先生昨晚就在医院，你们一定搞错了。"

"谁能证明他在医院，证据呢？"

"值班的护士都能证明，还有医院的监控，你随便去查。总之，我奉劝大家，如果再有任何关于易涵先生的不实新闻流出，我们会立刻申请警方介入调查，告你们诽谤。"

阚迪暂时唬住了记者，刚松了口气，却见一人被护送着出现在众人面前。来者正是朱文耀。

阚迪一慌，刚烈坚强的外壳轰然坍塌。还没等她开口，一沓照片直接向她的脸上砸过来。

锋利的边角在她的额头划出一道血痕。

朱文耀额头青筋暴凸，指着阚迪，说："我是她丈夫，我可以证明，这照片里和易涵在酒吧的女人，就是她！"

阚迪几乎哭了出来："文耀……那不是我，你听我解释。"

"解释什么？你口口声声为了工作，培养易涵，结果就是培养到床上去了吗？阚迪，你要把我当傻子到什么时候！你不要再解释了，《离婚协议书》我早已准备好了！我不想再和你这种恶心的女人有任何瓜葛！"

阚迪落泪，下意识拉住朱文耀的手腕，却被他不留情地甩开。

易涵的心纠成一个结，再忍不下去。他拨开浩子和小天，接住了差点跌倒的阚迪。

"人渣！我早就想教训你了！"易涵直起身，像只怒吼中的雄狮，扑向朱文耀，拳头挥出一半时，堪堪被浩子和小天一起拦住，拽了回来。

闪光灯晃得人眼睛睁不开，阚迪扶着前额，前所未有地无助，记者们却如同参加了一场盛大狂欢。

一个个不堪入耳的问题缠绕在耳边，让人无法喘息，她身子打晃，差点晕倒。

"请安静一下！"又有人说话了，是个听起来很年轻的女声，结果当然是根本没人理她。

"你们不是要易涵一直留在医院的证据吗？"

此话一出，记者的注意力终于被吸引过来。

有人问："你有证据？"

"证据就是我自己呗，我能证明，昨天晚上，我和易涵一直在一起，我们就在医院，哪里都没有去。"

裴呦呦说完，面前自动被让出一条路来，她笑了笑，走进人群中心——易涵和阚迪之间。

记者最能耐的地方，就是对新闻点的兴奋，以及刨根问底的精神。

裴呦呦的凭空出现，极大丰富了新闻内容，大家立刻把话筒都杵到她面前。

那不停针对易涵的男人，抱着手臂说："这位小姐，你说你昨晚一直和易涵在一起，有什么证据吗？"

裴呦呦一脸吃惊："你真搞笑，难道你吃饭、睡觉、和朋友见个面，都要留证据吗？"

人群里传出笑声。

"不过，你要是一定要个证据，我也不是没有。其实，易涵昨天出车祸时，我们就在一起，我送他去的医院，一直陪着他，直到今早，医生护士都见过我，你们大可以去问。"裴呦呦心一横，拿出手机，调出相册，"不信的话，你们自己来看。"

所有人争先恐后伸长脖子确认，紧接着沉默下来。

易涵在一旁目瞪口呆，那些照片明显是他被她摆弄着造型刻意拍的，但他自己居然一点印象都没有。

事已至此，易涵望了眼天，下定决心，趁势把裴呦呦拉过来，搂住她的肩膀。

"没错，这才是我的女朋友！"

现场鸦雀无声，一双双眼睛仿佛探测器一样，上下左右扫视着他，易涵突然心虚起来，生怕人家不信，又补充一句："各位，顺便通知你们一件大喜事吧！我们马上要结婚了！"

拉上贼船

此言一出，所有人似乎忘记了什么一夜情和暴力事件，话题立刻被转移到易涵万众瞩目的恋情上。

闪光灯你来我往，亮成一片，裴呦呦终于明白，被闪瞎了眼是什么感受。

各路记者收集完组图，再次回到采访阶段，新鲜热辣的问题扑面而来。

"两位是怎么相识相知相爱的呢？确定恋爱关系多久了？"

"这位未婚妻女士不是圈内人，是从事哪个行业的呢？"

"既然马上要结婚了，方便透露下婚期吗？准备要小孩吗？要几个小孩子呢？"

裴呦呦嘴角抽了抽，才几个问题的时间，她怎么就面临生孩子的问题了？！

方才一直煽动记者情绪的男人大声说道："你们都怎么回事？别忘了我们今天来干什么的！"自然，根本没有人理会他。

一位记者拍拍他肩膀："老张，你也不是第一天干这行了，什么新闻更有价值你不知道吗？"说完，继续跳着脚挤到最前面追问。

话题的热烈程度持续发酵，大抵兴奋过度，大抵太多意外，场面一度失控。裴呦呦却始终被易涵紧紧护在怀中，她小心翼翼抬眼向上瞄了瞄，是他的下巴和薄薄的抿紧的嘴唇，心跳不住地加快。

阚迪适时上前来挡在他们前面，护着他们向车子的方向走去。

嘈杂声中，她还是能辨认出朱文耀喊她名字的声音。

朱文耀已被人潮淹没，只能向她的方向挥着手大喊，阚迪用力闭了下眼睛，示意浩子将人拖走。

短短几步路，漫长得像马拉松。

终于到了车前，裴呦呦第一个被易涵塞进去，阚迪最后一个落座。她长腿着地，礼貌而大方地微笑，对记者说："各位放心，我们很快会给大家一个说法的！"

语毕，阚迪快速收起腿，将车门猛然拉上。

裴呦呦眼见记者们不依不饶，面目纠结，围着车疯狂追赶了一段路，宛如《釜山行》中的丧尸，恨不得从天窗爬进来，将她揪出来接着问。

直到车速提起，"丧尸"们才总算被甩掉。裴呦呦拍拍胸口，不禁松了口气。然而，她转过身来才发现，车内的气氛更加诡异。

度过了短暂而可怕的沉寂后，火山爆发。易涵不耐烦地撕掉头上的纱布，他和阚迪坐在前排，阚迪侧头盯着他半晌，终于开口道："你怎么回事？怎么可以在记者面前打人？"

易涵语气强硬地回说："他那么说你，活该！要不是你拦着，我非揍得他今天出不了门。"

阚迪也不遑让："我的事不用你管！你好不容易走到今天，没有任何人和事值得你牺牲前途。"

"如果让我眼睁睁看着别人欺负你，我却什么都做不了，这个前途不要也罢！"易涵赌气，无所畏惧地昂起下巴。

阚迪动容，这才慢慢感受到额头伤口的疼痛。她先软了态度："算了，别说这些了，我得想想怎么善后，现在舆论根本已经完全失控，满屏都是你公布恋情要结婚的消息。"

阚迪的伤口被易涵用一张碘伏片盖住，一阵刺痛。她去扒拉易涵的手，易涵像个倔强的小孩，执意给她按着。

"你别动！"易涵眼底眉梢已难掩心疼，"你看他总是害你受伤，还怪我教训他吗？"

"都说不提这事了。"阚迪摇了摇头，接过碘伏片，"我自己来。"

此情此景，暧昧至极，裴呦呦的视线在两人之间来回游移，很怀疑自己存在的意义。呃，她还是……继续当"空气"比较好吧。

沉默了片刻，易涵说："你放心，我自己说出去的话，我自己想办法。"

阙迪一点不给他面子，哼道："你想办法？想什么办法？过几天，再对媒体说，你分手了，悔婚了，妄想过阵子就没人记得了？你以为小孩子过家家呢？你现在是事业上升期，公众好感度非常重要，随随便便宣布要结婚，又随随便便分手，不说别的，你觉得刚才那些记者会放过你吗？"

易涵轻咳一声："那怎么办？"

阙迪目视前方，坚定地说："结婚，只有结婚！"

易涵仰天长叹，想了一会儿，有气无力地说："行，危机公关没人比你更专业，你既然这么说，那就听你的，结吧！"

阙迪再次认同自己的决定，点头说："嗯，结吧！"

一直躲在后座没敢出声的裴呦呦，越听越不对劲，话头到了这里，她彻底慌了，身子向前探了探："打扰一下，不好意思，跟谁结啊？"

易涵和阙迪一同回头望向她，再互相对视一眼，仿佛总算意识到她这个大活人的存在。

裴呦呦难以置信地用食指指着自己鼻尖："你们说的……该不会是我吧？"

"呵呵，不会是你！你别自作多情好吗？"易涵这才想起他在昏迷时候被偷拍的事，气不过，直接转过身来，一时间与裴呦呦差点鼻尖对鼻尖，俨然对阵的架势，"那天看你退钱退得挺坚决，以为你是正人君子，没想到你居然偷偷拍那种照片……你说，你是'私生饭'（行为极端疯狂的粉丝）吗？干么这吓人的事！你快把照片给我都删了！"

尴尬。裴呦呦仿佛嗅到空气中充斥着尴尬的味道。她偷拍人在先，理不直气不壮，一点点向后挪身子，结结巴巴地说："我……我就是……拍着好玩的……我道歉，对不起。"

易涵显然不接受她这个理由，哼了哼："拍着玩？好玩吗？你实话实说吧，到底安的什么心？"

裴呦呦百口莫辩，阚迪打断易涵："别这么说呦呦了，人家刚刚帮了我们！"

易涵不情不愿地转回头，阚迪无奈地瞪了他一眼，面向裴呦呦，极尽温柔，循循善诱："呦呦，你有什么条件，都可以提。"

又来？讨价还价还真是他们所长。

"什么意思啊，什么条件？"裴呦呦无奈。

阚迪字字清晰，目不转睛地看着她，用极其平淡的口吻，向她扔了一颗"炸弹"："跟易涵结婚的条件。"

但，先被"炸飞"的是易涵。

易涵立刻炸毛，叫道："这种天大的好事，被她赶上了，居然还要她提条件？"

阚迪皱眉，给他一个凌厉的眼神："坐好！闭嘴！"

车里不够宽敞，否则，裴呦呦相信，易涵会吹胡子瞪眼睛，原地团团转。

阚迪继续打温柔攻坚战，拉着裴呦呦的手，说："呦呦，你先列个单子，看准备婚礼的话你需要什么，最好能在一周内把清单给我，我尽早准备。不过呢，鉴于易涵的特殊身份，婚礼上的宾客可能有些人数限制，要委屈一下你了，你那边的亲戚朋友恐怕我们就不会邀请了，只留父母席位……"

"等一下，等一下！"裴呦呦听得彻底懵了，残存的理智让她清醒过来，"我就这么和易涵结婚了？！不行不行！太荒唐了吧！我刚看见情况危急，单纯地只是想帮忙，再说，我对他们只是说，我和易涵昨晚在一起，他……他怎么就能自由发挥成要结婚了呢？"

阚迪握着她的手紧了一些："呦呦，现在说这些都已经无济于事了！当务之急是面对问题，解决问题！你打开手机看看，这才多久，网络上关于这件事的讨论度已经呈爆炸状态，完全失控！呦呦，我不是强迫你，但你要明白，你在站出来的那一刻，就必须承担相应的后果。"

裴呦呦干巴巴地扯了下嘴角，看看妙语连珠的阚迪，再看看不拿正眼瞧她的易涵，将手从阚迪那抽回来，自言自语道："这……这莫不就是……道德绑架？"

阚迪脸色一僵，以最快的速度调整好状态，说："呦呦，话不要这样说。事实上，你帮我们的同时，我们也在帮你，那么多台相机都拍到了你的脸，你以为你这么容易就能脱身？就能置身事外？当什么都没发生过？呦呦，你很聪明的，好好、仔细、认真地想一想。"

裴呦呦使劲咽了咽嗓子，阚迪这番连环反问，给了她一种前有万丈深渊、后有豺狼虎豹，只有跟着她阚迪混，才能逃离苦海的直觉。

"呦呦。"阚迪更温柔地看着她，带着蛊惑的力量，"别怕，我们一起面对，好吗？"

裴呦呦被逼得哑口无言，恰好车子驶入一个高档小区的地下车库，停了下来，她跌跌撞撞地下车，落荒而逃。

她心里一万个盘算，万没料到事情演变成这样……结婚、结婚、结婚？和易涵结婚？随随便便和易涵结婚？他们一定在跟她开一个天大的玩笑。

"喂！跑这么快！"易涵颇具辨识度的声音回荡在地下车库。裴呦呦下意识地停住脚步，一想到九成九还是结婚的事，连忙大步跑起来。

易涵紧追其后："越叫你越跑，你怎么回事啊？"

"不行，真的不行！"裴呦呦紧张得脱口而出，"我不会和你结婚的！"

易涵险些翻白眼，嗤笑了一声："别跑了！阚迪让我问你，你今天为什么来医院，有事吗？"

裴呦呦猛地想起自己今天本来的目的，有些难以启齿，便放慢脚步，大口喘了会儿，转过身，易涵已经到了跟前。

他懊恼地抓了抓头顶的伤处，裴呦呦心底有歉意，指了指他的头，想劝他不要乱抓。然而看到易涵凶巴巴的眼神，裴呦呦的手停在半空中，赶紧放下来。

"其实……是有一件事。"

易涵一副"我就知道"的表情，看着她说："说吧 。"

裴呦呦组织了会儿语言，说："昨天不是出车祸了吗，我耽误了一个顾客的订单，她一生气，退掉了在我们店里办的储值卡，现在店里让我负全责……"

易涵挑眉："想要钱？"

裴呦呦摇手："我不是这个意思，这个退卡的会员是个女明星，叫冉子书，不知道你认识不认识？如果可能的话，你能不能跟她解释一下昨天的事情，请……她不要退卡。"

"冉子书啊……"易涵摸着下巴，仔细回想了下跟冉子书的交集。

裴呦呦小心翼翼地观察他的表情，慢吞吞开口道："我知道你在想什么，如果你要以结婚作为帮我的交换条件的话，就算了，我自己想办法！"

易涵猛地回过神来，像看外星人一样看着裴呦呦。

"你疯了吗？你当我是谁啊？你是不是以为随便谁都可以跟我结婚？"

还算个正常人！裴呦呦松了口气："你能这么说，我就放心了，那……我先走了。"

裴呦呦缓缓转身，然而满心都是后悔。为什么不再求一下易涵呢？好什么面子呢？娱乐圈说小不小，说大不大，他和冉子书现在都那么红，应当认识吧？万一能帮她说上话呢？那是钱呀……裴呦呦啊裴呦呦！

"喂！"易涵的声音响起，裴呦呦脊背一挺，神魂归位。

"卡的事情，我会处理的，还有……"易涵抱紧手臂，逼视她，"那些照片，你赶紧给我删掉！"

裴呦呦沉浸在狂喜中，连连点头，在包包里翻出手机，把照片都调了出来："我马上删，当着你的面删！好不好？"

易涵扫了眼，照片实在不忍直视，不耐烦地说："快点吧。"

"好嘞好嘞。"裴呦呦全选，干脆地按下删除键，"删除了，你看。"

易涵微微低头，确认了下，她手机相册上剩下的都是美甲的各式图片，五颜六色，花型繁复，看得他脑仁更疼了。易涵揉揉太阳穴，皱眉望了裴呦呦一会儿，冷不防叫她一声："喂！"

裴呦呦一派笑颜："嗯？"

"你是不是喜欢我？你就承认吧。"

裴呦呦脸上快速闪过一丝慌乱，心脏像被谁紧紧攥了一下，仿佛有热气蒸腾脸颊，她不敢抬头，连忙说："怎么可能？我疯了吗？"

易涵躬身，歪头探究："不是？那你为什么拍这些照片？"

"哪有那么多为什么？我都解释过了……"裴呦呦匆匆忙忙收好手机，转身就走，"答应我的事，你别忘了，我走了！"

流言蜚语

阚迪所言不假，当裴呦呦打开手机，各路新闻弹出的头条都是"易涵与圈外女友即将完婚"的消息。

裴呦呦回到Inspire，像做了天大的坏事，恨不能把脸全遮住，连午餐也食之无味。

心乱得很，裴呦呦索性打开手机相册，一边吃东西，一边研究下新款美甲花型。叶子捧着平板坐到她身边，伸手在她眼前直晃："中午了，歇会吧！冉子书退卡的事搞定了吗？"

裴呦呦含糊地点头。

手捧平板、不停滑动屏幕，是叶子的标准造型。此时叶子正津津有味地刷易涵的微博超话，裴呦呦更加坐立不安，说："你一直刷微博，不吃饭了？"

叶子叹气："哪有心情吃，我老公出了这么大的事，我要时刻关注。现在啊，网上都吵翻了，说易涵用结婚做烟幕弹，来转移公众对他车祸撒谎的视线。"

裴呦呦艰难地咽一口菜，另一边，同事孙青青也放下筷子，满脸的不屑："不知道从哪里跑出来个未婚妻，之前可一点消息没被爆出来！"

孙青青长相明艳，身材姣好，面试过不少电视剧和网剧角色，是裴呦呦身边人中最接近娱乐圈的人。用孙青青自己的话说，她已经把半条腿迈了进去，只差一个机会、一个贵人拉她一把。

叶子突然发现了什么，歪头仔细看裴呦呦，说："青青，你看，易涵的未婚妻，怎么有点像呦呦啊？"

裴呦呦心虚地低头，叶子不依不饶，拉着她和网络上的照片做对比。

孙青青嗤道："怎么可能？只是说有点像，又没说是你，你还当真了？"

裴呦呦连忙点头："对对，你说得对，绝对不可能是我！我吃饱了，你们继续啊。"

裴呦呦跑到一半，被店长叫进办公室。

店长打量她一通，问："冉子书的事怎么样了？"

裴呦呦吞吞吐吐："店长，我已经拜托了朋友，不过……可能没那么快。"

店长一改那天吃人的模样，扑哧一笑："哎呀别紧张，我又不是催你，我就是想跟你说一声啊，又有人办卡了，和冉子书那单一样大，指定的美甲师也是你。"

裴呦呦惊得瞪大眼睛，用手机打开公司内部预约系统，赫然在自己的订单中看到新的办卡记录，客人留名：易先生。

易涵？

裴呦呦脑海中的小金库数额立刻开始滚动，从负值又变回了8.96。

店长感叹道："我入行这么久还是第一次遇到男顾客办20万的卡，呦呦你知道这位易先生是谁吗？"

当然知道。除了易涵，还能有谁？裴呦呦的笑僵在脸上。

店长摇摇头，表示是谁无所谓，将她夸得天上有、地下无，再三嘱咐这次一定好好伺候财神爷，不要像上次冉子书那样。裴呦呦一一应下了，店长这才将她放走。

裴呦呦站在店长办公室门口，控制不住既激动又复杂的心情，想了想，她还是拿出手机，拨通了王阿姨的电话。

"对……钱都准备好了……今晚吗？好的！我一定准时到！"

裴呦呦提前半个小时到达老宅外的街道，一路漫步张望，一时千头万绪涌上心间。

这个季节的空气，这里的一砖一瓦，街边的一草一木，都带着回忆的味道，她一步一步走着，仿佛看到年幼的自己在弄堂里跑来跑去，母亲在后面一边笑着追她，一边担心她摔倒，她会突然回头，吓母亲一下，然后扑进她温暖的怀里。

裴呦呦眼底泛酸，停在老宅前，抬头望去，昔日灯火通明、欢声笑语，如今灰暗一片，人去楼空，物是人非。

王阿姨热情的声音在身后响起，裴呦呦回过神，擦了擦眼角的泪，转身打招呼。

一阵寒暄后，王阿姨带着歉意，进入正题："是这样啊，小裴，刚刚，就刚刚，突然来了个买家，看了房子特别喜欢，一口价出到120万……我也没办法呀。"

裴呦呦整个人仿佛一下子沉进冰冷的海底，说："王阿姨，您不能这样啊，我们之前签了合同的，我付了一万块钱订金，您非要这样说涨就涨，要算作违约的！"

王阿姨不慌不忙地回说："我知道，按合同里说的，我赔你两万就是了。"

裴呦呦哑口无言，这突如其来的变数，打得她措手不及。

她愣在原地，幽怨地望着王阿姨，眼底一点一点蓄满眼泪，红得吓人，最后无声地落了下来。

"王阿姨，您不能这样，不能这样啊……我这些年拼命工作，就是为了攒钱买这套房子……我妈妈，在我很小时就离开了我，什么都没留下，只有这个房子，后来还被我爸卖了……我想在这等她，如果有一天她回来，还能找到我……"

她哭得委屈又隐忍，王阿姨听了，不禁动容，道："哎哟，怪不得……唉，你先别哭。"

裴呦呦抬头，满是泪痕："王阿姨，求你了……"

王阿姨见她的可怜模样，纠结了一阵子，说："你这一哭我心里也不好受，你这样，再给我添十万，房子我就谁都不卖了，给你。"

裴呦呦差点瘫倒："十万？"

王阿姨拍板："对，十万，你也不用着急，明天中午之前给我答复就行。"

王阿姨走后，裴呦呦徘徊在巷口久久不舍离去，母亲离开那日的情景历历在目。

泪水模糊了眼睛，她转身看着街道尽头，如同当年被抛弃的自己，悲伤无助地目送载着母亲离去的出租车，喃喃地说："妈妈，我会在这等着你，哪里都不去。"

可时间飞快，她一点点长大，母亲一次都没有回来过。

再之后，搬家了，新的房子住进新的人家，进进出出，时而欢声笑语，时而吵架斗嘴，却都与她无关，她仍然保持有空便来看房子的习惯。直到她终于有能力赚钱，生活的一切目的就是买下这个房子，继续无尽地等待。她知道，这是一种偏执，但也是一种承诺、一种希望……

妈妈，你回来看看我吧，我好想你。

易涵睡得昏天暗地，隐隐约约听见手机铃声，接着是一串似乎永不停歇的敲门声。

他蒙着被子一通踢蹬，打开门时，起床气还没消退。

门外不是别人，正是阚迪。他抬手压了压炸起来的头发，噘着嘴，皱着眉，带着几分撒娇意味地问："干什么这么早？"

阚迪把他一路推到沙发边，然后坐下，把手机扔到面前的矮几上："我睡得着吗？电话都快被打爆了！发给你的东西你看了吗？"

易涵胡乱点头："看了看了。"

阚迪气不打一处来："那个人叫张大伟，简直丧心病狂，昨晚半夜发的这篇文，网上都转疯了，评论一边倒，都说你欺骗公众，品德败坏，找人背锅都不花点钱，居然找了个美甲妹！你到底怎么得罪他了？他怎么就咬着你不放了？而且还把裴呦呦调查得这么清楚。"

易涵还没有完全清醒，咕哝着："我能怎么得罪他？人红是非多……这个裴呦呦也是的，这么容易就被拍了？"

阚迪白了他一眼，点了下头。

"你待播出的两部电视剧制片方半夜都给我打电话了，说一旦你欺骗公众的新闻落实，电视剧可能要延迟播出。到时候，我们要依照合同对片方做出巨额赔偿！"

易涵挠挠头，说："有这么严重吗？我又没偷没抢的！真追究起来，就是撒了个小谎。"

阚迪一脸严肃，揉了揉太阳穴，说："没这么简单，你这几天一直在头版头条，太惹眼了，所有事情都会被放大，再加上，类似张大伟这种有心人一煽动，你很容易就成了反面教材、不正之风。"

"不至于吧？"

"还不至于？你知道吗，凯兴的赵总已经警告我，要换掉你。"

"赵总？"易涵抬起眉毛，终于精神了，恶狠狠地说，"是不是那个对你有企图的赵总？"

阚迪没理，继续说："他还要告你，根据合同，如果在代言期间，因艺人的不当行为对品牌带来负面影响，需要赔偿违约金，5000万。"

易涵仿佛什么都没听见，静静地看着她说："我问你，是不是总用各种理由约你吃饭的赵总？"

"算了，如果真的到了那个地步……"他不听她说话，阚迪也自说自话，"你只能卖车卖房去赔钱了。反正咱们俩并肩作战这么多年，我也会卖，就是我的房子上还有朱文耀的名字，有点麻烦……"

"阚迪！"易涵怒喝一声。

正巧，阚迪放在矮几上的手机响了，瞥到微信消息上的名字，易涵眼疾手快，先一步将手机拾起、解锁。

对方正是赵总，发来了消息：如果阚小姐想好了，晚上九点，我在帝国酒店1520房等你。

易涵的眼睛几乎喷出火来，差点把阚迪的手机摔了。

"这个人渣！"

阚迪拦住，将手机抢回来："你发什么小孩子脾气！"

易涵久久望向阚迪，目光复杂，这时，才真正后悔起来。

"我惹出来的事，我自己解决！你听好了，阚迪，这个人渣……总之，你不许去！"

阚迪微微低下头，叹了口气，一时无话。

"听到没有！"易涵咬牙说完，双手钳制住她肩膀，用力晃了晃，然后二话不说，回房换了身衣服，抓起玄关的车钥匙就要离开。

"易涵！"阚迪担心他再冲动，挡在他面前。

易涵将她拨开："我有分寸，说了一人做事一人当。"

易涵根据裴呦呦的名片在导航里输入目的地，一路疾驰。

路过电影中心时，眼看自己的巨幅海报缓缓落下，心里颇不是滋味，打开电台广播，全是他结婚的消息。

"近日来，当红小生易涵，几乎霸占了娱乐版的全部头条和公众的所有视线，突然传出的婚讯更是经由本人的亲口认证，成为本年度娱乐圈最爆炸的一条新闻，而这位圈外未婚妻也被曝光，为一家美甲店的店员，不禁令公众质疑，身份悬殊的两人是如何相识相爱的？更有知情者透露，因为涉嫌车祸造假风波，恋情曝光也不能扭转局势，接下来易涵将面临代言品牌的巨额赔偿……"

易涵不耐烦地换了一个台。

广播里传出他的新歌,主播声音甜得掉牙:"接下来让我们送上一首易涵的新歌,这首歌呢是在两周前发布的,结合这两天的热点新闻,似乎别有意味,演唱者沉浸在恋爱中的甜蜜心情被表达得淋漓尽致……"

易涵更是无语,关了广播,踩下油门。

对不起,我来晚了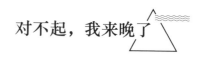

裴呦呦接通电话时,一下就听出来对方是易涵。

电话里,易涵警告她小心张大伟这个记者。与此同时,张大伟已经推开店门,一副假惺惺装作热情的模样,然后到前台点了她的名字。

裴呦呦小声地说:"知道了。"手指一按,将手机揣进制服口袋里,侧身尽量不被发现,向卫生间的方向走。

另一边的易涵耳边传来一串忙音,不可置信地看看手机:"居然,挂我……挂我电话?!"

"那位就是裴呦呦小姐吧?"张大伟不顾前台阻拦,大步向店内走,"不对,是我有眼不识泰山,应该是未婚妻小姐才对。"

裴呦呦当作没听见,加快步伐,想趁机逃跑。张大伟紧抓住她不放,前台几个女孩面面相觑。

张大伟接着说:"跑什么啊?那天当着那么多媒体的面解救易涵的英勇哪里去了?"

"什么?易涵?"美甲店里有人惊叹。

"对啊,原来你们都不知道……你们这位同事,裴呦呦,是大明星易涵的未婚妻!"张大伟大声向众人宣布。

如他所愿,大家交头接耳议论起来。

裴呦呦脚步停了下来，咬牙转过头，盯着他看，说："你认错人了！"

"认错？不可能。"张大伟晃悠着走到她跟前，"裴小姐如此勇敢，令人难忘，我怎么可能认错？"

裴呦呦的拳头在衣袖里捏紧。

张大伟得意扬扬地说："看了今早的新闻吗？"

裴呦呦冷哼一声。张大伟倒是不介意，说："没看过也不要紧，你相信吗？这里大多数人都看了，你到底是谁，否认也没有用，我相信，不只是我，用不了多久，会有更多的人来。"

裴呦呦当然清楚，现在关于易涵的新闻，也是关于自己的新闻。从那些照片的角度可以看出，该是昨天她从易涵公寓回来就被一直跟踪。

裴呦呦深吸一口气，眼神像能杀死人。

张大伟一摊手，无辜地说："我也不干什么，不过是想采访你。"

裴呦呦眯了眯眼睛："如果我拒绝呢？"

"哟，这就是承认了吧！"张大伟得逞地笑着，看向周围一圈的观众。

不用说叶子、孙青青，连店长也赫然在列，裴呦呦心虚地微微低头，张大伟安慰似的说："何必再否认呢，都是早晚的事，以后你是易太太了，心态要放平。"

裴呦呦使劲白了他一眼，转身要离开。张大伟不依不饶一直拦着，裴呦呦躲不过，气得脖子都红了。

一旁的叶子想上前帮裴呦呦，孙青青拉住她手臂，说："再等等。"

裴呦呦见怎么都避不过，干脆站定，昂起下巴："好好，你来吧，采访吧，你要采访什么？"

张大伟端起架势，拿出录音笔，打开，递到她的面前。

"请问裴呦呦小姐，你是在这家店上班，是不是？"

裴呦呦漠然："是。"

张大伟："多久了？"

"两年。"

"那你跟易涵什么时候认识的？"

众人议论声一浪大过一浪，叶子掩住嘴，几乎惊叫："呦呦，真的是易涵吗？易涵？易涵！"

裴呦呦不作声，算是默认了。

张大伟重复："裴小姐，什么时候？"

裴呦呦无所谓地说："一年多吧。"

"你们怎么认识的？"

"他来我店里做美甲。"

张大伟显然不信，满脸质疑，说："做指甲？裴小姐，这么重要的事情，你不会记错吧。"

裴呦呦笑笑："你要是什么都不信，就别问我了，自己回去编呗，反正，你不是很会编吗？开局一张图，后面全靠编！"说完，裴呦呦再次抬脚，张大伟拽住她的手臂："我看你们根本就不认识！就像那篇文章里写的，他是欺骗公众！彻头彻尾的骗子！而你！不过是他拉来垫背的！是不是这样？"

裴呦呦使劲地挣脱他："你有病吧！"

张大伟面目狰狞起来。裴呦呦手臂传来疼痛，心底愈发恐惧。

这人是不是和易涵有过节？除了在医院煽风点火，为了连夜扒皮易涵，还鬼鬼祟祟地跟踪她，到店里大张旗鼓为难她，行径可以用疯狂形容，早已超出记者的工作范畴。

"你说，裴呦呦！"张大伟咬牙切齿，"易涵到底给了你什么好处！你们之间有什么交易？钱？还是其他？"

"没有！"裴呦呦挣扎着，"你放开！"

店长见形势不对，从人群中挤过来："这位先生，请你放开手！不然，我就要报警了！裴呦呦，到底怎么回事？"

裴呦呦先道歉："对不起，我……"

张大伟变脸似的，换了副表情，对店长说："抱歉，我不过是来采访易涵的未婚妻，您的店里有这样一位优秀的员工，一定少不了您的功劳。"

店长讪讪，对于裴呦呦是易涵未婚妻这件事，还是持保留态度的。

张大伟放手，目不转睛地逼视着裴呦呦："那好，裴呦呦，刚才是我冲动了些，我们继续吧。"

淹没在众人中的叶子，挠了挠头，疑惑道："难道易涵的女朋友真的是呦呦？"

一旁的孙青青脸色剧变，不甘心地说："怎么可能？这个记者估计是看了那篇爆料易涵女友是从事美甲行业的，过来碰运气。什么眼神啊，咱们店里，也就我看着比较像吧。"

叶子没吱声，对此也持保留意见。

张大伟为了让裴呦呦毫无考虑的时间，语速越来越快，两人的访问仿佛开启了快问快答模式。

"你们的纪念日是哪一天？"

"没有！"

"节日会互相送礼物吗？"

"不会！"

"正常的情侣不都会互送礼物吗？"

"你哪只眼睛看出来我们是正常的情侣？"

"那作为女朋友，总应该知道一些自己男朋友的事情吧，易涵的脚多大码？"

"42。"

"是42？你确定？"

"43。"

张大伟抱着手臂，好整以暇，等着她出丑。

叶子急得在张大伟身后给裴呦呦疯狂打手势，示意她是42码半。

奈何裴呦呦是真的一无所知，看了半天也没猜出来。

张大伟接着问："易涵最喜欢什么颜色？"

裴呦呦皱眉："红色。"

"是吗？咱俩认识的一定不是同一个易涵，我怎么记得是白色。"

后援团叶子再次上线，用夸张的口型告诉裴呦呦是黑色。

裴呦呦脖子一梗："我说是红色就是红色。"

张大伟笑："易涵最喜欢什么品种的猫？"

裴呦呦随口一说："加菲，加菲猫。"

张大伟哼了哼："易涵曾经在节目中说过他最讨厌的动物就是猫！裴小姐，结果显而易见，别狡辩了，连路人都知道的信息，你却一无所知，还敢说自己是易涵的女朋友？看见了吗？这就是证据！"张大伟摇几下手中的录音笔，"这些足够拆穿你！不……是你和易涵肮脏虚伪的面具！"

裴呦呦仿佛一个充满了气的皮球，马上就要爆炸！

她忍了又忍，咬紧后牙槽："你这人真逗！你口口声声说要采访我，我说完了你又这个不对那个不对的，你知道得那么多，我确实不是易涵的女朋友，你才是吧！"

店里的店员和客人，忍不住同时发出嗤笑。

裴呦呦找到店长，直奔过去，事情发展到这个地步，实在不能再和张大伟纠缠下去，不如请个假，先离开。

张大伟怎么能轻易放过机会，又一次抓住了裴呦呦的手臂。裴呦呦还没开始反抗，另一只有力的手，干脆利落地将裴呦呦一把拉过来。

叶子看清来人，眨巴眨巴眼睛，立刻尖叫："易涵！是易涵！"

所有人的目光被一身休闲便装的易涵吸引了过去，大家神色各异，有的痴迷，有的震惊，有的难以置信。

易涵像什么都没看到，眼里只有裴呦呦，把她搂进怀中，深情款款低头望着她："对不起，呦呦，我来晚了……"

这么戏剧化？裴呦呦嘴角抽搐，扯了个干巴巴的笑。

人群中传来更震耳欲聋的尖叫，还真是有男主角光环加持。

易涵面色温柔，抬起头看向张大伟的刹那，却瞬间变得无比严肃。

易涵声音沉稳又有力量："你给我听好了！从现在开始，我穿43码的鞋，最喜欢的动物是加菲猫，最喜欢的颜色是红色，最喜欢的人叫裴呦呦。张记者，以后有什么问题，来找我，欺负女人，算什么本事？"

张大伟迎上易涵的目光，用一副劝诫的口吻说："易涵，别演戏了，假的就是假的，早晚都要被揭穿。"

易涵轻蔑地笑："什么真的假的，我们两口子的事，你知道什么呀？"说完，低头用手背蹭了蹭裴呦呦的下巴，声音秒变宠溺："是吧？"

裴呦呦只觉得脸颊，连带脖子和手臂，都莫名地麻酥酥的，只能害羞地点点头。

在各色眼神聚焦中，伴随叶子遗憾的痛呼，易涵搂着裴呦呦亲密地走出店门。

张大伟将录音笔收好，哼笑："易涵，我倒要看看你这出戏怎么往下演！"

咱们结婚吧

两人到了车上，易涵顾自开了一段路。他是谁？易涵！裴呦呦竟然一直在摆弄手机，看都不看他一眼。一定是紧张。女人都是这样，越是在喜欢的人面前，越紧张。

"喂，我说，刚才我英雄救美，你是不是该表示一下啊？"

"啊？"裴呦呦忧心忡忡，斟酌字句，正在给王阿姨回微信，脑子里全是房子的事，已经将身边的易涵忘得七七八八了。王阿姨昨夜的话犹在耳边，中午12点，110万成交，生生多了10万，要她去哪里筹钱？！

"我说……"易涵的耐心用尽，直接把车停在了路边。

裴呦呦反应过来，望望窗外："这是哪？"

易涵解开安全带，抱着手臂，整个身子面对她："你刚才听我说话了吗？"

裴呦呦使劲地想了想，直截了当地说："没有。"

易涵差点翻白眼："喂，还没有人这么无视我！"

裴呦呦不悦地打断："我有名字，裴呦呦，不是'喂'！"

易涵脸色立刻黑了下来："好，裴呦呦！你现在看着我！"裴呦呦听话地眨巴眨巴眼睛，点点头，意思是"听着呢，快说啊"。

易涵郑重其事，一手撑在了副驾驶的靠背边，脸颊向她凑近，给她了一个近乎完美的上镜角度，说："嫁给我，裴呦呦。"

他的眼睛里仿佛光芒闪烁，裴呦呦本能地心如擂鼓，他那么近，几乎可以听到他的呼吸，甚至微微抬起眼皮，就能看见他脸上的绒毛。

易涵重复："没听清吗？哈，我知道了，以为是做梦呢？裴呦呦，我说，嫁给我吧。"

裴呦呦瞪大眼睛，嘴巴不安地翕张，却震惊得一个字都说不出来。

手机铃声响起，裴呦呦像抓住救命稻草一样，毫不犹豫伸手挡在易涵靠近的脸前："等一下！"然后接起电话。是王阿姨打来向她确认的。

"是，知道了，您在那等我一会儿，我马上到。"

易涵恶狠狠地瞪向裴呦呦，脸已经被她的手掌压得变形，差点气结，只能坐回原位，等她打完电话，彻底爆发："这回好了吗？你知道这个地球上每秒钟有多少人排着队哭着喊着想要见我一面吗？可我，现在愿意在这里花费时间等你打完电话，向你求婚，你是不是要尊重一下我？"

裴呦呦轻咳一声："求婚？是在演戏吗？"

"什么？"易涵懒得解释，换了种表情，变得麻木无趣，说："裴呦呦，咱们结婚吧。"

"不行。"这回裴呦呦当真了，坚决说，"我一开始就表明过态度，我不会跟你结婚。"

易涵抓狂："哎哟，你还来劲了，我刚刚救了你！"

不提还好，一提裴呦呦更气不过："我被张大伟这个奇葩为难，那还不是拜你所赐吗？"

易涵哑口，裴呦呦解开安全带，想要下车："谢谢你送我这么远，我还有事，先走了。"

"下什么车！"易涵探身过来，呼吸再次靠近，伴随着咚咚的心跳声，她的安全带又被扣了回去，他说，"你以为我们走了，张大伟能原地不动？"

裴呦呦无话可说，易涵皱眉问："你打算去哪儿？"

裴呦呦报上地址，车子朝老城区驶去。

车子一路前行，易涵认真开车，不时转头看裴呦呦，裴呦呦始终在很认真地发微信：借钱、要债。

"叔叔，我是呦呦，我现在有一点着急用钱，之前表弟开学我借给您的一万块，今天能还给我吗？"

"小微，我是呦呦，你现在手头方便吗，能不能借我点钱？"

易涵眯起眼睛，烦躁得听不下去了，直接抢过她的手机，丢到后座。

裴呦呦惊愕地看向他说："你干什么！"

易涵手指敲打方向盘："你很缺钱吗？缺钱跟我说啊，你不知道我很有钱吗？"

裴呦呦咕哝道："你的钱是你的，关我什么事？"

"你答应和我结婚，钱的事我可以帮你解决。"易涵犹如谈判官，给出了诱人的条件。

车子到了老宅的街道，裴呦呦指向路边，说："在这停吧。"

裴呦呦下车，到后座取回自己的手机。她刚走开几步，易涵隔着车子摘下墨镜，嘴角扯起地笑，问："真的不考虑？确定？"

说实话，裴呦呦不可能不动摇，但这几天未婚妻事件持续发酵，包括今早的意外，都在向她证明——这趟浑水，不是随便一个人都能蹬的！

裴呦呦头也没回，摆了摆手，消失在弯曲的小巷深处。

易涵独自在车里发了会儿呆，拿出手机，打开微博，准备编辑一条道歉的微博。刚打了两个字，车门猛地被打开，裴呦呦直接坐了进来。

易涵很诧异，裴呦呦英勇就义一般，目视前方："我同意了！结婚！那……结婚的话，你是不是要准备礼金？打算给我多少？"

易涵恍然大悟，哦，还是臣服于资本。

"你需要多少？"易涵恢复自信。

裴呦呦一咬牙："十万。"

易涵出乎意料地看着她："十万就行了吗？我以为你会狮子大开口。"

"易涵，我答应结婚是因为我急需十万块钱，而不是为了宰你钱！"裴呦呦极其认真地解释，"还有，首先我们双方必须明确，这并不是真的结婚，所以我们也不应要求对方在此期间履行婚姻义务；其次，这笔钱我不会真的要，算我借你的，我们离婚的时候，我会一分不少地还给你。"

易涵着实愣了一下："啊，你居然把我的台词说完了。"

裴呦呦拿出手机，不再看他，直接说："网银转账，还是扫码支付？"

又是这样？易涵扪心自问，难道他的个人魅力远不如钱和手机？成交就又不理人了？

"喂！喂喂喂！"易涵在裴呦呦的手机上连拍三下。

裴呦呦抬头："易先生还有什么补充的吗？"

"你能不能告诉我，你这么急着用钱干吗？"易涵实在好奇，从车祸当天砸了他板砖还不忘要钱就不难看出，这个裴呦呦是个很爱钱的人。不过呢，阚迪在医院多给她钱她又义正词严地拒绝，现在，又因为区区十万块钱答应结婚……这套路，有些难以捉摸啊。

裴呦呦指了指裴家老房子的小区，实话实说："买房子。"

易涵突发奇想："买房子嘛，我去帮你谈，我很会讲价的。"

裴呦呦一脸疑惑："啊？"

不等裴呦呦再说话，易涵直接下车，裴呦呦想要跟过去，却发现自己被锁在了车里。

裴呦呦度过了忐忑的15分钟后，车门被打开，易涵回来，把一个文件夹潇洒地丢给她。

裴呦呦手忙脚乱地接住，满脸惊诧。

易涵一脸自豪，腰板挺直，说："买好了。我跟那个王阿姨说好了，回头你们和服务平台预约个时间一起去办过户就行。"

"你……"裴呦呦翻开文件夹，眼珠子差点掉出来——这家伙居然付了全款！

裴呦呦声音颤抖地说："你付了128万？128万啊！"

易涵志得意满："对啊，那个阿姨说，有人要付120万买这个房子，那咱们要想从人手里给抢过来，可不就得多付一点嘛。不过你原本跟人家谈的是多10万对不对，我上去直接给砍了两万。可能是因为我长得帅吧，阿姨一下就答应了，你是没看见，气氛特别融洽。"

裴呦呦严重怀疑，易涵这人智商低于常人。

"有钱不能这么花啊！人家砍价都是往下砍，你倒好，往上砍，越砍越多。"

易涵呆愣住："什么意思？"

裴呦呦激动地说道："我本来100万就能买到！"

手机微信提示音响，裴呦呦打开，发信人正是王阿姨。

"小裴啊，房子你放心，你预约好了时间就跟我联系。对了，你跟你男朋友说一声，谢谢他啊，答应跟我合影，我一发朋友圈，老多人点赞了。"

朋友圈？

裴呦呦一脸懵，一刷朋友圈，赫然看到王阿姨发了一张跟易涵的合照。

易涵凑过来看，笑得一脸得意。

"阿姨太热情了，不过也挺好，反正你都点头答应要跟我结婚了，王阿姨这么一发，显得比咱们自己发通稿都真实，房子都买了，谁还敢说我们是假的，对不对？"

事态发展远远超过想象，裴呦呦进退两难，脑中小金库的数字正在疯狂滚动，最后定格在-1097991.04。

易涵见她一脸苦相，"大发慈悲"地把手放在她肩膀上拍了拍，说："这样，多出来的28万我不要了，你就还我100万就行。没事，慢慢还，我不要你利息。"

"那28万本来就是你自作主张加的，跟我没关系好吗？"裴呦呦抖肩膀，直到抖掉易涵的手，用"温柔"的口吻说，"易先生你啊，那28万就当交智商税吧，它能换你以后聪明一点，也不算多了，是不是？"

易涵郁闷不已，却想不出有力的话来反驳，只好转移话题："这个房子拿下来，刚好坐实我们的关系，反倒不着急结婚，随后发个通稿给媒体就行。我们的合约关系大概一年也够了，在此期间，我希望你可以做到：第一，配合我完成所有面对媒体的相关事宜，形式待定；第二，平均每月一到两次配合我外出，因此涉及的一应置装费用都由我来支付；第三，关系存续期间，不得有任何有损我个人形象的言行，尤其是不得与其他异性交往过密。喂，能做到吗？"

裴呦呦张了张嘴，还没说话，易涵又抢过话头："无论如何你都要做到。对了……还有一个要求。"

裴呦呦皱皱眉。

"记住！千万不要爱上我！"易涵一本正经地盯着她。

裴呦呦"呵呵"笑了两声："放心，一定不会！那……我也有个要求。"

易涵眯起眼睛，一副"看你有什么么蛾子"的表情。

裴呦呦拿包下车："你也不要爱上我！"最后一个字，伴随她用力关上的车门，飘散在空气中。易涵重重打了两个喷嚏，揉揉鼻子，从后视镜中瞄一眼裴呦呦背着双肩包离去的背影，一个哆嗦，自己嘟囔道："爱上你？做梦，怎么可能？！"

做戏就要做全套

　　第二天一早，裴呦呦被浩子接到工作室。阚迪当然也在，她一直笑容可掬，对裴呦呦同意结婚的决定十分满意。

　　反观易涵，起床气满满摆在脸上。

　　两人相对而坐，阚迪将合同分发给两人。

　　"两位有什么意见和建议，可以提出来。"

　　裴呦呦仔细阅读，到了最后一条，突然起身说："不行！"

　　"不行！"几乎是在同时，易涵也精神了，从沙发上站起来，指着合同反对。

　　阚迪有些意外，解释说："自从媒体曝光了你们的关系，不管是易涵的公寓还是呦呦的美甲店，两边蹲点的狗仔都多了一倍，我是想，既然做戏就做全套，你们住在一起会省掉很多麻烦，不然三天两头出事，大家不是都烦吗？"

　　裴呦呦心中的小算盘打得噼里啪啦响，说："住在一起……我这边倒是可以当作合租，需要我付什么费用吗？别介意，我也只是想问清楚。"

　　"不会。"阚迪春风和煦地笑，"呦呦，你只管搬过来住，一切开销，我们来出。"

　　裴呦呦点头："那我没什么问题了。"

易涵急了："哎，你没有问题，我有问题！阚迪，你知道我不喜欢陌生人在我家里晃来晃去！"

阚迪回道："呦呦怎么能算是陌生人呢？如果你连女朋友在家里住都不能接受，外人又怎么相信你们是情侣关系？"

裴呦呦悠悠然说："阚迪姐，易涵不愿意就算了，反正我也不想住在这，给人家添麻烦。"

易涵冷笑，将合同一扔："怎么可能？你应该很想吧！"

"我没有！"

"你有！"

"没有！"

两人幼稚得像小学生吵架一样，你一句我一句，伸着脖子不甘示弱。

阚迪和浩子等旁观者表示十分无奈。

裴呦呦也不是没脾气的，最后头一扭，面向阚迪，不再搭理易涵，说："看来合同是签不了了，那我们来谈一下还款的部分。我做了一个计划，我欠易涵100万，等一下我会把原本当作首付的18.2万先付给他，这样还剩81.8万，我争取每年还他10万，四舍五入，8年还清。"

易涵又要爆发，阚迪先开口："呦呦，怎么还钱这个真的不是重点，我们还是先把合同签了。"

裴呦呦说："阚迪姐，是他不签，不是我。"

阚迪在易涵惊讶的目光中，将笔递给裴呦呦："不用管他，我就问你，有没有异议？"

裴呦呦思考了一阵，平静地说："我没有。"

阚迪点头："那好，签字吧。"

一边的易涵情绪激动："什么意思？我有异议！"

阚迪理也不理他，等裴呦呦签完字，确认无误后，就轮到易涵了。易涵摆出抗争到底的架势，却挡不住阚迪严厉的注视，没两分钟就投降，不情不愿地拿起笔，草草签字，然后把笔一丢，谁也不看。

阚迪收好合同，又给了他们两个文件夹，介绍道："这是我和浩子这两天整理的你们两人相知相爱的全过程，背熟，回头再有采访，别再一问三不知的。"

易涵翻开，才看了两行，扶额问："我最艰难的时候靠她一手扶持？谁写的？"

一旁的浩子心虚地举起了手，凑近易涵的耳朵："哥，我得给你一个爱上呦呦的理由，你想想，除了贫苦时不离不弃的优良品质，你还能喜欢她什么？"

易涵勉强地撇撇嘴："也是。"

裴呦呦对这样的情节安排倒是无所谓，只是有点哭笑不得。

阚迪面带微笑，分别拉过裴呦呦和易涵的手，好像证婚人那样，将其交握在一起，说："三天后，我在海边安排一场订婚宴，算是一个非正式的记者发布会。希望我们大家合作愉快。"

订婚典礼的通稿一经发出，引得各大网络平台、自媒体争相报道——"易涵与女友13日于海边举行订婚典礼，神秘女友身份曝光""美甲小妹上演现代版灰姑娘，与巨星易涵甜蜜恋情曝光"。

从易涵的工作室到Inspire，裴呦呦距离两个街道就发现Inspire店门前人头攒动。她开始后悔为什么不听阚迪的话，让浩子送她一程。

裴呦呦将包挡在脸前，一点一点贴着人群的外沿蹭进店里。

只见，店长正在中心位置向人群绘声绘色地宣讲裴呦呦和易涵的爱情。

裴呦呦轻轻拍了拍在旁边听得津津有味的叶子。

叶子激动地惊叫："呦呦！"

裴呦呦胳膊快被她摇掉了，赶紧捂住叶子的嘴。

店长的声音清晰地传来，"我是看着他们俩好的，那时候易涵还不红呢，就是一落魄小歌手，他录制第一首单曲的钱，都是我们呦呦给垫的。店里人都知道，呦呦干活很拼命，没日没夜的，一年到头连件新衣服都舍不得给自己买，为的什么？为的就是帮心爱的人实现梦想。现在外面那些人乱说话，什么现代版灰姑娘，根本不是那么回事，我们呦呦可没有高攀，甚至可以这么说，没有呦呦，就没有他易涵的今天！这么多年了，总算有情人终成眷属。"

裴呦呦不禁要为店长编故事的能力拍手鼓掌："太棒了啊！不过这些事，店长是从哪知道的？"

"这是我们一起利用有限的线索推理得出的结论，应该算你们之间最合理的恋爱故事了，怎么了？不对吗？那实际上是什么样的啊？"叶子的八卦之魂熊熊燃烧。

裴呦呦嘴角抽动，说："呃，挺好的，你们推理得挺好，差不多就是这个意思。"

两人做贼似的偷溜进休息室，一进门立刻就被吓了一跳，小小的空间几乎被各种礼物堆满，从珠宝到彩妆，一应俱全。

裴呦呦惊愕得下巴要掉下来，什么情况？！

叶子一脸艳羡："都是给你的啊呦呦姐，听说你们要订婚，都是易涵的朋友们送来的。"

裴呦呦接过叶子递过来的卡片，上面果然是自己的名字。

叶子推她肩膀，感叹道："易涵人缘真好。"又从一堆礼盒中，随手拿起一个，"呦呦，这个口红礼盒特别火，我上次排队排了好久都没买到，你能不能……"

裴呦呦笑得人畜无害："你喜欢啊？"

叶子拼命点头。

"那我便宜点卖给你！我看看啊，里面有十二支口红，一支四舍五入算两百，一共两千四，我再给你打个对折，你给一千二就行。"裴呦呦眼里金光闪烁。

叶子的笑僵在脸上，默默放下盒子。

裴呦呦见到手的生意要黄，一咬牙："这样，一千，八百！看在共事这么久的分上，八百不能再低了啊！就八百！"把口红礼盒往叶子怀里一塞，"微信转给我就行了。"

裴呦呦下班后，回出租屋收拾东西，她的东西不多，平时分类清楚，收纳整齐，很快就整理完毕。

房东当晚有事，明天才能交钥匙，她只能先搬到易涵那里去。她最后环顾了一圈，检查完水、电、煤气，默默关上门。

按照浩子发给她的地址，裴呦呦找到易涵家，按密码，门锁发出"滴答"的声音，她推门走进去。

客厅里黑漆漆的，她摸黑往里慢慢走，突然被什么东西绊了一下，差点摔倒。她赶紧扶着墙站好，一边继续前行，一边在墙上摸索灯的开关，不小心一触碰，灯没亮起，百叶窗却自动打开，柔和的月光瞬间倾洒进来。

裴呦呦摇了摇头，顾自嘟囔："这人表面上看着光鲜亮丽，谁又会知道他住在垃圾堆里。"话音一落，突然灯光大亮。裴呦呦吓了一跳，没留神脚下有台阶，一脚踏空，眼看就要摔倒。慌乱中，她在空中随便乱抓了一把，忽然有人承受了她的重量，向上一拉，让她暂时稳住了身子。

惊魂未定，抬头一看，竟然是易涵，他另一只手高举着棒球棒，一脸的凶神恶煞。

浩子连忙跑过来，抓着易涵的手腕，一起缓缓放下棒球棒，打着哈哈解释："都说不可能是'私生'了！看清楚，是呦呦！"

易涵当然也松了口气，下一秒，恶作剧般直接松开了手，裴呦呦尖叫着倒在了地上。

她只觉得身下不知道什么东西，硌在她的腰椎上，疼得钻心入骨，一下子连骂人的话都说不出来。

易涵面色肃杀，指着百叶窗："进门就进门，谁让你打开窗帘的？"

"我不是故意的！"裴呦呦艰难地从腰后将东西拿出来，是一只游戏手柄，再一转头，被宛如垃圾场的"家"震惊得足足有半分钟没缓过神来。

易涵黑着脸按下窗帘的开关，百叶窗落下，窗子再次被遮得严严实实，回头看着裴呦呦："我警告你，以后在家里，不要拉开窗帘！"

裴呦呦揉着腰，在浩子的搀扶下，勉力站起来，说："我说了不是故意的，再说……"

浩子赶紧打圆场："是这样的裴小姐，其实之前易涵不住在这儿的，就是因为被偷拍了，才不得不搬家。怎么说呢，现在有些娱记，为了拍点见不得人的东西，无所不用其极，你也不知道在哪儿就藏着高倍摄像机呢，不得不防。"

易涵恨恨地说："跟她说那么多干吗？裴小姐觉得委屈，不愿意住在垃圾堆里，可以走啊！"

她都搬出来了，还让她走？！那可不行，房租合同没到期，她还赔了一个月的租金及押金，怎么可能做赔本买卖再搬回去？裴呦呦一忍再忍，咬着牙问："请问我的房间在哪里？"

易涵爱理不理，默默抗议。浩子笑容堆满脸，帮裴呦呦提行李箱，向裴呦呦做了个"请"的手势，说："那边走廊第二间，就是裴小姐的房间，我带您过去。"

易涵瞥一眼，说："她自己不会走？"

裴呦呦的拳头越攥越紧，死死盯着易涵的背影，就这气量，还大明星呢，简直小肚鸡肠！

气氛紧张，火光四射，随时要爆发，浩子站在两人中间尴尬地转来转去。

裴呦呦一把从浩子手中夺过行李箱的拉杆，说了句"谢谢"，自己离开。

婚纱

易涵空出的房间，大概他搬进来后从没打扫过，一进屋裴呦呦就被呛得不停咳嗽，指尖在床垫上划过，果然，厚厚一层灰。

浩子不好意思地挠挠头："裴小姐，时间太紧了，没来得及收拾，你可能要辛苦一下了。"

裴呦呦挤出一个笑容，目光在房间里扫视检查一圈，以她这么多年的租房经验，这个东厢房除了脏，倒还算不错，家具和地板几乎崭新，窗子也很大，外面还有个小露台，清晨可以晒到阳光……

这一夜，裴呦呦几乎没睡，忙忙碌碌，洗洗刷刷，直到屋子焕然一新，她才满意地把自己的东西拿出来，一样一样摆好。她的动静不小，易涵竟然躲在自己房间里一次却没出来过。

天蒙蒙亮，客厅里"脏、乱、差"的全貌在裴呦呦面前彻底展现，除了靠在沙发后那面墙的柜子。

这样的环境，怎么能住人？

裴呦呦踮着脚，越过满地的杂物，好奇地走过去，在陈列柜前歪着头打量。

原来易涵是手办爱好者，虽然她对手办没什么研究，但易涵收藏的，大概都值不菲。

裴呦呦敲了敲酸痛的后背，眼不见心不烦，她抬手遮着眼睛，一路冲回卧室。

裴呦呦醒来时已经快迟到了，她换好衣服冲出房间。易涵那头，还是一点动静没有。算了，管他的！

下午裴呦呦和房东约了时间交钥匙，请完假，正在赶去的路上，就接到个陌生的电话。

"你好，我是裴呦呦……婚纱？什么婚纱？"

一个小时后，裴呦呦站在婚纱店前，迟疑片刻，犹豫着要不要进去。

太诡异了，易涵怎么可能为她准备婚纱？如果准备了，也是工作需要，阚迪一定会通知她。

对，不能去，裴呦呦抓紧包带转身正要走，一个女人袅袅婷婷地推门从店里走出来。

"呦呦！我等你好久了！"

裴呦呦僵硬地扯出一个笑脸，回过身。

女人个子高挑，笑容"标准"，热情地拾起她的手，说："呦呦你好，我叫肖岚，是易涵的朋友，来，进来……"

"我……不要吧！你一定是搞错了！易涵不会给我准备婚纱的……"

"全天下人都知道你们马上要订婚了，怎么可能不是你？"肖岚把她的推拒当作害羞，搂着她的肩膀，半拉半拽，将她带进店里。

宽敞的更衣室里，裴呦呦在巨大的落地窗前试婚纱，三个店员在她身旁忙得不可开交。

裴呦呦看着镜子中的自己，头发松松挽起，身穿美轮美奂的婚纱，只觉得非常不真实。她忍不住伸手摸向镜子中自己的脸，喃喃自语："我现在的样子，好像我妈妈。"

一位店员搭话说："看来裴小姐的妈妈也是个大美人！"

裴呦呦有片刻失神。

"好了，您看看，觉得哪里有不合适的地方就告诉我，因为这件婚纱是定制的，如果要修改得送回意大利，为了给您和易先生的婚礼预留出充足的时间，咱们得早做准备。"

从进门到方才，裴呦呦否认了三遍，奈何但凡人们认定的事情，哪有那么容易被别人动摇和改变。

她苦笑了下，问："你刚才说，这件婚纱是易涵早就准备好的？"

店员连连点头，眼睛里冒爱心："对啊，放在这都快两年了，当初，大概是你们刚谈恋爱那会儿吧，易先生就认定您是他未来的妻子了。在我们老板的牵线下，找到全世界最好的婚纱设计大师里卡多，当时人家一口回绝，易先生不甘心，亲自飞去意大利找他。这不，这件婚纱一共花费一年多的时间才做好……现在，终于啊，等到您来把它穿走了！"

裴呦呦微微愣了一下，伸手就要去拉背后的拉链。

易涵这么宝贝的婚纱，她可不敢动，那小气鬼，知道了非得追着她不停责备。

店员脸色大变，着急说："别呀！裴小姐，老板说了，想亲眼看到您穿这件婚纱的样子，您要是不出去，我这个月的奖金可就泡汤了，求您别为难我。"

裴呦呦实在是不解，说："这有什么好看的啊？"

"拜托了，拜托了！"

小店员看起来年龄不大，这个工作一定来之不易，裴呦呦想到刚出来打工的自己，不禁心软，点了点头，店员高兴得不得了，赶紧把更衣室的门打开。

一踏出更衣室，就听到争吵声，不对啊，怎么听上去像易涵？

易涵正和肖岚鼻子不是鼻子，眼睛不是眼睛，不耐烦地说："什么鬼惊喜？到底叫我来干吗？"

没等肖岚说话，更衣间的门突然开了。

一个穿着婚纱的人影缓缓走出来，长长的裙摆在她身后拖曳。

更衣室的灯光在她身后，将她的轮廓打出淡淡的光环，一时看不清她的样子。

易涵愣住了，他认出，这正是他早年为阚迪定的那件婚纱。

有一瞬间，他甚至以为向自己走来的人是阚迪，一下子不敢呼吸。

周围传来人们的吸气声和赞美声。

裴呦呦确认，和肖岚吵嘴的确实是易涵，也有点意外，而他眼中的迷醉，竟让她突然心跳加速，愈发不安。

裴呦呦清醒过来，说："你怎么来了？"

裴呦呦的声音让易涵猛地回神，他这才看清楚，眼前的人根本不是阚迪，而是裴呦呦。他眼里的火焰迅速熄灭，所有的震撼和沉醉瞬间转化成火气一下子冒了上来。

易涵指着婚纱，几乎是大吼道："谁让你穿这件衣服的？"

肖岚惊愕，去拽易涵："干吗啊，易涵！这本来不就是给呦呦准备的吗？"

易涵压低声音，更加阴沉："马上脱下来。"

肖岚慌张道："是我把呦呦找来试婚纱的！你怎么……"

易涵根本不理肖岚，脑海里回荡着阚迪当初嫁给朱文耀，在台上穿着廉价的婚纱，笑容甜甜，眼中泛泪，说着"我愿意"，却根本不给这件婚纱一丝一毫的机会。

而他，在她心中到底算什么呢？

裴呦呦愣住，双手攥成拳。易涵说着就要上前去拉裴呦呦："好，你不脱，我给你脱！"

肖岚赶紧扯住他，两个人争执不下，周围也没人敢上前劝说。

裴呦呦深吸了一口气，松开拳头，低头说："易涵，你不用这么激动，我这就去换下来。"

肖岚面露尴尬说："呦呦，不好意思啊！"

裴呦呦向她勉强笑了下，拎起裙摆，转身进了更衣室。

肖岚恼火地看着易涵："你干什么啊？这婚纱不就是给呦呦准备的吗？你这什么态度啊？！"

易涵理智全无，指着肖岚说："我警告你肖岚，别以为有几年交情，你就自作聪明，这次算了，以后我的事，不用你管！"

更衣室的门再一次打开，裴呦呦已经换回了自己的衣服，面无表情地走了出来。

易涵直接冲进去，抱起那件婚纱，扬长而去。

一路灯火，易涵的车子在路上飞驰，庞大的婚纱几乎占满了整个后座。等他冷静下来后，他已不自觉地来到阚迪家楼下。

他摇下车窗，仰头望向那扇熟悉的窗户，房间里亮着灯，有模糊的身影走过。几年来，所有相处的点滴再一次在他脑中走马灯般过了一遍。

阚迪陪他一起去唱片公司试唱，因为只有一把伞，怕他感冒影响嗓子，把伞全部撑在他头上，自己淋得透湿。

阚迪陪他一起练习弹唱，两个人亲密到可以分一份盒饭。

阚迪拿着他的唱片小样等在唱片公司楼下，恳求制作人试听。

颁奖典礼现场，他站在台上，阚迪在台下，泪流满面。

易涵眨了眨眼，终是将车子掉头，疾驰而去。

在外面兜风到十点多，易涵才回到家，在车库发现了阚迪的车子，一转眼，她手里拿着个文件袋下了车。

易涵将车猛停到她跟前，她吓了一跳，脚崴了一下，差点摔倒。

易涵蹦下车去扶她："你没事吧？"

阚迪狠狠推他一把："臭小子，你去哪里了？打电话也不接。"

"我没事。"易涵气鼓鼓的，"你……刚才没在家里吗？"

阚迪脸色大变，很快调整过来，笑了下，并没回答。

"你呢，到底去哪里了？"

易涵下意识地看了车里的婚纱一眼。

阚迪顺着他目光瞥过去，有种不祥的预感。

"我问过呦呦，她情绪不太好，你欺负她了吗？"

易涵冷笑道："别开玩笑了，我哪有时间欺负她！"裴呦呦身着婚纱，脸上委屈又倔强的画面在眼前闪了闪，易涵甩甩头想把这画面甩掉，"别提她了，对了，你手里这是什么？"

阚迪神秘莫测地一笑，说："好消息。"

易涵拉住她手臂："走，上楼说。"

阚迪进门，先去叫裴呦呦，裴呦呦显然也刚到家，包包还没摘下来，脸上也没什么表情，只有眼睛有点红肿，她看了一眼一脸无所谓的易涵，转开头，笑笑说："阚迪姐你来了。"

阚迪说："嗯，我来找易涵谈点事，刚好在楼下碰见了。"

裴呦呦打哈哈说："你们忙你们忙，我不打扰你们。"

阚迪点头，走到易涵身边，察觉出不对劲，说："以后同在一个屋檐下，对呦呦好一点。"

易涵的火药味还是很重："跟我毫无关系的一个人，我为什么对她好点，谁来对我好点？"

阚迪板起脸，盯了他一会。易涵渐渐消了火，推着她去书房，将门关上。

阙迪叹了一声，把手里的文件递给易涵："你看一下吧，这是我们之前跟《余生》签的合同。"

"什么意思，不是不演了吗？"

阙迪摇了摇头："合同里写明了是主演，但没有写角色名，他们跟我商量，希望你能出演另一个角色，戏份比之前的少十几场，但也是主演，我就答应了。喏，这是剧本，你的这个新角色叫……"

阙迪话还没说完，正要从包里拿出剧本的时候却不小心带出了另一份合同，阙迪赶紧捡起来要放进包里，却被易涵一把抢了过去。

阙迪慌乱地喊道："易涵，给我！"

易涵当然不给，一翻开。

"《离婚协议书》。"

分地盘，立规矩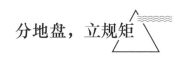

裴呦呦换了居家服，思量再三，还是走出卧室。

刚从婚纱店出来后，她心不在焉地在街上乱逛，连晚饭都没来得及吃。这会肚子饿了，想想易涵家乱七八糟的厨房，恐怕连锅碗瓢盆都找不到吧，裴呦呦最后决定吃泡面。

她端着泡面盒去厨房接热水，路过易涵房间旁的书房，门虚掩着，里面正传来激烈的争吵声。

当听清楚他们在说什么的时候，裴呦呦完全傻了，泡面盒差点掉下来。

"易涵，你疯了！知道自己在说什么吗？"

易涵几乎是用吼的："我当然知道！这句话在我的胸口翻滚了快

十年，我每天每夜、每分每秒、无数次都想告诉你，可是我不能说！我只能忍着！我以为只要我沉默，就能成全你的幸福。可结果呢，你一点都不幸福！可我还是不能说，我只能等。你知道吗？那天当那些记者把我们围得水泄不通，质问我，是不是喜欢你，我有多想承认，我就是爱你，怎么了，爱一个人有错吗？"

阚迪头昏脑涨，按着太阳穴，不解地看着他："易涵……你怎么……"

"大概是连老天都可怜我，你现在终于跟朱文耀那个混蛋离婚了，我可以名正言顺地说爱你，阚迪，过去的就让它过去，从现在开始，我会在你身边，我会给你幸福。"

易涵接着剖白，这些年憋得太难受，事到如今，他没必要再忍受单相思之苦。

阚迪却再听不下去，打断："够了！"

易涵豁出去了，双手抓住阚迪的肩膀，深深凝视她，说："阚迪，我喜欢你，我爱你，你到底明不明白！"

阚迪愣了一秒，然后用力掰开易涵的手，后退了几步，跟易涵保持距离，从包里拿出剧本，递给易涵，面无表情地交代："好好看剧本，下周你要去跟全体主创做围读，我先走了。"

阚迪没走出几步，被易涵一把握住手腕。

"如果你今天不给我一个明确的答复，我就不去。"

阚迪垂眸，看了看被易涵抓紧的手腕，又看看眼前的易涵，表情冷漠，无动于衷。

"你知道自己在说什么吗？你是小朋友吗？你一直在说你喜欢我，那你有没有问过我，我究竟喜不喜欢你？"

易涵被噎得一顿，想了会儿，说："还用问吗，我们一起经历了那么多，难道不是彼此最重要的人？"

"不是！"阚迪故意不去看易涵那炽热的目光，它正逐渐变得黯淡，阚迪将他的手一点点挣开，说，"你错了，易涵，我根本不喜欢你！我们认识了这么多年，如果喜欢，早就喜欢了。而事实上，你在我眼里，甚至不是什么重要的人……你，不过是我一手打造的商品，我负责规划让你如何获得成功，如何赚取利益，成为我最得心应手的赚钱工具，仅此而已！"

"赚钱工具"四个字像利剑一样刺进易涵的心脏，瞬间血肉模糊。

易涵颓然地松开手，接着一把夺过阚迪手里的剧本，将剧本又揉又扯，丢进垃圾桶，随后夺门而出。

阚迪没打算追他，走到客厅时，在厨房的拉门后看见一个身影。

"呦呦？"

被当场发现，裴呦呦尴尬至极，无奈地走出来，也不知道该做什么表情，举起手里的泡面，扯扯嘴角，说："我……好像总是在不该出现的时候出现。"

阚迪关心地说："刚才就看出来了，你脸色不太好，原来是还没吃饭，要不要我给你点餐？总吃泡面不营养。"

"不用不用……真的不用。"

"好，那你慢慢吃，我先走了，有什么需要，就给我打电话。"

阚迪转身离开，裴呦呦上前一步，问："阚迪姐，易涵就这么跑出去了，真的没关系吗？"

"不用管他，他跑不远。"阚迪抬腕看了看时间，"最多到明天早上八点，肯定回来。"

阚迪走后，裴呦呦捧着泡面盒，环顾偌大的堆满杂物的客厅，突然觉得易涵有一点可怜。

她叹了口气，放下泡面，从地上捡起一样东西，开始收拾。

夜已深，万籁俱寂，易涵将车停在一处靠海的悬崖边，脑子里挥之不去的全都是阚迪跟他说的那些话。

"赚钱工具"！

原来在她心里，他只是个工具，怪不得这么多年的朝夕相处，患难与共，她可以不付出一丝丝感情。谁会对一件物品付出真心呢？

易涵下车，愤怒地打开另一侧的车门，从后座拿出那件婚纱，大喊着用力朝悬崖下丢去。

天光大亮，易涵在外面晃悠了一晚，晕晕乎乎地回到家中。

打开门的一瞬间，吓得他瞬间清醒，差点蹦起来，以为走错了，只见一向杂乱无章的客厅，居然一夜之间变得井井有条。

现在的"私生"，流行闯进明星家里收拾屋子吗？

如果不是……那就是闹鬼了！

他站在门口，久久不敢走进去，目光在每一件物品上慢慢逡巡，直到发现睡在沙发上的裴呦呦。

易涵松了口气，关上门，慢慢走近裴呦呦，蹲下，仔细端详她的脸。从眉毛到紧闭的眼睛，到小鼻子，到微微嘟起的嘴唇，她的皮肤不错，白皙到几乎有些透明，脸上有细小的绒毛。睡着的她，安静温柔，嘴角不时翘了翘，还有一点可爱。

易涵的手忍不住轻轻朝她的头发摸去，可下一秒，他直接恶作剧地一把揪住了裴呦呦的耳朵，对着她大喊："谁让你乱动我的东西！"

裴呦呦惊醒，睁眼一看是易涵，用力推开他，使劲揉耳朵："你有病啊！我要是聋了，你负责养我下半生吗？"

"小姐，青天白日，还做梦呢？我养你？你还真把自己当我未婚妻了？"易涵一边说，一边走回卧室，"我现在很困，等我起来再跟你算账！"

易涵澡都没洗，直接躺在床上，用手机看家里安装的摄像头所拍下的视频。

视频里，裴呦呦一整夜几乎一刻也没闲着，屋子一点点在她手里变成他刚才看到的样子。

他有些别扭，干脆不看了，把手机丢到一边，又想起什么，摸过手机打开，手指在阚迪的头像上犹犹豫豫，准备点下"删除"。

他泄气地用另一只手蒙住眼睛，到底还是没点下去，最后只是选了"取消置顶"和"取消星标"，然后将手机随意扔在地毯上。

易涵疲惫不堪，整夜睡得死沉死沉的。他梦到阚迪穿上那件婚纱，迎着太阳向他走来，满眼的流光四溢，夺目照人。然而，等走近一看，易涵蓦然发现，阚迪的脸转瞬变成裴呦呦……裴呦呦微微一笑，向他抛媚眼，嘴巴嘟起："易涵！你愿意养我吗？"易涵鸡皮疙瘩爬满身，坚决拒绝："不愿意！不愿意！""不愿意？！"裴呦呦脸色一寸寸阴沉下来，方才头顶还阳光明媚，这会儿立刻大变天，乌云密布，雷声大作，她手里缓缓举起一把菜刀，在空中剁着，发出"咚咚咚"的声响，威胁道，"易涵！愿不愿意？"易涵想逃跑，却吓得一动不敢动。裴呦呦蓬起的婚纱裙摆上不知道什么时候溅满了血迹，有几滴还挂在她的脸上，她眯起眼睛，盯着他，继续邪恶地笑问："易涵，愿不愿意？"

易涵惊恐哀号，从床上弹坐起来，那极具穿透力的菜刀声还没有停止。他摸了把额头的汗，使劲掐手臂。"哎呀，疼！"梦醒了，可是剁菜刀的声音怎么还没停？

"裴呦呦！你在干吗？"易涵气冲冲地推开厨房门。裴呦呦正在聚精会神地剁肉泥，一回头，看到穿着睡衣顶着鸡窝头的易涵，不由得有些错愕。

稍微适应了一下这种落差感，裴呦呦举了举手里的菜刀："易先生，你看，天都快黑了，我要做晚饭！"

这画面让易涵联想到刚才的梦境，莫名的恐惧支配着他退出厨房，堪堪扒着门说："你吵到我睡觉了！"

裴呦呦理所当然地说："可现在是吃晚饭的时间，不是睡觉的时间。"

易涵语塞，看了眼明晃晃的菜刀，又退一步，说："叫外卖！"

裴呦呦无意识地上前："那是不是你给钱？"

易涵咬牙切齿，目光始终在菜刀上，一路跑到客厅才说："我给！把刀放下再说话！"

"跑什么啊……"裴呦呦不解地看了眼自己手中的菜刀，喊道，"那你继续睡，外卖到了叫你。"

只听易涵用模糊的声音说："不用了！"

不知道是不是受噩梦的影响，易涵再也睡不着了，所以当裴呦呦叫他吃饭时，他起床气也收敛了些，表情呆滞地拿筷子在盘子里扒拉。

裴呦呦坐在餐桌另一面，穿着洗旧了的连衣裙，头发随便一挽，吃得正香。

半晌过去，没人说话，气氛不免有些诡异，裴呦呦随便起了个话头："对了，你跟阚迪姐认识多久了？"

"十年。"

"难怪，感觉她真的很了解你。"

易涵缓缓抬起眼皮。

裴呦呦用筷子上端点点下巴："昨天你跑出去，我问她有没有关系，要不要去找你，结果她说，没事，你早上八点以前肯定回来。还真是，说得真准。"

易涵立刻胃口全无，直接放下手里的筷子，起身说："别吃了，过来！"

裴呦呦皱眉："干吗？"

易涵叉着腰，以地主的姿态说："分地盘，立规矩！"

易涵带着她来到客厅中间，说："窗帘的事情，我已经跟你讲过了，再就是这个房子除了客厅、厨房、卫生间，还有你自己的房间以外，其他地方都不准随意出入。我的东西，也不准随便乱碰，尤其是我的手办，我每一样都是有标记的，如果被我发现，你动了我的东西，我就，我就……"

裴呦呦摆摆手，表示没兴趣："你放心，我不会动你的东西的，但我也不喜欢住在垃圾堆里，希望易先生对保持公共生活空间的整洁能有一点自觉……"

易涵刚要插话，裴呦呦接着说："除此之外，我们虽然住在一起，但我想就跟外面的合租房差不多，大家井水不犯河水，如果能不见面，就再好不过了！"

易涵拍手称赞:"没错!我也是这个意思,那我们把公共区域也大概划分一下。"

他在客厅里指了指:"这,这,这,我的。"然后,又指了指一个单人沙发:"这个,你的。"

两人大到厨房的炉灶,小到冰箱层数,都一一划分,易涵满意地抬了抬线条完美的下颌:"怎么样,还有什么要说的?"

裴呦呦耸肩:"没有,都可以接受。"

"很好,我现在继续回房间休息,你呢,记住,不要再剁菜了!"易涵严正警告。

裴呦呦"哦"一声:"今晚应该不会了。"

易涵转身之前,裴呦呦叫住他:"对了,你醒之前肖岚把明天订婚要穿的礼服送来了,你要不要试试?"

易涵转眸看一眼放在沙发上的礼服,没说话,回了房间。

星星糖纸

第二天,正是易涵工作室宣布订婚典礼的日子。沙滩上搭起订婚礼的场地,以白色为主题,全部用白色的百合、玫瑰和海芋花艺布置,白色的纱幔在海风中飘荡。

宾客们陆续到场,十分热闹,各大媒体的记者、摄像,则早已准备就绪。

裴呦呦礼服加身,妆发精致,向休息室的窗外望去。这真是一个好天气,晴空万里,宽阔无垠的大海上,海鸥自由地飞翔,一切平静而浪漫。转过身,镜子中打扮鲜亮的自己,完全是另一个女人,她是怎么走到今天这一步的呢?从昨晚易涵看礼服的表情她就料到,今天的订婚典礼，他将会缺席。

身后，阚迪还在不停地给易涵打电话。

敲门声响起，浩子走了进来。

"怎么样？"阚迪迎上去。

浩子摇头，苦着脸说："他说，他只是个……赚钱工具，对你来说一点不重要，让你……"

阚迪气得发抖："怎么样？"

浩子声音越来越小："让你自己看着办……"

阚迪长叹口气，饶是她在娱乐圈里经历过大大小小的风浪，也没像现在这般，脑子里一片空白。

"既然这样，我要换衣服了。"裴呦呦说完，走下镜子前的台子。

阚迪走上前说："呦呦，抱歉，我真的不知道该说什么……易涵他一向都很顾全大局，我也不知道他怎么了，他以前不会这样的。"

裴呦呦沉默，阚迪按了下她的肩膀，神色中带着一丝恳求。

裴呦呦无声发问。

阚迪抓住她的手，说："呦呦，你一个人出去，可以吗？我会帮你准备好一套说法，只要有你这个女主角露面，至少场面不会太难看。"

裴呦呦一阵无语，摇了摇头，语气坚决："我一个人出去，不觉得太奇怪了吗？我该怎么说？什么样的说法会让别人相信，有事会比订婚重要？所以，我不打算出去。"毫无疑问，裴呦呦说得十分有道理，但她强势的态度也让阚迪有些惊讶。

阚迪无奈道："可是总得有人来收拾这个烂摊子。"

"那让易涵自己来收拾啊。真是的，让两个女人善后，亏他干得出来。"见阚迪皱眉发愁的样子，裴呦呦想了想，问，"听说明星的微博账号都是由经纪团队来运营的，你有他账号的密码吗？"

阚迪不解，一转念，眼睛里终于恢复神采。

一个半小时过去了，裴呦呦换回自己的衣服，呆呆地坐进沙发，打开微博热搜，"易涵与未婚妻私奔"的词条果然"爆"了，她控制不住自己的手，点了进去。

看到了易涵的微博，那条刚发出不久的"别等了，我们私奔了！"的微博留言数已经激增到了三万条，点赞数八万。

裴呦呦再次感叹易涵的受关注度，可越是这样，越是生气他今天的幼稚行为。身后，忽然有人轻轻推开门，走了进来，裴呦呦还以为是浩子，或是别的什么人，没有回头。裴呦呦收拾着背包："等我一下，马上就好。"

裴呦呦正转头，这时，一只松松握着的拳头伸到她的面前，手心向上，打开，里面竟然是一颗大白兔奶糖。

裴呦呦愣住半晌，思绪仿佛一下被拉回到小时候，她的手微微颤抖着，轻轻拿起那颗大白兔奶糖，剥开糖纸，眼前的画面与回忆重叠。

已经记不清那时的她是五岁还是六岁，父母还没离婚，她还住在老房子里，小女孩用短短的手指小心翼翼地剥开糖纸，将糖塞进嘴里，同时鼓着腮帮子，将糖纸快速折成了一颗星星。

她高兴得眯起了眼睛，回头看着比自己高出两个头的少年，嘿嘿一笑："天诺哥哥，给。"

糖纸星星落在身后那人的手里，裴呦呦缓缓抬起头，呆望着镜子里站在自己身后的林天诺。

林天诺对她温柔一笑："呦呦，好久不见。"

裴呦呦呆了一阵子，不知所措起来。

之前只知道易涵和林天诺因为《余生》有交集，想着可能会有机会重逢，没料到，竟是这种尴尬的境况。

十分钟后，裴呦呦坐在了林天诺的车上，前面是浩子开车带路回易涵家。

裴呦呦稍稍有些别扭，毕竟近二十年没见过，他已然不再是哄她吃糖的大哥哥，而是才华横溢又外形出众、国内数一数二的青年导演。她呢，也不是当初哭唧唧的小丫头……但她清楚地记得，林天诺是她父母后来闹离婚时，唯一一个带给她温暖的人。

裴呦呦不好意思地说："没想到这么多年没见，一见面就被你看到我被人放鸽子，真是丢脸啊。"

林天诺摇头说："哪有，要不是你跟易涵的消息满天飞，我怕是还找不到你。呦呦，这么多年你跑哪儿去了？我其实……一直在找你。"

裴呦呦用淡淡的语气说："我妈走了以后，爸娶了后妈，那个女人觉得原来的房子位置太偏，就哄着我爸卖了老房子买新的，然后我们全家就搬走了。你呢，挺好的吧？没想到你真的做了导演，我看过你的电影，拍得挺好的，我特别喜欢。"

林天诺若有所思，听完后，问道："真的吗？"

"当然是真的了。你拍的每一部，我都觉得特别好！"裴呦呦说着说着，兴奋起来，伸出两个大拇指，比画给他看。

林天诺温柔地看着她笑容，不知怎么，车内有一瞬间的沉默。

裴呦呦转回身，渐渐收起笑。林天诺忽然开口："呦呦，看新闻说，你现在是一名美甲师是吗？"

裴呦呦点头。

林天诺回忆起过往，有几分怅然："记得你小时候最喜欢画画了，我以为你以后一定会读美院，我还等着我们的呦呦小画家赠我几幅画呢。"

听着他的话，裴呦呦也记起许多儿时的画面，不禁失笑，可一转念，与现实一比较……她的笑容僵住了。从来，裴呦呦骨子里是自信而骄傲的，可此刻在已经实现梦想的林天诺面前，竟避免不了地自卑起来。

"就差一点。"

"嗯？"

"就差一点啊，本来是要读美院的，通知书都拿到了，可一直拖到了开学，我后妈都不肯付学费，我一气之下就离家出走，再没回去过。但很快我就发现，想要生存，真的太难了，没有学历，也找不到什么工作，最后还是靠着一点美术底子才做了美甲师，说起来，算是生活所迫吧。"

林天诺沉默良久，斟酌着开口道："呦呦，有什么我能帮你的吗？"

裴呦呦扑哧笑了出来："天诺哥哥，其实没那么糟，我现在这样也很好啊。当时读不了大学，我本来是很绝望的，我以为，或许真的不是每个人都那么幸运有资格追求梦想的。但工作以后却发现，在无法选择的现实生活中，发现光芒同样重要。我现在是真心喜欢这个行业，真的！而且，你看我很快就要结婚了，不是很好吗？"

林天诺满眼的担忧，裴呦呦却笑得没心没肺。

"如果真的好，那为什么易涵发了私奔的微博，却把你一个人留在现场？"

裴呦呦解释说："不怪他，他有时候是有点小孩子气，但其实他心里很爱我的，你就放心吧……哎，好像到了。"

浩子的车进入地下车库，林天诺跟着将车子开进去。

"天诺哥哥，有时间一起吃饭啊。"裴呦呦一边下车一边说，脸上一直灿烂明媚。

林天诺解开安全带，也下车，绕到她面前："要不我送你上去吧。"

浩子站在不远处，听见这话后挑了挑眉。

裴呦呦摇手："不用啦，有助理陪我，你放心。"

两人再次挥手告别，林天诺眼看裴呦呦在浩子的陪同下走进电梯，才松开自己一直紧握的掌心，是那颗用糖纸折成的星星。

回到车上，林天诺从暗格里面拿出一个小小的铁盒，掀开，将小星星放进去，轻轻晃了晃。铁盒里整齐地摆满了糖纸折的小星星，只不过时间久远，已显得斑驳。他笑笑，把铁盒又重新藏好，发动车子离开。

裴呦呦到达易涵家门之前，脑中重复出现与林天诺重逢后的画面，直到打开门，发现门里已经又变成了一个垃圾场，她才回神，气势汹汹地走向正在边吃薯片边看电视的易涵。

裴呦呦上前恨恨地拿起遥控器，关掉正在播放奥特曼的电视机。

"哎？你这人干什么？"易涵将薯片一扔，站起来，趿拉着拖鞋跟她抢遥控器。

裴呦呦将遥控器藏在身后："原来你一直在家！"

"对啊，订婚现场怎么样，好玩吗？"

裴呦呦狐疑着，易涵这张好看的脸，怎么能摆出这么欠揍的表情！

"你说呢？"

易涵哼了一声，嘴里还在嚼着薯片。

"不过你们挺厉害的啊，仗着有我微博的密码，还玩了这么一出，我服气。"

他吊儿郎当的态度，让本来就一肚子委屈的裴呦呦更加窝火，将遥控器向易涵胸口一丢。易涵手忙脚乱地接住，仍是被砸到了胸口，不禁哀号一声。

"裴呦呦你疯了！"说完，他不停地揉着被砸的地方。

"你以后能不能别这么幼稚？你跟你的经纪人爱吵架吵架、爱赌气赌气，你们俩哪怕关起门来摔盘子摔碗打一架，都行！随便！但别拿我开涮好吗？我今天可是特地请了假没上班，早上六点就起来化妆了，结果一来一去，连张能发朋友圈的照片都没拍上，你浪费了我整整一天时间！耽误我睡觉！耽误我挣钱！现在还在这说风凉话，我告诉你，我……我很不开心！"

易涵被裴呦呦的架势震住，停下了揉胸的手，问道："所以呢，你想怎么样？"

裴呦呦抱紧手臂，往沙发里用力一坐："我要精神赔偿！"

易涵暗嗤一声："怎么赔？"

"易先生，你应该看得出来，我也不是不好说话的人，这样，免我半年还款额度。"

易涵气得差点背过气去。

就在这时，门铃响了。

易涵指指门，说："去开门。"

裴呦呦站起身，叉着腰："你赔不赔？"

易涵仍是一副不耐烦的模样："赔赔赔，你真不愧是姓裴，快去开门。"

裴呦呦气呼呼地瞪了他一眼，去开门，不等她看清来人是谁，就被对方一把紧紧抱住。

"终于找到你了!"

呦呦鹿鸣,食野之苹

易涵听见门口突然没了动静,正好奇要出声询问,一回头,看到的正是自己所谓的未婚妻跟一个年轻男人在自家门口拥抱的画面。

易涵愤怒地起身,大步走过去,试图将裴呦呦拉开,第一下没拉动,他更气了。

"你谁啊!干吗呢?放开她!"

年轻男子闻声,稍微松手,一脸的无辜。

因为惯性,裴呦呦直接落入易涵的怀中,她下意识就要挣开,却被易涵死死按住。

易涵伸出手机,作势拨打,警告说:"你别乱来,我要报警了!"

男子一点畏惧都没有,粲然一笑,露出标志性的八颗大白牙,激动地来回看他们:"姐姐!姐夫!"

"啊?"易涵愣住,低头问怀里的裴呦呦,"认识吗?"

裴呦呦好不容易从易涵怀里探头出来,上下打量他,摇了摇头。

易涵立马变脸:"别编了!'私生'是不是?这次目标换我老婆了?亏你们想得出来!赶紧、立刻、马上给我滚出去!"

易涵用力关门,却被男子用手臂撑住门板。

他模样急切,转向裴呦呦,说:"姐!我真的是你弟弟,亲弟弟,可以滴血认亲的那种。"他忽然想起什么,连忙从口袋里拿出一张照片,递到裴呦呦面前,"姐,你看!我们虽然没见过面,我知道我来得也十分唐突,实在抱歉!但我……真的是你亲弟弟!我……我叫鹿鸣。"

照片老旧，年代感极强，还有几道折痕，看样子并不像造假。

裴呦呦一下愣住，眼角泛起湿润，她接过照片，手有点微微地抖。

照片里，小小的她坐在一个年轻的女人腿上，那女人的眉眼跟自己几乎一模一样，她早已忘记那是怎样的光景，可以紧紧抱着妈妈的脖子，而妈妈则低头温柔地看着她笑。

眼泪噼里啪啦滴落下来，她颤抖着将照片翻过去，背面有妈妈的字迹，写着：呦呦四岁留念。

裴呦呦努力平复了下情绪，找回一点理智，说："她走了以后，爸爸就把所有照片都烧了。"

鹿鸣叹息说："这张是妈一直带在身边的。"

裴呦呦再次抬头看鹿鸣，目光却像越过了千山万水。

"你真的是……我弟弟？"裴呦呦无措，下意识求助似的转头看一眼易涵。

易涵作为局外人，比她更蒙，干脆抱着手臂，后退了几步，目光在两人脸上逡巡，不得不承认，还真有点像！等等，尤其是眉眼和嘴巴，简直一模一样好吗！

裴呦呦目不转睛地瞧着眼前的大男孩，结结巴巴地问："你，你说，你叫鹿鸣？"

鹿鸣用力点头，像只小狗一样巴巴地望着裴呦呦，接着两人一同开口："呦呦鹿鸣，食野之苹。"

回忆的闸门猝不及防打开，裴呦呦仿佛看到，年幼的自己窝在妈妈怀里，跟妈妈腻在一起看书，妈妈的手指着书本的内容，一个字一个字地教裴呦呦。

"看到没，这是你的名字，怎么念？"

裴呦呦手舞足蹈："呦呦。"

妈妈表扬了她，接着问："后面呢？"

裴呦呦脆生生地答："'呦呦鹿鸣，食野之苹。'妈妈，如果以后你再给我生个弟弟的话，我们就叫他鹿鸣好吗？"

妈妈弹一下她的小鼻子："好啊！"

鹿鸣鹿鸣。裴呦呦不曾想，当时童言无忌，母亲真的履行了诺言，将再婚后的孩子取名为鹿鸣。

此刻，鹿鸣正坐在餐桌前大快朵颐，一边吃，一边讲述那些年没有她参与的故事。

"妈是1998年到的布拉格，大概半年后就跟爸爸结婚了，然后就有了我。在此之前，从来没听她提过国内的事情，大概是不想让爸爸知道她曾经结过婚吧。"

裴呦呦黯然："反正对她来说，也不重要。"意识到什么，猛然看向鹿鸣，"既然她刻意隐瞒，那你又是怎么知道的？"

鹿鸣眼神一黯，放下碗筷，等了一会儿才沉声说："爸妈的感情一直很好，半年前，他们一起去旅行，纪念结婚20周年，结果出了事。我是在整理妈妈遗物时看到这张照片的，才知道，我还有个姐姐。"

裴呦呦难以置信地睁大眼，心像被猛地插了一根针，刺痛一点点蔓延全身。她再开口，嗓子已经哑了："你说什么？遗……遗物？"

鹿鸣神情哀伤："她跟爸爸都没活下来。"

裴呦呦的眼泪已经噼里啪啦掉下来。

易涵看不过去，叹了口气，把纸巾盒不动声色地推过去。

裴呦呦浑身僵硬，一动不动，他只好抽出一张纸巾，盖在裴呦呦脸上。

裴呦呦反应过来，有一瞬的愣神，按住纸巾，擦了擦眼泪。

鹿鸣打起精神："其实，最难熬的那段时间已经过去了，我一度还以为自己以后就是孤儿了，但自从知道了你，我就有了希望，我知道我在世界上还有亲人，不是孤苦伶仃的一个人！"

易涵不动声色地看向裴呦呦，她显然还沉浸在悲伤中，对突然冒出来的弟弟一时也亲近不起来。除此之外，他心中依然存疑，问鹿鸣道："就凭一张照片，一个名字，怎么就能确认你就是裴呦呦的弟弟？"

鹿鸣着急说："姐夫你想让我怎么证明都行，验DNA可以吗？

我和姐姐有血缘关系，一定可以验出来。还有，妈妈的遗物里有一个地址，春茗路19号，我照着去找了，结果房子是空的。我通过邻居找到王阿姨，她给我看了姐姐的照片……不得不说，姐姐和妈妈长得真像……"

裴呦呦擦了擦眼泪，问："那……你又是怎么找到这来的？"

鹿鸣挠挠头："这个不难吧，姐夫在国内好像人气很高的样子，大家都知道他住哪儿，只是想要上来的话，我确实是花了一点心思的。"

易涵将身子凑近裴呦呦，从牙缝里挤出一句话："所以，不要随便拉窗帘！"

裴呦呦沉默，易涵手指敲两下桌面，问："那你现在有什么打算？"

鹿鸣规规矩矩地回答："现在是暑假，等开学之后，我想还是先回布拉格继续完成学业。等毕业之后，我打算回中国，跟姐姐一起生活！"

"可是……"

没等易涵再发问，裴呦呦好像做了个重大决定，站起来打断说："好！"

鹿鸣冷不防听到裴呦呦这么说，满脸惊喜，也站起来："真的吗，你愿意接受我吗？"

裴呦呦垂头想了半晌，深吸口气说："我不知道，但我可以试一试。"

孩子心性的鹿鸣并没有听出姐姐语气中的伤感，说："那，我可以提一个很小很小的请求吗？"

易涵歪着头，审视这姐弟俩，心头升起不祥的预感，慢慢悠悠地开口："不能。"同时听到裴呦呦大义凛然地说："可以。"

鹿鸣不好意思地挠挠头，试探着看向姐夫。裴呦呦则直接无视，又重复了一遍："可以，你说说看。"

"我钱花光了，没地方住。"眼看易涵的脸色变得紧张，连忙说，"我不是要住这里，这里感觉交通不太方便，很难打车的样子，附近也没有地铁。"

易涵淡淡地看了他一眼："因为住在这里的人不会坐地铁。"

"姐姐不是刚把老房子买下来了吗？我在想，我能不能去住一阵子，毕竟那也是妈妈曾经住过的地方。"

裴呦呦面露难色。

"可以啊，你姐刚买了……"易涵说一半，裴呦呦一脚踩在他脚背上，他忍着痛没发脾气，闭上了嘴。

对于裴呦呦而言，老房子确实快交接完了，是可以住人的，但那里是属于她和妈妈的回忆，鹿鸣的存在太特殊了，她并不想让他住过去。

裴呦呦说："抱歉啊鹿鸣，那个房子里面所有的家具都被王阿姨清空了，现在什么都没有，住不了人的。"

"那这么看来只能跟你们凑合一段时间了。"鹿鸣倒没有很失望，反而有些期待地说，"哈哈，其实说真的，我也想跟姐姐多相处一下。"

易涵震惊于鹿鸣的顺水推舟，一把拉过裴呦呦的手腕，笑着跟鹿鸣解释："你等我跟你姐商量一下！"

易涵把裴呦呦拉进卧室，关上门，气愤道："你明明有房子，为什么不让他住？是不是觉得你这个弟弟抢走了你妈，你压根就不想让他住你的房子？"

裴呦呦被说中心事，一时语塞。

"被我说中了吧？你买那个房子，就是希望有一天你妈回来找你的时候还能找到，现在也算殊途同归嘛，你那么小气干吗？"

裴呦呦白了他一眼，说："你想太多了，我只是没钱买家具。"

"那就住酒店。你已经是一个陌生人了，再来一个，我可受不了！"

"酒店一晚很贵，我自己还欠你的钱！"

两人这边争论着，门外传来鹿鸣的声音。

"姐，我睡哪个房间，我先把东西拿进去。"

易涵听了就要冲出去，却被裴呦呦拽回来，顺势捂住他的嘴，靠着门板对外面的鹿鸣说："走廊靠左第一间就是客房了，给你睡。"

鹿鸣痛快地回答："好！"

易涵的眼睛几乎要喷火，推开裴呦呦，也只能气喘吁吁地说：

"好！我出钱，让他住酒店！"

"早说不就完了吗！"裴呦呦掸了掸手，边闪身出去边说，"多谢多谢！"

关于母亲的意外去世，裴呦呦的悲伤还没来得及收拾，只是暂时藏了起来，她在鹿鸣的房间旁停驻半刻，鼓足勇气来到门前，只见一个大箱子摊开摆在地板上，他正蹲在地上收拾。

她敲敲门，问："可以进来吗？"

听到姐姐的声音，鹿鸣立刻又露出了招牌的灿烂笑容："当然了，快进来！姐你随便坐哦，我把东西理一下。"

"嗯。"看着鹿鸣认真地整理衣物，裴呦呦有种不真实的感觉，小心翼翼地问道，"你回来多久了？"

"一周多一点，一直在找你，还好姐夫是个公众人物，不然我真不知道要找到什么时候。"

裴呦呦心头一酸，及时调整情绪，说："对了，你这次打算住多久？"

"差不多两个月吧，姐，我其实特别想现在就留下来，不回去那边了。"

裴呦呦笑得颇为勉强。

鹿鸣并没发现姐姐表情的异样，描述着自己的打算："姐，我想找一份暑期的短工，我从高中开始，假期就经常打工的，而且我也想提前熟悉一下这里，你有什么推荐吗？"

裴呦呦连连点头："打工好啊，如果有提供住宿的地方，说不定还方便一点，回头我帮你查查看。"

鹿鸣兴高采烈地说："好，谢谢姐！"

鹿鸣往衣柜里挂衣服，裴呦呦不经意瞥见他放在床头上的全家福照片，三个人正开怀大笑，看着就十分幸福。她心中情绪复杂，连忙收回目光，不忍再看。

鹿鸣手里拿着一个信封，一屁股坐过来，说："姐，我差点忘记了，这个好像是妈妈留给你的，也是在遗物中找到的，不知道里面是什么东西，我没打开看。"

裴呦呦颤抖着手接过来，眼泪又涌上眼底，信封很旧，上面是娟秀的字迹"给呦呦"。

鹿鸣期待地说："姐，要不要拆开看看？"

裴呦呦点头，打开信封，拿出里面厚厚的一叠信纸，但接下来手指却再没有半分力气继续下面的动作，试了半天，她放弃了。她知道，自己到底还是没有勇气面对。

"算了，回头再看吧。"裴呦呦把信纸塞进信封，呆呆地笑了一下，转身离开。

同床共枕

晚上，裴呦呦下厨，做了丰盛的晚餐，三人还算和谐地吃了一顿饭。

夜渐深，裴呦呦和易涵一直坚持着在客厅里各忙各的，直到鹿鸣吃饱喝足，打过招呼，早早进房间休息，才松口气，也打算各自回房间。

易涵刚躺在床上，手机微信提示铃响了，是阚迪。

"明天下午《余生》剧本围读，务必出席。"

易涵在床上翻来覆去，手开始发痒。

半分钟后，又来了一条微信。

"如果你不到的话，那我们之间的合作也只能终止了。"

易涵噌地一下坐起身，回复道："终止就终止。"

打完后，他懊恼地删掉微信，把手机丢到一边。

裴呦呦洗漱完，关了灯，心里暗暗祈祷这一晚一定要顺利度过，正想着，突然听到鹿鸣的声音在走廊里响起。

真是越怕什么，越来什么。

裴呦呦小心翼翼地将门错开一条缝，看到鹿鸣正在斜对面的主卧门口，轻轻敲门。

裴呦呦反应快，赶紧从门里闪出来，假装不经意地问："鹿鸣，有什么事吗？"

鹿鸣奇怪地看着裴呦呦身后，裴呦呦赶紧把自己的房门关好："哦，我到这边来找点东西，你找我有事吗？"

鹿鸣倒没多想，点点头，神秘地凑近裴呦呦，严肃地说："姐，我刚才看到姐夫在客厅翻垃圾桶……姐，你跟他在一起之前到底有没有认真考察，他是不是有什么怪癖啊？"

裴呦呦失笑："没有啦，是我说我耳环丢了，让他帮我找找的。行了，别多想了，快去睡觉。"

"真的吗？"鹿鸣半信半疑，被裴呦呦推回房间。

裴呦呦关上灯，耳朵贴着门板，直到听到咚咚咚的脚步声，推开门，还没见到易涵人，一股酸臭的味道扑面而来，连忙捂住口鼻，问道："你干什么去了！"

"不用你管！"易涵气哼哼的，埋着头快步走回卧室去洗澡，却被赫然写着"余生"两个字封面的剧本拦住去路。

他瞪大眼，一把夺过来，问："怎么在你这里？！"

"之前收拾屋子的时候看到的，想说应该是有用的东西吧，就收起来了，我刚才翻了翻，还挺好看的。看名字，是那个电影吧，导演是林天诺的那个？"

"我跟你说了多少次了，别乱碰我的东西。"易涵恼火地拿着剧本回房，用力把门在裴呦呦面前拍上。

裴呦呦无语，一转身，冷不防有人站在身后，她一时没注意，被吓了一跳。

等她看清楚是鹿鸣，无奈地拍着胸口："鹿鸣，又怎么了？"

鹿鸣小声问："我听到你跟姐夫好像在吵架，你们没事吧？"

裴呦呦胡编乱造起来："我们没有吵架啦，我在陪他对台词呢，你姐夫是这样的，只要一入戏，就控制不住自己，比较投入。"

这借口她自己说出来都不信，不知道鹿鸣是给她面子，还是真的太单纯了，点了点头，还是不放心地一手抓住她手臂，一手指着房门说："姐，如果他欺负你，你一定要告诉我，我会保护你的！不要以为自己没娘家人，就忍气吞声！我在这！"

裴呦呦本想赶紧把鹿鸣打发走，猝不及防听到这一番话，看着眼前这认识不到一天的弟弟，不由心里暖烘烘的。

"我知道了，鹿鸣，谢谢你，快去睡吧。"

鹿鸣目光坚定，扬起下巴，看着易涵的卧室门："我看着你回房，确定你没事我再去睡。"

裴呦呦心下叹息，唉……

易涵洗完澡出来，好不容易洗掉臭味，一身清爽，打算躺在床上好好看剧本。一进卧室，一个大活人正坐在他床上跟他讪笑，顺便招了招手。

易涵第一反应是系紧浴袍的带子，说："你在这干……"

裴呦呦一个箭步飞身上前捂住他的嘴，因为动作太大，而且加了助跑，他整个人都被钉到了墙上。

易涵正要大发作，裴呦呦仰头哀求地看他，做出"嘘"的手势。

裴呦呦快速在手机上打出一段文字，递给易涵。

"鹿鸣在外面。"

易涵将她捂着自己嘴巴的手指一根根掰开，配合着用气声说："所以……"

裴呦呦摆出"拜托"的手势，不敢出声，易涵从她口型上判断是"等一会儿"。

两个人一上一下，把耳朵贴在门上听外面的动静，足足等了两分钟。裴呦呦指了指门，征求易涵的建议。

易涵翻个白眼，用气声说："还没走吗？"

裴呦呦蹑手蹑脚，将门打开细细一条缝，猛然发现鹿鸣还在门口。她尴尬笑了笑，飞快的把门关上。

　　裴呦呦绝望地转过身，面向易涵，笑得十分心虚，难为情地开口："我可以……留宿吗？"

　　易涵面无表情地说："你说呢？"

　　裴呦呦央求道："我睡地板还不行吗？"

　　"抱歉，睡地板你也不配。"

　　裴呦呦阴沉沉的盯着他，往床上一坐："那我就坐在这里，坐一晚！"

　　易涵借着拿起剧本的动作，将她整个人推下床。裴呦呦被迫站了起来，脑袋被顶得火冒三丈。

　　"要坐坐地上！要么去露台待一整晚我也不介意！总之，别坐我的床！"

　　"好……行……坐地上就坐地上！"裴呦呦背靠着床边盘腿坐下，地板太硬，不一会她的屁股和腰就受不了了，站起来旁若无人地一会走动走动，一会儿伸腰伸腿。

　　"哎！你别晃了行不行？晃来晃去，我怎么专心致志地看剧本？"

　　裴呦呦哼一声："你要是真看进去了，着火了你都不知道。"

　　"你这什么烂比喻？"

　　裴呦呦想起什么，回身走到易涵身边，凑近说："你那个角色，其实挺好的，我觉得比男主角好。"

　　她的话成功引起了易涵的注意，连她发神经一样突然离他这么近也忍了，挑眉问："什么意思？"

　　裴呦呦滔滔不绝："男主角呢，长得好，家世好，性格好，完美得跟神仙一样，一点真实感都没有。但你要演的那个沈并不一样，他幼年孤苦，父母双亡，死到临头，偏偏又被女主救了，悉心照料了十年。他是在爱和恨的双重浇灌下长大的，亦正亦邪，善恶难辨，谁也不知道他的心里到底是光明多一点，还是黑暗多一点。这么有层次的人物，演好了说不定能拿奖的。"

易涵眯起眼，食指推着她的额头，将她赶走。

"谁让你看我剧本了？你一个外行懂什么表演？可闭嘴吧，影响我工作。"

裴呦呦没有回嘴，贴着他斜下方的床脚跟，坐回地板上。

又过了五分钟，易涵想要装作不经意地看她一眼，却发现她居然已经歪着头，靠着床睡着了。

"说睡就睡，还真像猪！"

他撇了撇嘴，接着看剧本。

不知过了多久，在数不清易涵瞄了裴呦呦多少次之后，她成功地在他的注视下，慢慢从床边滑到地板上。裴呦呦无知无觉，调整了下姿势，缩了缩腿，整个人抱成一团，继续睡。

易涵心烦意乱，撂下剧本，还是起身来到她跟前，用脚背踢了踢她的小腿："你这样睡，感冒我可不负责！"

裴呦呦哼唧一声，没动。

易涵赌气一样，又踢她一脚："上床去睡吧！告诉你，可别在人前说我欺负女人！"

裴呦呦仍在睡梦中，哪里知道易涵是挣扎了多久，下了多大决心，才把她一把抱起，扔到了床的另一边。她只感到，身子晃晃悠悠的，最后落在柔软的被褥里，然后凭着人类的本能，拽开被子，拱一拱，钻了进去。

我怎么可能喜欢她？我是爱

裴呦呦做梦了，又回到了童年那条小巷，又重复着被母亲抛弃的梦境—— 母亲走得那样快，行李箱的滑轮咕噜噜地滚在地面上，她跟跟跄跄追在身后，又哭又叫，拼尽全力，却丝毫挽留不住。

"妈妈，别走……妈妈，求你了，不要留下我一个人！"

裴呦呦小声地啜泣，翻来覆去，胡乱在空中挥着手臂。

易涵本来靠在床头看剧本，迷糊着睡着了，灯还亮着，这会儿被裴呦呦的梦呓吵醒。正要发作，一回头，发现裴呦呦哭得一抽一抽的，满脸是泪，样子可怜又委屈。

唉，凭空冒出个弟弟，怪不得会梦见母亲。

易涵的牢骚顿时烟消云散，他翻身接着睡，觉得自己十分深明大义。

可一闭上眼睛，他脑海里就是裴呦呦得知母亲已经离世时，那失魂落魄的神情。

他翻来覆去，最后面对裴呦呦停下，手臂撑起脑袋，看了她一会儿。

裴呦呦有越哭越凶的趋势，易涵不得已伸手拍了拍她的肩膀。

是噩梦的话，直接叫醒吧。

"哎，醒醒。"

不想，下一秒，他的胳膊就被裴呦呦整个一把给抱了过去。

"妈妈，别走，别走……"

易涵错愕，下意识想要抽出胳膊："裴呦呦，你醒醒，我不是你妈！"

裴呦呦的腿往他身上一搭，恨不得骑住易涵的胳膊，头脸、胸口也凑近，使劲蹭了蹭："妈妈别走好吗？我错了，我听话，妈妈别走……"

易涵动作僵滞，女孩柔软的身子紧贴着他，心里没点波澜他就枉为男人了。

一番复杂的心理挣扎后，他试探着伸手，拍了拍她的后背："好好好，我不走。"

似乎是感受到了前所未有的安全感，裴呦呦的哭声渐止，呼吸也慢慢均匀起来，易涵使劲抽自己的胳膊，却怎么都抽不回来。

他只好关了灯，小心翼翼地躺下。黑暗之中，一股香气扑面而来，她的手臂竟然搂住了他的腰，说时迟那时快，她一下子顺势钻进了他怀里……

易涵整个人都愣住了，时间凝固，每分每秒，煎熬……又美好。

次日清晨，天光大亮，易涵再一次被一声女人惨烈的尖叫吓醒。

他揉揉眼睛，只见裴呦呦跪在床上，惊恐地指向他，再指自己，语无伦次地说："你……我……我昨晚明明在地上睡的啊！我怎么会……你这是饥不择食吗？你……你怎么是这种人！"

裴呦呦脸上发热，羞得说不下去了。

"我是哪种人？我是大好人！"易涵一抖被子，从床上爬起来，"我看你昨晚冷得发抖，才让你上床来，谁知道你倒是不客气，直接钻我被窝！"

"不可能！"裴呦呦嘴唇哆嗦，起身怒气冲冲地朝门口走。

易涵故意在她身后喊："裴呦呦，是你自己昨天晚上非要抱着我，怎么也推不开！不得不说，你睡着的时候真比你醒着可爱太多了！"

裴呦呦捂着耳朵想赶紧逃离，猛地拉开门，发现一脸惊愕的鹿鸣站在门外。

鹿鸣歪头，关切地问："姐，你们没事吧？"

裴呦呦立刻换上一副笑脸："没事没事，我们能有什么事啊！"

易涵不罢休，欠揍地跟过来，故意搂住裴呦呦的肩膀，语气暧昧："哎呀，你姐的起床气很重，每天都要这么欺负我！但没办法，即便是这样子，我也觉得她超可爱，是吧？"

易涵把裴呦呦扳过来，故意捏了捏她的脸，裴呦呦无法反抗，还要故作亲密，做个完美的假笑女孩。

易涵看得心情大好，放开裴呦呦，一边往客厅走，一边拍了拍鹿鸣的肩膀："弟弟，我突然觉得……不然你多住几天吧？"

这一天易涵哪里也没去，闷在卧室里，不是专心读剧本就是睡大觉，最多出来跟裴呦呦姐弟俩吃个饭，真如裴呦呦所说，投入起来可能连着火都不知道。

第二天一早，闹铃声一响，易涵立马弹坐起来，下床洗漱。

走出卧室，发现餐桌上已经摆满早餐，厨房里裴呦呦心情不错的样子，哼着歌还在忙碌，听见动静，探头向外看，两人目光撞了个正着。

"太阳真是打西边出来了，你怎么起这么早？"裴呦呦明知故问。

易涵面对丰盛的早餐摩拳擦掌，哼了哼："你也不晚啊。"

今天是《余生》剧本围读的日子，裴呦呦不跟他废话，嘴角噙着笑，回身接着忙，做完易涵的早餐，继续给鹿鸣和自己准备早餐。

易涵大快朵颐完，急匆匆出门，关门的一刹那，听见裴呦呦向他喊道："围读顺利！"

易涵一路回味着裴呦呦那句"围读顺利"，不经意一瞥，发现后视镜里的自己嘴角挂着一抹笑……

太诡异了！易涵连忙收起笑，恨不能抽自己一巴掌，简直神经病！

到达办公室的时候，所有人都到齐了，包括阚迪也在场。

易涵热情地打招呼："不好意思，各位。"他看了眼腕表，"来得有些晚了，还有一分钟，幸好没迟到。"

众人见他进门，每个人的脸色都有些变化，尤其是林天诺，目光一直在他身上，易涵也摘下墨镜，沉默着和他对视良久，仿佛有火花四溅。

最后，林天诺礼貌地笑了笑，向大家介绍："各位，这位是易涵，沈并的扮演者。"面向易涵，语气淡然，"坐吧，我们开始，大家看一下第十七页，第九场戏。"

众主创埋头翻开剧本。

围读进行到傍晚暂时结束，人走得差不多时，办公室里只剩下易涵和林天诺，还有阚迪。

阚迪和林天诺握手："辛苦导演了，那我们就先走了。"

林天诺点了点头，意味深长地看了一眼易涵："我还以为你今天不会来了，毕竟，给你的角色不是男一号。"

易涵将剧本背在身后，认真地说："如果真是男一号的话，我才不想演，我来就是为了要演沈并。"

林天诺颇为意外，好奇地问："为什么？"

"因为……"易涵没怎么思考，自然而然地说出裴呦呦昨晚那番话，还头头是道，"男一这样的角色对于我来说既没有魅力，也没有难度，表面上看起来长得好、家世好、性格好，完美得跟神仙一样，其实一点真实感都没有。但我要演的这个沈并不一样，他幼年孤苦，父母双亡，死到临头，偏偏又被女主救了，悉心照料了十年。他在爱和恨的双重浇灌下长大，亦正亦邪，善恶难辨，谁也不知道他的心里到底是光明多一点，还是黑暗多一点。这样有层次的人物，才真的吸引我。"

林天诺饶有兴味："你真是这么想的吗？"

易涵脖子一梗："不然呢？"

林天诺笑笑："没什么，就是有点意外，没想到我们这么心有灵犀，我的导演阐述上也是这么写的。"

这么巧？易涵不由得腹诽。

林天诺伸出手："希望我们接下来合作愉快。"

易涵还在思考上一个疑问，扫了他一眼，并没有伸手回握，直接转身挥了挥手："片场见。"

易涵正要发动车子，车窗被敲响，一看，是阚迪。

他打开车门锁，阚迪直接开门坐上来，说："我没开车，你送一下我。"

易涵撇头："不顺路。"

"还生气呢？这个给你，当作赔罪。"阚迪笑靥如花，从手袋里拿出一个精致的盒子，易涵不为所动，她只好直接打开，送到他眼前。

易涵的眼神忍不住飘过去，盒子里面是一只限量版手办，只看了一眼，他的目光就有点移不开了。

"这个……我找了很久。"

阚迪心花怒放："我知道啊，我特地托人从东京花了好大的工夫才买到的。这里啊，还有签名。"

易涵忍着不看玩具，也不看阚迪，说："辛苦你了，多少钱？我转给你。"

"什么钱不钱的，我只是想要告诉你，对你的事情，哪怕是很小的事情，我向来也是放在心上的。"

易涵冷哼："是啊，毕竟我是赚钱的工具啊。"

车里气氛一阵沉默，阚迪抓住易涵的手臂，声音里有浓浓的沮丧和委屈："易涵，我跟你道歉，对不起，那天我真的是太急了，有点口不择言，但我发誓，我真的从来都没那么想过。你十八岁就认识我，到现在十年了，你扪心自问，我对你哪一刻不尽心尽力，对不对？"

易涵心中突然有一丝窃喜，嘴上依然不高兴："你的意思是，你那天说的话都不是真的？"

"当然了。"

"那好吧，礼物我收下了，暂且原谅你。"

阚迪立刻开心起来："你不生我气了？"

"嗯。你不是让我送你吗，去哪儿？"

"不如我们去吃好吃的吧？去逛街也行，逛完街去我家喝一杯，我刚收了一瓶特别棒的红酒！"

易涵兴高采烈地回到家的时候，裴呦呦刚做好饭，正把菜端上桌。

"怎么样，围读顺利吗？"

"十分顺利。"易涵本来打算回房间，看到满桌子的菜肴，自然而然地坐在等开饭的鹿鸣身边，不客气地夹了一筷子青菜，吃得津津有味。

裴呦呦一把将筷子从他手里抽走，严肃地教训道："洗手了吗你？上来就吃！"

易涵被骂得一脸懵，看了看鹿鸣，一边起身去洗手，一边咕哝："弟弟在，也不给我点面子。"

鹿鸣在一旁憨笑。

易涵听话地洗完手，见鹿鸣一副直流口水的样子，说："鹿鸣，别期待值这么大，你是不知道，你姐姐这厨艺时好时坏，要根据你姐姐的心情而定！比如她心情不好的时候，就经常虐待我，不给我饭吃不说，还会做黑暗料理打击报复。"

"就编吧你！"裴呦呦使劲瞪过去，眼刀刷刷飞，"不好吃你可以不吃！现在就下桌！"

易涵摇头晃脑，故意气她："不，我偏不。弟弟来了，你这两天的表现还算稳定，我相当满意，所以，我要继续吃！"

裴呦呦无语极了。

鹿鸣扑哧一笑："姐，姐夫，你们感情真的很好。"

陡然听到这一句，裴呦呦和易涵都吓了一跳，不知道自己做了什么会让鹿鸣有这样的误会，立刻转开目光。

裴呦呦低头吃饭："这你都看得出来？"

鹿鸣回道："当然了，虽然嘴上吵架，但你们看着对方的眼神很不一样，充满了爱，我记得以前在家里，爸爸妈妈也是这样的！"

提及父母，鹿鸣有短暂的低落和伤感，但很快他就平复了下来，抬起头，认真地问："姐夫，来，采访你一下，你最喜欢姐姐什么啊？"

易涵呵呵一笑，随口说出："我怎么可能喜欢她？！"

突然发现周遭安静下来，易涵缓缓抬起头，在裴呦呦和鹿鸣两人错愕的眼神中，赶紧笑呵呵地改口："我是爱！"

裴呦呦狠狠打了个寒战，刚喝下去的一口汤立刻呛在了气管里，咳个不停。

大型"真香"现场

"姐,你没事吧?"鹿鸣抬头盯着易涵看,那个目光的意思就是"你难道不做点什么"。

易涵迟疑了一会儿,迫于压力,缓缓起身,挪到裴呦呦身边,重重拍在她的背上。"咳咳……"裴呦呦咳得更厉害了。

门铃忽然响了,裴呦呦指门:"不用了不用了!去开门!"

"姐夫你照顾姐姐,我去开门!"鹿鸣连忙跑去开门。

易涵手劲大,裴呦呦被他拍得差点断气,一把抓住他的手腕,强忍不适,说:"好,好多了……我没事了。"

"姐夫,你的客人。"鹿鸣的声音和一阵高跟鞋触地的脚步声一起传来。

裴呦呦和易涵应声回头,原来是阚迪,一贯的美艳动人、气场十足,她手里拎着一个大大的购物袋。

阚迪见易涵和裴呦呦十分亲密地站在一起,目光缓缓下移至两人接触的位置。

易涵下意识地抽出手腕,向阚迪介绍鹿鸣:"这是呦呦的弟弟,叫鹿鸣,最近在家里住。"潜台词是,别误会,跟她这么亲密都是演给鹿鸣看的。

阚迪对鹿鸣微微一笑:"你好。这是……"举了举手中的购物袋,面向易涵,"你刚走,我就发现你的东西落在车上了。"

鹿鸣伸手:"东西给我吧。"

阚迪点了点头,把袋子交给鹿鸣,想起什么,从袋子里找出那个礼盒,拿出其中的手办,小心翼翼地摆进易涵放置手办的玻璃柜里,说:"差点把这个忘了。"

裴呦呦回头看易涵,露出狡黠的笑,小声嘀咕:"难怪心情这么好,原来是收了女神的礼物。"

"你说什么？"易涵没听清，皱眉看她，招呼阚迪到沙发去坐。

裴呦呦上前说："刚好，那就一起吃饭吧，我去拿碗筷。"

阚迪一直保持得体的笑容："好啊，辛苦你了，呦呦。"

裴呦呦前脚进厨房，鹿鸣后脚默默跟过来，在她身后悄声说："姐，这人是谁啊？"

"你姐夫的经纪人——阚迪阚姐。"

"喔……阚姐，她好漂亮，气质也好好。"

裴呦呦心无城府地点了点头："我也觉得，阚迪姐真的很美。"

鹿鸣愣了会儿，表情惊愕，问道："姐你一点都不担心吗？姐夫跟这么有魅力的女人在一起工作，我刚开门看到她，就觉得很不安。"

裴呦呦心想：易涵都暗恋人家十年了，有我担心的份吗？

嘴上却不得不打哈哈："哦……也会担心啦！不过，我也不差吧。"

鹿鸣从上到下打量了一下裴呦呦——她此刻胡乱绑着丸子头，身上穿着的是一件洗得几乎泛白的旧连衣裙，裙子套在她瘦弱的身体上，显得很松垮，晃晃荡荡的，简直像发育不良的小孩子。

鹿鸣"啊"了一声，认真问："姐，你确定吗？"

裴呦呦打了他胳膊一下："喂，你这什么意思？"

鹿鸣耷拉脑袋，然后强打起精神说："不行，这样不行！"

五分钟后，裴呦呦在鹿鸣的强烈要求下，将旧裙子换成了卡通套装家居服。她走出来时，鹿鸣扶额，小声地说："姐，你这算换衣服吗？"

"不算吗？我换了啊，刚才是裙子，现在是……"

"不是这种，你面对这么强大的情敌，要有危机意识啊……怎么也要穿得她像一样的……"

鹿鸣话没说完，阚迪起身招呼裴呦呦："呦呦，有件事想和你商量。"

"哦。"裴呦呦来到阚迪面前。

阚迪先是一愣，目光在她身上扫了一遍，问："呦呦，你是换衣服了吗？"

易涵闻言，转头看裴呦呦："换了吗？"

裴呦呦理所当然地说："你们直男怎么回事啊？我就是换了啊。"

鹿鸣在一旁憋笑，果然男人和女人如此不同。

阚迪并不在意，拉着裴呦呦一起坐进沙发里，问："这周三的时间你可以空出来吗？《最美新娘》想要跟我约易涵和你的封面，我就想之前订婚本来就准备得太仓促，一直都没有正式的照片用来发布，这一次的机会难得，他们的摄影师都是顶级的，正好可以给你和易涵拍一组情侣大片。"

裴呦呦吓了一跳，说话有些磕巴："《最美新娘》？封封封封……面吗？"

"别紧张，你就当是普通的拍照就好了，像这样顶级的摄影团队，如果我们自己请的话，可要排大半年的队呢。"

阚迪笑着拍了拍裴呦呦的手，裴呦呦受到鼓舞，用力点头。

"姐，我可以去看看吗？"鹿鸣也过来，挤在易涵坐的沙发的扶手上，一脸麻木的易涵被彻底挡住了。

裴呦呦想了想，趁机说："对了阚迪姐，鹿鸣最近在找暑期实习，如果你有合适的，可以帮他介绍吗？"

阚迪干脆地答应下来："当然没问题了。"想起方才易涵向她发牢骚，因为裴呦呦冒出的这个弟弟，他回家也要费力演戏……

阚迪看了看鹿鸣，直接说："不如周三的拍摄鹿鸣也一起来吧，说不定还能蹭几张全家福。"

鹿鸣兴奋不已："太棒了！"

易涵那头已经整个人靠在沙发靠背上，一脸无奈。

裴呦呦望着鹿鸣期待的脸，没再说出一句拒绝的话，她打开手机的日历看了一下，说："我那天暂时没有客人预约，提前请假就好了。"

阚迪拿出手机："好，时间没问题的话，我就回复人家了。"

"抱歉！"易涵愤然起身，"我有问题，你们愿意去就去，我、不、去！"说完，易涵沉着脸走开，在阳台上来回踱步。

空气中弥漫着沉默的尴尬。

裴呦呦看了一眼阚迪，是一种询问的眼神。

"没事，我来。"阚迪起身，走向易涵。

易涵在气头上，听脚步声就知道是阚迪，哼了哼："你今天会跟我道歉，还买礼物，就是为了想让我拍这个吧。"

阚迪叹气："当然不是，你别冤枉我，这是刚收到的。"

"反正我都跟你说了，我不拍。"易涵加重语气，仿佛在自己肯定自己，"说不拍就不拍！"一个转身，谁都不看，钻进卧室。

第二天，《最美新娘》的摄影棚里，闪光灯不断闪烁，易涵在背景布前老练地摆出各种Pose，鹿鸣抱着手臂，不断点头说："这大概就是叫……大型真香（真香，网络用语，指一个人下定决心不去或去做一件事，最后的行为却截然相反）现场吧！"身边的阚迪也无奈地笑了下。

易涵出片率很高，很快，摄影师放下相机，比出OK的手势。

易涵走到旁边的沙发上坐下，立刻有工作人员上前来给他擦汗、补妆。

摄影师宣布："单人的部分拍完了，休息一下，女生准备好了的话就可以过来了，我们开始拍情侣的部分。"

易涵立马起身就要走，阚迪将他拉到一边："你干什么去？"

"我的部分拍完了，剩下的合成一下算了。"

"那怎么行，你现在走了，让呦呦一个人怎么拍？还有，现场这么多人，难免传出去，到时候不知道会被说成什么样。"

易涵听得不耐烦，扯了扯领结，恨不得摔在地上："总是这样……你就不怕她真的爱上我吗？"

话音刚落，摄影棚的门打开，裴呦呦在浩子的陪同下走了进来，现场所有人的目光立刻被吸引了过去。

她穿了一条俏皮的短裙，前短后长，有蓬蓬的裙摆，眉眼是淡淡的粉色系桃花妆，不同于订婚那天的隆重，此刻的她，精致可爱得像个洋娃娃，少女感十足。一瞬间，易涵也挪不开眼。

两人的目光始终跟随着裴呦呦，看她捂着胸口拘谨又害羞地一路走到了背景布前。

阚迪由衷地叹道："你觉不觉得呦呦今天特别漂亮？"

"不觉得。"易涵面无表情，极力否认，心底却嘀咕：最多，算比平时漂亮点。

"易涵，女孩子打扮得漂漂亮亮的，就是要被所有人好好对待的，你已经放过她一次鸽子了，再来一次，估计所有人都该觉得你们是假的了。"

易涵有所触动，半晌，勉强点了点头："那好吧。"

艰难地拍完一组镜头，这中间裴呦呦和易涵大概换了两套衣服，鹿鸣间或也有入画。

与方才易涵效率极高的拍摄进度比，摄影师表示也很无奈，时不时地摇头。

很显然，裴呦呦面对镜头不仅十分僵硬，还没有镜头感，眼神常常乱飘。

电脑屏幕上，照片快速出现，阚迪正在察看、挑选。

两人换了第三套衣服，摄影师拍了几张，仍不是太满意。

摄影师引导说："两位尽可能亲密一点，要有恋爱的热烈感，回想一下你们刚刚恋爱的时候，找找感觉。"

易涵冷着脸，没动。裴呦呦假笑了一下，朝易涵稍微靠近了一点。

摄影师在镜头后鼓励说："对，对，再多一点，多一点。"

裴呦呦依言试探地把头放在了易涵的肩膀上……

摄影师放下相机，重重叹了口气，对沟通的艰难感到绝望。

"不够，不够！试着去找一种互相吸引的感觉，眼神要出来，看向对方的时候，要有占有欲，这是你最爱的人，谁都不能抢走他……不然就接吻，接吻可以吧？"

裴呦呦吓了一跳，说话都有点磕巴："接，接吻？"却听身边的人大声说："好！"

还没反应过来，她已经被易涵一把搂住了腰，按了下去。

她惊慌失措，一只脚翘起，整个人几乎平行于地面，全靠易涵的手臂支撑着重量，只觉得天旋地转，然后，就看到易涵的脸慢慢朝自己压了下来。

快门声咔咔地响起，闪光灯闪个不停。

摄影师终于兴奋起来："很好，就是这样，保持！"

相机的镜头里，两人亲吻的样子不断被定格，而实际上，易涵的手正捂住裴呦呦的嘴，他的唇最后落在他自己手背上。

饶是这样，裴呦呦也惊恐地睁大了眼睛，不知所措地脚尖乱踢。

她从未这么近地看过易涵，他的眉毛、眼睛、鼻子，此刻都无比清晰地在她眼前放大，她心跳加速，脸也红红的，像熟透了的果子。

她想逃，又欲罢不能，手紧紧抓住他的衣服。

易涵原本是想拍摄快些结束，这么一闹，倒真有些放不开，尤其是手心紧紧贴着裴呦呦的嘴唇，柔软的触感也让他有一点异样。

摄影师暂且满意："OK，很好，我们换下一个Pose。"

裴呦呦如蒙大赦，手脚并用地要挣开。

易涵见她一副嫌弃的样子，也快速松开捂住她嘴的手，低头一看，手心被印了一个鲜艳的口红印。

他面无表情地别开脸，不动声色地跟另一只手握在一起搓了搓。

因为易涵的突然放手，裴呦呦一下没站稳，踉跄着后退，她的鞋跟又高，踩到裙子，脚一滑，眼看就要摔倒，她双手在空中本能地乱抓，一把抓到易涵的领带，用力拉住……

正在低头搓手的易涵毫无预警地被领带勒得喘不过气，舌头都吐了出来。

"很可爱，保持！"摄影师兴奋地大叫，举起相机拍个不停，闪光灯频闪，画面被一帧一帧记录下来。

最美新娘

《最美新娘》一经发出，在网络上掀起狂热的反响，报刊亭印着两人照片的杂志也被抢购一空。

Inspire门庭若市，工作区人满为患，里里外外的人都忙得焦头烂额，沙发上等待的客人们几乎人手一本《最美新娘》。

全副武装的裴呦呦在门口观察了一会儿，见没人抬头，做贼一样快速地从门口溜了进去。

孙青青看到后，不屑地翻了个白眼。

一个客人用杂志挡着嘴，指了指封面上的裴呦呦，打听问："这个人真在你们店里吗？我特地过来看她的，怎么没见着呢？"

孙青青脸色很差，没好气地回答："刚才跑过去了啊。"

客人伸长脖子，一脸遗憾："不可能，我一直看着呢。"

孙青青冷笑："你照着杂志上面的照片找，当然找不着了，她本人又不长这样。"

自从和易涵的"恋情"曝光，裴呦呦成了Inspire的"台柱子"，前几天店长向上请示过，把她从高级美甲师直接升到了创意总监，负责美甲样式的开发与打版，还将她的操作台搬进了她的单间小办公室。

她快速闪身进门，关上，背靠门板，然后一步步拆除"伪装"——口罩、帽子、墨镜……

拆完了，大大松了口气，稍微活动了一下，然后从包里偷偷掏出那本杂志——没错，她也抢着买了一本。

封面上的，正是她和易涵"接吻"的那张照片，裴呦呦看得出神，脑海中忍不住想起那天拍摄时的场景。尤其是想到易涵差点被她勒断气时的滑稽模样，她又忍不住笑出声来。

灵光一闪，她拿过画板，开始做美甲图绘，在用来练习的草稿本上画了一条卡通领带。

手机恰好响了，裴呦呦拿起来一看，来电人是……林天诺。

"天诺哥哥？你怎么突然打给我？"

"找你帮忙。"林天诺充满磁性的声音传入耳朵。

裴呦呦不明所以："找我帮忙？"

"对啊，是这样的，我这边不是在拍戏吗，我的导演助理临时有事离开了，现在要找一个新的导演助理。因为是合拍，所以导演助理英文要好。我突然想起来，前几天见到阒迪，她说你有个国外回来的弟弟最近正在找暑期实习，不知道他愿不愿意来我这边兼职？"

裴呦呦激动地站起身："当然可以！我待会儿就让他过去！不，我还是跟他一起过去吧，当面谢谢你。"

"那就麻烦你了，呦呦。"

他正要挂断电话，裴呦呦迟疑一阵，问："今天易涵在吗？"

林天诺让助理递来通告表，查看完，回说："今天照常没有他的戏，怎么了？小情侣这么黏吗？他不在你就不来？"

裴呦呦松了口气，说："没有没有，他不在就好，我去请假，待会儿见。"

林天诺久久握着手机，嘴角上扬，助理晓恩忐忑地走过来，委屈地问："导演，您是要把我开掉吗？我跟了你这么多年了。"

林天诺失笑道："没有，我只是觉得你工作量太大，需要多一个人帮你分担。刚好，我朋友的弟弟在找暑期兼职。"

"哦？你那个朋友是不是女的？你喜欢人家吧？"助理一脸八卦，无情拆穿，"故意送人情？"

林天诺搂了一把他的后脑勺："是不是真想丢工作？"

"不是不是不是！"助理讨饶。

林天诺教训道："快去工作！"

电影《余生》正式开机，冉子书带着所有演员中最庞大的队伍进组。这会儿，七八个工作人员围绕在保姆车边忙碌，冉子书则眼睛上戴着真丝眼罩，整个人歪在椅子上休息。

经纪人江凯在旁边絮絮叨叨："也不知道这个林导怎么想的，不是说觉得易涵戏不行吗？最后还不是用了他！说白了，就是因为他最近订婚的事情有热度、有流量！什么艺术家，最后还不是要向资本低头！"

冉子书懒懒地翻个身，漫不经心地说："向资本低头没错啊，不然我凭什么一出道就演女主角？还不是因为爸爸给那部戏投了500万。"

江凯赶紧捂住她的嘴："我的小祖宗！你可别乱说！这让记者听到又该乱写了，当时确实是有一些合理的资源置换。但后来，咱们上的每一部戏可都是靠实力！"他突然想到什么，靠近冉子书，慢吞吞地说，"对了，我看通告，你跟易涵有一场吻戏，后天就拍，用不用我跟导演打个招呼？看咱们是借位，还是直接找个替身？"

冉子书摘掉眼罩，皱了皱眉："不用啊，就正常拍呗，又不是没拍过吻戏。"

"可是对方是易涵啊，你不尴尬吗？"

冉子书懵懵懂懂地挠头："为什么要尴尬？"

江凯愕然："你该不会是一点都想不起来了吧？三年前，你可曾经向易涵表白过，你喜欢他，说他给你如同初恋般的感觉！"

冉子书使劲回忆，愣是没有一点印象。

江凯对这位大小姐真是不服不行。冉子书是实打实的白富美，被冉总捧在手心的大珍珠。她从小到大，要风得风、要雨得雨，对待感情也足够直白，说喜欢谁就喜欢谁，说谈恋爱就谈恋爱。这些年，只要她相中的，没有逃得出她魔掌的。

不过，总有碰壁的时候，好在她记性差，情伤这种事几乎不存在。

这不，她竟然把当初将易涵堵电梯里表白这事忘得一干二净……

冉子书到底还是没想起来，干脆一挥手，说："我觉得拍戏最好还是不要代入私人感情，大家都是专业的演员，反正我是不会介意的，你说，他应该也懂吧？"

江凯扯扯嘴角："应……应该吧。"

裴呦呦联系到了鹿鸣，姐弟二人约好在片场见面。为避免麻烦，裴呦呦把墨镜和口罩戴上，奈何一路上吸引了更多的目光。

鹿鸣说："姐，他们好像都在看你。"

裴呦呦不自在地低头，知道这么说有点自欺欺人。

话音一落，一个好心的工作人员过来拍了拍她。

"你是找那个谁的吧？喏，他在那呢！"

裴呦呦以为他说的是林天诺，开心地回过头，却看到易涵在浩子和其他几个工作人员的陪同下，正往这边走来。

裴呦呦大惊失色，赶紧背过身去。怎么回事啊？天诺哥哥不是说他不在吗？

鹿鸣自然也看到了，倍感亲切，说："是姐夫啊！"正要拉姐姐去跟姐夫打招呼，一回头，裴呦呦居然不见了。而他转身的那一瞬，易涵正好从他身后走过去，根本没看见姐弟俩。

他们一行人浩浩荡荡地走进了化妆间，化妆师早已准备就绪，对面就是冉子书的位置。

冉子书因为昨天连续出席两场国际大牌的时尚活动，脚上的高跟凉鞋换得一双比一双高，今早起来脚腕就疼得要命，做好的脚趾甲也劈了两只。此刻正疼得要命，嚷着让江凯给她约美甲师。

易涵目不斜视，走路带风，几乎将她无视，坐了下来。

冉子书看得出神，将晾着的脚收起来，勾了勾手指，江凯把耳朵凑过去。

"今天不是没有易涵的戏吗？"

江凯翻翻通告表："是啊。"

"那他来干吗？难道特意来看我的？毕竟我们的对手戏还挺多。嗯，你刚说，我们有场吻戏来着……"冉子书眯了眯眼睛，若有所思。江凯差点翻白眼。

而易涵落座后，摘下墨镜，隔着镜子跟冉子书点了点头，然后就没再看她……

化妆师陆续围过来，开始给易涵上底妆。

其中一个化妆师介绍说："易涵老师，我是您在《余生》剧组的化妆师，您可以叫我小文，因为之前我们没有定过妆，所以今天的工作内容主要是定妆和拍定妆照。根据剧本的内容，等一下我们会为您试几个不同的妆面给导演看。"

易涵态度专业，说："好。"

浩子说："正式拍摄的时候，我们自己的造型团队会进来，到时候还要麻烦你们交接一下。"

化妆师小文点头说："没问题。"

易涵揉了揉鼻梁，目光落在化妆台角落的一本杂志上，正是他和裴呦呦做封面的那本《最美新娘》。

化妆师顺着他的目光望过去，立刻满脸堆笑，套近乎说："您都不知道这本《最美新娘》卖得有多好，差点都买不到，我好不容易才抢了一本。"

易涵没搭话。

化妆师继续说："您跟您未婚妻的感情真好，我刚才一眼就认出她了，今天都不算正式拍摄，她还过来探班，这热恋中的小两口就是甜蜜，羡慕死了。"

易涵眼皮一跳，问："我未婚妻？探班？"

"对啊，您没看见她吗？哎哟，该不会是想给您个惊喜吧！我多嘴了！"

化妆师小文后面再说什么，易涵都没听进去，他直接拿出手机，找到裴呦呦的名字，一个电话打了过去。

鹿鸣终于在角落里找到东躲西藏的裴呦呦，不解地问："姐，你跑这儿来干吗？"

裴呦呦随口一说："第一次到片场嘛，好奇，就随便走看看。"

鹿鸣也没想太多，说："我刚才看到姐夫了。"

话音刚落，裴呦呦的手机正好响了起来，来电显示："老板"。

裴呦呦吓了一跳，正在她犹豫着接不接的时候，林天诺迎面走来，裴呦呦原本已经放在"接通"键上的手指立刻滑到了旁边的"拒绝"，挂断了易涵的电话。

　　裴呦呦向林天诺招手："这边！天诺哥哥！"

　　林天诺？鹿鸣确认再三，确实是他第一次去易涵家找姐姐的时候，在楼下遇到的好心人，那会儿他被小区保安拦下，正瞎转悠，多亏他，才顺利上了电梯。

　　鹿鸣先愣了一下，惊喜道："是……"

　　林天诺无声地冲他眨了眨眼，做了个"嘘"的手势。

　　鹿鸣想起自己答应过林天诺，不能告诉姐姐他们有过一面之缘。鹿鸣点点头，不说话了。

　　林天诺将两人引进办公室，为鹿鸣做了个简单的面试，裴呦呦在一旁坐立不安，紧张得不行。

　　"听说你现在在哥伦比亚大学就读，学什么专业？"

　　"对，我学金融的。"

　　裴呦呦的手机突然响起微信的提示音，她毫不犹豫把手机亮起的屏幕按掉，抱歉地笑笑说："打扰了，你们继续聊。"

　　林天诺说："你之前对影视制作方面有所了解吗？"

　　鹿鸣挠挠头，不好意思地笑道："看过电影和美剧，算吗？"

　　裴呦呦的微信提示音再次响起来，这回一声接一声的，那架势表明她如果不回应，对方下一步就是语音通话了。

　　裴呦呦解锁，将铃声换成了静音，才去查看微信。

　　所有微信都来自易涵。

　　"裴呦呦，你长能耐了，还敢挂我电话！"

　　"我知道你来了，我都看见了！"

　　"无缘无故，你来干吗？"

　　"要么回电话，要么回微信，不然你死定了！"

　　"我在化妆间！现在就过来找我！"

　　裴呦呦欲哭无泪，连声道歉，拿着手机跑了出去。

林天诺的目光追随着她的背影，直到她匆匆离开，眼神中难掩落寞。

你该不会是心疼我吧

裴呦呦冲出办公室，易涵又发来威胁微信，她随便抓了个工作人员问道："请问，化妆间在哪儿？"

工作人员指给她看："前面右转，南边的走廊，走到头……"

裴呦呦焦急打断："抱歉啊，我不太分得清楚东南西北，你可以告诉我朝左或朝右吗？"

十分钟后，裴呦呦晕头转向，可……她四下望望，怎么好像回到了天诺哥哥的办公室前面啊。右转，左转，再右转，没错啊。裴呦呦没办法，只好沿着走廊继续找。

化妆间内，易涵捧着手机，盯着和裴呦呦的微信聊天页面，脸色极其难看，恨不得把对面的人吃了。

浩子小心翼翼地凑近易涵："哥，之前约了个文字采访，人家主编亲自过来，刚打电话说到了，你要是弄得差不多了，我就请人家进来。"

易涵好像没听到，按亮手机，裴呦呦还是一条都没回复，这让他心情更加烦躁。不会遇到什么麻烦了吧？易涵没意识到，自己早将文字采访的事远远地抛开了，对浩子说："你还是去找一下裴呦呦。"

浩子小声嘟囔："我刚才要去找你不让，还说让她自己来……"

易涵急了，回头怒视："刚才是刚才，现在是现在！我现在让你去找！你现在想法很多啊，是听你的还是听我的？"

浩子面露难色："好好好，我去找，可是采访那边还等着呢……"

易涵瞪了他一眼："那就带他进来！然后你再出去，去找人，务必把人找到！"

裴呦呦转了一大圈终于摸索到了化妆间的门口，正好碰上江凯扶着一瘸一拐的冉子书走了出来。

冉子书还是记得裴呦呦的，立刻睁大了眼睛："是你？"

裴呦呦也愣了下："冉小姐？"随后她沉淀下心情，来到冉子书面前，"冉小姐，我一直想当面跟你道歉的，上次的事，真的很抱歉。"

江凯见状，赶紧附在冉子书耳边说了什么。

冉子书脸色不好："她是应该跟我道歉啊，发布会那天本来大家就都被易涵爽约了，我又被我的美甲师爽约了，一个个的都给我找事！易涵的未婚妻又怎么样？难道犯了错就可以不用道歉吗？"

裴呦呦脸色沉重地说："当然是要道歉的，本来就是我不对。我真的不是故意迟到放你鸽子，那天……出了点意外，真的，对不起啊冉小姐。"

冉子书冷哼一声，上下打量她："干吗？态度这么好？都傍上易涵了，还想着要赚我的钱吗？又想让我办卡？"

裴呦呦摇手，连忙解释："我不是这个意思，今天刚好碰到了，我就想真心实意地当面向你道个歉。当然了，如果你愿意再给我一次机会的话，我保证，一定会竭诚为你服务，不会再出任何偏差。"

冉子书瞟了眼自己的脚，念头一起，笑着说："好！既然你这么说了，就先表示一下你的诚意吧。"

裴呦呦呆了呆，但似乎已经猜到冉子书要她干什么了。

江凯扯扯冉子书的胳膊，不明所以，但直觉不是好事。

就在这时，浩子带着杂志主编从远处走来，一见到裴呦呦，舒展眉目："呦呦姐？我正要去找你呢！"

黄主编："这位是易涵的未婚妻吧？"

浩子答："没错。"

黄主编发出诚挚的邀请："我一眼就认出来了！太好了！今天既然碰上了，能不能一起接受采访？"

这个……浩子为难，恐怕里面那位不太好配合。不等他回答，冉子书先声夺人："不好意思！她可能没办法接受您的采访，因为……"

冉子书故意伸出那只劈了两个指甲的脚："这位裴呦呦小姐是我雇的高级美甲师，现在呢，要帮我现场做一下修复。"

所有人，几乎同时，脸色都变得很难看。

只有冉子书，满不在乎，甚至还觉得十分过瘾，挑衅地看着裴呦呦。

周围鸦雀无声，落针可闻。

浩子急得满脸通红，他自知应该在外人面前维护裴呦呦，却又不敢跟冉子书起冲突，只能拼命给江凯使眼色。

江凯心领神会，干笑了两声，跳出来打圆场："子书，你搞错了，我给你约的美甲师还没到呢。"

冉子书一抱手臂，越说越来劲："那就让她别来了，这不是有现成的吗？"

黄主编站在旁边赔着笑脸，走也不是，不走也不是，只恨自己为什么要多嘴。

所有人里最冷静的反倒是裴呦呦，在众人的注目中，她缓缓蹲下，仔细看了看冉子书的脚趾。

"修复没问题，不过我过来的时候没带工具，冉小姐你急吗？不急的话，我回去一趟，你等等我。"

裴呦呦抬头看向黄主编，抱歉地笑了笑："谢谢您的好意，我就是一普通人，就不占您版面了，您还是赶紧去采访易涵吧。"

黄主编如蒙大赦，点头意思了一下，直接逃离这个尴尬的现场，钻进了化妆间。

浩子欲言又止："呦呦姐……"

裴呦呦反过来安慰他："没事浩子，干吗这个表情，又没人欺负我，这只是我每天都在做的工作而已啊。"

"你怎么才来？不知道我都等你半天了吗！"突然响起易涵的声音，还是那么不耐烦，还是那么嚣张。

裴呦呦想了想，应声回头。易涵已经走到她身边，自然亲昵地搂住她的肩膀："既然来了，你站在这干吗？进去啊。"说完，就要带裴呦呦转身离开。

裴呦呦看了看冉子书，拉住易涵："等一下，我，我答应了要给冉小姐……"

江凯冷汗直冒，一个箭步冲上来，挡在冉子书面前，对着易涵赔笑道："没事，没事，子书这边裴小姐就别操心了，你们忙你们的。"

冉子书不忿极了，还要说话，被江凯捂着嘴直接拖走。

这边裴呦呦也被易涵一路搂着进了化妆间，才放开她。

看得出，易涵气得不行："你是不是傻，看不出来她在欺负你吗？"

裴呦呦无奈地笑了笑："我当然知道她是在找我麻烦，可是她说得也没错啊，确实那天放人家鸽子是我不对。哦……想起来了，严格来说，你也有责任。"

易涵实在不懂她的脑回路，被人当面为难，还能那么淡定，更懒得理她那套说辞，挥挥手说："那怎么着？如果我不出现的话，你就打算任她羞辱吗？"

裴呦呦找个位置坐下来，语气慢条斯理："道理不是这么说的，她觉得让我给她修个指甲好像是羞辱了我，可是我不这么觉得，这本来就是我的工作。既然这样，能让她满意、让她出气、让她爽，又不会让我不爽，好像也无所谓吧。"

易涵一拍桌子："可是我不爽！"

裴呦呦被易涵突如其来的暴怒吓了一跳，小声道："你有什么好不爽的？你在求我跟你在一起的时候，就知道我是做什么的了，现在不爽是不是也太晚了？"

易涵语塞，一下子说不上话来。这不等于自己挖坑自己跳吗！

裴呦呦心里莫名的一股欢喜，注意着易涵表情的变化，嘻嘻哈哈地说："易先生，你真的觉得我太丢脸？还是说……你看我被人欺负，良心发现，有那么一点点……不忍心？或者心疼？"

"拉倒吧，我心疼？"易涵顿了顿，脑袋飞快转动，最后，无比确定自己是第一种情绪，"我当然是觉得你丢脸！裴呦呦，希望你以后在待人接物上，能够稍微顾及一下我的面子！你现在的身份是我的未婚妻！背后有这座大靠山，你有点气势好不好！"

"行了行了！知道了！"裴呦呦懒得再说了，嘟囔道，"大靠山又靠不住，只有自己靠得住！你赶紧接受采访吧，人家都等你半天了，我的事情我自己解决！"说完，裴呦呦拉开化妆间的门，头也不回地走了出去。

易涵一肚子火，又拍了下桌子："好心没好报，看我以后还会不会再管你！"他念叨着，拍完了手心涨涨地疼，拿起来一看，都红了，无奈地吹了吹。心疼，心疼……他居然满脑子都是裴呦呦问他是不是心疼她的样子，眼睛眨巴眨巴，嘴巴一嘟一嘟，带着弯弯的弧度。易涵恨不得打醒自己！不心疼不心疼！一定是不心疼！

不是，他怎么就靠不住了？！

冉子书被江凯拖了一路，挣扎不开，直接咬了江凯一口。

"哎哟！"江凯痛呼着放开。

冉子书气愤道："你干吗把我拉走？"

江凯揉着被咬的虎口，说："小祖宗，我要再不把你拉走，你就要惹祸上身了！你没看见刚才易涵的眼神吗？恋爱中的男人都是没理智的，你说你非要招惹他……"

江凯还在碎碎念，冉子书却一个字都没听进去，她整个眼睛都直了，呆呆地看着走廊尽头，脚步也跟着挪动，越来越快。

意识到不对劲，江凯好奇地顺着她的目光看过去。走廊尽处，林天诺和鹿鸣正匆匆走来。

冉子书眼神痴迷，喃喃梦呓："我就知道，我们一定会找到彼此的！我们的故事在相遇的那一刻就已经写好了！"

江凯震惊，又是这句话……但凡冉子书看上谁，要开始一段美丽的"邂逅"，这句话连同那句"你给我初恋般的感觉"，都是必然出现的台词。

江凯的记忆快速扫过，没错，八次，嗯，第九次了。

当事人冉子书这会儿脚也不疼了，方才发生的插曲也都忘了，撩一下头发，袅袅婷婷地朝鹿鸣走去。

化妆间刚好在冉子书和鹿鸣中间的位置，眼看她离林天诺身边那个漂亮的男孩越来越近，裴呦呦正好从化妆间走出来。

鹿鸣眼睛一亮，立刻欣喜地上前拉住了她："姐！"

这一声"姐"叫得冉子书差点崴了脚。

鹿鸣丝毫没注意到冉子书："我一回头你就不见了，我跟导演找你找了半天。"

裴呦呦笑道："我这么大人了，没事，丢不了的！"一转头，发现冉子书就在不远处，拍了拍鹿鸣，说："你等一下。"

裴呦呦快步走向冉子书，说道："冉小姐，不好意思，易涵刚跟我说了点事，耽误你时间了，我这就回店里拿工具。"

"哎……"冉子书脸色大变，赶紧拉住裴呦呦，"不用了不用了，我已经约好别的美甲师了，我……"

裴呦呦想了想，就着冉子书抓着自己手臂的手，垂眸认真看了看，说："要不这样，明后天我带齐工具来给你做个手部护理吧，算是……对上次事情的一点小赔偿。"

冉子书的目光再也离不开漂亮男孩，被裴呦呦的话拉回来，愣了一愣，心虚地抽回手。

"真……不用了。上次的事，算了算了……不用提了！"

鹿鸣站在旁边，完全不知道她们俩在说什么，皱了皱眉头，小声问裴呦呦："她是谁啊？"虽然声音很小，但冉子书还是颇为挫败，尴尬了一会儿，索性一把搂住裴呦呦的胳膊，笑眯眯地说："我啊……我是你姐姐的朋友啊！"

裴呦呦一个激灵，转头不可思议地看冉子书。冉子书一脸笑容，甚至对她龇起了一排白牙。

这什么操作？！

鹿鸣"哦哦"两声，礼貌地微笑点头道："你好，我叫鹿鸣，是裴呦呦的弟弟。"说完他看着裴呦呦，满脸写着"我是不是很乖、很懂事"求表扬的神情，再向冉子书伸出手。

冉子书实在称不上高兴，她这么漂亮，也算曾经相遇一场，竟然在他脑海中雁过无痕？不对啊，台本不应是这样的……

吃人嘴短

"你好，我是冉子书，我跟你姐姐是……好闺密。"冉子书很快甩掉挫败的情绪，回握住鹿鸣的手，笑容满面。

余光里裴呦呦正震惊着，冉子书则侧头小声在她耳边说："我决定还是在你那办卡，四十张。"

裴呦呦猛然反应过来，笑得也跟朵花似的，冲着鹿鸣点头："没错，我们……很熟的。"

冉子书的笑容越发甜美，亲密地和裴呦呦告别："那我先去拍了。呦呦，我们回头还要约吃饭哦，拜拜。"

转过头的一刻，冉子书满脸的笑都僵在脸上，沮丧得差点要哭出来。她一边快步走，一边哭丧着脸说："江凯，怎么办？我居然欺负了我未来老公的姐姐，你说我是不是失恋了？"

江凯一脸问号，到处找："哪呢？啊？你未来老公是谁？"

"就鹿鸣啊，哎，你说以后等我嫁过去了，裴呦呦会不会对我进行打击报复，整天让我扫地擦灰做家务……"脚步一停，冉子书将江凯拉到身边，"你快帮我回忆一下，我刚才是不是让她给我修脚指甲来着？

江凯点头说："对。"

冉子书嘴里吵吵着"完了"，脑海里浮想联翩，已经有画面了。

富丽堂皇的易家大宅里，她可怜兮兮地穿着破旧的衣服，在凄惨的背景音乐中，跪在地上擦地。裴呦呦则跷着二郎腿，耀武扬威地坐在沙发里。她擦着擦着，手里的抹布一不小心碰到了裴呦呦的脚。裴呦呦皱眉，啧啧两声，凶她说："怎么这么不小心！赶紧去给我打盆水来洗脚！"冉子书哭唧唧："知道了，姐！"然后她跑去打好了水，端到裴呦呦面前。裴呦呦刚把脚放进去，立刻缩了回来，骂她道："怎么这么烫，你是想烫死我吗？"冉子书拽着裴呦呦的裤腿，哭求道："不是这样的，你听我解释！"裴呦呦却不理她，用力掰开冉子书的手指，绝情地走开："拿开你的脏手，滚！"

冉子书哀号着抱住了头："我不要！我这辈子都没给别人洗过脚！"

江凯无语，在旁边摇了摇头，无奈地翻了个白眼。

冉子书突然想起什么，虚弱地一把抓住江凯的手臂，像抓住一根救命稻草："快！办卡！给那家美甲店打电话，我要办卡！"

裴呦呦接到店长的电话，得知冉子书没有食言，果真办了卡，脑中小金库负债的金额快速滚动，减掉可以提成的两万，数字变为：-797991.04。

裴呦呦兴高采烈地去超市买了食材，回家做饭。

门口响动，她抄着锅铲从厨房里冒出头来，对易涵甜甜一笑。

易涵一怔，不知道以何种表情示人。

这家伙怎么了？不要轻易对一个男人笑成这样好吗？

更过分的来了，说时迟那时快，裴呦呦边向他走来边说："快去洗手，马上就可以开饭了。"

易涵不知道为什么裴呦呦突然对自己这么殷勤，不由得有些戒备。

裴呦呦端着大闸蟹和刚烧好的油焖大虾从厨房出来，说："在门口愣着干吗？去洗手啊。"

易涵眉毛挑："你要干吗？"

"我这不是给鹿鸣在剧组找了个活儿嘛，他下午就打包东西搬到剧组酒店去了，我下班早，回来就想着亲自下厨做点好吃的，感谢一下你这几天的收留和照顾。"

易涵拉长音"哦"了一声，说："所以你今天到剧组，是去送鹿鸣的？我看你跟林天诺好像很熟的样子。"

裴呦呦没想正面回答这个问题，故意含糊其辞："那当然，我怎么说也是易涵的女朋友，都是沾你的光。"

易涵一个激灵："我可警告你，我绝对不允许你在外面打着我的旗号卖人情！"

裴呦呦脾气好得不能再好："知道了知道了，反正这事跟你没关系，赶紧去洗手！"

易涵换了家居服，洗完手，正要走出卫生间，心中不安起来。他站住了，把门关好，坐在卫生间的马桶盖上打开手机，查看摄像头的监控记录——厨房也是有监控的。

画面中，并没有出现任何诡异的行为，只看到裴呦呦煎炸炒烧，动作行云流水，不时传来油锅刺啦刺啦的声音。一盘盘菜肴相继完成，裴呦呦不断试菜。

"绝了！"

"也太好吃了吧！"

"人间美味！"

有这么夸张吗？易涵"喊"了一声，故意馋人的吧！一想到这是监控画面，想必她不是在演戏。

裴呦呦做菜确实有一手，那几盘子菜光看"色"就不错，他忍不住咽了下口水，肚子也凑热闹，在这个时候应景地"咕"了一声。

易涵起身，一脸悲壮："就让我去会会她。"

其实裴呦呦确实目的不纯，不过她没抱太大希望，刚才店长打电话说的另一件事就是约易涵出来吃饭，跟集团的吴总见面。

裴呦呦推脱不过，店长又用奖金赤裸裸地引诱，于是她就抱着试试看的心态来"邀请"易涵。

　　裴呦呦为易涵拿了碗筷，一转身，只见易涵好整以暇地在餐桌前坐下。

　　"再等下哦，马上开饭！"裴呦呦将碗筷放在易涵面前，回厨房将一盆鱼头豆腐汤放在餐桌上。

　　"好了！吃吧！"

　　易涵狐疑地盯着她说道："咳咳，我问你，你确定没下毒吧？"

　　裴呦呦笑道："请问，易先生，毒死你对我有什么好处？我又分不了你的家产，哎，我说你是不是学过什么能让人心情一秒变差的特异功能啊……要不，你别吃了，我自己吃！"裴呦呦就要去撤易涵面前的碗筷，被易涵一把护住。

　　"你这什么态度？你不让我吃，我还偏就要吃了！怎么着？"易涵示威一样夹了一筷子肉丝塞进嘴里，味蕾立刻被美味征服。

　　裴呦呦失笑，坐下来，说："我看你就是想吃吧。"

　　易涵嘴里塞得满满的，咬字含糊不清："才没有，是看你可怜，做了这么久。"

　　裴呦呦不与他争辩。

　　"好吃吧？"裴呦呦很期待他的反应，试探地问。

　　易涵的筷子伸向另一道菜，这会儿他已经胃口全开，表面上却还在嘴硬："凑合吧，还有待提高。"说完，又夹了一筷子鲈鱼，大快朵颐，吃得停不下来。

　　裴呦呦面带柔和的微笑，一直看着他吃。易涵吃着吃着觉得哪里不对劲，停下手中的筷子，说："你打算一直盯着我看？"

　　裴呦呦还是笑："你已经吃了好多哦。"

　　"然后呢？"

　　"易先生，吃人嘴短的道理……你懂的吧？"

　　听到这里，易涵嘴里的食物差点没喷出来，筷子一撂。

　　"我就知道有阴谋！"

"也不算阴谋，下周五呢，我们自家店要开个大Party，想邀请你去。"

易涵想也没想，拒绝道："不去。"

裴呦呦就知道他的反应，进一步劝说："你再考虑一下啊，正常谈恋爱不都得见一下双方的同事朋友吗？我每天跟你那边演戏演得跟真的一样，你是不是也得照顾一下我这边的社会关系啊？"

易涵转头，坚决地说："反正我是不会去的。"

裴呦呦沉默地看着他的侧脸，叹口气道："不去算了，我也根本没期待你会去，我自己去就是了。我没什么胃口了，你继续吧。"

裴呦呦起身，易涵用余光瞄着她一路蔫巴巴地回房。

面对一桌子的丰富菜肴，易涵忽然觉得自己吃特别没意思，又回头看了眼裴呦呦紧闭的房门，心里多少是有些不安的。

这家伙是换怀柔政策了吗？

很快到了聚会的日子，在去餐厅的路上，裴呦呦一直被店长疲劳轰炸，店长让她再联系联系易涵。裴呦呦迫于无奈，将餐厅的位置和名字发给了他。

当然，他还是一个字都没有回。

餐桌上，吴总兴起，问裴呦呦，易涵为什么会拒绝，裴呦呦只能赔笑，说他太忙，分身乏术。

孙青青在一旁冷嘲热讽："人家可是大明星啊，看不起咱们美甲行业也说不定。呦呦，你这女朋友当得没什么力度啊，咱又不是别人，都是自家人，见个面又不会吃了他。"

裴呦呦正要说话，手机铃声响了，来电人赫然显示的是"老板"。

半分钟后，裴呦呦匆匆走出包间，在电梯门口来来回回地踱步。

电梯门打开，全副武装的易涵低着头，直接向一侧走廊走去。

裴呦呦在后面追："喂喂！"

易涵理也没理，不知道在跟谁赌气，他怎么就来了呢？见鬼了！

"这边！"裴呦呦追不上，干脆停下，跺脚喊道，"你走反了！"

易涵这才反应过来，装作什么都没发生地掉头，路过裴呦呦时放慢了脚步，转头严正警告："我要跟你说清楚两件事。第一，我来完全是出于对我们合作关系的尊重；第二，我露个面就走。"

　　裴呦呦总算跟上他了，说："行，我也不想多待，到时候咱俩一块儿回家。"

　　"那好，就这么说定了。"

　　两人说着话，到了包间门前，一起推门。

　　店长和吴总一听有动静，立刻起身笑脸相迎，打招呼。

　　裴呦呦在中间热情介绍："易涵，这位是我们店长——金总，那位是集团老总——吴总。"

　　易涵摘了口罩、帽子，走上前，分别跟两人握手："吴总好，店长好。"

　　众人落座。

　　店长将易涵面前的酒杯倒满："易涵先生拨冗大驾光临，来来来，咱们一起碰个杯。"

　　"不敢当，不敢当。"易涵面露难色，"不好意思，我在外面不喝酒的。"

　　店长哪肯罢休："我不信，就一杯，不给我面子也得给咱们吴总面子，是不是？来！"

　　易涵向裴呦呦拼命使眼色，裴呦呦也朝他使眼色：你不会喝酒，我更不会好吗？！

　　易涵长叹口气，端起杯，在她耳边小声地说："你带我来的，后果自负！"说完，笑着一饮而尽。

　　当包间里大家已经喝得一片狼藉的时候，裴呦呦万万没想到易涵的"后果"这么严重。

　　那边吴总已经喝趴，正呼呼大睡。易涵则跟店长勾肩搭背地行酒令，两个人已经醉意朦胧。

　　"易涵……咱们可说好了，你得来给我们的美甲品牌做代言人，还有，你得答应我一件事。"

"嗝，什么事？"

店长指着裴呦呦："你可得把我们呦呦娶了！我知道，你们这一行漂亮姑娘多，诱惑也多，可有什么用呢，娶妻娶德，呦呦这姑娘，不错，你娶了她！"

易涵身子晃晃悠悠，目光锁定黑着脸的裴呦呦，傻傻一笑，说："娶？好！娶了！来，五个五，哈哈哈，你又输了！喝！喝！"

裴呦呦扶额，是谁说的"露个面就走"？

正在这时，同事小铃铛红着脸凑过来，半蹲在易涵身边，满怀期待地问："易涵，我能跟你拍张照吗？"

易涵二话不说："拍！"

小铃铛打开前置摄像头，易涵醉醺醺地靠过来，小铃铛正要按下拍照键，镜头却被裴呦呦给挡上了。

小铃铛噘了噘嘴："呦呦，怎么了？"

"今天就别拍了，你看他喝的，给别人看到不太好。改天吧，改天有机会再拍。"

"哦，好吧。"小铃铛委屈，只好走开。

一旁隔岸观火的孙青青抓到时机，将小铃铛叫了过去，悄悄说了几句话，小铃铛忙点头赞同。

裴呦呦见情况有失控的趋势，拉住易涵，抢过他手里的酒杯放下。他还不乐意了，拿眼珠子瞪她。

裴呦呦无视，越过易涵对店长说："人家餐厅要打烊了，易涵明天也还要拍戏，要不咱们差不多散了吧。"

"呦呦，你别忽悠我。"店长将信将疑，皱眉看了眼时间，确实已经十点多了。他正要点头，易涵却大力挥了挥手。

"散什么散，我还没喝够呢，这儿打烊了是吧？"

裴呦呦赶紧顺着他的话茬哄他："对啊，打烊了，咱们该回家了。"

易涵猛地站起身，大声宣布道："那我们去KTV，我们去唱歌！"

小铃铛立马拍手应和："好啊好啊，唱歌！"

裴呦呦默默无语，这些人根本不听她的，都陆陆续续起身，在易涵的带领下向KTV进发。

裴呦呦只能跟上，冷不防听见手机响起，来电显示：林天诺。

你在我心里啊

林天诺本打算只是告诉裴呦呦，他朋友从国外寄了一套画集，想要送给她，得知他们即将要去的KTV不远，说不清出自一种什么心理，他决定亲自送过去。

裴呦呦等在包间外，见林天诺从走廊尽头匆匆赶来，连忙招手："这边这边！"

林天诺问："怎么这么晚了还在外面？"

裴呦呦无奈，把门打开一条缝，林天诺清楚地看到，易涵已经彻底喝大了，在里面跟众人打成一片，大唱神曲。

"易涵……怎么会这样？"

裴呦呦无奈摇头："没事，天诺哥哥，你找我有什么事吗？"

林天诺从拎着的纸袋里翻出画集，递给她："我记得你以前最喜欢收集这些，就给你送过来。"

裴呦呦惊喜，又不好意思接受，林天诺干脆塞进她手里。

易涵正在激情地大唱《爱情买卖》，突然一回头，发现裴呦呦不见了，嘟囔道："我老婆呢？"

孙青青忽然出现，扶住他手臂："呦呦去洗手间了，很快就回来。"

易涵虽然晕晕乎乎，但还有不许别人轻易触碰的意识，加上被浓郁的香水味熏得一阵不爽，便用力挣开孙青青的手。

"不行，我得去找她，她最容易迷路了，丢了可怎么办？"他将麦克风塞给店长，跟跟跄跄往门口走去。

一推门，模模糊糊看见裴呦呦正在门口翻看画集，对面站了一个人，两人正在说说笑笑，好不和谐。

笑得这么开心吗？易涵扶着门，再度确认眼前的是裴呦呦，说："没丢就好。"

紧接着目光扫向她对面的人，是个男的，易涵有些困惑，整个人都靠了上去，还伸出两只手捏了捏那人的脸。

"这个人，有点眼熟啊！"

裴呦呦觉得丢人，拉住易涵："你干什么呢？放开人家。"

"啊！"易涵笑嘻嘻，"我认出来了！是林导！林导！来啊，一起玩啊！"一边说，一边要将林天诺拖进包间。

林天诺向裴呦呦发出求救信号，奈何这俩人怎么都挣不过易涵。

在易涵的强行劝酒下，林天诺连干了好几杯，脚步虚浮，整个人飘飘然。

店长忽然站起来，拍了拍麦克风，说："各位各位，酒也喝了，歌也唱了，咱们来玩个醒酒游戏，你比我猜，赢了的队伍，我有神秘大奖！"

易涵带头"嗷"的一声，往前一站，说："我来！"众人跟着欢呼。

裴呦呦根本没说话的份，就已经被拱到了前面，另外一个被动的是林天诺。

和两个醉鬼怎么玩啊？但事已至此，裴呦呦只好认了，对两人说："我来比吧。"

易涵摇头，整个人晃晃荡荡的，指了指林天诺，说："我来比，你们两个猜。"

裴呦呦问："为什么？"

易涵凑过来，龇着牙，一副欠揍的模样说："因为我不想输。"

猛地闻到一股酒气，裴呦呦捂住鼻子，将他推远。

几轮游戏下来，裴呦呦完全沦为背景，易涵和林天诺出奇地配合，无论是林天诺比画易涵猜，还是易涵比画林天诺猜，两人轻轻松松，对答如流，几乎猜对了所有的题目。

反观裴呦呦和易涵，默契值简直为零。

小铃铛在一旁一边录视频，一边被两人逗得前仰后合，说："易涵和林导才是一对吧！"

暗处的孙青青，悠悠地开口："重点不是易涵和林天诺多有默契，而是裴呦呦跟易涵在一起这么久了，怎么会这么没默契？"

而裴呦呦毫无存在感地站在易涵身边，从一开始的震惊，逐渐变为麻木，仿若透明。

店长挥挥手臂："你们这样别人还玩不玩啊，不玩了不玩了，接着喝酒！"

林天诺和易涵不由自主看向对方，开心地击了个掌！

夜已深，狂欢结束，店长安排完众人如何回家后，走到裴呦呦身边刚要说话，裴呦呦开口道："放心吧店长，他们俩我来处理。"

刚好，易涵的车子由远处缓缓滑行，停在路边，司机小天下了车。

店长满意地点头，脚步都站不稳。

"好好好……你啊，明早告诉易涵，答应我和吴总的事……"

"知道了，您回家休息吧。"裴呦呦为店长打车，目送他离开，深深叹了口气。

这边，喝多的林天诺和易涵东倒西歪，被裴呦呦和浩子一边一个扶着。

易涵还在不自觉地大唱《爱情买卖》，冲店长所坐那辆出租车用力招手。

裴呦呦捂住脸。非要喝成这样！太丢脸了！

林天诺拍拍裴呦呦的肩头，半眯着眼睛："呦呦，今天开不开心？"

她能说一点都不开心吗？裴呦呦当然不敢，连连点头："开心开心！"

"以后谁要是欺负你了，你跟我说！我帮你去收拾他！呕！"林天诺胃里突然翻腾，捂住嘴，有点想吐。

浩子赶紧上前，把他扶到旁边的灌木丛。

裴呦呦不敢直视，只听一阵难受的呕吐声，旁边的易涵醉醺醺地大笑起来："让你再跟我喝啊！林天诺！原来你就这么一点酒量！"

裴呦呦气道："别说了！还不是你灌的！"

"我？明明是他自己也愿意喝好吗？"易涵忽然一定睛，又腰左右观察裴呦呦，"喂！你是谁啊？"

裴呦呦使劲翻了个白眼，懒得理他，推着易涵的后腰往车上走："你说我是谁？快上车！"

易涵想到什么，目光迷离，看着裴呦呦半晌，用手点裴呦呦的脑门："哦！我想起来了！你是裴呦呦，是我女朋友！可你是从哪儿冒出来的呢？是树上结的？还是地里长的？啊！我知道了，是刚才玩游戏赢了送的！可惜奖品也不能挑，怎么给了我一个这么丑的，不开心。"

裴呦呦无语，这人发起酒疯来怎么像个大傻子？！

用力甩开他的手，裴呦呦恨不得连踢带踹，好不容易把易涵塞进车里，差点忘记那边还有个林天诺，回头招呼浩子："赶紧把他也给我弄上来！"

林天诺吐了一通，歪歪斜斜，被浩子扶进车里，和易涵坐在一起。

车里安静了片刻，易涵缓过来后，转过身面对林天诺，说："林天诺，你身为一个导演，酒量居然这么差！一看就是顺风顺水，没受过投资方、广告商的打磨，这怎么行？这种业务能力，我怎么放心把片子交、交给你？啊？"

林天诺按按太阳穴，又敲了敲脑壳，一脸奇怪，说："我，我在哪？"

易涵哈哈大笑："你再喝五杯，我告诉你，你在哪。"

"喝就喝！"林天诺茫然地在车上找了一会儿，顺手操起车上的纸巾盒，放在嘴边，一仰脖，"喝完了，你说吧！"

"你在我心里啊，哈哈哈哈哈！"易涵扬起脖子，笑得更疯了。

林天诺没说话，定定地望着易涵。

易涵一愣，迷茫地摸着下巴："你怎么没吐呢？一般人喝完五杯，我跟他说这句话，他都会吐的！"

裴呦呦忍无可忍，从前面的副驾驶转过头来，恶狠狠地说："你们俩！给我闭嘴！"

然而，这两人只是消停了两分钟，接着继续在后座闹得快把车顶掀翻了。好不容易熬到易涵家楼下，裴呦呦第一个从车上跳下来，然后到后座把易涵半拖下来。

易涵却跟林天诺死死抱在一起，怎么都不肯分开。

易涵警告她："喂，你别动我！我还要跟导演喝酒！不回家了！"

林天诺重重点头："对，谁也不能把我们分开！"

裴呦呦深吸口气，用了毕生的耐心，摸了摸易涵和林天诺的脑瓜顶："乖啦，时间不早了，各回各家，各找各妈啊。"转头咬牙示意浩子，"快帮忙！"

浩子忙不迭去扯林天诺，两人好不容易才把易涵和林天诺分开。裴呦呦拖着手舞足蹈的易涵，往电梯方向走，挥手让小天快开车离开，不然眼看林天诺就要跳车下来了……

裴呦呦一路吃力地扶着易涵的一只手臂到了家，他喝得醉醺醺的，重量都压在她身上，她甚至都腾不出手去开灯。

好不容易到了卧室，走到床前，裴呦呦松手，把易涵丢在床上，不想易涵的手还死死抓着她，天旋地转，再一睁眼，她已经跟着易涵一起倒在了床上。

裴呦呦的肩膀磕到了床头，痛得她整条手臂都麻了。她使劲抖了抖，冷不防被易涵搂紧了腰。

她本能地挣扎着要起身，只见易涵屋顶的天花板缓缓向两边打开，里面居然是一整片玻璃的天窗，透过天窗，可以看到深蓝色的静谧的夜空。

裴呦呦顾不得她现在被易涵抱着的尴尬姿态，惊得愣住了。

易涵凑近她的后颈，在耳旁说："你看，好多星星……"

裴呦呦顺着他的视线看过去，今晚天气特别好，繁星布满墨蓝色的天空，美不胜收。

　　她被眼前的景色深深震撼着，住了这么久，她从不知道，在这个无法拉开窗帘的顶楼，居然藏着这样一个特别的设计。

　　易涵看着她的目光温柔下来，眼里有什么东西闪闪发亮。

　　他的手臂围在她腰间，呼吸在她耳畔。裴呦呦从未与一个男人如此亲密，不禁脸颊发热，也跟着迷乱起来。

　　眼看易涵离自己越来越近，似乎是要吻她，她心跳如鼓，就在最后一刻，她偏过脸，准备逃走，却被易涵突然伸手抓住了手腕。

　　易涵加重了手心的力度："阚迪，你别走。"

　　裴呦呦所有的迷乱都仿佛被一盆冷水浇熄，整个人陡然清醒。

　　"易涵，你喝多了。"

　　易涵委屈地问："你为什么不喜欢我？"他已然把她当成阚迪，没理会她的错愕，自顾自说下去，"你总是告诉我说，做人做事都要坚持，但是，为什么有些事无论怎么坚持都没用呢？"

　　易涵停顿了一会儿，看着天。裴呦呦一动不动，大气都不敢出，任自己被他牵着。

　　易涵低下头："这么久，我不敢让自己闲下来，因为我会想，你在哪儿，你跟谁在一起。你离婚了，是不是有了新的恋情？我到底该怎么办呢？你告诉我！我明明已经想得很清楚了，可是我又好像什么都不明白，我到底该怎么办？"

　　易涵望着天空，眼神中满是忧伤和迷茫，裴呦呦从没见过他如此颓丧悲伤的样子，而他这样，都是因为爱着阚迪，一个他爱而不得的女人。她心里方才滋生出的那点妄想瞬间碎裂、消失，剩下的只有无奈和心疼。

　　裴呦呦努力找回自己的思绪，说："只要你认定一件事是对的，就坚持下去，最后一定会有好的结果，如果还不够好，那说明还没到最后，就继续坚持啊。"

　　易涵口齿不清，疑惑地说："继……续坚持？"

裴呦呦点头："嗯！"

易涵耍赖地摇着她的胳膊："可我真的，快坚持不下去了。"

"有什么坚持不下去的，你就是日子过得太好了，一点小挫折就要死要活的……"她将易涵的手轻轻放开，坐到床边，"你看我，从小到大就没遇到过什么好事，六岁的时候爸妈离婚，没多久，家里唯一对我好的太奶奶也过世了。我小时候最喜欢吹蜡烛，因为妈妈说，吹完蜡烛，愿望就会实现，可后妈进门后，爸爸就再也不记得我的生日，可那又怎么样……"

裴呦呦表面说得坚强，内心却十分伤感，目光转向易涵，他不再说话，呼吸平稳，已经睡着了。

裴呦呦失笑道："真是的，能睡成这样，哪有什么心事啊？"

易涵熟睡的侧脸轮廓分明，裴呦呦呆呆看他，根本移不开视线，心里又莫名空落落的。她抬头看着头顶的天空，星光璀璨，并不知人间的心事。

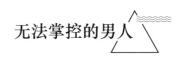

无法掌控的男人

混乱的一夜后，太阳照常升起，窗外有隐约的鸟叫声，阳光从天窗洒下来，暖融融地照在脸颊上，有点痒。

裴呦呦挠了挠脸，迷迷糊糊地翻了个身，后背靠上一副坚实的胸口。

身后的人，顺手搂着她，她的头刚好贴着他心脏的位置，传来"扑通扑通"的心跳声。

好像有哪里不对劲？昨夜最后的画面在脑海里闪过，裴呦呦彻底睁开眼，瞬间醒过来。

当意识到两个人正以极其亲密的姿势相拥而眠，裴呦呦一口气堵在喉咙里，眼睛睁大，拼命捂住自己的嘴巴，控制自己不要发出声音，生怕吵醒了身后的易涵，唯有像练缩骨功一样慢慢从他的怀抱中脱身，然后踮着脚无声无息地溜了出去。

门一关上，易涵就睁开了眼。昨晚的疯狂，仿佛历历在目。

最后的最后，是裴呦呦在床边说的那些话……易涵心里莫名生出了些异样，他只好再次用力闭上眼睛。

裴呦呦换好衣服去洗漱。对着卫生间里的镜子，她拍了拍脸颊，仿佛要把昨晚的那些画面通通拍走。

"喂，裴呦呦，醒醒！别再想了！"

她收拾完毕，去厨房准备果汁，这时易涵揉着太阳穴走了出来。

看到他，裴呦呦微微抬了一下眼皮，像什么都没发生一样，故作镇定。

"你起来啦？"

"嗯。"

裴呦呦笑眯眯地问："喝猕猴桃汁吗？"

易涵愣了一下，阳光下她带着笑颜站在那里，居然给他一种备受"家人"照顾的感觉。

家人？！裴呦呦会是他的家人？

他猛地摇摇头，回过神，摇手说："不……不不不喝了，头疼！"

"也不知道是谁说的，坐一下露个面就走，结果到后来我拦都拦不住，我说你酒品这么差你自己知道吗？给，喝了。"裴呦呦把果汁机里的果汁倒了两杯，塞了一杯给易涵，自己喝一杯。

易涵摆弄杯子："喂，我喝成那样，最后还不是你这个做女朋友的有面子？"

"女朋友"三个字让正在喝果汁的裴呦呦差点呛到，抬眼看易涵，想起他昨晚喝醉了叫阚迪的样子，竟然觉得心口一窒。

但她还是把情绪藏得很好，故作轻松地在易涵对面坐下，神秘兮兮地说："不过说真的，我还是挺喜欢你喝多的……你喝多了，我好发财。"

易涵有种不好的预感："什么意思？"

"你不知道你说了很多秘密吗？封口费总要给一点的吧？"

"不可能！"易涵紧张，喝一口果汁，看裴呦呦胸有成竹的样子，语气软下来，"我说什么了我？"

裴呦呦清了清嗓子，开始夸张地模仿易涵，一脸悲苦，虚抱着空气。

"阚迪……你别走！"

易涵手里的杯子差点没端稳，脸瞬间通红。

裴呦呦得意地扬了扬下巴。

易涵心虚，难为情地说："你这个人……怎么乘人之危？"

"我乘人之危？我逼你了吗？还是我骗你了？你自己说出来的！咬字清楚，气息稳定，就五个字，我捂耳朵都来不及你就说完了。"

易涵被她噎得一个字都说不出来，满是被人当面拆穿的窘迫。

易涵声音有点抖，说："你……想怎么样？"

裴呦呦微笑着坐下："你别这么紧张，我这个人，你知道的，也没别的爱好。"

易涵哼声："就是爱钱。"

裴呦呦满意地点头："对！"

"你还欠我多少？"

"七十九万七千九百九十一块四分。"

"我给你把零头免了。"

裴呦呦脑中的小金库数字疯狂滚动，-797991.04后面的"04"向上滚动变成"00"。

"哪个零头，是四分，还是九十一块四分，还是九百九十一块四分？"

易涵一挥手："七十万后面的都免了。"

"啊……"裴呦呦大喜过望，眼睛亮得像灯泡，脑中小金库的数字滚动至-700000停下，发出"叮"的一声。

易涵一脸的嫌弃道："诈尸啊！"

裴呦呦不跟他计较，又有点不好意思起来："虽然你这个举动让我突然发现还债的道路好像没有想象中那么艰辛，但是，九万多，我还是觉得有点太多了，要不……"

易涵不屑地看她一眼，说："别装了，明明就开心得不得了。"说完将果汁一饮而尽，杯子放在旁边，起身准备离开。

裴呦呦追在他后面："要不我给你提供点别的服务吧？"

易涵没好气："不用了！"

"不行啊，不然我心不安。"

"那你就提供闭嘴的服务吧，别烦我了。"

"喂，这样呗，我帮你追阚迪吧！你不是喜欢她吗？喂……"

易涵快速走进卧室，将门重重关上，裴呦呦的脸差点被门撞到。

她小声嘟囔了两句，正打算转身离开，门又开了，易涵探出头："怎么追？"

两分钟后，易涵坐在地毯上，裴呦呦拿着个小本子，手里的笔不停地晃，对着易涵侃侃而谈："你知道你们之间最大的问题是什么吗？"

易涵正准备回答，裴呦呦伸手制止，自问自答："是关系的不对等！她从没把你当作一个跟自己平等的男人来看待，更不用说有吸引力了，你在她眼里，就是个孩子，你对她是男女之情，可她对跟你的关系定位却是母子。"见易涵有话要说，裴呦呦又打断他，"你先别急着反驳，我给你举个例子。大概两周前，我刚搬进来的时候，你曾经有一次离家出走的行为，你还记得吗？"

易涵很不愿再提，随意点了点头。

裴呦呦举起本子，飞快地写了几个字，说："你要老实告诉我，你当时是怎么想的，就是拍门出去的那一刻，脑中最真实的想法。"

易涵不情愿地说："老子再也不回来了！"

"OK。"裴呦呦飞快地又记了几个字，抬头问，"那你知道，阚迪当时是怎么说的吗？

易涵当然记得，脸色顿时有点难看。

"不愿意承认？"裴呦呦站起身来，走出卧室，"我帮你说吧，阚迪姐说，不用管你，你在明早八点之前肯定会回来。"

易涵跟在后面，不置可否。

两人来到客厅的手办展示架前，裴呦呦指了指里面大大小小的手办。

"还有这个，一个吵了架，用玩具就能哄好的男人，不是儿子，是什么？你仔细想一想，你做的事情哪次没被人家猜中？"

易涵沉默了一阵，说："那是我们有默契!"

裴呦呦"喊"了一声，说："拉倒吧，默契是双向的，是你懂我，我也懂你，我问你，你懂她吗？你知道她在想什么吗？"

"我当然知道!"

裴呦呦抱着手臂，好整以暇，等他说出个什么内容。

易涵几度张了张嘴，再一次沉默。

半晌，他垂头丧气，往沙发上一瘫："那你说，我该怎么办？"

裴呦呦神秘莫测地笑了笑，自信地说："首先，你要改变跟她的相处模式，做一个她无法掌控的男人！"

《余生》的拍摄现场，易涵正坐在保姆车上休息，一边思考裴呦呦的话，嘴里一边下意识地哼着歌。

一旁忙碌的浩子，忽然停下来，放下手中事，忐忑地看着他。

"哥，阚迪姐今天要来现场，你知道吗？"

易涵回神，轻咳："是……是吗？"

"嗯，待会儿，你可别在她面前唱这些，你也知道，她总挂在嘴上的，你是歌手出身，私下里唱其他歌手的歌一定要特别谨慎。"

易涵这才猛地反应过来自己竟然下意识地唱了什么，赶紧坐直身子，捂住了嘴巴。

忽然想起什么，易涵装作无意地问："对了，那个裴呦呦是什么星座的？"

浩子摸下巴回忆了几秒钟，说："是双子座吧……好像就这几天生日，我看看啊，你们那个合同上，我记得有她身份证号的。"

浩子正要翻手机，易涵摆了摆手，一副不在意的样子："算了算了。不用找了，我也就随便问问。"

林天诺坐在现场监视器后，冷静而专注，昨晚的酒已经醒了，这会除了头有些痛，和平时没什么两样。

一组镜头顺利结束，林天诺满意地拍了两下手："各位，收工。"

林天诺一起身，有人递来一杯咖啡。

他回头，是易涵的经纪人阚迪。

她笑得专业而疏离，说："导演辛苦了，我买了咖啡给大家，在休息室。这是给您的，抹茶拿铁半糖，没错吧？"

林天诺看了一眼，表情淡淡的："你居然知道我的口味？"

"很少看到有导演喜欢喝这么甜的咖啡，这么特别，我看了一次就记住了。"

"厉害，谢了。"林天诺点头示意，拿起咖啡，离开了现场。

阚迪站在那看林天诺离开。易涵朝她走过来，跟着一同目送林天诺的背影。

阚迪问："你知道林导是怎么了吗？有点怪怪的。"

易涵也想知道这个问题，昨晚明明玩起来挺嗨的一个人，一到片场就板着张扑克脸。

两人几天没见，随意聊着，往化妆间的方向走。

易涵不禁抱怨说："你最近到底在忙什么呢？给你发消息也不回。"

"忙离婚的事，要公证，要做财产分割，还要搬家，事情很多。"

易涵脸色一变："谁搬家？"

"当然是他了，房子归我。"

"哦……那接下来有什么打算？"

阚迪笑了笑，说："不着急，我真是不离婚都不知道自己原来行情这么好，这几天要给我介绍男朋友的人都快排到崇明岛去了。"

易涵强压内心的不爽："怎么样，有合适的吗？"

"有一个，我高中同学研究所的师弟，海归小鲜肉，才27岁，我打算明天见见。"

易涵再接不下去一个字。

气氛越发尴尬，阚迪不自然地回头看他，还没开口，被拽着胳膊进了走廊旁边的消防通道。

阚迪费力地挣扎，易涵管不了那么多，一个用力，将她摁在墙上。

易涵脸色沉得可怕，压低声音，整个人充满压迫感，盯着她问："既然你都单身了，为什么不愿意考虑我？"

阚迪垂眸，无奈地说："易涵，我们不合适。"

"哪里不合适？你告诉我，我改！"

"你怎么就不明白呢？我不喜欢你，不管你变成什么样子，我都不喜欢你。这么多年了，你应该很了解我，如果是我想要的东西，我粉身碎骨也一定要得到，如果我喜欢你，我早就说了！"

易涵将拒绝的话听得真真切切，仿佛只有这样，才能让自己死心。

阚迪挪开目光，语气平缓下来："现阶段我只希望你把这部戏好好拍完，《余生》导演虽然年轻，却在国内外的电影界都颇有名气，功力自然是有的；加上好的剧本和你的人气，这部戏大概率会是明年各大电影奖项的夺奖热门。你入行这么多年，音乐奖项拿到手软，是时候拿一个表演的奖了，我本来给你的职业规划也是这样。"

易涵缓缓放开她，他多想说，这些跟你比起来，真的一点不重要，但他知道，这些对阚迪来说，非常重要。

阚迪想起什么，自顾自说下去："上次你跟我说了呦呦跟林导认识的事，我就打听了一下，他们似乎认识很多年了，说起来也算是青梅竹马。到宣传期的时候，还可以借此炒作一轮，总之，这个戏天时地利人和，你一定要好好拍。"

"什么？"易涵整个人都冷静下来了，"看来，你不只是把我当商品，是压根没把任何人当人，连裴呦呦你都算计上了。"

"我不是算计，我只是在最大限度内整合资源，将其优化利用，这是我的专业，也是我在这一行安身立命的本事。"阚迪叹了口气，"易涵，这么多年，我们都是这样过来的。你应该很清楚，你能有今天的成就绝对不仅仅是因为努力和运气。当然，我虽然没办法跟你在一起，但在我心里，你永远都是我最重要的家人，是我在这个城市里最亲近的人，我希望你明白。"

　　易涵定定地望着她，满是受伤和绝望。

　　阚迪不忍再停留下去，推开易涵："我去跟林导打个招呼，看看这几天拍摄的情况。"然后毫不犹豫地走出了消防通道。

　　易涵咬紧牙，拳头重重地落在墙上。

　　消防通道的门外，阚迪并没有立刻离开，她从缝隙中看着易涵挣扎崩溃的样子，重重叹息，转身离开。

　　懊悔过后，易涵灵光一闪，拿出手机，给裴呦呦打了过去。

女孩的心思男孩你别猜

　　裴呦呦此时正埋着头，小心翼翼地在样甲上打磨，然后粘上底座，以底座为基础，往上一层一层地做水钻的堆砌。

　　"叠钻呢，就跟盖房子是一样的，好的叠钻作品，需要具有建筑美感。所以在完成一件作品前，你得先对它有一个结构的想象，类似于图纸，这跟在指甲上做彩绘又有区别。"

　　裴呦呦正在教叶子叠钻，叶子听完了，抓着头发哀号："这也太难了吧，呦呦姐，你这都从哪学的？"

　　"自学啊，美术和建筑是不分家的。世界上所有著名的建筑，都有自己独特的美学特征，可惜我没出过国，不然，书里的那些图片，有机会真想亲眼看看。"裴呦呦想到这，志气满满，和易涵的恋爱合约期满以后，她如果还能存下一部分钱，真的好想去国外学习，再开开眼界。

叶子用手托着下巴说："你明明有个大明星做男朋友，还这么努力，让我们怎么活啊！"

男朋友，易涵？

裴呦呦笑容有点苦，说："男朋友不靠谱，自己学到的东西才是真的。"

话音刚落，手机铃声响起。

叶子瞄一眼来电显示，羡慕地吐槽："哎哟，男朋友怕是有顺风耳吧！"

裴呦呦看看手机，看看叶子："那你先自己去练习？"

叶子站起身，说："知道啦，不打扰你们甜蜜了！"

裴呦呦勉强扯了下嘴角，将电话接通，易涵崩溃的声音从耳边传来。

"裴呦呦，我完了！"

"不至于吧！到底怎么了？"

易涵整个人靠在墙角，委屈巴巴地蹲着："我真的是记着你跟我说的话的，要做一个让她无法掌控的男人，可我一见到她，就什么都忘了……"

裴呦呦心头发涩，潜意识不太想听到下面的内容。

"喂？你听到我说话没啊？"也许是她失神太久，易涵在另一端叫她。

裴呦呦摇摇头，把违反合约精神的想法都摇出去。

"你该不会是又表白了？"

"是这样的，她今天过来探班……"易涵一五一十将方才发生的事讲了一遍，"裴呦呦？喂？人又哪里去了？"

裴呦呦清楚地看见面前摆着的小镜子里，自己脸上的所有失落和苦涩。她扣下镜子，努力让自己情绪稳定："在呢在呢，我想说，这个阶段，表白是大忌。"

"那怎么办？"

裴呦呦沉默了一会，打起精神说："你仔细想想，你跟她分开的最后一刻的情绪是什么？"

"生气、愤怒。"

"我明白了！那你记住，待会儿回去绝对不可以说什么'我不干了''爱谁谁''都给我滚'这样的话。"

易涵一愣，说："你怎么知道我生气的时候喜欢说这几句话？"

裴呦呦呵呵一笑："因为小孩子都这样，一有什么不如意，就赌气说不干了，然后等着别人来哄自己。你想，连我都知道，阚迪肯定也知道。所以，你待会儿一定要打破这个行为模式。"

"喂，你说谁是小孩子？"

"成年人都情绪稳定，小孩子才喜怒无常。"裴呦呦真想说，就像我，给你做恋爱顾问，简直自虐，不还是能保持一副若无其事的样子。

"那我该怎么办？"

裴呦呦烦躁起来："该怎么办就怎么办！"

阚迪回到化妆间，脸色凝重，浩子见状不对，上前问："姐，这次是什么等级？"

"大概三级吧。"

"明白了。"说时迟那时快，浩子赶紧把所有工作人员都拢到一块，"待会儿，涵哥来了，不管他说什么做什么，大家就记住，不听、不看、不回应、不往心里去，都知道了吧？"

众人点头，熟练程度像是家常便饭。安排完，浩子凑过来问阚迪："我还说最近他脾气好多了，你怎么又把他给点着了呢？"

阚迪无奈地拿出手机，一边拨电话，一边说："没事，我刚收了一款限量版手办，现在就让人给送过来，你帮我拿给他。"

浩子竖起大拇指，阚迪摇摇头离开。

易涵躲在角落里，确认阚迪走了，按了下手机，屏幕上显示跟裴呦呦的通话页面。

"她走了。"

"好，你现在就回去，记住，笑着回去。"

"我笑不出来。"

"必须笑，快点，笑好了给我发个照片过来！"

"我不要面子的吗！"易涵急了，压低嗓子，用气音吼道，"裴呦呦我告诉你，你别觉得我有求于你，你就一再得寸进尺，你让我笑我就笑，你把我当什么人？"

"好吧，随便你，我忙着呢。"

易涵还要再说话，却发现裴呦呦已经挂断了电话。

裴呦呦将手机往口袋里一丢，走出办公室，去找叶子，看她练习得怎么样。

不想她刚把叶子的练习甲拿到手里，手机就响起了微信提示音，打开一看，是一张易涵灿烂笑着的自拍，露出八颗牙。

刚还觉得阴霾密布、不耐烦的裴呦呦忍不住笑出声，给他回复：笑得太过了，有那么开心吗？假！自然微笑就行，不用露牙。

没一会儿，易涵又乖乖发了一张微笑的照片过来，裴呦呦回：这个好多了，就这样，保持。

发完之后，裴呦呦意犹未尽，把两张照片来回切换看了会儿。切换得稍微快了点，屏幕里的易涵显得十分滑稽，裴呦呦忍不住笑得合不拢嘴。

叶子凑过来，脸上露出难以掩饰的羡慕神情："你们感情可真好。"

裴呦呦笑笑，不置可否。

忽然，仿佛感受到一阵阴冷，裴呦呦转头一看，孙青青还在自己的座位里，恶狠狠、满是嫉妒地盯着她。可两人的目光相遇，孙青青立刻收回表情，转头继续工作。

易涵按照裴呦呦所交代的，保持照片中微笑的样子，走进化妆间，正在待命的浩子赶紧迎上来。

其他人如临大敌，立刻低下头，假装忙碌，避免跟他目光交流，成了活靶子。

浩子笑嘻嘻地说："哥，你回来了啊。"

易涵点点头，走过来，像没事人一样，在镜子前坐下。

所有人都在等着他爆发，易涵却一反常态，一派平静。

几个人面面相觑，快速用目光交流。

化妆师：不是说暴怒等级三级吗，怎么回事？

浩子：平静中甚至还透露出一丝亲切。

化妆助理阿金：是不是等级估错了？

浩子：不会吧，阚迪姐从不失手！

"浩子，今天的内容是不是拍完了？你去确认一下，再看看明天拍什么，把通告领了，我先卸妆。"易涵的声音突然打断了他们的神交。

"哦哦，好。"浩子领命离开，走之前，回头又看了一下众人，众人默默点头，让他放心。

易涵百无聊赖，伸了伸懒腰，叫道："Lisa。"

被点名的化妆师手一抖："在！"

易涵拿出手机，一通操作："我微信给你转了五百块，你去给大家买点下午茶，天气这么热，你们从早忙到晚的，辛苦了。"

"不辛苦，应该的……"Lisa惊愕了半晌，声音颤抖，忙不迭地走出化妆间。

浩子回来的时候，手里捧着个盒子，见Lisa和其他几个工作人员围在门口，不敢进去。

"怎么了？涵哥这次这么过分，居然让你们在门口罚站？"

Lisa苦着脸说："比罚站吓人多了。"

浩子吓得盒子差点摔了："什么情况啊？"

Lisa冲他比了个"嘘"的手势，指指门缝。

浩子好奇地扒着门看了眼，不看不知道，一看吓一跳，易涵正在里面边哼着歌边卸妆，看样子心情好得不得了。

Lisa夸张地描绘："他一句发脾气的话都没说，要请我们吃下午茶，还拉群给我们每个人都发了红包。"

化妆助理阿金补充说："还承诺说这部戏杀青之后给我们放半个月假，他是不是想把我们开了啊？"

听到这些，浩子也紧张起来，攥了攥手里的盒子，就义一般地挺起胸膛："都让开吧，我进去看看！"

易涵这边已经卸完妆，换好了衣服，发现周围不知什么时候空无一人了。

正好！他拿出手机开始给裴呦呦发微信：都照你说的办了，估计很快就会传到她耳朵里。

裴呦呦很快回他：感觉怎么样？是不是有一种出乎意料的轻松？

易涵也连忙回：并不，憋得慌。

猝不及防，浩子的声音在身后响起："涵哥？"

易涵赶紧收起手机，回头敷衍地应了一声："回来了？"

"嗯，都确认过了，明天拍大桥的景，通告我已经发你手机上了，另外……"浩子小跑上前，殷勤地把盒子摆在易涵面前，打开，"阚迪姐刚让人送过来的，全球限量十套。"

看着盒子里精美的手办，易涵原本温和的脸色变得奇差，直接把盒子推到一边，竭力压制怒气："什么意思，当我是小孩吗？你给她退回去吧，说我不要。"

"啊？涵哥你再看看，这可是限量……"

"是我没说明白，还是你听不懂人话，我让你给她退回去！"

"知道了。"浩子说着哆哆嗦嗦地退了出去。

时间不早，裴呦呦从桌前抬起头，晃一晃脖子，活动下筋骨，准备收拾东西下班。突然，叶子冲进她的小办公室。

"呦呦！"

裴呦呦吓一跳，茫然地抬起头："什么事啊？"

"出来，你看谁来了！"叶子指了指街对面，裴呦呦顺着她指的方向望过去。夜色中，易涵的跑车停在街对面，他整个人慵懒地靠在车门，宛如封面大片的主角，正往她的方向张望。

脚步不受控制，来到店门口，她推开门的瞬间，两个人四目相对，周围的霓虹闪烁，都不及他身上的光芒。

裴呦呦坐在副驾驶的位置上，歪头呆呆望着倒退的街景。谁能想到呢，刚刚那宛如封面大片主角的男人，正在一边开车，一边痛心疾首地念叨。

"你知道我是用了多么强大的意志力和忍耐力才扛住了那个手办的诱惑吗？我只要再多看一眼，只多0.01秒，就一定会伸出手去。"

易涵在裴呦呦面前使劲攥了把拳头，挥了挥。

"所以你很棒，为你鼓掌！"裴呦呦敷衍地拍几下手，然后对他今天的一系列行动做出点评，"已经比我预想的要好了，毕竟也不敢指望你一夜之间就能大变身，虽然暂时还没看到什么成效，但没事！别太灰心！慢慢来！至少你今天做到了第一阶段没有乱发脾气，第二阶段没有被手办收买，这已经足够让敌方打乱阵脚了！"

"啊？"易涵有点惊喜，激动地说，"真的吗？"

"真的啊，你信不信，这会儿阚迪姐肯定在想，易涵到底是怎么回事？这么多年屡试不爽的奇招怎么突然就失灵了呢？你知道有一句歌词，'女孩的心思男孩你别猜，你猜来猜去就会把她爱'。一个道理，当她开始猜不透你的时候，就是她爱上你的征兆。"

说完，裴呦呦得意地连上车里的蓝牙，开始播放这首歌。

易涵不可思议地歪头看裴呦呦："裴呦呦，你到底是哪个年代的？"

裴呦呦一阵无语："要你管！"

两人回到家里，各自洗漱完毕，易涵也不客气，对着她的门板大敲特敲，等她出来又缠着她问东问西。

裴呦呦也算兢兢业业，从包里拿出小本子，坐在易涵卧室的地毯上讲述接下来的计划："接下来，我们要进一步加强新人设，摆脱你在他人眼中幼稚、任性、自我的形象……嗯，我问你，你对所有工作人员表达了善意之后，他们反应如何？"

易涵努力回想："好像都挺感动的，但发红包请吃饭这些事我以前也不是没做过，我又不小气。"

"所以啊，你不光要花钱，还要用心，这样才能让阚迪看到你的成长，认识到你是一个可以依靠、可以托付的男人！"

易涵颇为不解。

裴呦呦耐心解释："是这样的，以我多年来服务女性的经验，上到九十九，下到刚会走，没有哪个女人不保养指甲的。但阚迪姐例外，我观察过她的指甲，干净整齐，但毫无修饰，唯一合理的解释就是——没时间。这样一个忙到连指甲都没时间打理的女人，肯定也不会照顾自己的胃。所以，我觉得你可以为她准备爱心早餐，绝对是有的放矢。"

易涵皱着眉头沉思了一会儿，忽而抬头："我觉得有点道理。"说完，起身往厨房走。

裴呦呦："你干吗？"

易涵头也不回："做早餐啊。"

"这么突然……"裴呦呦微不可察地叹了声，起身跟了上去。

来到厨房，只见易涵已经系着围裙站在料理台前，一手拿着菜刀，一手按着案板上的各种食材，却不知从何下手。

裴呦呦站在一旁，看看菜，看看易涵："你是……在跟它们培养感情吗？"

易涵故作镇定："嗯。"

"不用，直接切就行，你相信我，什么'爱是最好的调料'都是骗人的话，酱油、鸡精、醋才是最好的调料。"

易涵咽了口唾沫，努力克服紧张。他慢慢下刀，左手按住紫甘蓝，右手拿菜刀，贴着边缘切下，菜刀沿切线滑了出去，只削下一条菜丝。

"你到底会不会切菜啊？"裴呦呦无情吐槽。

易涵拎着菜刀转过头，一脸阴沉地看着裴呦呦。

裴呦呦不为所动，说："不会切菜不丢人，你这么聪明一定学得会的！喏，这里还有模具，胡萝卜塞进去，会变成心形。"

易涵没好气地说："你出去！有人看着我没办法专心！"

裴呦呦撇了撇嘴，一样一样给他指出料理台上已经准备好的各种调料："切完了，把这些都放进去。"

"知道了知道了！我又不瞎，看得见！"易涵不耐烦地挥了几下菜刀。

裴呦呦怕他误伤自己，麻利地退出厨房："那好吧，你加油！"

"喂！"易涵想到什么，叫住她，"听你一直说得头头是道，是不是谈过很多次恋爱？"

裴呦呦嘴唇抖了抖，回答道："那当然。"

易涵眸子一闪，切菜的手顿住，说："那就好，我可不想听你纸上谈兵！"

所爱隔山海，山海俱可平

第二天一早，裴呦呦被厨房里传来的巨大剁菜声吵醒。一看时间，还不到六点半。

她打着哈欠从房间走出来，虚弱地趴在厨房的门框上，说："老板……你不会是做了一晚上吧？"

易涵眼底挂着黑眼圈，突然一转身，把一盆沙拉端到她面前："你尝尝。"

"卖相倒还可以。"裴呦呦顺手拿起易涵递过来的叉子，尝了一口。

"呕……"沙拉一沾嘴，裴呦呦差点吐出来，但当看到易涵苦哈哈的眼神，她还是艰难地咽了下去。

"你是按照我说的方法调的酱汁吗？"

易涵怅然若失地说："嗯。"

裴呦呦扶着墙走进厨房，没一会儿，端着一盆新拌好的沙拉走出来，放在易涵面前。

"正经做好，应该是这样的。"

易涵将信将疑，尝了尝，沉思了一下："好像是比我的好那么一点。"

"请诚实一点，是只好一点吗？"

"不是吗？"易涵一派理所当然的样子。

裴呦呦拿他没辙："行吧，你说是就是吧！"

易涵突然一把搂过裴呦呦的脖子，笑得十分得意："要不你以后每天做早饭吧？"

裴呦呦不自在地推开他，奈何他力气大，怎么也推不动。

"凭什么？我还要睡美容觉呢。"

易涵扳着她的肩膀，将她转过来面对自己说："放心，我付你钱！你多做点，我要让全世界都感受到，我是一个既无法掌控又值得依靠的男人！"

裴呦呦忙完最后一秒，易涵面对桌子上不下十份的沙拉满意地点点头。

再一抬头，裴呦呦已经取了包，疲倦地来到门口，手里还提着他做的那份沙拉。

"喂！"易涵多少有些不忍，"我做的那份，就扔了吧。"

裴呦呦已经没力气跟他吵了："没关系，那些食材都很贵的……"

易涵心情大好，提前到片场，让浩子为众人分发沙拉，连冉子书都分到一份。

冉子书打开，小声嘀咕了一句："易涵给的？唔……这能吃吗？"

江凯赶紧示意她小声点，冉子书摸着脑门思考：他是鹿鸣的姐姐的男朋友，未来很可能就会变成鹿鸣的姐夫，也就是说，很大概率也会变成我的姐夫。算了，一家人，我要支持他。于是她视死如归地吃了一口。

江凯翻了翻眼睛，见冉子书一口接一口地吃，停不下来。他好奇地问："味道还不错的样子？"

冉子书点头如捣蒜，江凯连忙去找浩子分一点。

阚迪照例来到化妆间探班。易涵准备就绪，立刻直起脊背。

阚迪是有些尴尬的，进退不是。易涵则不动声色，指着桌子上的饭盒说："喏，早饭，给你的。"

"啊？"阚迪错愕。

"你要是吃过早饭就算了。"

阚迪意识到易涵是在示好，绽开笑颜，拿起饭盒说："没有。"

一打开，阚迪不免被饭盒里香气四溢的饭菜吓了一跳，惊讶地问："你做的吗？"

"嗯。"

"看着不错啊。"她拿起筷子尝一口，立刻露出惊艳的表情。

易涵满眼期待："怎么样？"

阚迪一边吃，一边说："我觉得可以考虑给你接一个美食类的真人秀了，你什么时候有这种手艺的啊，完全不输高级餐厅主厨！"

易涵得意地摇头晃脑，说道："哪有那么夸张，也就还好吧！"

两人之间先前的紧张气氛瞬间大大缓解。

阚迪说："对了，我昨天去剪辑房看了这几天的粗剪，很不错，林导对你评价很高，他说，跟你很有默契。"

易涵回想那晚两人玩你比我猜的场景，答对的"叮咚"声不绝于耳，忍不住大笑，说："当然很有默契。"

阚迪放下饭盒，看着他认真地说："我觉得……你最近好像很不一样。"

易涵开心得要飞起来："真的吗？你感觉到了？"

"对啊。"

易涵笑得肩膀直抖。等阚迪离开后，他迫不及待打给裴呦呦。

裴呦呦正艰难地吃沙拉，只听易涵大呼小叫，描述阚迪说他变得不一样了。

裴呦呦微微怅然，用叉子叉了块火龙果："那很好啊。"

易涵追着她问："那接下来要怎么办？"

裴呦呦一拍桌子："当然是要细水长流，全方位用爱包围她！"

就这样，裴呦呦在接下来的日子里，每天早起，变着花样做早餐，再由易涵转交给阚迪。

易涵会在阚迪每天吃到早餐后，第一时间向她报道。裴呦呦得到反馈后，不停在网上找菜谱，一空闲下来，就琢磨早餐如何配菜。

一天清晨，裴呦呦迷糊着被什么吵醒，以为是闹铃，摸过手机一看，是短信。

"尊敬的裴呦呦女士，今天是您的生日，到家房产在这个美好的日子里，衷心地祝福您，生日快乐……"

生日吗？

裴呦呦翻出日历，确认日期，嘟囔着下床："果然只有卖房子的跟我最亲，连我自己都忘了。"

裴呦呦换好衣服，正准备进厨房做早餐，易涵在身后拍了她一下。

"干吗？"裴呦呦头都没回。

"今天日子这么特别，不用做了，放你一天假。"

裴呦呦足足愣了几秒钟，手下的活全停下，脑补开始，难道……他说的是自己的生日？

"你是怎么知道的……"

没等她说完，易涵就先开口了："今天是我和阚迪签约十周年的纪念日。昨天一早她飞去上海参加活动，要今天下午才回来，所以不用做早餐了。对了，我跟她约了晚饭，法国菜，你觉得怎么样？"

意识到自己会错意，裴呦呦难免失落，但她很快用一个懒腰掩盖了过去。

"你早说啊，我还能多睡会儿，真是的。"

她一转头，一张大脸凑了过来。

易涵笑嘻嘻地说："哎呀，反正都起来了，你可以做给我吃啊。"

裴呦呦白了他一眼，趿拉拖鞋回房："不行哦，今天确实是个特别的日子，我要放一天假！"

易涵愤愤不平地说："给我做一次又能怎么样啊？小气！"

"在这个特别的日子，我来画个什么呢……"裴呦呦坐在自己的小办公室里，摸了摸下巴，最后，在样甲上描绘出一个小小的生日蛋糕。

想起早上误会易涵知道自己的生日，她叹了叹，自言自语："你以为你是谁啊……他怎么可能在乎你的生日呢？"

手机铃声大作，说曹操曹操到，居然是易涵。

易涵不由分说地交代："十五分钟后，浩子去美甲店接你，你准备一下。"

裴呦呦发蒙："去哪儿？"

"问那么多干吗，反正是好事。"

电话被立刻挂断。

裴呦呦若有所思地盯了会儿手机，不会吧？难道他良心发现了？

浩子将裴呦呦带到目的地，这是一家富丽堂皇的珠宝店。店外人头攒动，熙熙攘攘，门外的巨幅海报上，一对模特展示着手上光彩夺目的大钻戒。

为什么来这里？

难道……

裴呦呦嘴角不自觉地弯了弯，她向店内走去，柜台中的珠宝光彩夺目，每一件都熠熠生辉。

大概是易涵的缘故，店内被清场，两名导购正围着易涵向他推荐珠宝。

　　"这一条吊坠属于经典的巴洛克风格，工艺上非常复杂，由四颗顶级蓝宝石拼接镶嵌而成……"

　　易涵心不在焉地听着，不时看腕表。

　　怎么还不来？

　　一抬头，他发现了裴呦呦，对她扬了扬下巴，说道："快来！"

　　裴呦呦第一次在这么多人的注视下，来这种"贵"的地方，不免心虚。听见易涵叫她，她像抓住了救命稻草，小跑着向他奔去。

　　"那个……外面好多人在拍我们。"裴呦呦低声说。

　　"不用管他们。"易涵稍微让开一点，把饰品托盘转向裴呦呦，"看看，喜欢哪个？"

　　易涵的身后是一个玻璃展柜，里面的钻石光芒闪烁，让裴呦呦几乎睁不开眼。

　　易涵忽然凑到她耳边，低声耳语："晚上不是约了阚迪吃饭吗，我打算给她挑个礼物，你快帮我看看！"

　　裴呦呦强压住心里的失落，边点头边慌张地扫视，恨不得小小地抽自己几下嘴巴子。

　　裴呦呦！你到底在期待些什么呢？！

　　易涵敲了敲玻璃柜："怎么样啊？"

　　"呃……"裴呦呦随手指了指易涵身后那条项链，"这条不错吧。"

　　导购顺着她的视线看过去，得体地微笑："看来裴小姐和易先生的眼光真的很一致，刚才易先生也是挑了这条。这款项链的设计灵感来自于设计师的一次旅行，名叫山海，取自于'所爱隔山海，山海俱可平'，象征打破一切阻碍的爱。它也是设计师詹妮弗·李本人最为青睐的一件作品，全球只此一件，是我们的镇店之宝。"

　　惊鸿一瞥，视线再移不开，裴呦呦盯着"山海"，喜爱之情几乎溢于言表。

　　"山有路可行，此爱翻山海，名字也美。"

"好了，那就要这条了。"易涵拍板。

导购贴心地问："要不要为裴小姐试戴一下？"

裴呦呦脸色一变，有些尴尬："不用了。"

易涵丝毫没有察觉她的尴尬，说："对，直接包起来就好了！"

导购离开的空当，易涵弯腰专注地看着柜台里的项链，眼底忽然一亮。

那是一条细细的项链，下端坠着星星点点的碎钻，精巧又夺目，不由得让他回忆起那个醉酒的夜晚，裴呦呦躺在身侧，两人共同享有漫天的繁星。

"喂，这个好看吗？"易涵将裴呦呦拉到身边，兴奋地指给她看。

裴呦呦挠头："好看是好看，但是不是跟阚迪姐不太搭？"

易涵没理她，伸手招呼导购："把这个也给我包起来。"

"好的，易先生！"

少顷，导购将包好的项链盒子分别装好，交给易涵，两人牵着手，亲密地走出珠宝店，在闪光灯中上了车子。

车行了一段路，易涵拿出其中一个纸袋，递给裴呦呦："喏，这个给你。"

裴呦呦不禁意外，但更多的是惊喜，故意问了一句："为什么我也有啊？"她心中还是隐隐期待易涵会记得她的生日，又说，"今天……跟我又没什么关系。"

易涵将纸袋塞进她的怀里："让你拿你就拿着！当然是为了感谢你这些天来为我出谋划策，别想太多啊！"

还是……不是。

裴呦呦仓促地笑了一下，还好她已经不是第一次失望了，很快调整好情绪，从鼻子里哼一声："算你有点良心！"

呦呦，生日快乐

《余生》的拍摄现场，洒水车再次就位，冉子书裹着毯子，瑟瑟发抖，简直绝望。

打板喊道："《余生》47场3镜4次。"

"Action！"导演林天诺一声令下，洒水车洒出漫天水幕。冉子书咬咬牙，将毯子一扔，冲进"雨里"。

这段戏足足有五分钟，终于听见一声"卡"，江凯立刻拿着浴巾跑上前去，裹住冉子书，心疼地说："哎哟，冻坏了吧！"

冉子书的头发还在滴水，她狠狠打了个喷嚏，哆哆嗦嗦地说："要是这条还不过，我就要杀人了！"

江凯在一旁安慰："过不过咱也不拍了，再拍要出人命了。"

冉子书非常赞同，突然眼睛一亮，发现了林天诺旁边看监视器的鹿鸣。她二话不说，小跑过去。

两人正在讨论冉子书的这条雨戏，冉子书满眼小星星，虔诚地问："导演可以吗，要不要再来一条？"

江凯大跌眼镜，差点吐血。

林天诺看了看她狼狈的样子："你OK吗？"

冉子书保持微笑："绝对OK，没问题！"

"那好。"林天诺摸下巴，"我是觉得刚才那个状态早了一点。"

冉子书点点头。

江凯欲言又止："可是……哎哟！"哪知冉子书一脚踩在他的皮鞋上，他痛得低呼，剩下的半句话没再说出口。

冉子书直接掀开浴巾站回刚才的位置，整个人都是抖的。

又一个五分钟。鹿鸣在一旁全程观看，心生不忍。

突然，冉子书的助理惊慌失措地看向江凯："凯哥，都没有干毛巾了。"

江凯不耐烦地说："那还看什么！去买啊！"

助理忙不迭点头，跑步离开。

这边林天诺喊了"卡"，向冉子书竖了大拇指。

冉子书的助理还没回来，鹿鸣直接脱下自己的衬衫，走上前紧紧裹住冉子书。

冉子书大为诧异，眨巴着眼睛，歪头瞄着鹿鸣。

"你还好吧？"鹿鸣问。

冉子书的脸一下子就红了，心脏怦怦直跳，这大概就是……怦然心动？

"我没事，值了。"

"啊？你说什么？"

"哦……我说，我和易涵都不是科班出身，所以对每一次演戏的机会都格外珍惜，是绝对不会像有些演员一样滥用替身的。"

"嗯……之前剧组里那些关于你的谣言……你不要在意。"

冉子书遥想上一次她和鹿鸣的交集，是她偶然听到有人议论她带资进组和演技差。当时鹿鸣在不知道她"路过"的情况下，替她说了话。

只不过，那次碍于他们说的都是"事实"，她无法争辩。这次，她也算用实际行动证明了，她是脚踏实地要拍好每一场戏的。

嗯，是这样。

冉子书说服完自己，便怯懦地躲在鹿鸣怀里："我当然不在意……可是你也不要相信他们哦！"

鹿鸣和冉子书可怜兮兮的目光相遇，她眼底晶亮，闪烁着的不知道是泪光还是方才大雨的水光。

他用力点点头："我相信你。"

冉子书再次埋进他的怀里，死死咬住嘴唇，强忍住不要笑出声来。

裴呦呦回到Inspire，一阵忙忙碌碌，终于画完了样甲，放下工具，伸了个懒腰。目光扫到桌上的盒子，她打开盒子，拿起那条镶嵌碎钻的项链，看了又看，然后对着镜子，给自己戴上。

"真好看。"裴呦呦手指拂过难掩光芒的碎钻，勉强地笑了笑，滑稽地模仿易涵的声音，"生日快乐，裴呦呦，这条项链，很衬你。"

虚掩的门缝处，孙青青的身影一闪而过。

戏份结束后，易涵走在回化妆间的路上，思量着拨出阚迪的电话。

"你是不是忘了今天是什么日子……晚上一起吃饭，嗯，老地方，别开车了，我们喝一杯。好，待会儿见。"

易涵乐滋滋地挂断电话，正好碰上林天诺走过来，两人打着招呼。

"要回去了？"

"是，不是收工了吗？"

"嗯。"林天诺欲言又止，在易涵错过身的时候，还是忍不住问，"对了，呦呦的生日有什么安排吗？"

易涵顿了顿，脸色不好。

"林导是不是对我女朋友有点太过关心了？"

林天诺看上去依旧疏离而礼貌："看来呦呦没跟你提过我们的关系。"

易涵听到"呦呦"两个字，来了一股无名火："你们是什么关系？"

"也没什么，就是从小就认识而已。"

易涵眉毛一挑："哦，这个我知道，我小时候跟整个幼儿园的小朋友也都玩得不错。"

林天诺好脾气地笑了笑："我真的就只是想问问你打算怎么给她过生日，你不用火药味这么浓。"

"她生日又不是今天，急什么，到时候我会安排好的，就不用林导你操心了。"说完，易涵匆匆离开。

林天诺望着他的背影，微微一怔。

易涵心不在焉地坐进车里时，脑袋里想的还是刚才林天诺的表情，觉得有点奇怪，拿出手机，打开备忘录确认了一遍。

"浩子，裴呦呦的生日是这个月21号对吗？"

"是啊，你那天问完我，我就去确认了一下，21号没错，下下周。"

易涵回想，他那天早上翻出两人的恋爱合同，认真记下了裴呦呦的身份证号码，怎么可能错？要错也是他林天诺错！还"从小就认识"！又能怎么样？她现在还不是我女朋友？

呃……我女朋友？

"要提前准备给呦呦庆生吗？"浩子问，打断了易涵的思绪。

"不用不用，走吧。"

"哦。"

"对了。"

"怎么了涵哥？"

"你刚才叫裴呦呦什么？呦呦？怎么这么亲密？"

浩子一时语塞。

"她是我女朋友，你们注意点，只能我叫她呦呦，听见没有？"

浩子和小天面面相觑，连连称是。

林天诺来到车子后面，助理一掀开后备箱，彩色气球装得满满当当，蔚为壮观。

"怎么样，还满意吗？我可是动用了私人关系让美术组帮你准备的。"

林天诺拍拍他肩膀，点头说："非常完美。"

助理掩饰不住满脸的好奇："那你是不是要告诉我，这些是为谁准备的？鹿鸣的姐姐吗？"

"你又开始八卦了，小心丢了工作！"

"告诉我啦！"

林天诺笑着离开，坐上驾驶座，发动车子的同时打给裴呦呦："呦呦，晚上要不要一起吃饭？"

裴呦呦正准备下班，一边接电话一边往外走。

"怎么这么好要请我吃饭？"

"帮你庆生啊，我记得小时候你最喜欢过生日了。"

裴呦呦愣住："天诺哥哥，你居然记得我的生日？！我身份证上的生日是错的，连我爸都不记得我生日究竟是哪天。我早上还在想，如果不是我之前租房子在地产中介填了资料，恐怕连一条祝福短信都收不到。"

林天诺似乎猜到易涵为什么记错了，笑了笑，说："既然我这么厉害，裴小姐是不是应该赏光跟我吃个饭呢？"

裴呦呦犹豫一下，虚叹口气："还是算啦，易涵说了收工要回来陪我吃晚饭的……你的好意我心领了，谢谢你天诺哥哥！"

她已经戴上口罩和帽子，走出Inspire，站在路边等公交车。

林天诺沉默了一会儿，斟酌着说："刚才是谁抱怨没人记得你生日，连条祝福短信都收不到的？"

裴呦呦语塞，徒劳地解释："他……当然记得了，他可是我男朋友，我是说别人……"

马路对面，林天诺将车子停下，透过车窗看着裴呦呦。

"那好，就不打扰你们二人世界了。呦呦，生日快乐。"

公交车缓缓进站。

林天诺按下按钮，车尾门缓缓打开，无数彩色的气球从后备箱飞了出来，洋洋洒洒，飘向天空。

进站的公交车刚好挡住了裴呦呦的视线，她只听到有小朋友指着天空大声欢呼："好多气球！好漂亮！"

裴呦呦闻声也抬头看去，五彩斑斓的气球在铺满晚霞的天空下，自由而美丽，她摘掉了帽子，不自觉地勾起唇角。

待气球飞散，公交车也早就开走了。天色渐晚，林天诺拿出手机打给鹿鸣。

店里人走得差不多了，孙青青在角落里悄声打电话："这么久了，一点收获都没有，他们看起来感情居然还挺好的，今天是裴呦呦生日，易涵还给她送了项链。"

对方让她少安毋躁，等待时机。

"要等到什么时候？还有，你说过要帮我找进组的资源，我才答应你监视裴呦呦的。张大伟，你到底靠不靠谱？"

电话另一端的张大伟使劲攥了攥拳，他此时正坐在一张病床旁，一个瘦弱的女孩在被褥里奄奄一息，床头上摆满了易涵的专辑、海报、杂志……

"都是小恩小惠，现在什么事都没有，感情当然好了，等到大难临头的时候，你就会知道，他们的关系脆得跟纸一样，根本经不起考验。"

"什么意思？你说明白。"

张大伟慢条斯理地说："我只是在想，如果裴呦呦知道，跟易涵在一起其实是件很危险的事，你说她还会继续吗？"

易涵先到餐厅，摆弄着"山海"的盒子，悠扬的小提琴声缓缓流淌，过去十年间的一幕幕又轮番上演。

阚迪如约而至，简单地聊了聊这次活动的内容和之后给他安排的相关通告。

"咱们是来庆祝的，能不能不谈工作了？"

阚迪不置可否，匆忙收起文件。

易涵举杯："来，敬我们的第十年！"

阚迪笑着跟他碰杯："时间过得真快，一转眼都十年了。"

"是啊，也不知道十年前你是怎么骗我签下卖身契的。"

"臭小子，后悔了啊？"

易涵轻轻将首饰盒推给阚迪："给你的。"

阚迪打开盒子，注意力立刻被吸引了，眼睛也瞬间明亮。

她将项链左右看了看，最后又放回盒子里，说："很漂亮，不过太贵重了。"

"喂，也不知道是谁以前总是嚷嚷让我赚了钱给她买这买那的。不过一条项链而已，来，我帮你戴上。"

阚迪来不及拒绝，易涵已绕到她身后，俯身要帮她戴项链。阚迪也跟着站起身，闪躲不及："易涵，我自己来吧。"

易涵悻悻地回到座位，喝口酒掩饰尴尬，阚迪一边戴项链，一边看着易涵，随便找了个话题："呦呦的手艺可真不错，吃了她半个月早饭，我觉得多年的老胃病都要被她治好了。"

易涵一口酒差点喷出来，说："那都是我做的！"

"可算了吧你，我又不是第一天认识你，人多的时候给你面子，你还真当我不知道怎么回事了……"

见易涵又端起酒杯，阚迪伸手拦住："明天一大早的戏，你别喝了，不然脸又得肿。"

易涵叹气："你就没有一刻能不管我的，跟我妈似的。"

"我就是你妈！喂，看看，怎么样，戴好了吗？"阚迪指了指自己的脖子。

易涵哪有心情看，随口说："孝敬您老人家的，想怎么戴就怎么戴吧。"

裴呦呦回到家，屋子里空无一人，又低头看了看手机，没有信息，看来易涵和阚迪姐吃饭吃得应该挺顺利的，不然早给她发微信求助了。

裴呦呦把手机丢到一边，进厨房找出一个桶装方便面，撕开包装。

"过生日嘛，总得吃一碗长寿面！"

裴呦呦有条不紊地烧好水，倒入方便面桶里，然后随便拿一个什么东西压着，百无聊赖地等着。手机铃声突然响了，以为是易涵打来求助的，她赶紧跑到沙发边拿起手机，一看来电显示竟然是鹿鸣。

"姐，生日快乐！"

鹿鸣快乐的声音传进耳膜，裴呦呦心里暖了一下："你怎么知道我生日的啊？"

"是林导说的，你现在在哪儿？我去找你，陪你过生日！"

"我？我……我在跟你姐夫吃饭啊！"

"你现在和姐夫在一起？"

"当然了，我生日，他一个月前就把餐厅订好了，不过说真的，我一点都不爱吃法国菜。"

裴呦呦佩服起自己说谎的本领，掀开面，热腾腾的水汽冲着她的脸颊，她随意用筷子搅了搅。

裴呦呦，目前为止有两个人祝你生日快乐了，你该满足了！

鹿鸣想象着姐姐、姐夫恩爱的样子，笑得很开心："哎呀，姐夫这么有心，你就别挑啦。好了，你们开心点，我回头给你补礼物。"

"好啊。"

裴呦呦挂断电话，吃了几口泡面，又拿出手机看了看，魂不守舍的。

也不知道他们进展到哪一步了？项链送了没？阚迪姐应该会挺喜欢的吧？易涵那个白痴可千万别再表白了。

易涵没有表白，而是托着下巴看阚迪把自己剩下的红酒都倒进她的杯里，缓缓地品尝。

"我觉得你跟呦呦住在一起的这段时间，变化挺大的。"

易涵一听这意思，难道这段时间的努力真的卓有成效？刚刚还沮丧的心情又立刻愉快起来。

"是不是觉得我成熟了很多？"

阚迪笑着点头："对，以前总觉得你是小孩子，最近发现你真的长大了不少，我再也没办法像以前那样看待你了，有点伤感。我在想啊，能让一个男人快速成长的原因，一定是一个女人。"

易涵被说中，不好意思地挠了挠头。

阚迪点着手指头："这个人……是呦呦吗？"

这个名字像个魔咒一样，易涵一听，差点跌倒，说："开什么玩笑，怎么可能！"

"你骗得过别人可骗不过我，你自己看看，就你给我发的这些信息，三条里面，两条都跟她有关。你是不是喜欢人家？"

易涵极力否认道："绝对没有，我又不瞎！"

"那是谁啊，我们认识了十年多，在你身上可从来没发生过任何变化。"

"那也不能说明这个人就是裴呦呦啊！"

"真不是呦呦？"

"真不是！"

阚迪调出手机备忘录，看了一眼："那好吧，本来我还想提醒你的，今天是呦呦的生日，看来不用了，反正对你也不是很重要……吃饭吧。"

易涵死死盯着阚迪，良久，自我安慰道："你别诓我了，我看过她证件，她生日还有一个多星期呢。"

"她证件上的生日是错的，她跟我说过，好像是当时登记的时候搞错了吧，还是怎么着的，后来就改不过来，不了了之了。"

易涵将今天裴呦呦包括林天诺所有不同寻常的样子回忆了一遍，才恍然大悟。

"你确定？"

"千真万确。"

见易涵神情呆滞，阚迪轻声叫他："易涵？"

易涵猛地回过神来，用餐巾擦了擦嘴，站起身说："对了，我想起来我还有点事，可能得先走了。"

阚迪明知故问："什么事比跟我吃饭还重要？"

"就……就剧组的事啊。"易涵不等阚迪回应，拿起外套，大步离开。

阚迪一个人坐在餐厅里，透过落地窗，望着易涵走远的背影，笑着摇了摇头。

只有恋爱中的女人，智商才这么低

裴呦呦正在家里优哉游哉地吃面，手机铃声又响了，这次是个陌生的号码。

"裴呦呦小姐吗？有您的花，请查收。"

裴呦呦下楼到管理处，果真是一大束玫瑰等着她，里面还有一张卡片——"速来凯旋路88号，易"。

易？易涵？

"搞什么啊？神神秘秘的。"认定这是易涵送的花，裴呦呦嘴上嫌弃，心里却开心得不得了。

她小跑着上楼回房间，打开衣柜，拿出裙子，一件一件在身上比来比去，始终不怎么满意。好不容易选好衣服，再匆匆忙忙把掉了一半的妆补好。最后，她看着镜子中的自己，摸了摸颈间的项链，细碎的光芒十分夺目，这才转身离开。

易涵出了餐厅第一件事就是打给浩子，让他订生日蛋糕。

浩子为难地说："涵哥，你点这家的生日蛋糕是要提前一个月就排队的……"

"我不管，反正今晚十二点前必须送到。"

浩子哀号一声，挂断前嘟囔了一句："呦呦的生日不是在下下周吗……"

"还'呦呦'！"

浩子连忙改口："是裴小姐！裴小姐！放心吧，涵哥，交给我！"

路上堵车，易涵花了好一会儿工夫才到家，一推开门，家里黑漆漆一片。他打开灯，发现了没吃几口的泡面，紧接着，一大束鲜艳欲滴的玫瑰撞入眼帘，易涵的火气一下子就蹿起来了。

"我心急火燎赶回来给你过生日，你居然跑去跟别人约会！"易涵咬牙切齿，将卡片在手里团成一团，正要扔掉。突然，他想起来有哪里不对，再次将卡片展开，看到了落款——"易"。

糟了！易涵一边往外跑，一边拨通裴呦呦的电话。

这会儿裴呦呦已经到了凯旋路88号，这不过就是普通的街道，黑漆漆的连个路灯都没有。她走了一段路，心里越发奇怪，正想打个电话跟易涵确认，手机上显示出他的名字。

"我到了，你在哪儿？"

易涵正在玩命飙车，声音微微颤抖："裴呦呦你听着！你现在立刻上车，回家！"

裴呦呦不解，回头看，出租车已经开远了。

"易涵，不是你让我来的吗？我人刚到就又要让我回去？"裴呦呦踢了踢高跟鞋，有点不快，"耍我好玩吗？"

手机另一端的易涵格外急切，竭力让自己冷静下来，说："那张卡片不是我写的！我根本不知道是怎么回事！你快回来！"

"什么？"裴呦呦还没反应过来，她的手机已经被拍到地上，紧接着身子前倾，被人推了一把，跌进一个小黑屋。

周遭漆黑一片，裴呦呦爬起来，只听到门被重重关上，"咔哒"一声，门外的人落了锁。

"是谁！放我出去！"裴呦呦拼命砸门。

黑暗中有窸窸窣窣的脚步声，围绕着门走来走去，但没有人说话。

裴呦呦强作镇定，在小黑屋里仔细摸索，却没有任何发现，她只好又艰难地摸到门边，用力拍了拍门，试图透过那一点门缝朝外面喊话。

"你听清楚了！不管你是谁，如果你现在就放了我，我就当这件事情是恶作剧！不会追究！如果……如果你伤害到我，就没这么简单了！"

裴呦呦隐隐闻到一股烧焦的气味，随之剧烈地咳嗽起来。

"你是在放火吗？你疯了！我和你无冤无仇，为什么——咳咳！快放我出去！救命！救命啊！"

裴呦呦疯狂砸门，却没有人理她。

通话突然断掉，更加剧了易涵心头的不安，他一边狠踩油门，一边连忙打电话报警。

他神经一直紧绷着，到了凯旋路，一个急刹车，车子停了下来。远远看到一个小棚子正冒着浓浓黑烟，房子的半边已经烧起来了。易涵摔上车门，疯狂跑过去，正撞见一个黑影闪身离开，隐入夜色。易涵顾不上追赶，直接冲向小黑屋。

烟越来越浓，裴呦呦被呛得喘不过气来，她想撕开自己的裙子掩住口鼻，却越来越没力气。

忽然，门外传来易涵的声音。

"裴呦呦！我来了！你别怕，我这就来救你！"

裴呦呦被烟呛得嗓子眼疼，哑哑地哭出来："易涵！易涵！我不想死啊！快救我！"

这间屋子没有窗，为了保温，棚子的门上还包了铁皮，易涵用力撞门，撞了两下后，门板微微松动，却不见打开。

火势渐大，火光炙烤着他的脸，不能再耽搁了，易涵退后两步，抬脚用力一踹，门应声而开。

"裴呦呦！"易涵立刻冲进小黑屋，还没适应小黑屋里的光线，冷不防，裴呦呦已经扑进了他怀里。

没有一句话，易涵直接将她一把抱起，跑了出去。

裴呦呦半天缓不过来神，裹着易涵的外套发呆。易涵则坐在她旁边，一边开车，一边骂骂咧咧的。

"别让我知道他是谁！敢动我的人，看我怎么收拾他！"

裴呦呦脸上看起来没有任何表情，手指却一直紧紧抓着易涵的一片衣角。

易涵知道她是劫后余生心有余悸，忍不住叹了口气，抬手像安慰小动物一样，摸了摸她的头，轻声说："没事了，都过去了，有我呢。"

他偷偷看眼时间，还差半小时就十二点了。

裴呦呦神情木然，却突然开口："我知道你觉得我蠢，想骂就骂吧，这次我确实是没带脑子，如果是你送花，会直接打电话给我的啊！"

"我骂你干什么啊，我就在想，到底是谁会做这种事，你有惹过什么人吗？"

裴呦呦摇了摇头："非要说惹过什么人的话，可能就是那些喜欢你的人吧。反正自从我们公开恋情，网上每天都有人骂我，说我配不上你，是个心机女。我以前都不知道，跟一个男明星在一起，居然还有生命危险。"

听她这么说，易涵有点急："喂，你该不会因为今天的事要毁约？"

裴呦呦犹豫了，十分想点头，心里想：我都这样了，要毁约也正常吧……

易涵握紧方向盘，正要转身，裴呦呦缓缓摇头，说："不是现在……你放心。"

不是现在？这什么意思？

她故作坚强淡定的样子，让易涵心里不是滋味，何况如果刚才分析得没有错，该愧疚的是他才对。

易涵的语气立刻温柔下来："网上那帮人顶多也就躲在屏幕后面做做键盘侠，应该不至于真敢干这种事，我觉得另有其人。"

"嗯，我也觉得。可这个人这么做，能得到什么好处呢？搞得这么大，总得有收益吧？"

"好了！你先别想了，反正证据我们都提交了，警方也已经立案，相信很快就会水落石出，有消息会通知我们的。从明天开始，你上下班都让浩子接送吧，我用剧组的司机就行。"

裴呦呦不想给人添麻烦，说："没事，光天化日的我觉得他也不敢对我怎么样，我自己长点心眼别再被骗就行了。"

"怎么没事？等真出事就晚了！怎么说，你也是因为跟我在一起才成了靶子的，我有责任保护你，这事没得商量，就这样吧！"

易涵语气坚定，没再说话，裴呦呦也没力气辩驳了，低头沉默下来。

过了几分钟，易涵不时地瞄着她，终于没忍住，笑出了声。

裴呦呦有点生气地问："你笑什么啊？"

"我就在想，你平常挺聪明的啊，教训起我来头头是道，怎么就能被这么低级的骗术给骗了呢！我想来想去，只有一个理由……"

裴呦呦的嗓子干涩起来，一定是被烟呛的后遗症，并不是过于紧张！

易涵转头，探究地看着她："那就是……你已经爱上我了！因为只有恋爱中的女人，智商才这么低！"

裴呦呦猛地睁大眼睛，小声说了句"才没有"，不去看他，转头望向窗外，手指揪在一起，心脏快要蹦出来了。

折腾了一晚上，两人一前一后拖着疲惫的步子进门。

裴呦呦将身上的衣服还给易涵，摇摇摆摆地回房："我去换衣服洗澡了。"

"等等！"易涵一个跨步，整个人拦在裴呦呦面前，"你还没回答我呢，你到底是不是爱上我了？"

裴呦呦没理他，易涵不依不饶跟在后面："爱了就爱了，像我这么优秀的男人，你爱上我也是情理之中，承认了不丢人。"

裴呦呦到了门前，忽然一回头："那你怎么回事？不是在跟阚迪姐一起庆祝十周年吗，饭吃到一半为什么突然回来找我？难不成你也爱上我了？"

易涵调笑的姿态陡然崩塌，对啊，他不是爱阚迪吗？为什么一听到今天是裴呦呦的生日，就不管不顾地去找她？没等易涵捋出个结论来，裴呦呦的房门就在他面前重重关上了。

裴呦呦被逼进了卧室，没敢开灯，仿佛不开灯，心事就不会赤裸裸的，无所遁形。

门外没消停一会儿，又响起了易涵的敲门声。

裴呦呦一把拉开门，说："有完没完啊，我很累！我要睡了！"

不曾想，出现在面前的是一片星星点点的火光，易涵捧着插着蜡烛的生日蛋糕站在那儿，见门开了，立刻唱起了生日歌。

"Happy Birthday to you, Happy Birthday to you, Happy Birthday to 呦呦……祝你生日快……乐……"

易涵的歌声温柔又动听，不过是一首生日歌，却唱出了情歌的缠绵。跳动的火光映着他的脸，他侧头看着她，微微地笑。

裴呦呦捂住嘴巴，眼泪忍不住流了下来。

"你也知道，我今天晚上有多重要的事，中途回来，还不是因为你那天说，好久没人给你过生日了……我这就算'扶贫'吧！"

裴呦呦一边哭一边说："你真的是……给人惊喜都不能说点好听的吗？"

"好啦，我错了……别说了，你不是喜欢吹蜡烛吗？快许愿，许完愿就可以吹蜡烛了，吹了蜡烛，愿望就会实现。"

裴呦呦忍住抽泣，鼓起腮帮子，一口气将蜡烛吹灭。

光亮消失，黑暗中易涵开口："喂，感动吗？"

"嗯，凑合吧。"

"哈哈，是不是更爱我了？"

裴呦呦伸出一只手来，使劲推了易涵一把："走开！"

没想到易涵惨叫道："啊……疼！"

"你没事吧？"裴呦呦听出不对劲，跑去打开灯，回来时只见易涵身子歪歪斜斜的，手疼得拿不住蛋糕。

裴呦呦将超大的蛋糕接过来，放在餐厅，让他赶紧坐到沙发上。

易涵乖乖坐在沙发上，裴呦呦小心地卷起他的袖子，一直卷到肩膀，一大片的破皮、淤青赫然出现，还有血丝在往外渗。

裴呦呦紧张地问："怎么回事啊？"

"估计撞门的时候弄的。平常拍戏，那些门一撞就开，现在想想真是太不真实了。"

裴呦呦白了他一眼，从脚边的医药箱里拿出酒精和棉花，小心地帮他清理伤口。

"你这样明天能去现场吗？"

"拍文戏没问题，动作戏估计不行。"

裴呦呦动作小心翼翼的："要不然你请假休息两天吧？"

易涵忍不住嬉皮笑脸地逗她："怎么啦？心疼啊？"

裴呦呦合上医药箱，微笑着说："是啊！我是心疼你不工作没法赚钱。"

易涵"哼"了一声："财迷!"

甜蜜前兆

易涵躺在床上睁着眼睛发呆，这一晚上的惊心动魄在他脑中反复播放，尤其是看到小黑屋冒着滚滚浓烟的时候，他绝望又后悔，甚至会想，只要裴呦呦没事，他拿什么去换都愿意……

没错，他心甘情愿。

可，裴呦呦什么时候变得这么重要了？或者，换一个普通人，他也会牺牲自己？

他不知道，只知道，当他问她有没有爱上自己时，并不完全是在开玩笑。

想到这，易涵不禁心烦，顺势重重翻了个身，结果碰到了伤口，痛得他龇牙咧嘴。

裴呦呦也翻来覆去地睡不着，干脆按亮了床头的台灯，拿过速写本，开始画画，几笔之后，隐约可以看出是易涵的侧脸。

她忽然想到易涵反复问她的那个问题，其实，她不是早就有答案了吗？裴呦呦的手抚摸过画像的脸颊，到鼻尖，到嘴巴……心底泛起阵阵涟漪。母亲走后，这是她第一次过生日，如果……以后的每年，都能这样就好了。

裴呦呦画着画着，天就亮了，直到有朦胧的光线从窗帘的缝隙透进来。

突然，一阵急促的门铃声响起。裴呦呦被惊醒，发现自己趴在速写本上睡着了，她猛地坐起来，看到画被口水沾湿，赶紧拿纸巾擦。

门铃声还在响，她无比烦躁，只好先把画放下，开门出去。

一推门，她和正顶着鸡窝头往外走的易涵撞个正着。

他满脸是被吵醒的怨气，难道也失眠了？

裴呦呦微微愣了一下，下意识地低头看了一眼自己皱巴巴的睡裙，并哈了一口气闻一下自己有没有口臭，同时快速退回房间，隔着门大喊一声："你去开一下门！"

"为什么你不去开？"

"快去吧！"

易涵莫名其妙，但门铃声实在是一声比一声急，响个不停，他崩溃地抓了一把自己的头发，打开家门。

门外站着的是气喘吁吁的鹿鸣，他二话不说，推门向内走："我姐呢？"

裴呦呦梳洗好，从卫生间出来，鹿鸣立刻走上前："姐，你没事吧？我一早就听说你昨天晚上遇到危险，姐夫受伤请假不能开工，所以赶紧跑回来看看。"

原来易涵最后还是请假了。

易涵摊手，解释道："我可没让浩子在组里说我受伤，我让他随便找个理由的，比如说感冒了之类的。"

裴呦呦一脸假笑："那怎么能比英雄救美这种光荣事迹更显得你英明伟岸啊？"

易涵伸长脖子，装作没听清的样子："你说英雄救什么？"

裴呦呦咬牙，一副恨恨的表情，说："美！"

易涵哈哈大笑："你确定吗？你要不要打开手机的前置摄像头确认一下？"

鹿鸣见到姐姐姐夫还有心情"打情骂俏"，长长松了口气。

"你们两个没事就好，都怪我！"鹿鸣内疚，"如果我也在，姐夫可能就不会受伤了。"

易涵和裴呦呦闹完，拍了拍他肩膀："没事啊，小伤而已，剧组情况怎么样？今天拍什么？"

鹿鸣一五一十地回答："剧组还好，本来今天排的是你和女主角的对手戏，结果冉子书也病了，就算你去了也拍不了，导演临时改了景。"

易涵点点头："听说了，冉子书昨天拍了雨戏，淋得挺惨。"

"嗯……昨天晚上高烧到41度，折腾了一夜，一直到今天早上才退烧。"

裴呦呦嗅到一股异样的气息，将鹿鸣拉到一边问："你怎么知道得这么清楚？"

鹿鸣回忆起，他昨天刚挂断姐姐这边的通话，就接到了冉子书的电话，然后不知怎么就被她缠住，留在了她房间里。

鹿鸣支支吾吾，认为本来两个人也没发生什么，再者和姐姐也不该有秘密，就一五一十地完全坦白了。

剧组的酒店里，江凯正在吹碗里的粥，准备喂给冉子书吃，嘴里还碎碎念。

"昨晚让你去医院你不去，就这么挺着，万一烧坏脑子了怎么办？还有，你就算再喜欢那个叫鹿鸣的男孩子，你也不能让全剧组的人看到他一大早从你的房间走出去吧……"

冉子书靠在床头，不知道在想什么，完全没听到江凯说话，还不时发出傻笑。

江凯敲勺子："你到底有没有在听我说话！"

冉子书猛回神，不满地看着江凯说："都是因为你，一大早过来敲门！我那会儿正抱着他胳膊睡得正香呢！我觉得我这场病来得特别是时候，它大大拉快了我和他之间感情的进度条！"

江凯翻了个大白眼："我的大小姐，你是谈恋爱不要命了！"

"生命诚可贵，爱情价更高！"冉子书回忆起昨晚鹿鸣看着她时，那满眼担心的样子，简直迷人极了，立刻露出傻笑。

"没救了没救了，我倒要看看你这次能爱几天！"江凯把勺子递到冉子书嘴边，"快，把粥吃了。"

冉子书脸上洋溢着幸福的笑，乖乖张嘴吃粥。

裴呦呦这边听完，越想越觉得小白兔鹿鸣是被冉子书这条大灰狼看中了。

怎么办啊？她转头看向坐在沙发上的易涵，问鹿鸣："吃饭了吗？"

"还没。"

"正好一起吃吧，要不……咱们一起定个外卖？"

"好啊，我来点。"

易涵家位于私人高档小区，外卖最多送到楼下。趁着鹿鸣下楼取早餐的间隙，裴呦呦忙不迭地向易涵打听冉子书。

"冉子书啊……"易涵皱着眉头快速地回想了一下，发现冉子书在他的印象中其实是个很模糊的人，最后总结下来也只有两个字，"也没别的，就是好色。"

"啊？！"裴呦呦倒抽一口气，跌坐在沙发上，"完了完了完了！我们家鹿鸣完了！大灰狼要吃小白兔了！难怪我上次就觉得她不对劲！"

"什么跟什么啊！你就是瞎操心！冉子书好歹是个女明星，长得漂亮，又有钱，真要跟鹿鸣在一起，好像鹿鸣也不吃亏吧？"

"什么外表、金钱、地位，你觉得我们家的人会在乎那些吗？"

易涵呵呵笑："得了吧，你不就挺爱钱的吗？"感受到一道目光冷冷地射过来，立即改口，"好好好好，当我什么都没说，您请……"

裴呦呦抱着手臂，一副防卫的姿态："两个人在一起，当然最看重的还是人品。如果她只是玩玩而已，鹿鸣会受伤的！"

"你想太多了！"

裴呦呦询问地看了他一眼："你到底什么意思啊？"

"我们刚才说的那些都不过是假设，她不可能喜欢鹿鸣的，她喜欢的人……是我。她之前跟我表白过的！"

哦……在这等着呢！裴呦呦的一颗心立刻悬了起来。

易涵耸耸肩："不过我对她没什么兴趣。"

裴呦呦的心又悄悄落下，想了想，还是忍不住，小心翼翼地问："冉子书那么漂亮，那么有钱，你对她都没兴趣，那你喜欢什么样的啊？"

"我当然喜欢……"易涵说着，眼前又浮现出阚迪穿着那件婚纱的背影，可一转头，人居然变成裴呦呦了。

这不是他的噩梦吗？易涵一哆嗦，忙挥了挥手，打碎眼前的幻觉。

"反正……反正不是你这样的！"易涵一阵心虚，起身走回卧室，"我去换件衣服。"

裴呦呦难掩失望，怔了怔，还是起身跟了过去："哎，你自己穿得上吗？"

"我只是受伤，又没残疾……"

嘴硬不过易涵，裴呦呦摇头，他的肩膀已经完全使不上力，一整条胳膊基本上抬不起来。易涵试了几次都穿不上，终于一脸颓丧地表示放弃，裴呦呦不由分说伸手帮忙。

她小心地扶着他的手臂往袖子里套，易涵疼得龇牙咧嘴："疼，疼，你轻点！"

一件衣服穿了快十分钟，裴呦呦叹了口气，他这副样子，总不能把他自己扔在家里，便拿出手机给店里打电话请假。

听完全程的易涵忍不住有点开心，偷笑了一下。

可没过几分钟，裴呦呦又接到了店长的电话，大惊失色地说："什么？你们要集体来探望易涵？不用不用，他没什么事，别折腾了。"

店长情绪十分高涨，极力要求，裴呦呦说："他……他不在家。"

"你不是说他受伤了，怎么会不在家？"

孙青青在一旁帮腔道："呦呦，店长也是一片好心，你这么推三阻四的，难不成……有什么瞒着大家的？"

裴呦呦一噎。

裴呦呦恨不得抽自己，怎么就答应了他们？还好她讨价还价到三个人，而不是全店员工！

她盯着易涵的背影看了一会儿，拿出手机给浩子打电话。

“我这就是一点小伤，真用不着去医院。”当易涵被裴呦呦强塞进车里时，几度试图探出头。

“不行，我觉得还是挺严重的，你看你这胳膊，抬都抬不起来，最好去拍个片子看看，别是伤了骨头。”

裴呦呦表情严肃，将浩子拉到一边说：“我同事要来家里，你帮帮忙，给他能做的检查都做了，多拖一会儿，我这边尽力让他们走，拜托了！”

浩子点头：“放心吧，明白了！”

裴呦呦和气鼓鼓的易涵挥手告别，在楼下一直目送小天将车子开走，才松了口气。

不一会儿，店长的车就到了，叶子和孙青青相继下车，裴呦呦顺便接了他们上楼。三人手里还拎着营养品，一进门便四处打量，同时发出惊叹的声音。

叶子：“我不是在做梦吧，这就是易涵的家？不行，青青你掐我一下！”

孙青青嗤笑了声，翻个白眼，没理叶子。

叶子噘嘴，自己掐自己：“真疼！一定不是在做梦！”

裴呦呦尽力拿出女主人的姿态：“你们随便坐啊。”

刚说完，裴呦呦觉得哪里不对劲，那是之前划分领地时易涵的沙发，赶紧改口：“不能随便坐！”

店长刚要落在沙发上的屁股生生被她叫得悬在了半空中。

裴呦呦一咬牙，挥挥手：“算了，坐吧坐吧，轻点坐就行。”

孙青青径自向屋内张望，能看得出，她精心打扮过，发型妆容都很精致。

“易涵呢？”

裴呦呦摊手："他去医院了，我就说了他不在，你们还不信！"

短暂的拘谨过后，几人放松下来，随意地参观起易涵的家，可裴呦呦总归是一个人，回答不过来他们接二连三的问题。

叶子最感兴趣的是易涵书房里收藏的黑胶唱片和各种专辑，店长则把玩起展示柜里的紫砂壶，孙青青倒是什么都不碰，自顾自地转悠，眼睛像雷达一样扫射观察。

裴呦呦提心吊胆，生怕他们碰坏什么，自己还得给易涵赔钱！

时间接近中午，店长大喇喇地坐在沙发上，摸了摸肚子："呦呦，难得来你们家一次，都不给我们准备午饭吗？这说着话都饿了。"

裴呦呦不情不愿地进厨房，将面团使劲摔向面板："哪有这样厚脸皮的，自己非要留下来吃饭！"

孙青青趁裴呦呦不在，将叶子拽到身边，小声说："好不容易来一次，不想去你'前老公'的房间？"

"前老公？"叶子一懵，反应过来是易涵，哭笑不得，但也来了兴致，连连点头。

两人悄声走到主卧门前，一个闪身，进去了。

叶子迫不及待扑向易涵的大床，打了个滚："哇！老公的床！老公的味道！"

孙青青也觉得心花怒放，但她很快就冷静了下来，环顾四周，走进衣帽间，一拉开柜子的门，怎么一件裴呦呦的衣服都没有？

她再环视一遭，主卧的所有地方都没有任何裴呦呦的物品，最后，她的目光落在易涵的单人照上，这间屋子里甚至没有两人的合照。

难道他们两个不住在一起？

此时，张大伟在电话里交代的几句话在脑海里回响，孙青青拿出手机，偷偷拍照，趁叶子不注意，慢慢蹲下，将手伸向易涵床头柜的抽屉。

孙青青眼睛发亮，抽屉里赫然躺着一份恋爱契约。

那点热量，随便运动一下就消耗掉了

孙青青的手迫不及待伸向那份合同，突然，裴呦呦的声音在门外响起。

紧接着房门打开，裴呦呦见状，脸色瞬间铁青："你们在干吗？谁让你们随便进来的！"

孙青青赶紧将刚拉开的抽屉关上，站起来，背过身。叶子的动静大，所以裴呦呦先看见的是叶子，没有注意到孙青青的小动作。

叶子噌地一下从床上弹坐起来，怯生生地抚平床单："呦呦……对不起，我就是想看看我老公的房间……不，是你老公……"

"算了！"裴呦呦强压下怒气，转身离开，"下不为例！吃饭吧！"

孙青青回头看了一眼床头柜的抽屉，关上了门。

裴呦呦回到厨房，将打卤面端上餐桌，店长惊得下巴快掉下来："呦呦，就给我们吃这个吗？"

裴呦呦尴尬地笑了笑："我这不是没准备吗？家里也没什么菜了，大家就凑合吃吃，改天，改天我请你们出去吃大餐！"

几人有点不情愿地拿起筷子，对碗里的面挑挑拣拣。

孙青青吃了一口，把碗往前一推："连块肉都没有，怎么吃啊？"

裴呦呦皱眉："那你就别吃了，不是总嚷着减肥吗？"

店长赶紧打圆场，用力挑起面条，塞进嘴里，大快朵颐："素点健康，我觉得挺好吃的，唔，呦呦，没想到你手艺这么好！"

叶子也开始慢吞吞地动筷子，因着刚才贸然进人家卧室，实在不好意思，连忙也说好吃。

孙青青心不在焉，脑袋里都是那份恋爱契约，起身说："我去一下洗手间。"

孙青青从洗手间出来，蹑手蹑脚走到了易涵房门前，看向对面，试探性推门。

门一开，孙青青立刻被眼前的情景震惊了——满满当当的杂物、画具、美甲工具、女式的衣物和粉色的床单——很明显，这就是裴呦呦的房间。

孙青青兴奋不已，打开相机，正要拍摄。门口响起按密码的声音，易涵进了门，亲昵地喊道："呦呦，我回来了。"孙青青慌乱地按下快门，闪光灯一闪而过。

裴呦呦心口一跳，怎么回事？这么早就回来了？她扯下围裙，紧张地跑到门口："你……你不是去医院了吗，检查完了？"

易涵快速地扫了一眼客厅："哦，没什么大事就回来了呗。"

店长和叶子也连忙放下碗筷，来到客厅，孙青青装作刚从卫生间走出来的样子，跟在后面。

店长说："易涵回来了？"

易涵对着店长热情洋溢地笑了笑："店长，抱歉，回来晚了，招待不周。"

"有什么周不周的，我们就是过来看看你，怎么样？身体没事吧？"

"没事，小伤而已，你们吃了吗？听呦呦说你们要来，我怕来不及准备午饭，特地带了点吃的回来。"

易涵拍了拍手，两名穿着考究的服务生推着餐车走进来，餐车上是被盖子盖着的美味佳肴。服务生将盖子打开，三人不由自主地"哇"了一声。

裴呦呦凑到易涵身边，小声说："我都煮了面了……"

易涵眉毛一挑："你煮了……面？"

叶子说："呦呦姐，易涵既然准备了这么多好吃的，咱们就别吃面了。"

店长应和道："是啊，呦呦，不能浪费了易涵的心意。"

孙青青一翻白眼："关键是，你那个面真的……"

孙青青还没把"不好吃"三个字说出来，易涵已经走向餐厅，一脸惊喜地说："你煮了面也不早说，明明知道我最爱吃你煮的面了。

饿死了，我要先吃一碗。"

易涵坐下，问裴呦呦："哪个碗是你的？"

裴呦呦愣得说不出话，木讷地指了指，易涵直接拿过来吃了起来。

所有人都看呆了，同时，两个服务生有序地将菜摆上桌，全部摆好之后，易涵已经吃完了，连汤都喝得干干净净。

裴呦呦在旁边都看傻了眼："有那么好吃吗？"

易涵露出一个"人畜无害"的笑容："你做的都好吃。"

裴呦呦扶额，心说，戏有点过啊，你可以去当影帝了！

饭菜上好，易涵已然吃不下了。

叶子则一边吃，一边八卦起来。

"易涵，你最近写新歌了吗？"

"嗯。"

"哇！是《余生》的主题曲吗？好期待啊，能给我们哼一下吗？"

易涵严词拒绝："恐怕不行。"

叶子尴尬地低头，孙青青故意用手挽了挽头发，开口侃侃而谈："所有的音乐作品在没有公开发布之前，都是商业机密，易涵不能透露是基本的职业操守，很正常，我们不该问的，对吧？"

易涵想了想，说："也不完全是这样，没人的时候，我都会弹给呦呦听。"

叶子立刻露出羡慕的神色。裴呦呦不得已靠近易涵，小声耳语警告："你差不多得了！"

易涵冲大家笑笑，叉了块鹅肝喂给裴呦呦，堵住了她的嘴。

裴呦呦本来还忐忑着，很快就被入口即化的鹅肝给征服了。

"这个……也太好吃了吧！"

易涵很得意："下午刚刚空运过来的，再来一块？"说着，又喂了裴呦呦一口，裴呦呦只觉得好吃到无与伦比，整张脸都幸福得皱了起来。

孙青青扯扯嘴角："鹅肝热量太高了，女孩子还是别吃太多。"

易涵不动声色地看了她一眼："没关系，这点热量，随便运动一下就消耗掉了！是吧，呦呦？"他特地把"运动"两个字咬得很重，其中的暗示不言而喻。

叶子差点把嘴里的东西喷出来，大吼"虐狗"。

一旁的孙青青脸色阴沉下来，咬着后槽牙低头奋力切盘子里的牛排。

这顿饭吃下来都快傍晚了，店长是有眼力见儿的，借口说要接孩子，便带着人撤退。

等人走光了，裴呦呦颇为疲惫，回到餐厅收拾桌子。

易涵伸了伸懒腰，招呼她过来："先休息下吧。帮我脱衣服……"

"穿衣服不行，脱衣服也要人帮忙吗？"

"当然要！"易涵说完，自己都被激出一个寒战，"反正……需要！"

看在刚才他极力配合的分上，裴呦呦顺从地走过去，拉着他的袖子向下拽。

"这一顿饭多少钱啊？"

"算我请他们的，你不要管了！"

"那说好了，不许反悔！"

易涵低头看她："你这人真是的！我不还是为了你！我就知道不对劲，本来能在家好好待一天的，非要把我往外赶，原来是有这么一出，要不是我从浩子那知道了，你打算怎么圆？"

说着话，裴呦呦已经帮易涵脱去衬衫，里面还有一件T恤。

易涵抬下巴，指了指T恤："愣着干吗，还有一件呢！"

裴呦呦脸色难堪："这也要我帮你？"

易涵重重点头。

"那你转过身去！"裴呦呦小心翼翼地掀起他的T恤下缘，脸颊发烫，接着刚才的话茬小声嘟囔，试图分散注意力，"我自己的事当然自己解决，又不是我逼你……真不知道你干吗这样……"

易涵猝不及防地转身，带着一股热浪，压向她："你说呢？你真不知道？"

甜到溢出来

一下子缩近的距离，让裴呦呦清晰地感觉到，易涵的呼吸轻轻喷在自己脸上。她攥着他的T恤一角，紧张得半个字都说不出来。

眼看易涵的脸越来越低，几乎与她的额头相抵，裴呦呦眼睫毛颤了颤，屏息凝神，闭上了眼睛。

这时，只听耳边传来一声坏笑，睁眼时，易涵已经往后退开半步。

"哈哈哈，好了，不逗你了！你赶紧把客厅收拾一下，乱死了！"

说完，易涵伸了个懒腰，顺手轻松脱掉T恤离开。

裴呦呦一片狼藉中站了半晌，堪堪回过神，赶忙摸了下自己的脸，滚烫。

易涵回到房间，脸上带着无意识的笑意，直到经过穿衣镜，看到镜子里的自己，所有的表情立刻都僵在了脸上。

易涵扶住镜子，像审问犯人一样，向镜子里的半裸男人发起了连珠炮式提问。

"人家问你了，你也说说吧，干吗那样做？"

镜中人如实回答："因为想看到她笑啊。只要看到她笑，就会觉得开心。"

易涵自顾自点点头，确认了这个答案后，又问："那你是从什么时候开始这么在乎她的情绪了？"

镜中人回忆一番，讪笑着挥挥手，说："没有没有，大家生活在一起，和和气气的不好吗？"

易涵很严肃："只是这样而已？"

镜中人心虚起来："不……不然呢？"

"你……"他眯起眼睛，目光尖锐，指了指镜子，"该不会是喜欢上她了吧？"

问出这句之后，易涵一个激灵，突然往后跳了一步，险些摔倒。

"我我我……喜欢上她了吗？"

他忽然想起昨天晚上在餐厅，阚迪对自己说的话：能让一个男人快速成长的原因，一定是一个女人……这个人，是呦呦吗？

易涵哼哼唧唧抱头，跌坐在床上，百思不得其解。

裴呦呦打扫完，尽量不让脑子放空，不然方才那些画面便会争先恐后地挤进来。只是，来回几次，徒劳无功。

打包好垃圾，她魂不守舍地开门去丢掉。

浑然不知，在楼道的安全通道处，有一双眼睛正偷偷窥视着她，手中的手机正闪烁着红点，对准她一路拍摄。

裴呦呦丢完垃圾之后，来到门前按密码，就在这时，镜头被推近，悄然拍下了全过程。

门关上，孙青青放松下来，慢条斯理地将视频保存好，调出方才在易涵家里拍的照片，一并发给张大伟。

两天后，《余生》拍摄现场熙熙攘攘，易涵正式复工。

自从阚迪揭穿他早饭都是裴呦呦做的，这个工程彻底宣告结束。不过在他的强烈要求下，裴呦呦今早还是耐心地给他做了午餐带到片场。

"涵哥，才十点，要吃吗？"浩子发现易涵将饭盒拿出来，来回翻盖摆弄好几次，不得已问，"如果不吃，这样……很容易凉的。"

易涵一副没听见的样子，托着下巴又将饭盒打开了：鲜嫩的蛋皮包饭，折成了太阳的形状，旁边的小胡萝卜丁和黄瓜丁也一下子变得无比可爱。他一闭上眼睛，浮现出裴呦呦的笑颜。

"是不是很有趣？告诉你，还很好吃呢！"说着话，易涵又扣上盖子，小心翼翼放回裴呦呦为饭盒准备的小布包，布包两面是她自己创作的童趣风格涂鸦，别具个性，"现在当然不吃，中午吃。"

浩子小声地问："裴小姐的手艺，我可是一直都想尝尝的，涵哥，到时候能分我点不？"

易涵立即站起身，拎着剧本走开："不能！我自己都不够吃！"

易涵说得一点不错，蛋皮包饭几口就被他吃光了，浩子端着盒饭走过来问："涵哥，要准备口香糖吗？"

易涵没好气地说："口香糖能顶饱啊？"

"下午第一场戏是和冉子书的吻戏，给你备着点呗。"

易涵看表，这都几点了，大小姐还没露面。

此时的冉子书戴着墨镜刚从房间出来，精神抖擞，春风得意，完全不似大病初愈，一路遇到工作人员，也友善地跟人家打招呼。

下了电梯，正撞见鹿鸣从酒店门口进来，她笑颜如花地迎上去，鹿鸣却根本没看见她，向后转身，胳膊扶着一个女人。

冉子书脸一黑，血液仿佛逆流。

那条胳膊……是属于她的好吗！

眼看两人姿势亲密，向她走来，冉子书怒火中烧，微微定了定神，决定先躲起来，等两人进了电梯，她立刻转身跑向楼梯。

"你现在好些了吗？天气太热，估计是中暑了，要不要吃点药？我这有药。你等等。"鹿鸣带女孩到了自己的房间，扶着她躺在床上休息。

女孩摇头，虚弱地躺着，在鹿鸣离开去找药的瞬间，拉住他的手臂，带着哭腔说："不要走！"

冉子书推开楼梯间门时气喘吁吁，生怕鹿鸣被小贱人生吞活剥了，几乎是一口气跑上来的。

果然鹿鸣带她回了自己房间，房门还没来得及关，她正好藏在门口听墙角。

女孩半躺在鹿鸣的床上，脸皱巴巴的，说："我不想吃药，好苦。我……在你这睡一下就好。"

鹿鸣没办法，点头："好，那你先睡吧，我去片场了。"

不想，女孩却死死抱着他的胳膊不放，一副可怜兮兮的样子："你能陪我会儿吗？我还是不太舒服。"

这画面似曾相识，几乎和冉子书高烧那晚强行留下他的流程一模一样。

与此同时，冉子书躲在门外，看得眼睛都要冒火了。不要脸！学我！忍无可忍，无需再忍！冉子书冲进门，一把将鹿鸣从女孩手里拉出来，挡在前面，指着她吼："你给我起来！装什么装！"

女孩大惊失色，尖叫道："你谁啊！"

鹿鸣被吓了一跳，诧异地看向冉子书，她的额头鬓角还冒着晶莹的汗珠。

"你怎么在这……你身体好一点了吗？"

冉子书跳脚："你还有空管我死活吗？"

鹿鸣冷不防被凶了一下，愣了一下，试图跟她讲道理："这个女生是梁导的妹妹，来探班的。刚才她在片场晕倒了，梁导拜托我带她来休息一下。人家还生着病呢，你别这样。"

"生什么病，她是装的！你是不是傻，相信她！"冉子书的理智早已飞到天外去了，摘下墨镜，用手指着女孩，"告诉你，我是他鹿鸣的女朋友！我不管你是谁的妹妹，给我听着，敢勾引我老公你就死定了！"

面目狰狞的冉子书和电视屏幕里的形象大相径庭，那女孩惊慌失措，连滚带爬地从床上下来，嘴里连连说着"打扰了"，夺门而出。

鹿鸣惊讶地指着她离开的方向说："她刚才……还晕得走不了路的。"

不知道他是真傻还是假傻，冉子书瞪他，硬生生扳过鹿鸣的脸，让他看着自己："我问你，是不是不管谁，只要人家需要，你就可以对她好？你就可以让她搂着胳膊睡觉？"

鹿鸣发懵："那她晕倒在我面前，我总不能不管……"

冉子书不顾形象地抓头发："我都说了！她是装的！她就是想泡你！"

鹿鸣完全抓不到冉子书生气的点，她越暴躁，他就越莫名其妙。

"所以你现在这么生龙活虎，之前也是装的吗？"

"我当然不是装的了！我是好了！"

鹿鸣的手机忽然响起，是统筹打来的，他连忙接起，一边点头答应，一边走向门口。冉子书连忙挡在前面拦住他，看他电话讲得差不多后，直接按了挂断。

鹿鸣叹气："你到底要干什么？"

冉子书踮脚，扬起脖子："鹿鸣！你必须答应我，以后不可以再随便让别的女生碰你！"

鹿鸣皱了皱眉："我不明白，人和人的正常交往，难免会有肢体接触，这不是很正常的吗？"

不知道是气的，还是因为刚才不顾形象地爬楼梯，冉子书脸色涨红，眼底也泛着晶莹。

她定定地望着他，目光隐忍，一开口已带了哭腔："不正常！你忘了吗？我都跟你过夜了！我出生在一个保守的家庭，受的是保守的教育，那天早上你从我房间出来所有人都看到了！鹿鸣，你必须负责！"

因为门一直开着，冉子书的声音回荡在走廊的每一个角落。

那一刻，熙熙攘攘的酒店，仿佛一瞬间都安静下来。

鹿鸣哑口无言，愣了会儿，缓缓将门关上。

"你下午还有戏呢，先去片场吧。"

冉子书抽抽鼻子，说时迟那时快，眼泪就掉下来，只不过情绪从暴躁变成了委屈："你别想转移话题……你知道吗，那天早上以后，好多人都对我指指点点……也许已经有人拍了我们的照片，准备拿来威胁我也不一定的。本来我压力这么大了，刚才又看见别的女孩进你房间，鹿鸣，我是真的受不了了……嘤嘤……"

冉子书捂住脸，像个孩子一样蹲下，低着头，越哭越凶。

鹿鸣束手无策，在房间里来回踱步，最后站定，无奈地问道："我那晚只是帮你，没想到会造成这样的后果。我道歉！要是有人拿照片威胁你，我会出来替你澄清。"

"澄清什么啊？"冉子书抬起满是泪水的脸，咕哝道，"外面对我是什么风评你不是亲耳听过吗？如果是别的女演员就算了，而我，他们就会说'哪有空穴来风，苍蝇不叮无缝蛋'之类的，总之你想吧，有多恶毒就多恶毒。"

"那怎么办……"鹿鸣有点慌。

等的就是这句话！冉子书擦干泪，缓缓站起身，用小手指头勾了下他的下巴，嘴巴翘了翘，说："反正别人都以为我们那什么过了……就让我当你女朋友吧！"

片场众人吃过午饭，陆续忙碌起来，准备下午的第一场戏。易涵在看剧本背台词，"万众期待"的冉子书终于蹦蹦跳跳地到场，往他旁边的现场椅上一坐，不停傻笑，好像根本没意识到自己差点迟到。

易涵被严重干扰，不耐烦地抬头看她。冉子书接收到了身边凌厉的目光，立刻转过头来，对着易涵嘿嘿笑。

"易涵，我跟你商量一件事。"

易涵爱理不理，只挑了下眉毛。

"待会儿的吻戏，我们借位吧，我怕我男朋友看到了不高兴。"

"男朋友？"易涵放下剧本，瞥了她一眼，到底谁眼瞎会当她的男朋友？

冉子书兴奋起来，一下坐了起来，以一种想要和全世界分享快乐的心情，开始念叨："虽然我谈过那么多次恋爱，但你知道吗，每次我只要一得到对方，就会立刻觉得索然无味，从没有像这次这样，感觉就像……吃了很多很多的糖，甜到要溢出来。"

"我不喜欢吃糖。"易涵语气冷冷，心里想：我还是喜欢吃蛋卷包饭。

冉子书说："你不是有女朋友吗？你都没体会过这种感觉吗？"

易涵尴尬地咳嗽，起身走开，悄然避开这个话题，说，"你要借位就借位吧，我无所谓，导演答应就行。"

等确定没人注意他，易涵默默找个角落，立刻拿出手机打给浩子："你去最近的便利店给我买点糖，多买点，越甜越好。"

"不是买了拍吻戏的口香糖了吗？"

"不是那种！我要会甜到自己的糖！"

莫名其妙答应了冉子书交往之后，鹿鸣一个人在房间里发蒙好一阵子，才想起来向裴呦呦求助。

裴呦呦正在为新的美甲款式打板，这是一组传统中国工笔画风格的设计，店长看了称赞了一番，但指出这种传统风格在美甲行业的受众毕竟有限，建议她还是多向韩国风和欧美风靠一靠。

这话是没错，现在市面上几乎清一水都是外国风格，裴呦呦怅然若失，什么时候中国风也能掀起潮流呢？

中国文化源远流长，如果美甲样式里的传统工笔画经过加工和改良，能够被大众欣赏和接受该多好。

裴呦呦打起精神，从抽屉里拿出一批新的样甲，打算再画一组，鹿鸣的电话忽然打进来。

下午鹿鸣还有许多工作，裴呦呦直接来到偌大的片场，布景一处接着一处，她差点又迷了路。后来她终于按照他的描述找到了地方，赶紧打电话联系。

鹿鸣出现时，愁眉不展，裴呦呦担忧地问道："现在……到底什么情况？"

鹿鸣支支吾吾："就……就交往了，现在她是我女朋友。"

裴呦呦大跌眼镜，惊呼："这么快！"

鹿鸣向裴呦呦简要说明了情况，裴呦呦听了哭笑不得，仔细想想，鹿鸣的经历怎么和自己这么相似啊？

都是赶鸭子上架！

好惨的一对姐弟！

女子本弱

裴呦呦吃过亏，可不能让鹿鸣也傻乎乎地被人摆布。

"你怎么这么傻啊，她说你就信？如果真有记者拍到她冉子书和工作人员共度一夜，网上早就炸锅了！"

鹿鸣挠挠已经很乱的头发，还是忧心忡忡："可是万一呢？我觉得她说得好像挺有道理的……"

裴呦呦一时无语，仔细将逻辑捋一遍，说："这样吧，我去跟她谈谈，问问清楚，如果真的有什么消息，她有经纪人会为她公关，我们到时候也再想办法，不能因为没有发生的事就一直缠着你。"

鹿鸣扯了扯裴呦呦的袖子："她不会又欺负你吧，我记得上次在化妆间，她那么过分，你都没还口的。"

"上次没还口，是因为我本来理亏。但这次不一样，我是要替你出头啊！说到这里，顺便再教你两句俗语，一句叫长姐如母，意思就是姐姐就跟妈一样；还有一句是'女子本弱，为母则刚'，就是说，女人天性软弱，但只要当了妈都会变得强悍！说的就是我！走！"

裴呦呦深深吸口气，英勇就义一般拉着鹿鸣起身。

刚到现场，有人叫鹿鸣，鹿鸣连忙答应，原来是坐在监视器后的林天诺。

林天诺看到了鹿鸣身旁的裴呦呦，伸手将她一并招呼过来。

林天诺面带和煦的微笑，似乎眼里自动剔除了鹿鸣，只剩下裴呦呦。

"呦呦来了？正好，待会儿我把生日礼物给你。"

裴呦呦很是惊喜，双手合十："来一趟居然还有礼物收，谢啦。"

"客气！"林天诺说完，转头交代助理，而此时助理的八卦探测仪又开始在裴呦呦身上扫射。

"晓恩，你去拿一下。"林天诺加重语气叫了他一声。助理这才回过神："知道了哥，我这就去。"

打完电话的易涵也回到了片场，不期然发现裴呦呦，忍不住面上一喜。他刚走了几步，就发现裴呦呦这家伙丝毫没注意到他，而是在跟林天诺谈笑风生。

他脚步停滞，表情不知不觉地黯淡下来。

浩子呼哧带喘地跑到易涵跟前，摊手，是一袋橡皮软糖："哥，糖！"

易涵赌气地随手抓出一把，全部丢进嘴里。

浩子惊呆了："哥，你别噎到！我记得你以前不爱吃糖的……"

易涵嘴里大嚼特嚼，口齿不清："待会儿不是要拍吻戏吗？多做点准备。"

"吻戏？冉小姐不是说要借位吗？"

易涵的眼神还留在裴呦呦和林天诺那边，气愤地说："真拍！"

十分钟后，机位准备就绪，林天诺给两人讲好了戏。易涵始终没搭理裴呦呦，和冉子书站好了位置，面对彼此，深情对望，但嘴里却窃窃私语些完全无关的话题。

冉子书表情保持不变，嘴里埋怨道："不是说好了借位的吗？"

易涵有理有据的样子："我临时改主意了，我觉得演员要有信念感，你借了位还怎么相信角色？"

冉子书有点急了："我看你就是假公济私，想占我便宜，小心我告诉……"此时，她眼尖地瞥见裴呦呦就在现场，立刻觉得有了救星，微微抬下巴，说："喂，你女朋友在现场呢，你不怕她看到吃醋吗？"

易涵不为所动，说："你放心，她才不会吃醋。"

打板的声音响起。

"各部门准备，54场3镜，Action！"

两人的状态立刻"无缝切换"，继续深情对望。这次，口中则是与表情配套的深情对白。

易涵："我从未忘记你，失联的这段时间，我每时每刻、每分每秒，都把你放在心上。"

冉子书："我也是……"

易涵轻轻挑起冉子书的下巴，两个人的头越靠越近。

裴呦呦努力集中精神告诉自己这是演戏，没有什么不舒服的！反正……他喜欢的是阚迪！跟谁接吻都与她无关。可无论怎么心理暗示，浑身上下每个细胞都叫嚣着"住嘴"！

裴呦呦到底在镜头快完成的时候，先移开了目光，才发现鹿鸣也明显在躲闪。

那边，易涵和冉子书你侬我侬，眼看就亲上了……冉子书先绷不住，情不自禁瞟向鹿鸣，突然一把将面前的易涵推开。

易涵磨磨牙，不满道："你干吗？"

冉子书哼唧了几声，捂住脸转身说："对不起！我真的亲不下去！"

易涵上前一步逼近她，抓住她的手臂，将她拽回来："专业一点好吗？"

此情此景，裴呦呦满脑子都是那天他将自己逼到墙角，她差点以为他就要吻上来的画面，胸口处突然酸酸的，有点喘不过气来……

反正她又不是他真正的未婚妻，何必为难自己在这里看戏？裴呦呦一遍遍强调这个事实，干脆转身离开了现场。

易涵用余光捕捉到裴呦呦慌忙走开的背影，立刻放开了冉子书。

他们四人的反应被林天诺尽收眼底，他摘下耳麦，站起身说：

"清场！"

如此这般，裴呦呦、鹿鸣和部分工作人员通通被赶到片场角落，姐弟二人显然都不太冷静，不停用手扇风。

裴呦呦说："没关系，这只是他的工作而已，我当然是支持的，吻戏而已嘛，又没什么的。"

鹿鸣说："没错，大家都是演员！接吻……是工作范畴之内的事，再说……我跟她一直都没什么的……姐，你待会儿就帮我跟她说清楚。"

"好，不过怎么拍这么久？鹿鸣，一般一场戏要拍这么久的吗？"裴呦呦脑海中不断出现两人缠绵接吻的画面，需要这么虐吗？

"不会啊，一般不会拍这么久的……"鹿鸣看表，"姐，才两分钟。"

裴呦呦颓丧地低下头，突然想起什么，脸色很不好，看向鹿鸣："万一一次没拍好，是不是还要多拍几次？"

鹿鸣被这么一问，不得不承认："对啊。"

裴呦呦更加烦躁，用手扇风的频率更快。

片刻后，打板声终于传来，紧接着是林天诺的"卡"。

姐弟二人看了看可怜的对方，互相搀扶，如释重负。

鹿鸣回到现场，冉子书拖着戏服小跑过去，伸出三根手指指向天："你放心，我没让他亲我。因为最后怎么都拍不好，还是借位了。"

裴呦呦在不远处听见了，方才心中皱皱的地方好像被抚平了。易涵这会儿假装才看到她，挪到她面前："你怎么来了？"

"哦，没什么，我想找冉小姐聊聊。"

冉子书听到后一下子僵住了，再看一眼鹿鸣，心虚起来，过了几秒，转而亲热地过来拉裴呦呦的手："呦呦，待会儿收工我们一起吃个饭吧？林导也一起啊！"

裴呦呦犹豫："可我待会儿还要回店里……"

"别回了！"冉子书拿出手机，财大气粗地一挥手，"我现在就下单，你今天的时间我都包了。"

拍摄任务结束后，冉子书兴奋地张罗着几人去一家私人菜馆，等人都到了，长桌上已经铺满佳肴，中间是一锅热气腾腾、飘满辣椒的水煮鱼。

冉子书客气地先让裴呦呦落座，然后将鹿鸣拽到自己身边，裴呦呦那边则是易涵和林天诺。

裴呦呦见鹿鸣举着筷子，对着飘红的水煮鱼不知如何下手，便夹了一筷子鱼，将刺和辣椒都剔得差不多，准备给鹿鸣。

身旁的易涵冷不防咳了一声，引得裴呦呦转头去看他。

易涵高傲地拿起碗，正准备接住裴呦呦夹的那块鱼，裴呦呦毫不犹豫地把鱼放在鹿鸣碗里。

裴呦呦满脸慈爱地对鹿鸣说："来，这块没刺。"

鹿鸣笑着接过："谢谢姐姐。"

被晾在一边的易涵眼睛冒火，将碗往裴呦呦面前一磕："我也要！"

冉子书看情势不对，连忙在中间打圆场，冲两人一笑："我来照顾鹿鸣吧。"

心无城府的鹿鸣先尝了一口鱼："咦，不是说水煮鱼吗，怎么这么辣？"

"我也不知道，反正就是这么辣的。"冉子书趁机靠近鹿鸣，贴心地问，"怎么？你是想吃清水煮的吗？那我让他们再给咱们煮一条？"

鹿鸣连连摇头："不用，不用，我就随口问问。"

另一侧的林天诺悄然开口："正宗的水煮鱼确实是用水煮的，只是这道菜的最后一步是要用炒制过的辣椒和热油淋一下，所以才会呈现出我们看到的这个样子。"

易涵还在和裴呦呦暗暗较劲，裴呦呦当然能感受到，只是觉得他这脾气闹得太过莫名其妙了。

裴呦呦目光越过易涵，歪头看林天诺："天诺哥哥懂得真多。"

这么明目张胆地无视我？易涵瞥了林天诺一眼，直接自己夹了块水煮鱼，又重新将碗放在裴呦呦面前。

裴呦呦瞪他，低声问："又干吗？"

易涵生硬地扯了个笑，说："帮我挑刺。"

"鹿鸣是在国外长大的，不擅长用筷子；你有手有脚的，自己挑。"

易涵展示自己的胳膊："我受伤了，还没好……"

裴呦呦愣了愣，诧异地看着他，心想你还是小孩子吗，争宠呢？

易涵一改霸道，眨巴着眼睛，委屈巴巴的样子。

裴呦呦差点翻白眼，只好说："好好好，给你挑，给你挑，行了吧，老板？"

冉子书听到，好奇地抬头并惊呼："哇，原来你叫易涵老板啊，好有趣哦，这是你们之间的爱称吗？"

裴呦呦的筷子一顿，又很快恢复自然，回说："对啊，他赚钱养家嘛，当然是老板咯。"

一直没怎么开口的林天诺若有所思，好似悟到什么，说："原来是这样。"

原来是哪样？怎么哪里都有你！易涵心里骂骂咧咧，梗着脖子说："可惜家里没什么员工让我指挥，只有脾气很差的老板娘！"

裴呦呦无法反驳，只能干笑，默默夹鱼、挑刺，放进易涵碗里，希望他有东西吃，可以闭一会儿嘴。

易涵故意和她作对一样，很快扒拉完，又把空碗伸过来："还要。"

裴呦呦无语，只好一块一块接着给他夹。

林天诺将一切看在眼里，说："呦呦，你自己都没怎么吃。"

裴呦呦笑笑："没关系没关系，天诺哥哥，我刚才吃了很多了。"

林天诺想到什么，将身边的纸袋递给裴呦呦。不等裴呦呦反应过来，易涵直接接过，顺手把纸盒拆了——里面有一本装帧精美的速写本、一条漂亮的手链。

"哎呀，我还没给姐姐补礼物呢。"鹿鸣懊恼。

裴呦呦安慰弟弟："没关系，鹿鸣，其实我都不怎么过生日的。"

　　易涵将那本速写本拿起来看了又看，发现本子的前几页已经用过了，有一些潦草的线条勾勒。确认没有别的机关，他轻蔑地"哧"了一声，说："搞得这么神秘，我当是什么了不起的礼物呢，一个速写本，还是别人用过的。"

　　裴呦呦从易涵手里抢过速写本，宝贝似的左看右看，说："你懂什么！这是世界著名的工笔画大师秦川用过的本子！无价之宝！这些草稿，都是他亲手画的。天啊，天诺哥哥你怎么拿到的？"

　　林天诺悠然地说道："我在国外读书的时候，机缘巧合刚好认识了秦先生，就跟他求了这个本子，借花献佛罢了，难得你喜欢。"

　　"嗯，喜欢喜欢。记得小时候学画的时候经常拿他的画作为临摹范本，没想到，有生之年居然能拥有他的真迹。"

　　易涵见裴呦呦脸上发光，拿着速写本爱不释手，他抱起手臂，今晚不知道第几次不悦地看向林天诺。

　　林天诺也毫不躲闪，回看他，两人之间燃起看不见的火光。

　　"导演，你跟姐姐认识很久了吗？"鹿鸣的问话打破无声的斗争。

　　林天诺一笑："对啊，我们两个可是青梅竹马。"

　　鹿鸣两眼冒星星："真的啊，那姐姐小时候是什么样子的？"

　　"很可爱。"林天诺温柔地看向裴呦呦，裴呦呦也冲他一笑，两人之间那种旁人无法进入的默契看得易涵怒火中烧、理智全无。

　　裴呦呦放下筷子，回忆起来："我们认识的时候，我很小，不记得年纪了，我和天诺哥哥是邻居。有一天，爸爸妈妈吵架，我很害怕，一个人躲在楼下哭，然后就遇到了他……"

　　那时候，裴呦呦住的是裴家的老房子，她扎着羊角辫，蹲在墙角嘤嘤哭泣。

　　一颗大白兔奶糖忽然被递到她面前，她抬起头，泪眼蒙眬地看着小小的林天诺，然后摇了摇头，抽泣着说："妈妈告诉我，不能随便吃别人给的东西。"

林天诺蹲下："那你会折纸星星吗？"

裴呦呦不明就里，点了点头。

林天诺温柔地说："你帮我把糖纸折成星星，好不好？这颗糖就算是我谢谢你的。"

裴呦呦擦擦眼泪，接过来，小心剥开糖纸，把糖塞进嘴里，小手一点点认真地把糖纸折成星星，放进林天诺的手心里，嫣然一笑。

裴呦呦沉浸在往事中，一时出了神，易涵定定地看着，好像从未见过这样的她。

林天诺对她而言，是如此熟悉又默契，他们有共同的记忆和经历，而他，什么都没有……就算有，也那么短暂和不愉快！当然他更不认识什么大师，搞不来那些东西，但他送了她项链啊，她很喜欢的样子！易涵摇摇头，逼自己清醒一点，他为什么和林天诺较劲？为了裴呦呦？！

冉子书在一旁痴然地问："然后呢？"

裴呦呦手托下巴："后来，我们就整天在一起玩，他的身上永远装着数不尽的大白兔奶糖，不管什么时候，都可以变出来给我吃。再后来，爸妈离婚，妈妈走了，爸爸也把房子给卖掉了，我们从那边搬走，后来就再也没见过……"

裴呦呦摇头笑了笑，不想再说下去，看见鹿鸣坐在冉子书旁边，一副被照顾得"无微不至"的别扭样子，决定切入正题。

"不聊我们的事了，冉小姐，其实我是想跟你好好谈一谈。"

冉子书的筷子"咣当"一声掉在了桌子上，她的眼泪说来就来，吧嗒吧嗒从脸颊滚落。

裴呦呦和鹿鸣都大吃一惊。

"别哭啊。"裴呦呦手足无措，递给冉子书纸巾。

冉子书瘪嘴说："呦呦姐，我知道你要说什么，可我真的很喜欢鹿鸣，你不要拆散我们好吗？"

那边暗自交火的易涵和林天诺，注意力终于被转移。

易涵不禁要拍手称赞：子书厉害了，呦呦一句话都没说，就变成了反派。

林天诺"配合"默契：嗯，镜头里都没机会看到这种级别的表演。

冉子书默不作声，哭得凄凄切切，裴呦呦能看出，她并没有在演戏，自然有些心软。

鹿鸣提示她："那个……姐……女子本弱。"

冉子书却顺着接过话头，哭得更加伤心欲绝："是啊，我不过是个软弱的女孩子，因为遇到喜欢的人，才多了一点点勇气。我不顾一切地奔向爱情，难道错了吗？"

裴呦呦动容，想到了这些日子的自己，何尝不是为了那个人鼓足了勇气，等着她的却是未知的结果……伤痕累累，或是全身而退？

呆了片刻，裴呦呦拍了拍冉子书的后背："当然没有错！你很勇敢，也很珍贵！子书，我敬你一杯！"说着，拿起旁边的啤酒倒了一杯，给冉子书的酒杯也满上，鹿鸣扶额，拼命向她使眼色，裴呦呦脖子一仰，直接干杯。

酒过三巡，桌上已经凌乱不堪，裴呦呦和冉子书勾肩搭背，手里拿着啤酒瓶子，互诉衷肠，停不下来。但冉子书因为喝多了，言语含糊，众人根本听不清她在说什么。只有裴呦呦在她对面不断点头，表示认同。

鹿鸣托着下巴，一脸被友军出卖的生无可恋。

易涵哭笑不得，拍拍他以表同情，自己拿筷子去盆里夹鱼，却碰上另一双筷子。

一抬头，又是林天诺！

两人夹到了同一块，各自互不退让。

易涵咬牙，板着脸说："我先夹到的。"

林天诺下意识看了眼裴呦呦，一如既往的温文尔雅，可力道不减："是我先看到的。"

易涵当然明白林天诺意有所指，用力将林天诺的筷子别开，把鱼夹走，冷笑一声说："大家都有眼睛，谁先到手，就是谁的！"

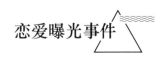

恋爱曝光事件

易涵虽然喝了酒，但远没有裴呦呦醉得厉害，脑子清醒得很。他将紧紧抱着速写本的裴呦呦抱回房间后，回到自己的房间，躺在大床上辗转反侧，脑海里满满充斥裴呦呦和林天诺对视的画面，怎么都挥之不去。

这种情绪直接延续到了次日的片场，只要林天诺在的场合，易涵都格外不顺眼。

什么叫"他先看到的"？有共同的过去了不起啊？

易涵灵光一闪，回忆罢了，他也可以创造一些和裴呦呦的回忆。

浩子拎着一兜子零食乐呵呵地跑过来："哥，今天还吃糖吗？给你买的大白兔。"

又是大白兔！又是林天诺！

易涵不禁想起昨夜自己要从裴呦呦怀里拽出速写本，她却哼哼唧唧地不给，满脸陶醉地对他说："不给你不给你！不是所有的东西都能用钱买得到的！老板！我要抱着它睡觉……"

易涵晃晃脑袋，甩掉令他不快的画面，拿过零食，一把全都扔了。

浩子很惊讶，易涵掸了掸手："以后别让我看见大白兔！"

酒醒后的裴呦呦完全忘记了昨晚易涵阴沉的脸色，按时上班，兢兢业业地工作。此时，她正在甲片上制作样甲。

这是一组植物主题的甲片设计，所有的色彩都晕染完成，是少见的水墨风格。

她满意地点头，伸伸手臂的工夫，"老板"打来电话。

"什么？现在要吃蛋包饭？你今早又没说。"

"也不看看你昨晚自己多醉！是我善良，没忍心叫你！"

昨晚她回家后没做什么过分的事，没说什么过分的话吧……裴呦呦懊恼，自古借酒浇愁愁更愁啊，不但任务没完成，还自己给自己挖坑跳。

裴呦呦摸了摸发热的脸，一时不知道怎么回答。

易涵也别扭了下，接着说："剧组的饭太难吃了……你做就是了！"

"可是……我现在在上班！"

易涵干脆地说："你开价吧，我付钱。"

"好吧。"裴呦呦放下工具，努力调整好状态，"这么客气……老板，你等着，我这就来。"

想到裴呦呦会带着蛋包饭来找他，易涵心情大好，接下来的几场戏状态都不错。换景休息时，易涵坐回现场椅，浩子屁颠颠地跑到他身边，说："哥，一会儿有几家网络媒体探班，我提前跟你打个招呼，估计结束之后会有个群访。"

"知道了。"易涵突然想起什么，"对了，一会儿裴呦呦要来。"

浩子："明白，我会注意让媒体避开的。"

易涵打了一下浩子的头："避你个头，大方拍，总得定期完成一下秀恩爱的任务。"顺便创造些"回忆"，和林天诺那些鸡毛蒜皮的陈年旧事比起来，他一定要更轰轰烈烈才行！

浩子瞪大眼睛，这几天令他匪夷所思的事实在太多了，他愣了会儿才哈哈笑着说："哦哦，太好了，阚迪姐昨天还跟我念叨呢，让做一个你拍戏期间的恋爱事件曝光计划表。"

阚迪……易涵微微怔愣，他发现，他已经好几天没想起阚迪了。

"哦，对了……我受伤的事她知道吗？"

"我没说，但这事剧组的人都知道，估计瞒不住。"浩子见易涵得表情不对劲，小心翼翼地问，"阚迪姐都没给你打个电话？"

"嗯。"

"你也没主动撒个娇？"

易涵一副不齿的样子："我是那种人吗？"

浩子扯扯嘴角，心想：你以前的确是这样。

裴呦呦提着热乎乎的饭盒到了片场，又有些迷路，不知所措中，林天诺先一步看见了她。

"呦呦！"

裴呦呦回头，松口气，像看见了大救星，欢快地跑过去："天诺哥哥！"

"你这是？"林天诺疑惑地看向她手里的手提袋。

"我来给易涵送吃的，他在哪儿？"

林天诺苦涩地笑了笑，指向易涵的现场椅。

"谢谢！"

裴呦呦正朝易涵的方向走去，旁边抬道具的场工经过，她侧身避开，完全没看到脚下有一根电线，身子一斜，电线连着的一台高大的立式灯朝着她的方向砸下来……

刚好裴呦呦没走多远，林天诺就在身边，猛地拉过她，立式灯贴着身体侧落地。伴随一声巨响，玻璃碎裂，铺了满地。

裴呦呦吓得魂飞天外，好不容易找到了林天诺的声音。他正半抱着她，担忧地问："你没事吧？"发现裴呦呦的衣服被灯架勾到，撕出一个大口子，立刻脱下外套披在她身上。

裴呦呦缓了缓神，想要点头，巨大的力道又将她扯走，她糊里糊涂地跌进另一个怀抱，熟悉至极的声音带着愠怒，在头顶上方响起。

"跟你没关系！"

原来是易涵，裴呦呦想要解释几句，整个人却被他拖着离开。

林天诺站在原地许久，望着两人的背影，神色复杂。

易涵带着裴呦呦直接进了一间没人的屋子，狠狠关上门，转头看她。裴呦呦这会儿也终于冷静下来，揉了揉手腕："你干吗啊？"易涵眼神阴郁，开始解衬衫的扣子，一步步向她逼近。裴呦呦脚步向后退，开始脑补，不安地说："你……你想干吗？"

易涵快速将身上的衣服脱下来，丢给裴呦呦："把他的衣服脱了！穿我的！"

还好，果然要少看电视剧，不然脑补过多，丢人现眼。裴呦呦将他的衣服又扔了回去："我衣服破了，你让我怎么脱！除非……你出去！"

易涵接住衣服，皱眉说："那么多人看着我进来的，我不出去！"

这人什么意思啊！裴呦呦将林天诺的衣服裹紧："那我就不脱！"

"不行！脱！"易涵气不过，不得不说，她穿着林天诺外套的样子彻底激发了他的妒火，直接上手去拉衣服。

两人不停撕扯起来，裴呦呦得空，干脆拉开门准备开溜，易涵追过去，一把拽住她的衣领，不曾想，衣领这么不禁抓，顺势滑落……

而此时房门大开，不知何时跟过来几个记者，将门外堵个水泄不通，门里门外面面相觑了两秒钟。易涵担心衣服被扯得乱七八糟的裴呦呦会走光，第一时间将她拉回自己怀里，牢牢护住。记者们也都回了神，闪光灯立刻闪成一片。

很快，两人在片场"亲热"的词条被顶到了热搜第一位。裴呦呦在美甲店被店长和叶子调侃，恨不得钻进地缝里；易涵则跟没事人一样，在家里时不时翻出图片来看，毫不留情地笑话她。

由于裴呦呦当时太过于慌乱，脸微微变了形，很是滑稽。

裴呦呦气得想要抢过易涵的手机，奈何易涵个子高，一个鲤鱼打挺站起来，将手机举过头顶，她便怎么也够不着。

裴呦呦干脆低头用力踩了他一脚，易涵痛叫道："你干吗！"

"都怪你，好好的，让我去送什么蛋包饭！"

"还不是你自己爱钱，你可以不去啊！"

裴呦呦崩溃地抓了抓头发，跑回房间。

易涵却觉得很好笑，乐颠颠地拍了拍被裴呦呦踩过的脚，倒在沙发上，举着手机开始刷相关的图片，这也算"回忆"之一了，是不是？如此简单！

裴呦呦为此苦恼了许多天，不仅是在美甲店里提心吊胆，怕被客人认出来揶揄，连走在大街上都左躲右闪。

易涵趁拍摄空当开车出来兜兜风，不知不觉，就来找裴呦呦了。

他进了店门，敲了敲前台的桌子。前台是个新来的姑娘，正在开小差刷易涵的"超话"，猛一抬头，将眼前的人和手机里的图片确认了半天，"嗷"地喊出了声。

"原来真的能看到易涵！"

易涵保持微笑："找下裴呦呦哦。"

"好好好……"

裴呦呦正在办公室里挠头发，恍惚听见"易涵"两个字，为避免骚乱，没等前台来打电话，直接出去了。

易涵一见裴呦呦，立刻上前拉着她的手往外走，低声在她耳边说："跟你们店长打过招呼了，请半天假。"

"为什么啊？"

"培训啊。"

裴呦呦愕然："培训什么啊？"

两人大步穿过马路，有人似乎认出了易涵，对他们指指点点，这让裴呦呦更加紧张。

裴呦呦偷偷说："有人认出你了。"

"那不是很正常吗？其实，我觉得那个照片挺可爱的。"

"我不觉得，现在每天出门，感觉所有人都在嘲笑我。"

易涵站定，直视她说："大姐，根本没那么多人注意你好吗？你纯属心理作用！行了行了，说了要对你进行业务培训。"

"啊？"裴呦呦感到绝望，"那是什么？有什么可培训的？"

"当然有！作为易涵的女朋友，我要培训你怎么习惯别人的目光！"一边说，易涵一边松开裴呦呦的手，顺手摘下口罩、墨镜、帽子，一边摘一边往后面扔去，裴呦呦忙不迭地全接住了，捧在手里。

随着伪装的去除，周围过往的人群开始骚动，有人将手机高高举了起来，人墙也开始围拢过来。

裴呦呦惊慌失措。

"是易涵！"有粉丝叫出了易涵的名字。

易涵坏坏地一笑，抓起裴呦呦的手，拔腿就跑。

两人在前面狂奔，后面跟着一串举手机拍摄的路人，场面颇为壮观。

裴呦呦被拽着，跑到快要断气前，易涵终于放缓脚步，带她跑进一家咖啡厅，大批的围观人群就此被拦在门外。

裴呦呦气喘吁吁，双腿发软，几乎是爬到了座位上。店内高端奢华的布置、悠扬动听的音乐，与她毫无关系，她只想找个地方歇一会儿。

有服务生拿着菜单上前，易涵对着裴呦呦扬了扬下巴："喝什么？"

裴呦呦大脑断片，断断续续地说："跑……跑死我了……我要……喝可乐。"

易涵老大不乐意："喂，这家店有世界各地最好的咖啡豆，我特地带你来见见世面，你跟我说你要喝可乐？"

裴呦呦一脸苦相地回应："那我应该喝什么？"

易涵拿起菜单，翻到了饮品页，点点头："你可以尝一下他们家的Espresso Romano。"

裴呦呦不愿多想，说："那好……就Espresso Romano。"

服务生训练有素地记录后，转向易涵："先生您呢？"

易涵礼貌微笑地说："我要一杯冰可乐，谢谢。"

裴呦呦立刻瞪大了眼睛，不可思议地看着易涵。

易涵实在是没忍住恶作剧得逞后的样子，笑得肩膀直颤："看什么看，我又没说，我一定要喝咖啡……"

接下来，两人一起去逛了附近最出名、游客众多的集市，裴呦呦从起初的紧张到完全被各种有趣的玩意儿吸引，开始放松下来。

易涵一路在侧，到了手工冰淇淋的摊位前，裴呦呦十分纠结，每个口味都想要。

下一秒，她的手里已经拿了两个不同颜色的甜筒，易涵的手里也拿了两个不同口味的冰淇淋。

裴呦呦吃完左手的，吃右手，一低头，易涵不耐烦地把手里的全递到她面前，示意她先吃自己手上的，因为他懒得拿。

裴呦呦吃得满脸都是，表情却十分得意。

路遇卖小乳猫的摊位，裴呦呦看着这些萌萌的小猫，很是开心，蹲下来逗弄。小猫争抢着吃裴呦呦的冰淇淋，她一个个耐心分享。

易涵虽然不喜欢猫，还是忍住了离开的脚步，在旁边看着她，目光温暖……

裴呦呦走过抓娃娃机，退回来几步，摇摇头。她这种人，不会投资到获利几率低的事情上，易涵见她依依不舍的样子，直接付费换币，扔了进去。

裴呦呦试了两次，完败，易涵把她推到一边，屏息操作，终于抓起一个。裴呦呦像个孩子似的，跳得高高的，和他击掌庆祝。

一整个下午，时间飞逝，夕阳西下，天边被染成浓郁的橘红色。

两人逛到了街道的尽头，裴呦呦注意到角落里一位年迈的老人正为人画像，生意极其冷清。

她走过去，在画作前看得入了神。

易涵陡然从身边冒出来，推着她过去，把她按在椅子上，让老人为她画像，他也要了一张纸在旁边一起画。

不久后，老人画纸上出现的裴呦呦，在夕阳的余晖中，恬静而明艳，而易涵画的则惨不忍睹。

或者说，那能叫"人"吗？

易涵被裴呦呦嘲笑，气愤地要把自己的画毁掉，却被她抢了下来，小心地卷起来放在身后。

两人还与老人家合了影。待他们走后，摊位立刻被人群包围，生意一下子火爆起来。

华灯初上，夜色渐浓，易涵和裴呦呦的周围终于没有多少人在跟随和尖叫了。

两人早已出了集市，漫无目的地走着，边走边随意聊着天，谁都没有停下来的意思。裴呦呦如在梦中，这样的平静，仿若他们是一对普通的情侣……

有那么一刻，她多希望时间永远停留在这一刻，或者这条路没有尽头，可以一直一直地走。

"怎么样？"在她神游之时，易涵忽然问，听不出什么情绪。

"啊？"裴呦呦观察着他的表情，缓缓点了点头，"很开心，谢谢你。"

"开心就好，什么时候都不要因为别人的目光而不开心，这件事，我学了很久……"易涵情不自禁地摸了摸她的头顶，"你，倒是学得比我快多了。"

听出他语气中的不对劲，裴呦呦抬头直接看向他："做公众人物不就是要被人关注吗？你应该很喜欢才对啊……听起来这些年你好像受了不少委屈。"

马路上的车飞驰而过，车灯打在易涵的脸上，忽明忽暗，他眼神中有说不出的落寞和无奈。

平素的嚣张跋扈，之于他易涵来说，似乎只是保护壳，一旦褪去了，便是最真实、最柔软的样子。

"其实，我要的挺简单的。我希望自己是一个出色的歌手、一个优秀的演员，而不是一个明星。但很奇怪，好像要先变成一个明星，才能让更多人听到你的声音，看到你的努力。"

裴呦呦思索着他的话，歪头望着他轮廓分明的侧脸问："这……有那么大的区别吗？"

易涵激动地说："当然有！有一天，我们不在这个世界时，谁会记得我们吃饭、睡觉、谈恋爱这点破事儿啊！但你创作一首经典的音乐，塑造一个完美的角色，就不一样，这些都是可以传世的，这才是生命得以永恒的方式。你懂不懂啊！"

裴呦呦多少是懂的，她的专业是美术，同样是艺术创作，当然能理解他的心境，只是如今的娱乐圈太过浮躁，人们往往先看表面，再去了解背后的更多信息。

易涵拿出手机，点了点，皱起眉，让裴呦呦看："喏，又上热搜了，不就是做了一些很普通的事而已吗？"他自然而然地搂住了裴呦呦的肩膀，"无聊！走，我们回家！"

除了完成阚迪给他规定的所谓"恋爱曝光事件"，恐怕这一天他最大的收获仍是让她抛却别人的看法，开怀大笑，同时，制造了数不清的"回忆"。

易涵收紧了手的力度，暗暗偷笑。

裴呦呦显然是感受到了的，不明所以地看一眼肩上那只手，只能按了按胸口，压制那加快的心跳。

吻

"恋爱曝光事件"的反响的确不错，一时间占据各大网站的娱乐版头条，微博网友的留言炸了锅，满屏粉色泡泡和鲜艳的小红心。

易家的小小涵：也想要甜甜的恋爱啊啊啊啊啊啊啊！

易涵易涵勇敢飞，含情脉脉永相随：我家涵涵的高冷呢？在未婚妻面前变身宠妻狂魔啊！萌翻了！

涵哥优秀就完事了：涵哥爱你，虽然自从曝光一直没能接受，直到现在，无论怎样的你，都爱你！

……

当然，评论里总会掺杂些不和谐的声音。鹿鸣正飞快地刷着微博，一发现有人故意污蔑姐姐，立刻在下面反驳，这是冉子书教他的。只不过冉子书用的都是小号，他则大大方方，跟人家好好讲道理，中文不够，英文来凑。

通常几个回合下来，对方就偃旗息鼓了，还会有人赞叹"易涵家CP粉的素质好高哦"之类的。

鹿鸣如此这般跟人在网上唇枪舌剑的时候，夜幕已经降临。

此时在片场明亮的灯光下，"事件"主人公易涵还在拍摄，只见他额头上布满汗珠，身上的衣服早已被汗浸湿。

监视器前的林天诺表情严肃，拍摄进度的滞后，让他的心情十分糟糕。

"卡！"

等在一旁的浩子训练有素，立刻上前帮易涵擦汗。

林天诺铁面无私地说："准备，再来一次。"

浩子战战兢兢地退开。

监视器中出现打板画面。

"《余生》83镜第7条！"

随着林天诺的一声"Action"，易涵再一次深呼吸，扛起重物，向前奔跑。

如此来往，打板画面中，条数从七增加到十五。夜色浓重，工作人员也都现出疲态，鹿鸣看了一眼时间，已是晚上九点。

随着重拍次数的不断增加，易涵的脸色越来越差，浩子在旁边又是心疼着急，又是提心吊胆。

"卡！重来！"

浩子几乎瘫倒，抱着头等待大难来临。

所有人似乎都有预感，畏畏缩缩不敢上前。果然，不知道易涵是因为体力严重透支，还是被火气压的，脸色涨红，直接把重物往地上一摔，大步走到林天诺面前。

"这一场拍了快六个小时，大家都累了！今天不拍了，收工！"

林天诺岿然不动，语气坚定："美术组早上六点就开始置景，打光花了三个小时，你说不拍就不拍？我请你尊重大家的劳动。"

易涵像颗点燃的炸弹，瞬间火光四溅。

"那你有尊重过我吗？你扛着两百斤的沙袋跑六个小时试试？"

林天诺不卑不亢，站起来："我事先已经说明过，这场戏很难演，角色要表现的是坚持到无法再坚持的时候，要咬紧牙关突破极限。你如果演得好，我们当然不用拍六个小时，可现在你演不出来，我只能逼你去体验。"

易涵被彻底激怒："林天诺！你就是针对我！"

林天诺冷哼，平静而专注地看着他："没有人针对你，我只想对我的作品负责。而且，我希望你明白，如果你业务能力好，谁也针对不了你——"

"你不用再说了！听清楚！我！不干了！"易涵推开旁边的铁架，抬腿就走。

林天诺低喝："你给我站住！"

易涵回头冷冷地看了他一眼，伸出手臂，直接在灯架上擦了一下，衣服立刻被划出一道口子。

现场服装组的同事纷纷倒吸了一口凉气，交头接耳起来。

有人小声说："我没记错的话，这件戏服只有一件，坏了就拍不了。"

易涵和林天诺对视，不闪不避，好像两人之前所有的矛盾通通找到了一个爆发点：关于《余生》，关于裴呦呦……是啊，裴呦呦，大概他等这个找茬的机会很久了吧。易涵目光充满挑衅，嘴角带着一抹胜利者的笑："喏，拍不了了，不是我不拍哦。"

说完，他穿着破烂的外套扬长而去。现场一片哗然。

易涵大步到了停车场，直接上车离开。浩子追出来，已经不见人影，赶紧打给阚迪。

"阚迪姐，出大事了！那句话……涵哥好久没说了。"

阚迪："他说不干了？"

已是深夜，拍摄彻底搁置，片场一片混乱，工作人员窃窃私语、议论纷纷。

鹿鸣担忧地走到林天诺跟前："导演，现在怎么办？"

林天诺倒是淡定，察觉手机震动，看一眼，是阚迪打来的。

"林导，无论因为什么原因，易涵擅自离开片场，都是我方的过失，我先向您道歉，同时，我们会承担剧组全部的损失。"

林天诺语气一直很平稳，说："剧组这边你不用太担心。我明白演员都很敏感，拍摄过程中情绪波动都是很正常的，我会给他一点时间。"

阚迪有些意外，同时也很感激："谢谢你的理解。"

林天诺挂断电话，又对现场进行安排。

"大家今天辛苦了，都收工吧！鹿鸣，跟统筹说一下，这两天集中拍女主角的戏。"

周围人群陆续散去，鹿鸣还留在原地，欲言又止。

林天诺看了看他："有话要说？"

"导演，你真的……喜欢我姐姐吗？"鹿鸣的手机页面还停留在他跟人唇枪舌剑的"易涵与未婚妻高甜约会"那条微博下面，见林天诺的脸色变化，将手机向身后藏。

林天诺并不惊讶，说："我知道你在怀疑什么……你这个问题的答案，跟今晚发生的事情无关，坐在监视器后面，我只想一件事，就是把电影拍好。"

鹿鸣低头："对不起。"是他"小人之心"了。

林天诺拍拍鹿鸣的肩膀，叹口气走开。

易涵的气是出了，火也发了，但心情并不痛快，反而更加烦躁，偌大的城市，他竟然无处可去，只好漫无目的地开着车。

飞快倒退的繁华街景中，满是自己带着标志性笑容的宣传品，他突然感到疲倦和麻木。在圈子里待得久了，见得多了，"花无百日红"的道理，他和阚迪比谁都懂。所以，阚迪不停地给他接代言，安排各种各样的活动，塞满了所有时间。他来不及思考，也来不及回顾……和裴呦呦的"恋情"算是一道分水岭，一味忙碌的日子似乎有所改变，变得甜蜜，变得丰富，变得有所期待……

车子最后停下，易涵才意识到自己又来到Inspire门口。他把刚刚蓄意弄坏的外套脱了丢在一边。手机不断震动，是阚迪打来的，他没接，屏幕显示有7个未接来电。

他拿起手机，回复阚迪："我没事，想静一静，晚点联系。"转头望去，Inspire里面还有灯光，证明还有人在。

易涵悄悄推开大门，店里的人已经走得差不多了，只有裴呦呦的办公室还亮着灯。透过门缝，只见裴呦呦正垂头认真工作，易涵心里那些嘈杂的声音竟然渐渐安静下来。

突然，手机不合时宜地振动起来，他赶紧挂断。裴呦呦听到声响，猛然抬头，易涵索性长腿一迈，进了办公室。

裴呦呦惊讶地站起身："你怎么来了？"

他别扭地轻咳，双手背在身后，故意不看她，慢悠悠地说："路过而已，看灯亮着，顺道接你一起回家。"

"哦。"裴呦呦坐回座位，继续工作，"那你要等我一下。"

"好啊。"易涵耸肩，在裴呦呦的办公室里四处游荡，看看这，摸摸那，最后停留在一面墙边，一些精致的画作钉在软木板上，他不由得好奇，"这些都是你画的吗？"

"对啊，是不是还不错？"裴呦呦声音里透露着骄傲。

易涵由衷道："嗯，是不错。"

裴呦呦停下手里的工作，狐疑地抬头："你居然会夸我！老板，你是受什么刺激了？该不会是在拍摄现场被导演骂了吧？"

易涵一噎，背对她，嘟囔道："说什么呢，怎么可能，我会被骂？"

"也是，谁敢骂你？只有我这种默默无闻的小人物才会今天被店长骂，明天被客人骂……对了，回到家还要被你骂。"裴呦呦瘪了瘪嘴。

易涵反驳："也不是吧……明明是我们两个互骂。"

裴呦呦哭笑不得："好吧好吧，有时候我还会赢呢。"

"那是我让着你！"易涵顿了下，来到她跟前，"裴呦呦，你在外面经常被骂吗？"

"对啊，不过还好啦，都习惯了。"

她没心没肺的样子让易涵胸中升起一股无名火："所以就说你这个女人只会窝里横啊，别人骂你你忍气吞声，在家里数落我时的那能耐呢？"

裴呦呦淡然说："那不一样，工作的事情很复杂的，骂回去就能解决问题了吗？"

易涵被问住了。的确解决不了，甩手不干不过解一时之气，最后还得向"大局"低头……

裴呦呦继续工作，全神贯注拼贴甲片。

易涵声音轻下来："裴呦呦，我问你，你喜欢这个世界吗？"

"嗯……"裴呦呦蓦然停下，歪头认真想了想，诚实地说道，"有时候喜欢，有时候不喜欢。这么说吧，这个世界大多数时候都很讨厌，可当你发现它讨厌得不得了的时候，又总有一小部分美好留住你……"

易涵回神，装作不耐烦地问："喂，你画完了吗？"

裴呦呦重又低下头。

"快了快了！"

"快点画，画完陪我去个地方。"

"啊？去哪里啊？"裴呦呦诧异，颇为难地说，"可现在已经很晚了，老板，我又不像你，有戏就拍，没戏休息，我是普通上班族，明天要照常早起。"

易涵已向门口走去，挥了挥手："我付钱！"

裴呦呦利落起身："好嘞！你看吧，当你付钱给我的时候，这就是世界美好的一刻！"

车子在沿海的公路上飞驰，暗夜下只有两排昏黄的路灯，略显凄凉。

裴呦呦若有所思，几度瞄向易涵，他扯些有的没的，就是不提今天的反常行为。

两人下了车，在海边的沙滩上漫步，黑暗中大海呈现一片神秘的墨蓝色，白色的海浪翻涌不息。

易涵找了个适合的地方，回车里拿了毯子和啤酒，拉着她坐下来，又"啪啪啪"一连起开好几罐啤酒，自顾自喝起来。

而裴呦呦不敢像上次一样放肆，只喝了一罐，剩下的便都让易涵一个人包了。

她酒量不佳，一罐足够微醺，本来控制再控制的，可"酒壮怂人胆"这话一点都不假，有些话她竟然就这么说出了口。

"易涵……这是我们打算订婚的那个海边吧？"

易涵也不否认，苦笑着点头："嗯。"

裴呦呦噌地一下站起来，指着他说："喂，这可是我的伤心地！不行，除了正常劳务费之外，你还得付我精神损失费！"

易涵眯了眯眼睛："你这个女人怎么心里只有钱？你知不知道跟我独处的机会可是无价的。"

"可是我每天都在跟你独处啊，如果这些时间可以拿到二手市场去卖就好了，一小时哪怕卖两百块，我也发财了。"裴呦呦惋惜地跺脚。

易涵顿觉不可思议："才两百吗？！裴呦呦，你会不会算账！"

两人看着彼此，一阵大笑。

笑声渐止，裴呦呦转而正色，半蹲下来问："你……到底怎么了？"

易涵看向远方，叹了几口气，实在不想憋着了，一口气说了出来："我只是觉得，以前刚出道的时候，没有话语权，只能被人挑选。那时候想啊，红了就好了，红了就能随心所欲，想干什么就干什么……呵，现在好像是红了，可也没有想象中那么自由。就像阚迪说的，就算我逃了，又怎么样呢？最后还不是要回来。我就像一只被关久了的鸟，以前是没自由，现在是就算给我自由，我的翅膀也早已退化了……"

"哦……"裴呦呦恍然大悟，凑近他说，"我知道了！你原来是从剧组跑出来了，是吧？受了委屈，闹罢工，然后想到自己还得回去，就很悲伤！"

易涵被说中，不免尴尬，转过身背对她："你又知道了……"

"哈哈！"裴呦呦无比肯定地跳起来，"我好聪明啊！我居然这么了解你！哈！"

易涵没再作声，闷闷地往嘴里灌酒。

"好啦，好啦！"裴呦呦一手去夺易涵手里的啤酒罐，一手推了推他的肩膀，"发完脾气明天就赶紧回去吧，你要知道，你的不自由是因为被需要和被期待，千万不要辜负这些珍贵的情感。"

易涵也没怎么挣扎，任她摆弄，找借口说："可我衣服都烂了，回不去了。"

"衣服？拿给我看看。"

易涵并不想承认衣服是他故意弄破的，也不想拿出来给她看，可身体还是下意识地走回车里拿那件外套。

裴呦呦接过来，正反两面仔细查看："问题不大，这里收一下，加个胸针就好了，我来。"

裴呦呦瞬间清醒，拿出随身的小工具箱，戴上头灯，开始捣鼓。

易涵好奇地看来看去："这是什么啊？"

裴呦呦正拿着一个类似相框形状的胸针，框里是空的，她正用甲油在空白的区域作画。

"这些年总是在指甲上画画，让我发现，这种微缩的图像，有种特殊的美感，除了指甲，还可以出现在别的地方，所以我就试着在一些戒托、耳钉和胸针上画……对了，我记得你那个角色叫沈并是吧，他好像喜欢塞尚对不对？那我在这个胸针上就画一些塞尚风格的画，怎么样？"

易涵前面听得一知半解，眼睛里都是裴呦呦认真画画的侧脸，听到后面就有些不是滋味了。良久，他才找回自己一点不加掩饰的嫉妒的声音。

"裴呦呦，你怎么对我的剧本比我还熟？是因为林天诺吗？"

裴呦呦却一点没听出来，点头说："或许吧，我们太熟了，一看就知道他想要表达什么……这个先晾一下。"

裴呦呦手上娴熟而飞快地忙着，把画了底色的胸针放在旁边，拿起那件戏服，准备处理，却一下被易涵抽走。

易涵面色冷峻："你去跟他'心有灵犀'吧，我的事不用你管了！"

裴呦呦扑哧一笑："你是小孩子吗？吃醋啊？"

易涵果真如一个小受气包，告状道："就是因为他！我才拍不下去的！我觉得他公报私仇！"

"私仇？"裴呦呦问道，"你们能有什么私仇啊？说来听听。"

易涵心想，这个女人到底是真不懂，还是装不懂？但他嘴上却不捅破，闷恹恹地说："没什么。"

裴呦呦作为林天诺的发小，觉得有必要替他解释一下，便劝道："以我对他的了解，他是不会对你公报私仇的。其实他这个人，挺较真的，小时候也是这样，一做起自己的事情来就六亲不认。但这样是对的啊，不坚持自己的想法，哪有个人风格啊？你不也觉得他很有才华吗？"

"嗯。"易涵声音闷闷的，瘫坐在毯子上，"就是因为知道他很有才华，所以我才不知道，自己是不是根本没有才华……"

裴呦呦一听，顿时惊呼着拍了下他："你说什么呢！你当然有才华了，我觉得你演得超好的。"

"少来，你不用安慰我。"易涵白了裴呦呦一眼，"你根本就没看过我演戏。"

裴呦呦激动地说："谁说我没看过？你演的电视剧我可一部都没落下，全看过！"

　　易涵慢慢直起身子："那你说，你最喜欢我演的哪个角色？"

　　裴呦呦张口就来："我最喜欢《假如我不是我》里面的苏先生，虽然那是你比较早期的作品了，演的也不是主角，但是你把那种底层小人物的挣扎，还有，爱而不得的心酸全都演出来了！后来看到他坐上轮渡离开，我都哭了呢。"

　　裴呦呦说着，脑海里已经浮现剧里那最后的片段，神情一下伤感起来。易涵在一旁大为意外："没想到你还真看了……喂，裴呦呦，你还不承认，你就是喜欢我吧？"

　　裴呦呦莫名地紧张，立刻躲避他的注视。

　　她的双手紧紧握在一起，心里做了个假设，如果不顾一切地全说出来，不顾一切地做那件她一直想做的事，会怎么样呢？

　　不知是哪里来的勇气，裴呦呦深吸口气，转头正欲开口，才发现易涵的脸颊近在咫尺，有热气迎面而来，接着微薄柔软的唇，蜻蜓点水般吻了她一下。

　　裴呦呦整个人缩了缩，下意识想躲避，却被他拉住。他一只手抓住她的手腕，另一只手一把扣住她后腰，吻了下来。

　　她晕晕乎乎的，沉浸在炽热的吻中，耳边的海浪声此起彼伏，绵延不断……

　　第二天，"易涵大闹拍摄现场"的消息不胫而走，片场外聚集了大批记者。

　　易涵的保姆车停下，记者们立刻一拥而上，将车子团团围住。

　　浩子从副驾驶位下来，拉开车门，护住易涵。这时一连串尖锐的问题已经向易涵抛过来。

　　"请问在《余生》剧组拍摄进度紧张的情况下，你依然耍大牌扔下整个剧组离开，确有其事吗？"

　　"贸然停工会给剧组带来多大的损失呢？"

"请问易涵，你为什么会突然离组，是因为跟导演有什么矛盾吗？"

"听说你们昨天在剧组打了起来，是真的吗？"

易涵不胜其烦，压低帽檐，低头往里走。

这时，林天诺的车也到了，立刻有人通报："林导来了！"

林天诺是独自一人。他脚一落地，问易涵的问题同样也抛向了他。

林天诺早有准备，淡然开口："各位记者朋友，请听我说两句。"

众人看了看彼此，安静下来。

"首先我要澄清的是，易涵先生并没有罢工，更没有贸然离组。事实上，自从《余生》开拍，易涵先生就表现出了极高的职业素养和专业态度，他的敬业值得所有人尊敬。至于昨天片场流出的一些视频花絮，只是我们正常的业务探讨，希望各位不要断章取义。"

林天诺吐字清晰，条理分明，语气诚挚，让这些等着看易涵好戏的记者哗然不已，连易涵本人都诧异地看向林天诺，林天诺则冲他微微一笑。

林天诺最后熟练地总结陈词："感谢各位对《余生》的关注，请相信，不管是我还是易涵，我们都会尽自己最大的努力去完成这部作品，好早日交出成绩单，不辜负大家的期待！"

两人脱离包围后，刚好再次碰面，在化妆间外的走廊一同走了一段路。

易涵不得不赞叹道："没想到导演演技这么好。"

林天诺懒得理他，说："既然回来了，相信你自己也都想明白了，不用我多说，好好拍戏。"

正要转弯离开，易涵故意在他身后大声说："我只是不想让呦呦失望，她昨晚开导了我一夜，所以我决定，还是不跟你计较了！"

林天诺的背影僵了一下，转过身，保持微笑："是吗？呦呦还是这么善解人意，她向来是不会让我为难的。"

易涵被反将一军，气得冷哼一声，朝反方向大步走开。

拍摄休息间隙，易涵窝在椅子里，眼睛一闭，全是裴呦呦……和她嘴唇软软甜甜的触感，整个人又兴奋又躁动，不停嘿嘿嘿傻笑。

这大概就是相思成魔！易涵翻出手机，给裴呦呦发微信：昨天晚上的事情，我们聊一聊吧。

打完，觉得不对劲，好像给人摊牌的错觉，万一被她误会了呢？他连忙删掉。

晚上要不要一起吃饭？俗气。又删掉。

你在干什么呢？

消息发了过去，易涵瘫进椅子，心情忐忑，像个情窦初开的少男，把手机握在胸前，满心期待地等回复。

而此时的裴呦呦，正在做新的设计：夜色中的大海，以贝壳为主体，冷色调做基础底色，昨晚那让人心驰神往的一幕又浮现在她的眼前。

易涵吻了她、吻了她、吻了她……天啊！

她昨晚是怎么回家的？回家后怎么睡着的？易涵什么时候离开的？不重要不重要……重要的是，他到底为什么吻她呢？

喜欢上了她吗？还是……酒精作祟，一时冲动？

她不敢接着想下去，痛苦哀号了几声，逼迫自己把意志力集中在手上的工作中。突然，微信来信提示铃响起，裴呦呦吓得差点从座位上跳起来，查看消息后，却不知该如何回复。

裴呦呦的手飞快地输入：在想你。太肉麻了，她嫌弃地赶紧删掉。

又输入：没什么，你干吗呢？

不好不好，又删掉。

最后，裴呦呦只打了两个字：在忙。

发送完，裴呦呦哼哼唧唧，颓丧地趴在桌上。

手机一响，易涵一个激灵将手机抛了出去，幸好他练杂技一样接住，打开一看，竟然不是裴呦呦，而是一个陌生的号码发来的短信。

信息内容是一张照片，照片中赫然是他和裴呦呦的合约书。

易涵放大图片辨认良久，确认无误，回复了一个问号。

没一会儿，信息又来了，易涵点开。

信息内容：我就在片场旁边的××酒店，房间号507，20分钟内你一个人过来，不要迟到。否则，我不保证这张照片里的东西会出现在什么地方。

易涵如临大敌，冷静下来后回复：好。

每时每刻都想她

易涵走进短信中说的酒店，直接上了5楼，站在507房门口，敲响了房门。

一个甜美的女声从门里传来："进来吧，门没锁。"

易涵咬咬牙，推门而入。

"很准时嘛。"女人穿着浴袍，长发披肩，端着杯红酒，笑脸盈盈。

易涵打量她一番，戒备地站定："果然是你。"

孙青青并没有听出易涵话中的玄机，只是满意地翘起嘴角，绕到易涵身后，将门虚掩。

"坐。"

易涵冷着脸，没动："你开个价吧。"

孙青青一愣，随后又笑了，慢慢靠近易涵，目光中露出扭曲的痴迷。

"你态度可真差，但怎么办呢，我就是喜欢你。易涵，我一直在想，像你这样的人，是怎么能容忍裴呦呦那种庸俗的女人在身边的？

现在才知道，原来是假的。哈，反正是假的，你还不如找我。"

易涵嗤笑："你也配？"

孙青青脸色一变："看来你是不想拿回合同了。"

易涵低沉了语气说："你到底想怎么样？"又轻蔑地看她一眼，"不会是想和我发生什么吧？"

孙青青忍了忍，将桌上一杯加过料的橙汁递给他："喝了它，我就把合同给你看。"

易涵推开，暧昧地笑了下："对你这么漂亮的女孩子，不用这玩意儿。"说完，他往床上一坐，朝孙青青招手："来。"

孙青青以为自己得逞，说："等一下，我不想有人打扰我们。"她拿出手机，将早就编辑好的消息发了出去，然后关机。

"易涵，好好看着我，我会让你满意的。"孙青青袅袅婷婷地走到易涵面前，一手正要解开浴袍带子，一手摸上易涵的肩膀。趁她没注意，易涵用力按住她的手腕，一下反剪到她身后。

孙青青没反应过来，媚笑着："你就不能温柔一点吗？"

"你清醒点吧，大姐！快把合同交出来！如果你没有让我好好看你也就算了……我真的是看不下去，多看一眼都觉得恶心。"

孙青青恼羞成怒，几乎咆哮："你永远都别想拿到合同，我要曝光你和裴呦呦这对狗男女，你们一起去死吧！"

易涵冷笑："当然，你想怎么做都是你的自由，不过，你最好还是先看看这个，看完再做决定也不迟。"

易涵直接打开手机上家里的监控系统，视频中赫然出现孙青青那晚潜入的画面，在家里装监控的好处真正体现出来了。

"你说，我如果把这个直接交给警方，他们会用什么罪名来拘留你呢？入室偷窃？"

孙青青慌了。

"更不巧的是，我在收到你的信息之后，就找人黑了这家酒店全楼的监控，他们这会儿应该在抢修吧，怎么也还得二十分钟，所以不会有人知道我们见过面。我之所以来，是看在你和呦呦同事一场的分上，想给你一个机会！"

这时门外响起脚步声，裴呦呦小心翼翼地推门进来，看到眼前这一幕，立刻惊呆了。"你们在干什么？"方才她接到孙青青的信息，告诉她有客人要求做水晶延长甲，她为了配合工作才来，怎么也料不到会撞见这画面。

孙青青假惺惺地哭诉："呦呦，我在给客人做指甲，也不知道易涵怎么就出现了，还要非礼我！"

还是中计了。易涵一慌，下意识想要撇清，立刻举起双手："我没有！"

孙青青抓到空子，趁机将他推开，拾起门口的衣服就向门外冲去。

裴呦呦正要追，易涵叫住她："别追了，她的包还在这。"

易涵将孙青青的包往外一倒，果然看到了那份合同。

"怎么回事？"裴呦呦只感到毛骨悚然。

易涵将合同翻到最后一页，签名处是空着的，恨道："这个女人敢耍我！"

裴呦呦受到的冲击太大，转身下楼，打车直接回了家，易涵赶忙开车追在出租车后。

两人一前一后从电梯里出来，易涵亦步亦趋跟在她身后解释，裴呦呦沉默不语，思绪纷乱。

"我跟她真的没什么，她要脱衣服的时候，我就已经把她给按住了！"意思是，你放心，我没失身，绝对没有！

裴呦呦忍无可忍，猛回过头："这个是重点吗？"

"这难道不是重点？"易涵恍然悟到什么，一下闭了嘴，预感不好。

裴呦呦瞪他："你是不是要解释一下在家里装监控的事情？"

"是这样的，你刚搬来那会儿，我跟你又不熟，多想也很正常啊，我装个监控也是人之常情……是不是？"易涵越说越没底气，声音都变弱了。

裴呦呦此时也在气头上，什么都听不进去，进了家门，闷头就要把门关上，易涵差点被关在门外。

　　"裴呦呦！我真的错了，我明天就让浩子来把那些摄像头都拆了。"易涵见状不妙，步子一跨，挡在她面前。

　　裴呦呦低头，紧紧攥着拳："我觉得……我还是搬走吧，你也不用不自在。"

　　"不行！"易涵着急道，"你还欠我多少钱来着，我给你减十万。"

　　"别总想用钱来打发我，我也是有尊严的！"裴呦呦用力推他。

　　易涵岿然不动，顺势扯住她的手臂，将人拉到跟前："裴呦呦……我们先不要吵了，还是先商量一下合同的事情到底怎么办。"

　　裴呦呦沉默了片刻，低声说："你不是有监控录像吗？直接交给警察啊。"

　　易涵扶着她的肩膀："不行，如果交给警察，就坐实了这份合同的真实性，跟公开我们俩是契约恋爱有什么区别？"

　　裴呦呦泄气："那、那怎么办……"

　　易涵想了想，突然眼睛一亮："我知道了！我们结婚！"

　　裴呦呦受到了十足的惊吓，拍掉他的手："你开什么玩笑？"

　　"我没有开玩笑……"易涵认真道，"我想过了，那份合同里约定的是恋爱交往，但如果我们结了婚，就算她公开合同，我们也可以理所当然地说是造假，是谣言，让她的说法不攻自破。"

　　他说得太轻松，裴呦呦心里慌乱极了，使劲摇头："易涵，为了圆一个谎而去撒更多的谎，早晚会收不了场的，我们还是想想别的法子吧……我现在累了，先睡了。"

　　裴呦呦这次没有给他拦住自己的机会，飞快地钻进自己的房间。

　　看着她的背影，易涵喃喃自语："这怎么能……算撒谎呢……"

　　裴呦呦这一晚睡得很糟糕，梦境和现实对她进行了双重折磨。前一天她还沉浸在梦幻般的甜蜜中，后一天就落回到现实中，心惊肉跳。

第二天照例到美甲店上班，裴呦呦心不在焉地工作，只要一停下来，眼前便不断闪现那天易涵冲进小黑屋救她和在海边亲密接吻的画面。

不行不行……现在她没心思猜易涵对她的感觉，而是该想想如何解决孙青青偷合同的事。

叶子忽然跑进来，手里拿着一本时装杂志，兴奋地翻给裴呦呦看。

"呦呦，你看这件衣服好不好看？"

裴呦呦指着下面标识的价钱，咂舌："太贵了，不好看。"

叶子顿觉扫兴："我是让你看好不好看，又没让你看贵不贵。"

"可觉得好看不也一样买不起吗？这样的衣服，我会在心里告诉自己，我没有拥有它，不是因为我买不起，而是因为它不好看，这样心里会舒服得多。"

"我就看看，也没说要买啊，呦呦你活得太别扭了。"叶子撇了下嘴，拿着杂志出去了。

裴呦呦发了会儿呆。很别扭吗？她不过是看清了现实而已。易涵和她，一个如同天空中最亮的那颗星星，一个是沙滩上黯淡、渺小又微不足道的沙粒……天壤之别，怎么可能在一起？

所以啊，他不可能喜欢她的！既然这样，何必要让自己有这种不切实际的幻想呢？

为了保全自己，不使自己伤痕累累，当下，她只能选择退出了……

虽然退出很难做到，还会有失望和痛苦，但总比自己唱独角戏好得多吧。

手机铃声将她的注意力拉了回来，一看，是林天诺。

在这种尴尬时候，裴呦呦并不想去《余生》的拍摄现场，但林天诺特意打电话来说有事相求，她便硬着头皮来了。幸好所有人都在忙，没人注意到她，她也没有碰到什么熟人。

林天诺的办公室在走廊尽头，要经过各大化妆间才能走到，裴呦呦一直不改她的路痴属性，本来打算绕过易涵的化妆间的，谁知她糊里糊涂地经过了，还茫然不自知。

易涵正在等待化妆，Lisa走开换粉饼的空隙，一抬眸，镜子里突然出现她的背影，好像正在找房间，他差点以为自己眼花了。

易涵猛地起身，追了出去。

怎么回事？她来片场，居然都不跟他打个招呼？怎么当人女朋友的啊！作为"东亚醋王"，他的第一反应便是，难道她是来找林天诺的？

裴呦呦历经"千难万险"，总算走进林天诺办公室的时候，他正拿着易涵戏服上的胸针左右端详，见她进门，连忙起身，从办公桌后走出来，说："呦呦来了，快请坐。"

"干吗这么客气啊！"裴呦呦坐进沙发，惊讶地指着胸针，"咦？这个怎么在你这里……"

林天诺淡然一笑，这是他从服装师那发现的，他不记得道具里有过类似的胸针，而易涵曾再三叮嘱工作人员这是他的私人物品，要归还的，所以他猜测这是来自裴呦呦的手笔。

林天诺眼里闪烁着光，迫不及待地问道："是你做的，对吗？"

裴呦呦呆呆地点头，试探地说："是因为这枚胸针，才要找我帮忙的吗？"

"没错！"林天诺难得露出激动的情绪，但还是耐心地为裴呦呦解释道，"我之前一直觉得《余生》在人物上还缺点什么，电影里的美术是要为人物服务的，我反复看了服装和设计的环境，包括一些道具的使用，都找不到什么色彩最适合……最舒服的一场戏反而是易涵前几天补拍的那部分，但也很奇怪，所有的东西明明都跟之前是一样的，为什么看起来画面色彩的协调性却好了很多……后来，我偶然看到这个胸针才终于明白了。是绿色，整体色彩的搭配上少了绿色，所以画面呈现的质感一直偏灰、偏红，你是怎么想到用这个的？"

裴呦呦微笑着揭晓答案："这是塞尚啊。"

林天诺疑惑："塞尚？"

"嗯，我看了易涵的剧本，沈并喜欢塞尚。"裴呦呦无比肯定。

"你别蒙我，剧本里确实有提过一句他有一个喜欢的画家……"林天诺饶有兴致，追问道，"但哪里就能看得出是塞尚了？"

裴呦呦说起来头头是道："当然有啊！我记得有一场戏是大家一起出游，去爬山，沈并提起这里非常像他最喜欢的画家笔下的世界，我结合前后的内容看了下，感觉大概就是圣维克多山啊。他喜欢的画家不是塞尚是谁？"

林天诺愣怔，随后茅塞顿开，大笑出来："你这么一说真的是！我都没你看得仔细！"

裴呦呦耸耸肩，被夸得不好意思。

而此时，易涵正站在门外，脑门上就差写个"火"字了。从微掩的门缝中，他看到那两个人正"欢声笑语"，他简直暴跳如雷，恨不得冲进去把裴呦呦直接拖走。

"不得不说，审美真的是天赋，只有你一眼才能看明白这些。"林天诺从心底欣赏裴呦呦，不由得赞叹。

裴呦呦挠头："哪有你说的这么厉害？"

"怎么没有？所以我请你过来，其实是想拜托你帮我看看其他几位主演的造型，看看还有没有什么可以锦上添花的地方。当然，我不会让你免费工作的。"

"好啊！"裴呦呦一口答应，"能帮到你就很好了，我们的关系，还提钱就太见外了……"

话音还没落，门外的易涵终是没忍住，破门而入，不等裴呦呦反应，直接将她拉到身后。

"谁说不收钱的？当然要收！喂，裴呦呦！你不是最爱钱了吗？"易涵说着又转身面向林天诺，"收多少我们商量一下，回头告诉你。"

说完，他就攥着裴呦呦的手腕离开。

　　两人一直在走廊里"拉拉扯扯"，易涵一边走，还一边跟工作人员微笑点头示意，仿佛这是小情侣间的情趣，裴呦呦则一直低着头。

　　到了没人的地方，裴呦呦奋力将他甩开："你干什么啊？"

　　易涵虽然也很生气，却不能大发雷霆，只是委屈地发问："你来了为什么都不告诉我一声？"

　　裴呦呦整理好刚刚被易涵扯歪掉的衣服，说："我……又不是什么大事……天诺哥哥只是让我帮点小忙。"

　　易涵气哼哼："小忙？哦，小忙就不收他钱了是吧？我平常让你倒水你都收我钱，到了他这，就'提钱太见外了'，什么意思？你……是不是喜欢他？"

　　"你在说什么啊！"裴呦呦快被他气炸了，一来是气他刚才在林天诺面前小气的表现，二来是气他无理取闹，一开口就怀疑她喜欢林天诺，一时便有些口不择言，"我跟天诺哥哥是旧相识，都认识多少年了！我跟你才认识几天，能比吗？"

　　易涵上前一步："你的意思是他比我重要？"

　　他一来劲，裴呦呦也忍不住斗嘴，挺直腰板说："没错，而且重要得不是一点半点，他比你重要多了！行了吧！"

　　易涵颇为受伤，后退了半步："好，我知道了！"似乎是出于不甘心，他匆匆离开后又回来咬牙冲裴呦呦说："你在我心里也什么都不是！"

　　易涵将裴呦呦扔在身后，气鼓鼓地回到化妆间，往镜子前一坐，低气压立刻笼罩了整个化妆间。

　　化妆师Lisa看着他，一动不敢动。

　　易涵阴沉着脸："看我干什么，化啊！"

　　"哦哦。"Lisa忙不迭地打开粉盒，结果因为太紧张，粉盒掉在了地上。

易涵更不耐烦："你行不行，能化就化，化不了就换个能化的人来！"

Lisa都快哭了："我去拿新的。"

见Lisa离开，正自己扑粉的冉子书立刻八卦地凑过来："你怎么了？火药味怎么这么重啊？"

易涵压着火气："走开！"

冉子书大度地原谅他的暴脾气，直击重点，问："跟呦呦吵架了吗？"

易涵缓缓抬眸，看着冉子书，眼神冰冷："关你什么事！跟你说走开，听不见？"

是的，冉子书完全没"接收到"，反而一脸诚挚地说："怎么能不关我的事呢？你可是我男朋友的姐姐的男朋友，我们是一家人，要相亲相爱、风雨同舟，遇到问题要一起解决。不如你说出来，也许我能帮到你。"

易涵盯着冉子书看了一会儿，冉子书眨巴着大眼睛，回他以无比真诚的目光。

良久，易涵败下阵来，叹了口气，说："我问你，你在什么情况下会对一个人发脾气？"

冉子书翻了翻白眼："我好像可以在任何情况下发脾气。"

沟通无效！

"好吧，那我换个问题，如果你总是会想起一个人，这代表什么？"

"哪一种想起？想起分很多种的，我遇到搞不定的事情，就会想起江凯；想吃西湖虾仁时，就会想起我们家煮饭的阿姨；没钱的时候，就会想起我爸。"

易涵烦躁："都不是！如果是没有发生任何事情，都会想起她呢？"

冉子书大大方方揭晓："那就是喜欢啊！我对鹿鸣就是这样的，每时每刻、每分每秒都会想他。"

答案似乎在意料之外，但也在情理之中，易涵忽然泄气，呆呆地趴在化妆桌上。

喜欢……裴呦呦……

冉子书突然意识到什么，捂住了嘴巴："天！你有别的喜欢的人了？所以你背叛了呦呦？你出轨？渣男！"

这个下午，除了在戏中做沈并，其余时间易涵都在神游。终于挨到收工，他晃晃悠悠地回到家，钻进房间，直挺挺地躺在床上，不想换衣服、不想洗澡，只想一直躺着。

不知过去多久，他打开头顶的天窗，望着漫天繁星，希望自己清醒一些，并不断地暗示自己：我一点都不喜欢裴呦呦！那个吻也只是意外！我喜欢的人是阚迪，对，是阚迪，我现在就要给她打个电话，约她明晚吃饭！

易涵飞快地拿起手机，拨出阚迪的电话。

很快，那边就接通了。

"你在干吗？"

阚迪公事公办地说："我在看剧本，有一部新戏找你，题材还挺有趣的，男主角是一个科学家，所以我要了十集剧本先看看……"

门口忽然传来裴呦呦走过的声音，他立刻翻身下床，把耳朵贴到门上，凝神去听。

没几分钟，裴呦呦又走了回来。

易涵暗自嘀咕：走来走去干什么呢？

阚迪在那边说了一大堆，易涵根本一句没听到。

"喂，易涵？你在听吗？"

易涵猛地回神："在，我在！"

这时，门外裴呦呦的手机响了。

她接通，声音甜甜的："喂，天诺哥哥……我不忙，你说……"

林天诺……他上辈子到底对林天诺做了什么缺德事，所以林天诺这辈子专门来做他的克星！

门里边，易涵的拳头都举起来了，他想砸门板撒气，但意识到自己在偷听，才将拳头松开。

阙迪在电话的那头问："易涵，你到底在干什么？"

"没干什么。对了，明天晚上你有空吗？一起吃饭。"

"好啊……"

阙迪还没说完，易涵定了时间、地点便匆匆挂断电话。他开门出去，随后整个人紧紧贴在裴呦呦房间的门板上。

里面传来的声音有点模糊，他还是耳朵尖地听到了关键信息。

"我都看过了，我觉得挺好的……我给子书做了几个小饰品，耳钉啊戒指啊什么的……可以啊，明天不是一起吃饭吗，到时候拿给你。"

好啊，还打算背着他一起吃饭。

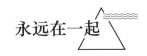

永远在一起

第二天，易涵将黑眼圈挂了一整天。快到约定的晚饭时间了，易涵早已来到餐厅，眼睛一直盯着来来往往的门口。

此时，坐在对面的阙迪目光揶揄，手指一下下地敲着桌面。

"易涵，怎么忽然换了餐厅？说好的老地方呢？"

易涵不答，吃了几口菜，食之无味，目光又不禁向门口飘去。

奇怪了！怎么还不来？

"喂，看着我！"阙迪也不跟他绕弯子了，单刀直入地问，"你是不是遇到什么事了？"

"咳咳！"易涵差点呛到，不顾形象地使劲咳嗽。

阙迪连忙递给他一杯水。易涵接过，将孙青青偷合同的事一五一十地交代出来。

阚迪的脸色一下子严肃起来，声音紧绷："这么大的事，你为什么才告诉我！"

"我……"易涵闷恹恹的，"我不想总像个没断奶的孩子，一直依靠着你！我想自己解决……"

"易涵，我是你的经纪人，理所当然要为你处理这些事务！从现在开始你不许再想偏了！"阚迪本想马上离开去处理，但见易涵一副魂不守舍的样子，又问，"那你自己解决得怎么样了？"

"不怎么样……我想跟裴呦呦直接结婚。"

易涵自己都想不明白，这明明是个行不通的点子，他为什么还一直坚持？想要将错就错？想要名正言顺把她据为己有？

阚迪还是挺意外的，哭笑不得："关键是，呦呦肯吗？"

易涵呆呆地摇头："她不仅不肯，可能还会投入别人的怀抱……"

阚迪望着他，认真说："易涵，你已经爱上她了……"

易涵将脑袋摇得像拨浪鼓，做着最后的挣扎："不可能，不可能，不可能！"

阚迪笑了笑："你只要看一下你自己的表情就知道了，我们认识多少年了，你心里想什么，全写在脸上呢，只有你自己看不见。"

易涵猛然抬头："阚迪，其实我……我……"

易涵在心里拼命鼓励自己：说出来啊，说你爱她，根本没有裴呦呦什么事，你只爱她。

"我知道你想干什么，别为难自己。当你心里装着一个人时，是没办法对别人表白的。"阚迪拿着包起身拨了一个电话，同时拍拍易涵的肩膀，对他说，"这事你俩别管了，我来解决，这是我的强项。至于你自己的心意，我帮不了你，你得靠自己。"

此时她接通一个电话，她一边讲一边离开。

易涵望着她的背影，仿佛做着什么告别仪式，心里也突然有了答案，打给浩子。

裴呦呦照例上班、下班，只不过自从和易涵吵了架，她的心情也不那么美丽了。如果冷战是全身而退的唯一出路，也没什么不好……说服自己不配拥有，麻醉自己不曾开始便是最好的结果，这些……都是她一贯的强项啊！那些经历，早让她练就了金刚不坏之身，所以，这次她也一定做得到！

　　裴呦呦完成了心理建设，但一进门，一种熟悉的味道和各种细细碎碎的回忆扑面而来，她的信念一瞬间坍塌。

　　说什么全身而退……又如何能做到？

　　她深深地叹气，站在一片漆黑的客厅前很久，才想起来要摸索开关。突然，沙发上传来易涵的声音，她正走神，被吓得差点叫出来。

　　"你去哪儿了？"

　　易涵审问的口吻一下子唤回裴呦呦的神志，她慌慌张张地往房间的方向走去，边走边说："你干什么啊，大半夜的坐在这里不开灯想吓唬谁啊？"

　　"你也知道现在是大半夜了！"

　　裴呦呦心不在焉地解释："我不是给剧组做了一点小饰品吗？因为没要钱，天诺哥哥就说请我吃个饭，这件事你不是知道吗？"

　　"那为什么临时换餐厅？"

　　裴呦呦停下脚步："你是怎么知道的？"

　　"因为我在那等了你们一个晚上！"易涵再也忍不住了，从沙发上站起来，一步步走向她，"今晚我本来约了阆迪吃饭，我想告诉她，我最近发生了很多变化，我不再是那个总是需要她来收拾烂摊子的孩子了。所以，我订了她最喜欢的西餐厅，甚至还准备了礼物，打算跟她认真表白。也许，她愿意接受我，或者，愿意考虑接受我……"

　　黑暗中，裴呦呦的表情看不真切，但她的声音有点微微颤抖。

　　"然后呢？她答应了吗？"很好很好，如此这样，他继续追求他的阆迪，她也会继续做她的路人，"大路朝天，各走一边"，正如她所愿，回归原来的生活。

"然后……"易涵轻轻笑了一声，"呵，然后，我鬼使神差地把餐厅临时改了一家吵吵闹闹的四川馆子，因为我昨晚无意中听到你和林天诺会在那里见面。在她跟我说话的时候，我满脑子想的都是，你和林天诺在哪儿。我们在那里坐了半个小时，直到最后一秒她要起身离开，我都没办法讲出表白的话。因为只要我大脑里一浮现出'我爱你'这三个字，出现的就是你的脸。"

气氛陡然凝滞，过了许久，裴呦呦低声说："易涵，你是不是又在捉弄我？"

"我没有。"易涵的声音已经落在了裴呦呦的耳边，他突然握住她的手，"还有海边那个吻，我也是认真的……对不起，之后没来得及给你一个交代。"

裴呦呦感到有点蒙，她下意识地想将手抽出来。可他一察觉到，立刻抓得更紧了。

热度通过手心传来，她整个人也渐渐平静和放松下来。

就在这时，黑漆漆的客厅突然亮起了星星点点的光亮，像划过夜空的流星，最终一道一道地聚集在天花板上，形成一句"Love you"——这是易涵刚和浩子一起快速布置的。

裴呦呦愣住了。闪烁的光亮中，易涵正深情地看着她，和海边的那晚一样，如梦如幻……不不不，她的梦，都不敢这么做的……

易涵抬起手，轻抚过她的脸颊，表白的话不需要酝酿、不需要加工、不需要思考，自然而然地就说出来："裴呦呦，我也不知道是什么时候，你在我心里就开始变得不同。也许是你第一次劝我接下沈并这个角色的时候；也许是你点醒我，让我看清我和阚迪之间真正的问题，帮我追她的时候；也许是在海边……也许根本不是这些重要的时刻，而只是一碗饭、一个笑……我原本以为在这个合约里，我是更吃亏的那一个，可慢慢我才意识到，遇到你我有多幸运……在不熟悉我的人眼里，我光环加身，顺风顺水；在我亲近的人眼中，我是个长不大的孩子，任性、幼稚、脾气差。但你从没有这样看待我，你把我当成一个人格完整的人。我做错了事情，你会骂我；我看不到方向，你会鼓励我。我一直以为自己喜欢的人是阚迪，我这几天甚至一直在反复地拿你和她对比，想要确认哪一种才是爱……可当我跟她在一起时，我才知道，就像你说的，我对她是信赖，是依靠，是像小朋友对妈妈的那种占有。我以为我爱她，那是因为我从来没有试过真正爱一个人的感觉……"

裴呦呦已经哽咽，一句话都接不上，眼底不知不觉湿润了。

"我那天问你喜不喜欢这个世界，是因为我其实没那么喜欢。外人眼里的光鲜亮丽，在我这里无聊透了！我不止一次地想，除了像陀螺一样地去工作，我还有什么？就在这个时候，你出现了，因为你的出现，让我对这个世界又重新有了期待。呦呦，你不要离开我，好不好？我们永远在一起，好不好？"

易涵轻轻抱住她，撒娇一般，额头在她脖子后蹭了蹭："好不好啊？"

裴呦呦始终不敢相信，但还是下意识地点了点头："好……好……可是，我有个问题。"

"你问吧。"易涵从她身上离开，手扶着她的肩膀，专注地看她。他说了这么多，也该轮到她说点什么了。

啊，表白了就是好，可以随意看她，真是越看越喜欢。

哪知，裴呦呦揪着手指头，忐忑地问："你……刚刚，有没有喝酒啊？"

易涵嘴角抽动："喝……酒？裴呦呦，我在跟你表白，我说的每一个字都是真情实感！你能不能认真点？"

"我很认真啊……因为我……想不到你为什么……"她无辜地指了指天花板，"爱……我……"

她的最后一个字没说完，就被易涵热切的吻吞了下去。

他吻得很用力，裴呦呦喘不过气来，徒劳地挣扎了几下，最后整个人被他搂在怀中……良久，易涵才将她松开，额头抵着她，还缠绵地留恋着她的唇，含含糊糊地说："我爱你，需要什么理由吗？"

裴呦呦觉得自己像喝了酒，迷迷糊糊的，不知今夕何夕。

"那你……再说几遍？我怕……我怕不是真的。"

易涵笑，继续吻她，停不下来。

"我爱你，我爱你，我爱你……要我说多少遍都可以！"

夜已深沉，街上仍车水马龙，阚迪正一边开车，一边打电话："我到处都找过了，哪儿都找不到她，这个孙青青到底跑哪儿去了！解铃还需系铃人，必须找到她。还有，她只是美甲店的一个员工，如果没有利益诱惑，应该不会这么费尽周折，我总觉得有人在指使她……嗯，密切关注媒体动态，一有任何风吹草动，马上通知我。"

而此时的孙青青鬼鬼祟祟地来到一家医院。空荡荡的走廊里，她左顾右盼，最终叩响病房的房门。

少顷，门开，张大伟探出半个身子，诧异地问："你怎么找到这里来了？"

孙青青从包里拿出合同，张大伟半信半疑地看着孙青青在自己面前一页一页翻开合同，他紧皱的眉头舒展开来，露出不可思议的狂喜表情。

渐渐地，张大伟脸色发沉，问："你想要多少？开个价吧。"

"钱好说。"孙青青将合同交给张大伟，让他的手指握住合同边缘，"比起钱，我更想看到他们两个永远都翻不了身，你能做到的，对吧？"

张大伟扯了扯嘴角："这你大可以放心。"

孙青青点点头，临走前看了一眼虚掩的门缝，里面躺着一个脸色苍白的少女，她看不真切。

随后，张大伟将病房的门重重关上。

清晨，天光大亮，裴呦呦迷迷糊糊地醒来，伸了个懒腰，突然发现胳膊有些受阻，一转头，竟然看到易涵毫不客气地躺在旁边，睡得正酣。

"你怎么在这？！"裴呦呦惊叫，忽然发觉这场景十分熟悉。

然而对面的人，更加没脸没皮，揉揉眼睛，熟练地把她捞过来抱进怀里。

"大清早的嚷嚷什么啊，又不是第一次了。"

裴呦呦又羞又怒，突如其来的亲昵让她不知所措，天知道，她昨晚是怎么在过度兴奋和不可思议中睡着的！

"什么啊！"她顶着一张红透的脸，用力推着易涵的胸口，"哎，我可警告你！这是我的房间、我的床，你以后不能这样不打招呼就睡过来！像什么样子啊！"

易涵懒洋洋地睁开一只眼，仿佛听到好笑的事："这是我家好吗？"趁她不注意，他一个翻身，把她压在身下，让她不能再动弹，"你，也是我的！还有……"易涵一下一下地吻她的唇、下巴、颈侧，咕哝着，"还有你的这、这、这……都是我的……"

裴呦呦哪里抵得住，三两下就被制服了，直感到浑身都痒痒的，指尖都麻酥酥的，情难自禁地抱上他的脖子，缠绵拥吻一番。就在裴呦呦以为易涵要有下一步动作时，易涵却坐了起来，顺便拍了拍她。

"起床，去洗澡，带你去个地方。"

半个小时后，裴呦呦刚洗完澡湿漉漉地走出卫生间，立刻被易涵拉过去坐下，不由分说开始给她吹头发。

之前两人每天还剑拔弩张的，一夜之间气氛就完全变了，裴呦呦多少有些不适应，小声说："喂，我自己来就行。"

易涵的手在她的长发间自由穿梭着："那怎么能一样？你自己能干的事儿多了，可你现在不是有我么……"

"哎呀！烫死了！"他的话被裴呦呦的大喊打断，易涵赶紧把吹风筒拿到一边。

"怎么了怎么了，烫着了吗，没事吧？"

裴呦呦捂着头发，怒视他："你真的会吹头发吗？"

易涵拍着胸脯保证道："当然会！谁让你头发这么长，我肯定吹得不顺手啊，你躺好，我再试试。"

"算了吧！"裴呦呦几度想站起来，都被他按了回去，"易涵，你是不是有什么怪癖啊？为什么一定要给我吹头发？咱们各吹各的，不是比较快吗？"

易涵振振有词："可偶像剧里男朋友都是要给女朋友吹头发的啊。我拍过好几次，那些女演员都说我吹得特别好，但因为我对她们一点感觉都没有，所以那都是没有灵魂的动作。你就不一样了，我今天一定要让你享受这个待遇，你给我过来！"

"不要！"裴呦呦白了他一眼，试图从他手里抢过吹风筒，易涵死不放手。

即便他再三保证，裴呦呦也根本不信他。奈何易涵的力气大，最后还是被他按住强行吹头。吹风筒鼓风的声音伴随着裴呦呦的尖叫和控诉响彻屋内。

"啊……你怎么可以为了满足一己私欲……置他人的生命安危于不顾……啊，离远一点，别对着头皮吹……到底是哪个女演员说你吹得特别好的……"

艰难地吹完头发，裴呦呦筋疲力尽，恨不得给那些娱乐媒体、八卦大V爆料易涵"变态"的怪癖，让他从此不敢打她头发的主意！

换好了衣服，裴呦呦从房间里没精打采地走出来。易涵则穿了一件白衬衫，正在系扣子。他上下打量了她一身朴素的浅灰色衣服，立刻说："去换一件。"

裴呦呦一脸震惊，又要出什么幺蛾子？

易涵微笑道："因为我穿白色，你必须得跟我穿一样的颜色，情侣都是这样的。"

裴呦呦不服气，抱起手臂："那为什么不能是你跟我穿一样的颜色呢？你去换一件灰色的不行吗？"

易涵"哈哈"两声，冷笑着说："在穿衣服这件事上，你觉得有我迁就你的道理吗？你知道这个世界上每天有多少大好青年靠着模仿我的穿搭走上人生巅峰吗？赶紧去换！"

裴呦呦气不过，干脆往沙发上一坐："反正我怎么穿也不及你巨星光芒的万分之一，我不去了！"

易涵闻言，表情僵了僵，随后便谄媚地蹲到她跟前："哎哟，去换嘛，呦呦，你最好了。"

裴呦呦坚定的表情有所松动，不敢看他，怕自己一秒都绷不住。

她咬了咬嘴唇，将他的脸推远一点："撒娇也没用，反正我就不换！"

"哦……我知道了！"易涵突然狡黠一笑，慢慢凑近她得耳朵，"你是不是想……我帮你换啊？"

"啊？"不等裴呦呦反应，易涵直接一把将裴呦呦扛在肩上，朝她的房间走去。

"早说嘛，如你所愿。"

"喂，喂，放我下来！"

待两人终于出门时，都快中午了。易涵哼着歌，春风得意地开着车，副驾驶位上则坐着已经换了白色连衣裙的裴呦呦。

裴呦呦理了理裙子，不自然地咳了一声，向车窗外看去，街上人们来来往往，各自繁忙着，这看似普通的事物，落在她眼里全部变得美好起来。

裴呦呦心中欢喜，转回头来，弯着嘴角随意地问："我们这是去哪啊？"

易涵高兴地答："去结婚啊。"

"什么？"裴呦呦用力按住胸口，平复加速的心跳，"结婚？你是说……结婚吗？"

"对啊，你昨天不都答应了吗？我们要永远在一起，那不就是结婚吗？"易涵理所当然地答道。

"是不是太快了一点啊！我一点心理准备都没有。"裴呦呦萌生出跳车的想法。

易涵早就知道她在犹豫什么，有理有据地说："那个孙青青是个定时炸弹，我们又不愿意用一个谎言去掩盖另一个谎言，现在不是挺好的？我们真心相爱，结婚也算顺理成章，还能顺便解决问题。"

裴呦呦被噎得一句话也说不出来。

她当然不是不愿意，而是进展太快，一时难以接受。

"话是这样没错……那你出门前也得告诉我啊，结婚又不是人去了就行，还要带户口本的。"

"我带了啊，你的我也带了！啊，忘了告诉你，你睡觉的时候，我直接从你床头的抽屉里拿的，没关系吧？"易涵昨晚可不是白白潜入她房间的，除了先斩后奏，他实在不相信自己有能耐说服裴呦呦乖乖跟自己去结婚。

裴呦呦咬牙切齿："你都拿完了才问我有没有关系！好，那我现在说有关系，怎么样？"

易涵嘿嘿一笑，耍赖皮说："那我当然要认错了！我错了，以后再也不敢了，你罚我吧。"

裴呦呦气得像只小青蛙，腮帮子一鼓一鼓的。

易涵忽然探头，捏了捏她的脸蛋，暧昧道："别气啦！我说了你怎么罚我都行……你想白天罚，还是晚上罚？"

裴呦呦完全招架不住表白完之后就开始放飞自我的易涵，稍微顺着他的话头一想，脸就红了。

"你脸红什么啊，你想到什么了？喂，你这个女人，是不是又在觊觎我！哈哈哈哈！"易涵肆无忌惮地大笑起来，一副欠揍的模样，还不忘去拉她的手，挠她的手掌心。

裴呦呦毫不留情地拍他的手，歪着头说："我才没有！"

易涵偷笑，狠踩了一脚油门："我们得快点了，一会儿民政局该下班了，都怪你，在家里磨叽了那么久！"

裴呦呦指着自己，无声地控诉。

怪我？！

正午时分，民政局大厅里依旧熙熙攘攘的，裴呦呦狐疑，这是什么好日子，这么多人结婚？

易涵和裴呦呦一步步将程序走下来，终于落座，此时工作人员正认真核对结婚申请表的信息。

即使易涵始终戴着墨镜，但通身的气派，也让他在人堆里显得十分扎眼。面对四面八方的好奇目光，裴呦呦不着痕迹地挡在易涵前面。

工作人员看了看两人，首先对易涵说："麻烦您摘一下墨镜。"

"我们待会儿进去拍照的时候再摘不行吗？他眼睛……那个，怕光。"裴呦呦赶忙解释。

工作人员皱着眉头："你是怕别人认出他是易涵吧？"

此言一出，声音虽然不大，却引起周围一片骚动。

"是易涵！"

"真的是易涵吗？"

"他旁边那个就是他之前公布的那个未婚妻吧！"

大庭广众之下被认出，为避免麻烦，易涵还是下意识地挡住脸，用气声说："我不是！"

工作人员笑道："你户口本都给我了，什么你不是？你要不是，我这章可盖不了了。"

易涵大窘，赶紧摘下墨镜，握住工作人员的手，使劲摇："我是！我是！"

周围再次骚动。

"真是易涵！"

"老公，我们去跟易涵拍个照吧？"

新人们立刻蜂拥而上，以易涵为中心，形成包围圈聚拢过来。

裴呦呦还没反应过来，就糊里糊涂地被挤了出去。

易涵在民政局的大厅里被迫"营业"足足十五分钟，不断跟一对对新人合照，还是以拍结婚照的红色板子为背景，画面搞笑而诡异。

裴呦呦抱着手臂在一旁一脸不快地等，在其他工作人员脱离岗位也要来合照之前，易涵连忙把她拽到身边，将她的头拨向自己。

两人头抵着头，快门响过，微笑和幸福，在那一刻定格。

狗尾巴

两人折腾了一天，疲倦地回到家中，裴呦呦一下子窝进沙发里，手拿着两张红彤彤的结婚证，对着头顶的光看了又看。

"你说，结婚证有没有防伪标识啊？就像那种，对着光看，就有个头像出现那种。"

易涵觉得好笑，揉了揉她的头顶："怎么，怕是假的啊？"

裴呦呦轻叹了声："反正有点不真实。"

易涵早就料到了，把她拉到跟前，说："来，你闭上眼睛，给你点真实感。"

裴呦呦不明就里，但面对他诚挚又温柔的眼神，还是乖乖地阖上眼睫，微笑着等待。她感觉到易涵拉起她的手，接着，无名指上忽然传来冰凉的触感……

裴呦呦猛地睁眼，落入视线的是一颗硕大的钻戒，闪着熠熠华彩。

易涵笑得一脸明媚，对她惊喜的表情很是满意，得意地说道："好看吧，我特地找詹妮弗定做的，就是设计山海的那个珠宝设计师，你不是喜欢她的设计吗？"

裴呦呦眼底发亮，小心翼翼地抚摸戒指，说不出的喜欢。

"定做戒指要很久吧，你不是说你才发现自己爱上的我吗？果然在撒谎。"

"用不了很久，不吃不睡的话，十几个小时也就够了。我告诉她，你很好打发，但非常爱钱，所以样子简单一点就行，关键钻石要大！哈哈哈！”

裴呦呦作势打他，虽然这是事实，但也不能对谁都说吧！"那……这个戒指有名字吗？类似于山海那种，很仙的……"

易涵一拍手："当然有！叫'狗尾巴'！"

裴呦呦的表情立刻扭曲起来："狗尾巴？！易涵，我说你是接地气好呢，还是说你没文化好呢？"

易涵安抚道："别生气，这名字是有来历的！日本作家北川理惠的《三行情书》中有一首让我特别有共鸣，内容是这样的，如果人类有尾巴的话，说起来有点不好意思，只要和你在一起，一定会止不住摇起来。"

"还真的蛮可爱的……"裴呦呦脑海中描绘起那画面，忍不住笑，但下一秒就觉得哪里怪怪的，"可爱是可爱，意思也是好的，但就是听起来有点……人家的项链叫山海，我的叫狗尾巴，档次差得不是一点半点啊……"

"人家？你是在吃阚迪的醋吗？"易涵心里窃喜，毕竟他总是因为林天诺吃醋，如果裴呦呦不吃一点，难免不平衡，但这个尺度还是要把握好……

裴呦呦把头扭到一边："我才没有！"

易涵连忙追过去哄道："喂，你难道没发现吗？就那些看起来很美的情话都是爱而不得的人写的，'山海俱可平'的前提是因为'所爱隔山海'，像我们这种两情相悦没什么阻隔的一般都想不了那么多，光想着摇尾巴了，你务点实好不好？那些名字好听的，都不吉利！"

忽然门铃声大作，易涵收起嬉皮笑脸，跑去开门。

"说曹操，曹操就到"，阚迪正站在家门口，杀气腾腾地看着他们，脖子上还戴着"很不吉利"的山海……

她脸色极差，推开易涵直接坐在沙发上，慢条斯理地把项链给摘了。

裴呦呦心虚，正襟危坐地看着她，扯出一个微笑，易涵在后面跟进来，却是一副无所谓的样子。

"这个你们看了吗？"阚迪打开微博热搜，往茶几上一放。

裴呦呦连忙抓过来。

"跟老公在民政局偶遇老公"的话题已经登上了热搜首位，点进去，前面几篇全都是刚才在民政局遇到的那些新人晒跟易涵的合影的。

"说，你们俩跑民政局去干吗了？"

易涵懒懒地靠在沙发里："结婚啊，我不是跟你说过了吗？"

阚迪板起脸："易涵，你认真一点！这件事我们说好由我来解决，让你们两个都别管了！"

易涵直起身子，双肘撑着膝盖，坚定地看向阚迪："我很认真，而且我结婚的主要目的也不是为了解决现在的问题，我是真心想结婚，顺便解决问题。"

阚迪无可辩驳，顿了一顿，说："好，结婚可以，但你是不是要跟我打个招呼？这不是小事！"

易涵深呼吸了一下，说："第一，合同被偷了，结婚是我能想到最好的解决方案；第二，我确实有私心，我爱裴呦呦，我要跟她在一起。也正因为这样，我希望尽可能少地掺杂别的东西，如果提前告诉你，你是不是又要做好几十页纸的计划书？"

阚迪一噎，解释道："那也是为了让这件事最大限度地体现它的价值，有错吗？"

"没有错，但这不是我的本意，而且，我真的不想等了。从我进这行开始，你就告诉我，要沉住气，做每一件事的时候都要深思熟虑，等一个最好的时机。可这件事，我只想在我最想做的时候做，而不是最合适的时候做。"

易涵就像是说出了一句最正常不过的话，裴呦呦却不禁有些动容。

阚迪苦口婆心地劝："我理解你的想法，但是你有没有想过，一旦孙青青曝光合同，人家大可以说你们连结婚都是假的，这件事就要成"狼来了"，公众很敏感，广告商们也会很敏感，到时候有无尽的烂摊子要收拾，根本没有你想的那么容易。"

易涵攥紧拳头道："难道我们不能说那个合同是假的？"

"当然可以，还可以发律师函、发声明告她诽谤，但只要对方咬死了要追究到最后，不用别的，只要去找个权威机构做笔迹鉴定，到时候吃亏的就还是我们。闹得越大，损失也就越大。"

"那怎么办？"裴呦呦焦急，开始后悔这么冲动答应和易涵结婚，还大张旗鼓地跟人合照，恨不得全天下都知道似的。

阚迪叹了口气，严正警告两人："还是要把合同拿回来，我再说一次，这件事交给我，在此之前，你们两个消停点，别再给我节外生枝！"

阚迪走后，裴呦呦陷入沉思，反复思考阚迪说的严重后果，抓心挠肝。

易涵洗完澡，见她在发呆，故意在她耳边吹了口风："呼——"

裴呦呦打了一个寒战，差点从她单人沙发上摔下来，易涵一手扶住她。

裴呦呦却全然没发现，还是苦着脸。

易涵托着她下巴挠了挠，说："想什么这么入神，连我走过来都没发现？"

裴呦呦摇摇头，默默躲开他的手。她一直在想合同的事，那天易涵那样对孙青青，现在他俩结婚的事情又上了热搜，孙青青肯定更加怒火中烧，变本加厉。

她有种很不好的预感，说不定孙青青那边又开始行动了，现在只要她一停下来，满脑子都是那些八卦记者们加班加点赶稿的画面。会不会明天一早睁开眼，世界就变了……

易涵皱着眉头看着她，忽然觉得她满脸焦虑的样子还蛮可爱的。他轻轻捏了捏她的脸颊，说："不要胡思乱想了，早点睡觉吧，不管发生什么，不是有我在吗？"

裴呦呦抓住他的手，满脸不安道："易涵，难道你一点都不担心吗？万一……万一合同被孙青青曝光……"

"我又不是第一次被人爆料，如果每次都像你这样，我早就疯了。"易涵思索了一阵，脸上的表情突然严肃起来，"当然了，这次不一样，我还是有一点担心的。因为你也是当事人，这个事情一旦爆出，一定会对你带来极大的伤害，这也是我当时愿意跟孙青青周旋的原因，不然我才没那个耐心搭理她。"

裴呦呦心里微微一甜，说："没事，不用担心我，我很强悍的！"

说完，裴呦呦做了一个大力水手的姿势。

易涵哈哈大笑起来，一把搂住她："那肯定，也不看看是谁老婆！"

"老婆"这两个字让裴呦呦突然一阵恶寒，她在易涵怀里动了动，抬头说："我想跟你商量一下……"

易涵突然想到什么，眼神中透出不怀好意，冲她挑了挑眉："我刚好也想跟你商量一下，既然睡不着，我们就来做点别的事情吧！"

裴呦呦吓得不敢出声，当易涵牵着她坐在床上准备盖棉被纯聊天后，她紧绷的神经才松懈下来。

裴呦呦疑惑，现在是……真心话？坦白局？

易涵这次不一样，是酝酿、思考和衡量一番后，才开的口，说："我觉得与其去想那些有的没的，还不如把注意力放在我们自己身上，我们结婚结得也挺突然的，既然决定要一起走下去，是不是有必要快速地对彼此进行一些了解？"

裴呦呦不能再同意："有道理，那好，你想了解什么？"

易涵没想到她答应得这么痛快，坐直了身体，敲了敲头说："第一，你……到底交过几个男朋友？"

裴呦呦略显尴尬，易涵察觉不对，眯起眼睛逼视她："当初你教我追阚迪的时候，你说过几个来的？还有你那侃侃而谈的架势，让我很是好奇！"

"没有。"裴呦呦声音很小，眼神乱飘，毕竟也一把年纪了，恋爱经验为零这种事，怎么好意思坦白？

"啊？"易涵没听清，"喂！我很忐忑啊，到底交了几个啊？"

裴呦呦气哼哼："我……你怎么不先说啊……你交过几个女朋友？哦……我知道了，你的前任网上到处都是。"

易涵摸摸下巴，若有所思："也对，我差点忘了，你本来就是我的粉丝，一定爱了我很多年，没有时间和精力再去爱别人了。"

裴呦呦大惊，急忙否认："谁是你的粉丝了？"

"不承认是吧，你等着！"易涵跳下床，光着脚跑出去，没一会儿手里挥着一本旧杂志回来。

裴呦呦着急地去抢："你……你干吗乱翻我东西？"

"嘿嘿，承认是你的东西了吧。我找户口本的时候在你床下发现的，一整箱我的周边，你还敢说你不喜欢我？"易涵当然不能给她，这是她深爱自己的证据，当时发现的时候，他终于明白车祸那天她为什么拍和自己的合照了。

裴呦呦支支吾吾地说："那都是读书的时候不懂事，你看那些杂志上的日期就知道，我后来再也没买过。"

易涵不高兴地问："为什么不买？"

"追星嘛，都一阵一阵的……就不喜欢了呗。"

"我看你是没钱了吧？"

还是被他说中了，那时的裴呦呦和继母经常闹别扭，继母一不高兴，就不给她零花钱。而家里完全由继母在掌管财政，她爸爸在她上中学之后，就基本将她放养，平时连她的学习都不管不问，更不用说是给她钱了。

过去种种，无论快乐或是悲伤，确实会随着时间变迁而被人遗忘，可时光总会不经意间留下烙印，好似这些易涵的周边，既记录了她曾经的痴迷，也刻下了她生命中的那些无助。

裴呦呦从回忆中醒来，低声说："就是不喜欢！"

易涵当了真："为什么不喜欢？"

裴呦呦随口编了个理由："因为你没有刚出道的时候好了啊，刚出道那会儿人又谦虚又可爱，音乐做得也用心，不像后来……"

易涵的目光已经开始闪现杀机，双手撑着床垫，一张脸越靠越近："说啊，后来怎么了？"

"呵呵，呵呵……"裴呦呦假笑着，心跳莫名加快，整个身子向后仰，"后来，后来也挺好的，你看，我这不都嫁给你了吗？这非常说明问题！"

易涵暂且放过她，在她嘴上啄了一下，说："这还差不多，所以，你到底交过几个男朋友？"

裴呦呦气哼："我没交过男朋友！"

易涵显然不信。

"好吧！"裴呦呦掰着手指仔细数了数，"大概……十个！"见易涵面如死灰，她故意灿烂一笑，"你要听我挨个讲一下我和他们之间的故事吗？"

易涵挥手打断："不必了！反正你就记住了，我是最后一个！"他重重吐了口气，"现在，进行下一个问题！你来问我吧……"

裴呦呦绞尽脑汁，易涵一个激灵，爬过去拉开床头柜的抽屉，从里面拿出一个文件夹，顺便打开手机，一并递给裴呦呦。

"我来替你说，你这么爱钱，肯定想了解我的财务状况是不是？"

裴呦呦愣了愣，把文件夹和手机接过来。

"喏，都在这，正好你也帮我理理。这个呢，是我最常用的个人银行账户，工作室的账户一直是阚迪帮我管的。文件夹里是我所有的合同，包括电影、电视剧、唱片和活动代言什么的，你可以根据合同上的价格核算一下我的收入，我自己也不太清楚总数。里面还有一些投资的东西，也都是阚迪帮我弄的，你都看看。"

裴呦呦不免紧张，仔细翻看了一通，越看就越是震惊，到后面干脆打开了手机上的计算器，开始狂按。看她这个表情，易涵刚有些受挫的心情稍稍得到缓解。

"怎么样，是不是觉得老公很有钱，赚到了？"

裴呦呦抬头，有点不好意思："可是我除了那套房子，什么都没有，连房子都是找你借钱买的……"

"什么借不借的，我们都结婚了，这些东西都是夫妻共同财产……"

易涵还没说完，裴呦呦好像听到了什么可怕的字眼，发出土拨鼠般尖叫："啊——"

易涵担忧地问："怎么了？"

"能不能不要说那个词？"裴呦呦垂头，脸又开始发红发热。

"共同财产？你这应该高兴才是啊，干吗这样？"

"是前面的那个！"

"夫妻？"

"嗯嗯。"

"为什么不能说？我们现在就是夫妻啊！"

裴呦呦狂摇头："打住！"意识到自己过于失态，裴呦呦尴尬地放下捂住耳朵的双手，说，"对不起，我可能暂时还不太能接受这个太严肃的关系定义，太飞跃了你懂吗？我可能还要一点时间来慢慢适应。"

"我为什么没有这种问题，是我常年拍戏太容易进入角色了吗？"易涵灵机一动，拽着她的双手，将她拉近，"这样吧，我来帮你克服障碍，咱们先建立安全语境，你先叫一声老公试试？来！"

两人四目相对了半晌，裴呦呦努力说服自己，她已经闪婚，并且是易涵的妻子了，要习惯、要适应，张了张嘴："老，老……"

虽然有易涵鼓励的眼神，但到最后她还是都叫不出口。

"我不行……我叫不出口……我们还是继续数钱吧，刚才说到哪儿了？"

易涵失望极了，撇了撇嘴："反正大概意思就是你欠我的钱，不用还了。"

裴呦呦再次惊叫："我的妈呀，早知道就早点跟你结婚了。"

易涵冷道笑："你当我是那种你想嫁就能嫁的男人吗？"

"哦。"裴呦呦抬头，面无表情，"那不嫁了。"

易涵当真了，一秒就变了脸，说："喂，你该不会是后悔了吧！我跟你说，我们的关系是受法律保护的！"

裴呦呦瞧他那委屈巴巴的样子，哭笑不得，若是论财产，他大可娶一个圈里的女明星或是豪门名媛，怎么轮也轮不到一无所有的她啊……然而，这个男人，像个孩子一样，耍了点小心思，不计一切后果，和她结了婚，这会儿因为一句戏言，急得脸快白了……

裴呦呦若是现在还不相信易涵是真的爱她的话，那她就活该被网友喷了。

"好了好了，知道了！"裴呦呦拍拍他的脸，开玩笑说，"我才不后悔，你这么多钱，我可不能让它们落入其他女人的口袋里！"

易涵非常满意，像小狗一样趴在她面前，捧着脸看她："数钱开心吗？"

"嗯。"

"这么开心，要不要叫一声老公庆祝一下？"

"就不了吧，老板。"

"叫老公！"

"老……板……"

……

曝光

夜已深，易涵躺在被子里，昏昏欲睡，而裴呦呦还无比精神地坐在床的另一侧敲计算器。没办法，面对巨额数字，谁不是越敲越精神啊？

"行了，明天再算吧，睡觉了好不好？"易涵不耐烦地翻了个身，伸手去拉她。

裴呦呦闪身，真诚地说："我是不是吵到你睡觉了，要不我回我房间去弄吧……"她小心地下床。说时迟那时快，男人伸手一把将她拽了回去。

易涵立刻精神了，眼睛闪着危险的光："我看你不是怕吵我睡觉，是早就想溜了吧？"

裴呦呦讨饶地望着他："说好了，让我适应几天的……"

她越拒绝，易涵越有种征服的欲望，最后，还是堪堪忍住冲动，叹了口气，说："没事，你就在这弄，我陪你，反正我这次演个配角也很闲，明天又是下午才开工。"

裴呦呦无力反驳，只好接着低头看文件，她抽出一张单子，皱了皱眉间："你为什么会在黄山买房子啊？"

易涵半支起身子，下巴搭在裴呦呦的肩窝，看了看那张纸，声音哑哑的："不知道，都是阚迪给我弄的，大概是为了投资吧。"

裴呦呦不咸不淡地应："哦。"

见她没再说话，易涵拿头拱了拱她："吃醋啦？"

"没有啊。"裴呦呦又翻了几页，还是没忍住内心翻滚的疑问，"我真的不明白，你之前喜欢阚迪喜欢成那个样子，怎么能说不喜欢就不喜欢了呢？"

"呃……"这是个危险的问题，易涵索性换了个角度，问她，"你希望我怎么回答你？难道我要说，其实我没有说不喜欢就不喜欢，心里还是给她留了一个位置？"

裴呦呦一下冒火了，将他推到一边去："你敢！离我远点！"

"不敢不敢！"易涵赶紧拉住她的手，把她带进怀里，"裴呦呦啊，我知道了，你是不是不自信啊？"

"我才没有不自信，我是对你没信心，就怕你朝三暮四的。别看你现在一副死心塌地的样子，谁知道哪天说不喜欢就不喜欢了，阚迪是我的前车之鉴，我当然得多想想！喂，那你爱了她十年，你打算爱我多久？"

易涵亲了亲她的脸颊，在她耳边说出令人心动的话："我爱你是……一辈子。"

裴呦呦不吃这一套，使劲挣脱易涵的手，指着易涵说："口说无凭！"

易涵无奈地翻了个白眼，摸过手机，打开摄像头，递给裴呦呦，然后自己从被子里爬出来，挪到镜头对面，刚刚好出现在裴呦呦手中的屏幕里。

"这样，录个证据，方便你以后对质，好吗？"

裴呦呦表示同意，建议道："我说一句你说一句？"

"不用，我会，来吧！"他帮裴呦呦按下录制的按钮，回到镜头前，举起三根手指，开口道，"我，易涵，在这里向所有人保证：我会一生一世都爱裴呦呦，无论心灵还是肉体，都永远忠诚于她，除了孝敬爸妈和做公益之外，赚的钱只给她一个人花！虽然说完之后我也觉得我脑子是不是进水了……但是，我不后悔，我会做到的！"

裴呦呦停止录制，瞪他："脑子进水那句可以不用说。"

"不行，不加那句的话整体的氛围太严肃、太肉麻了，一点都不像我，别人看了肯定觉得我是被绑架了，会让我眨眼的……"易涵一本正经。

裴呦呦忍住脾气，下巴一抬，说："那好，保一条，再来一次。"

易涵大惊失色："裴呦呦你太吓人了，什么时候学会'保一条'了？林天诺教你的吗？哎！我差点忘了问你，他是你那十个前男友中的其中一个吗？"

"你胡说什么呢！"

"你老实交代！"

两人正在打闹，易涵的手机急促地响起，他看了一眼，是浩子。

"这个浩子越来越不像话了，这个点儿都敢给我打电话，不知道我可能在春宵一度吗？"

裴呦呦打他："别废话了，快接！"

易涵气哼哼地接通，只听浩子焦急地喊道："哥，不好了！你和呦呦姐的事儿被人贴到网上了，现在微博都炸了！"

不多时，深更半夜里所有人都聚在易涵家的客厅里。除了易涵、裴呦呦，有匆忙赶来的阚迪和浩子，还有在参加姐妹派对未卸妆的冉子书和鹿鸣。

阚迪在角落里小声地打电话，其他人面面相觑。

冉子书猛地从沙发里站起来，英勇就义一般高举拳头："我现在就公布恋情，以转移公众的注意力！"

柔和的灯光下，她的大烟熏妆显得格外违和。

所有人齐刷刷地看向她，看得她有点心虚，冉子书弱弱地问："不行吗？"

浩子干笑道："姐，你这会儿就在热搜上呢。"

"啊？我怎么不知道？什么内容？"冉子书还没反应过来，江凯的电话就来了。

"我的姑奶奶！我的祖宗！你不就是去参加个Party吗？怎么成了玩男模了？"

"啊？！我没有啊！"

江凯的声音大得整间屋子都听得到，鹿鸣当然也在其中。

鹿鸣自从学会用微博，便知道冉子书是热搜的常客，有一半内容是关于时尚活动和她出演的电视剧、电影，基本都是公司花了钱的；另一半则确实是网友顶上来的，而这一半的词条通常都不怎么友好。

鹿鸣不再看冉子书，也不想听她的解释，直接出了门。

"鹿鸣，你等等，你相信我，我真的……"冉子书一下子急了，不理江凯在说什么，直接挂断电话，追着鹿鸣出去了。

客厅内又恢复了宁静——暴风雨前的宁静。

易涵故作轻松，凑近裴呦呦："你饿不饿？我去给你弄点吃的。"

裴呦呦哪有心情："算了吧，你煮的东西能吃吗？"

"不是呀。"易涵点着下巴回忆，"我怎么听你们店那个叶子说，你吃我做的沙拉吃得很开心的。"

裴呦呦表情紧绷："抱着视死如归的心情吃的，你说开不开心？"

阚迪打完电话回来，两人暂时停止斗嘴，裴呦呦紧张地问："怎么样？"

阚迪看了他们两人一眼，说："合同的事情，我们现在暂时不予回应，避免二次发酵。麻烦的是广告商那边，他们闹得很厉害，如果我们无法尽快给出应对方案的话，可能要面临被换掉和赔偿。好在还有周旋的余地，所以这些暂时都还不是最麻烦的……"

易涵做好了心理准备，问道："那最麻烦的是什么？"

阚迪沉声道："《余生》的制片人刚打电话给我，说打算换掉你。"

"为什么啊？"裴呦呦知道这部电影对易涵来说，算是转型之作，意义重大。

阚迪一五一十地说："电影开机的时间不长，前期主要都在拍男女主的戏，易涵是配角，本来也没拍几场，现在换人重拍，算是及时止损，不然等全部拍完了，就被动了。"

裴呦呦着急地说道："可……冉子书不也出了负面新闻吗？一个剧组一下子换掉这么多演员，可以吗？"

易涵摇头道："她不会被换掉，她是女主角，跟我不一样，换掉她，剧组损失惨重。再说，她那个负面消息，没有实际证据，很快就能处理好。"易涵保持冷静，又问阚迪："你是怎么打算的？"

阚迪先看了眼裴呦呦，才说："无非就是两条路，要么公开，认错，然后该解约的解约，该赔钱的赔钱，慢慢等事件冷却。要么，打死不认，发律师函，然后对方势必会拿合同去鉴定，由着他闹，就算到时候闹到法庭上也没关系，因为这会经历一个非常漫长的时间过程，网友们是没耐心追的，我们反而可以趁着热度好好做点事情。"

易涵想也没想，说："我选第一种。"

裴呦呦激动得一下跳了起来："为什么，怎么听都是第二种比较好啊！"

易涵按住裴呦呦的肩膀，眼睛凝视她，尽量平稳她的情绪："呦呦，我不想再撒谎骗人了，够了……万一哪天真相被人翻出来，人设还是会崩，得不偿失，还不如现在就开始坦坦荡荡的，真诚点。"

阚迪定定地看向易涵："易涵，你想好了？"

易涵轻轻点了点头。

阚迪深呼吸了一下，说："我知道了，我这就回去起草道歉书的文案，明天中午之前，你就可以发出。"

易涵想了想说："我自己来吧，写完我发给你看。"

"也好。"阚迪拿起外套，离开前接着说，"把手机关机，再去睡会儿，未来几天，怕是想睡都没时间了。"

裴呦呦在阚迪和浩子走后，越想越不对，提了一袋垃圾跟了上去。

易涵见到了，奇怪地问道："大半夜的，你干什么去啊？"

"扔东西，顺便送送他们……"裴呦呦的声音消失在门缝中。

还好电梯门没关，裴呦呦按了按键，冲到电梯门前："阚迪姐，我……"

阚迪看出她有话要问，走出电梯，让浩子先下楼。

裴呦呦平复呼吸，说："我仔细想了一下，觉得还是第二个方案比较好……可是易涵那个人你也知道，任性又固执，我劝不动他，在专业上，他最信任你，不然你再劝劝他？"

阚迪沉默了半晌，深深地望着她说："呦呦，你知道他为什么执意选第一个吗？"

"他……不是说了吗，他不想再撒谎了。"裴呦呦说完，隐约察觉出一丝不对。

阚迪无奈地摇摇头："你还真信啊？如果权衡利益，十个人里有九个还是愿意撒谎的吧……再说，你们已经假戏真做，也不算撒谎了。"

裴呦呦又捋了一遍思路，不解地皱眉："你说的好像也对……

那，那他为什么啊？"

阚迪艰涩一笑："因为你。"

裴呦呦指着自己的鼻子："我？"

"嗯。"阚迪觉得十分有必要告诉她事件的全貌，便娓娓道来，"易涵选择第一种解决方式，是因为它简单粗暴，虽然同样无法避免伤害，却可以用最快的速度将事情结束。公开，坦白，认错，赔偿，全部流程走完，这件事就清清楚楚、坦坦荡荡了，不会有阴谋论，也不会有无端的网络暴力。可如果换了第二种，面临的将是与对方无休止的扯皮，不断掀起的网络战争。他是不怕的，这么多年过来，他也不是第一次被人黑了，有粉丝和团队护着他。可是你有什么？你将会成为这场战争中最大的受害者。易涵太懂得规则了，所以他不想看到这一幕发生。他宁可自己多承受一些，去选择那个明显差一点的选项。懂了吗？"

裴呦呦呆呆地进了门，脑中还回响着阚迪跟自己说的话。易涵正坐在沙发上等她，看她回来，忍不住抱怨了一句："怎么丢个垃圾这么久啊？我差点要报警了。"

裴呦呦望着他，目光中满是复杂的意味。

易涵却浑然不觉，拉过裴呦呦，坐在自己腿上，刮了下她的鼻梁，还是一副故作轻松的模样。

"你算了一晚上账，弄明白了吗？我到底有多少钱啊？如果真要赔的话，赔得起吗？"

裴呦呦木木地点头："应该差不多吧……"

"万一不够的话，估计得把这套房子给卖了，到时候咱们就搬到你那个老房子去住，怎么样？"

裴呦呦动作和思维都慢了半拍，易涵颠了下腿："喂，说话啊。"

裴呦呦挤出一个笑："好，好啊。"

"接下来呢，我可能要面临全面停工，到时候就一分钱收入也没有了……哎呀，还好老婆娶得及时，不然我就要睡大街了。这么看我命还是不错的，是吧？"

裴呦呦终于下定决心，伸出双手，固定住易涵的头，让他看着自己，目光坚定地说："易涵，其实我可以的。"

易涵不明所以："啊？可以什么？"

"就是你不用担心我啊，网络暴力什么的，我不怕！"

易涵愣了会儿，脸蹭了蹭她温暖的手心，突然充满了力量，但又像那些煽情的台词里写的：从此有了软肋。

既是软肋，又怎能允许他人碰。

他吻吻她的手，轻声说："我知道了……好了，好了！先睡觉，明天起来再说！"

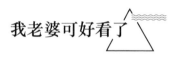

我老婆可好看了

这一夜裴呦呦睡得极不踏实，做了无数个梦，梦里她和易涵被网友群攻，恶毒的言语铺天盖地而来，她疯狂地解释，可人们都不听，要把她和易涵钉在耻辱柱上凌迟一百遍。

"啊——"她从噩梦中惊醒，下意识地向床的另一边摸去，易涵不在。

易涵听到她的惊叫，慌慌张张地从厨房赶过来。

"怎么了？怎么了？"

裴呦呦擦完汗，意识到是一场梦，又跌进被子里。

"没事……梦而已。"

"梦见什么啦？被我调戏吗？"易涵眯着眼睛爬上床，抱住她，轻轻拍她的后背，表情却从戏谑变成心疼，"不怕，我在呢。"

裴呦呦缓了会儿，接着像小狗一样在易涵身上闻了闻："你一早上鼓捣什么呢？一股油烟味。"

"嘿嘿，你过来尝尝！"易涵拉着她到厨房，展示自己的"战果"——一盘油乎乎的煎鸡蛋。

裴呦呦嫌弃地颠了颠盘子："这……能吃吗？"

"还没做完呢。"易涵宝贝似的将煎鸡蛋放到一边，又进去厨房忙活，"蛋皮包饭，还有饭！"

裴呦呦跟上去阻止："算了，你可别浪费粮食了！我来做吧……"

忽然想起什么，裴呦呦看了看表，赶紧回卧室胡乱套了件衣服，就冲到门口穿鞋。

易涵探头："你要去哪？"

"上班啊，这都几点了！"

"我给店长打过电话了，帮你请假了。"

裴呦呦松懈下来，懊恼地说："你怎么可以随便帮我请假呢？现在你已经失业了，我再不好好工作，咱们喝西北风啊。"

易涵宠溺地笑笑，任她数落。不管怎么样，这假是必须请的，昨夜新闻闹得那么大，她今天上班怎么可能消停呢？

门外忽然传来叮叮当当的嘈杂声。

紧接着，有人按门铃，裴呦呦十分警惕："咱们家这边从来没有这么吵过，不会是来找你麻烦的吧？"

裴呦呦正要开门，易涵挡在她前面："你去厨房躲着，我来。"

裴呦呦不肯走，易涵拽着她，干脆将她直接拉进卧室里。

"你别空手啊，要不……"裴呦呦担忧地四下看了看，随手捡了根棒球棍塞在易涵手里，"拿这个。"

门铃响得更急，易涵捏紧了棒球棍，走到门口，看了一眼，立刻松了一口气。

"是鹿鸣。"

"鹿鸣？他一个人啊？"

"还有他的智障女朋友。"

裴呦呦愕然地看着楼道里进进出出的搬家工人，他们手里或抬或搬着家具，全进了对面的门。她回过头，再看看若无其事的冉子书和鹿鸣。

　　"怎么就突然想搬家了呢？"

　　冉子书兴高采烈："为了跟你们作伴啊！"

　　裴呦呦说不出是该高兴还是该烦恼。

　　"啊？你们不用拍戏了吗？"

　　冉子书亲热地挽住裴呦呦的手臂，俨然把她当成了百分之百的姑姐，说："是这样的，我早上一回组里，就听说他们要把易涵换掉，那我肯定不能答应啊，就去找林导，跟他摊牌，告诉他如果易涵不演，那我也不演了！结果，你猜我在他办公室看到什么？"

　　听起来并不像好事，裴呦呦做惊讶状："什么？"

　　冉子书绘声绘色地描述："我看到林导在和制片人大吵……"

　　林天诺说："现在已经开机半个月了，我们好不容易磨合到现在的程度，彼此对故事和人物都建立了无法替代的信念感！你知道临时换主演对创作伤害有多大吗？"

　　制片人拍桌子："我也不想换人啊，可易涵他现在不是出事了吗？"

　　"他出什么事了？人家就是谈个恋爱，说得明白一点，人家想怎么谈恋爱都是人家的私事，跟电影有什么关系？"

　　制片人气得脸通红："天诺，你不懂，大众在感情上被欺骗了，是会产生很大的抵触心理的！现在易涵的争议很大，到时候我们的电影上映了，如果没人买票怎么办？"

　　林天诺冷脸："我不觉得大众有这么脆弱，当然，我改变不了你的看法。反正我今天话放在这，除了易涵我谁都不用！如果你要换人，就连我也换了吧！"

　　冉子书表演结束，连林天诺最后挥一挥衣袖的动作也没落下，裴呦呦第一次觉得她的演技并没有网上批评的那么糟糕……

易涵在一旁听得微微动容，挑眉问："他真这么说？"

冉子书恢复成"冉子书"，小鸡啄米式点头："对啊，所以现在剧组全面停工，鹿鸣说要搬回来住。我呢，昨晚来了你们家一次，觉得你们这个小区环境特别好，户型我也喜欢，就问了一下中介，结果刚好旁边的这间待售，价钱也合适，我就赶紧买了下来。看我付全款，人家直接就给了钥匙，说手续可以慢慢办，我先搬进来。哈哈！这样以后大家可以做邻居了，也方便我跟鹿鸣谈恋爱！"

易涵转了转眼珠，提示冉子书："你可以直接让他住你那，我和他姐姐新婚燕尔，讲实话我们也不是很欢迎他……"

"喂！"裴呦呦白了易涵一眼，"鹿鸣，你别听他瞎说！"

鹿鸣若有所思，冉子书却异常雀跃："我也是这么跟他说的，你们刚结婚，正是最甜蜜的时候，怎么可以那么没眼力见地跑去做电灯泡呢？"转头冲鹿鸣粲然一笑，"你看我说的没错吧？"

鹿鸣犹豫了一番，下了很大决心，说："那好吧，但我要交房租。"

冉子书不敢再多提要求，激动地抱着他："都行都行，你说什么就是什么！"

"不过……"裴呦呦突然想起了什么，说，"你要买房子的话，早说一声就好了，我们的房子打算要卖的，可以卖给你。"

冉子书很意外，不解地看了一眼易涵："啊？为什么要卖房子啊？"

裴呦呦苦恼地抓抓头："因为这次的负面新闻，易涵代言的几个品牌很可能会向他提出解约并索赔，到时候怕钱不够。"

"那没关系啊，不然就把你们家也买下来好了，然后打通，这样，顶层就都是我的啦。"冉子书原地转圈，仿佛房子已经到手。

裴呦呦被冉子书的财大气粗吓到了。易涵上前，将在转圈的冉子书推一边，说："别高兴得太早，不一定会卖！好了，我们还要吃早饭呢，你们先收拾着。"

说完，易涵就搂着裴呦呦回了家。

"喂！"冉子书委屈巴巴地望着关紧的门，"都住在一起了，一点家人的温暖都没感受到，我也没吃早饭啊。"

鹿鸣笑道："好啦，你想吃什么，我下楼去给你买。"

"这么好呀！"冉子书立刻神采飞扬起来，"我想吃培根蛋饼、小笼包、甜豆花……"

　

裴呦呦一边吃着油腻的蛋皮包饭，一边感慨："冉子书也太有钱了，比你还有钱，好想嫁给她……"

易涵嫌弃道："你这个女人，为了钱，连亲弟弟的媳妇都要抢！"

"对哦，她是我弟的女朋友，那大家也算是一家人了，要多给她一点家人的温暖才行……哎？你怎么没叫他们一起进来吃早饭啊，就这么把人给关在外面了？"

说着便要起身，易涵将她按住："我说，你先别管他们了，也不是小孩了，你弟弟会照顾她。"

"好吧。"裴呦呦被说服。两人默默吃了一会儿，裴呦呦想起来什么："我们……是不是得给天诺哥哥打个电话啊？电影停工，他肯定比谁都难过。"

"我是真的没想到，他会这样……"易涵放下筷子，双手撑在桌上，眼睛像探测器一样扫着裴呦呦表情的变化，"该不会是因为……你吧？"

裴呦呦拍了一下桌子，表示不满："你想什么呢？你又不是没跟他一起工作过，电影在他心里是多神圣的事情。他如果要停工，一定是因为，他觉得失去了一个不可或缺的好演员，没有别的可能。"

易涵赞同："你说得对，如果冉子书不演了，可能也就算了，但我不行。"

"你不要总是攻击人家子书！"

"本来就是，那我待会儿给林天诺打个电话吧，约他晚上来家里吃个饭。"

"好啊！"裴呦呦喜出望外，"吃火锅怎么样？"

易涵皱眉："为什么？"

裴呦呦站起身，收拾碗筷，理所当然地说："省钱啊！不是要勤俭节约吗！"

傍晚，林天诺准时赴约。刚从电梯里走出来，他立刻感受到了蒸腾的热气。

他伸手扇了扇眼前的白雾，冉子书的声音便从烟雾中传来："林导，这边！"

林天诺循声看去——楼道当中，随意铺了一块地毯，上面放了一张矮茶几，易涵、裴呦呦等人围着茶几席地而坐，茶几上正煮着火锅，旁边摆满了各种涮菜。

林天诺微微震惊，走过去，顺势坐下。

"我们就在这吃吗？你们现在有住这边的，有住那边的……就没有人打算请我进家里坐坐吗？"

几人哈哈大笑。

裴呦呦说："天诺哥哥，这不是因为吃火锅味道太大了嘛，这里好通风啊，反正是顶层，也没人会上来。"

冉子书振振有词："对啊，我们的房款里包含公摊面积，严格意义上来说我们是付了钱的！"

易涵不声不响，给林天诺倒了杯酒，直接递给他："来，林导，欢迎你来。"

林天诺犹豫了一下，推拒道："我酒量不行，就不喝了吧。"

易涵哪能让他"白来"，坚持要把酒杯递给他，林天诺只好接下来，说："就一杯。"

易涵得逞，拿起自己的酒杯跟他碰了一下："就不说谢谢你了，我们敬《余生》。"

几人一起举杯："敬《余生》！"

果然不出裴呦呦所料，说好"就一杯"的林天诺和易涵两个人喝起来就没完没了，任谁都拦不住，拦的次数多了，两人还不乐意。裴呦呦干脆甩手不管，随他们的便！

桌上的肉和菜几乎光盘，酒瓶子歪歪斜斜散落一地，林天诺和易涵已经抱在一起胡言乱语。鹿鸣酒量更差，直接靠着墙睡着了。

林天诺直接拎着酒瓶子，轻敲易涵的头："你知道这个片子对我有多重要吗？现在拍不了了，都是因为你！"

易涵嗤笑道："那是你自己没能力！你为什么不好好审视一下自己？怪我？对你那么重要，你就把我保下来啊。你承认吧，你就是不行！"

林天诺急了："你才不行！"

易涵不甘示弱："你不行！"

林天诺晕晕乎乎："你不行！"

"我行不行，你知道个屁？"

林天诺哼笑："我就是知道……你不行！"

"我不跟你说……我让我老婆跟你说，我老婆呢？"易涵酒气熏天，起身到处找裴呦呦，而裴呦呦此时就坐在旁边，醉眼蒙眬地看着他们俩。

这两人总算分开了，裴呦呦赶紧和马上要睡着的冉子书一起将鹿鸣扶回房间。

裴呦呦从冉子书家中出来后，艰难地将易涵拖进门，奈何他体格大，裴呦呦刚拖完鹿鸣，这会儿实在有些脱力。

"易涵，你醒醒行不行？自己走！我去扶天诺哥哥……"

"不行！"易涵牢牢地抱住她的手臂，"不许让他进来！我可不想再见到他了。"

裴呦呦使劲去掰他的手臂，还是掰不开，索性不动了，说："我怎么一点都没看出来呢？我觉得你们俩一见到彼此就都特别'放飞自我'！"

易涵气愤不已，晃晃悠悠地站起来："那还不是因为他惦记我老婆！每次都假装来找我，其实就是来见我老婆的！你说这种人，我就是要喝到他怕，喝到他再也不敢惦记我老婆！哪怕心里想一下，都浑身哆嗦那种……哎，你知道我老婆吗？"

裴呦呦刚听前面听得还挺受用的，冷不丁听到这句，忍不住叹了口气，想起他上次也是这样。

裴呦呦咕哝："你有本事就每次喝完酒都不认识我！"

"你生气啦，你是不是嫉妒我有老婆？"易涵傻笑起来，"哈哈！我跟你说，我老婆可好看了！"

虽然被称赞，裴呦呦还是懒得跟他废话了，试着去拉易涵。易涵却一个趔趄，直接倒在了沙发上。她被他牵着，顺带也倒在了他胸口上，正以为要摔到地上时，他的手臂稳稳揽住她的腰。

她就这么与他紧紧地挨着，动也动不了，他声音温柔低沉下来，在耳边萦绕。

"真的……我从来没夸过她好看，我老说她穷酸、普通、丑，能嫁给我是她八辈子修来的福气加上我眼睛瞎了。可其实我觉得她可好看了……我没瞎，我的审美一点问题都没有。嘘……不能让她听到，她会骄傲的。"

裴呦呦不再挣扎，趴在他胸口上，听着他的心跳，嘴角弯起："那你老婆既然这么好，你为什么还要这样抱着我？"

易涵没回答，很快均匀的呼吸声传来，裴呦呦气得咬牙，忍不住推了他一把："真睡着了？装的吧？喂，易涵？老公？"

年少轻狂，败于真爱

林天诺在一片狼藉中醒来，扶了扶胀痛的太阳穴，昨晚和易涵醉酒的画面，浮现在眼前。

又是这样……他无奈地起身，将地上收拾得差不多了，想来想去，还是敲响了易涵家的门。

而此时易涵和裴呦呦还在睡。

裴呦呦迷迷糊糊地从被子里钻出来，就要下床去开门，易涵拉回她，又捂进被窝里。

"喂，有人在敲门。"

"哎呀，我知道是谁，没事，让他敲吧。"

裴呦呦清醒了几分，恍然大悟，是天诺哥哥！昨天她也喝了点酒，迷迷糊糊光把易涵给弄回来，把他给忘了。

也不知道他这一晚在走廊里是怎么过的！

裴呦呦几度挣扎着下床，都被易涵这块橡皮糖黏着不放，索性抬脚踹他："走开！我得去给他开门！"

"不许去。"易涵抱得死死的，越抱越紧。

裴呦呦快不能呼吸了："喂，别闹了！"

"那你叫老公。"

"不叫。"

易涵亲她的脸颊："哎呀，你昨天都叫了，再叫一声听听！"

裴呦呦脸上发烫，胡乱地蹭掉他的口水，连连否认："我没有！没有！"

易涵贼笑："骗人，你就是叫了！不信我们看监控!"

裴呦呦一听，直接把被子掀了："不是说监控早就撤了吗？"

"我这不是拖延症嘛……再说了留着监控也没什么啊，正好记录我们的新婚时光呀！"易涵故意装可爱，露出两排大白牙，笑着跟裴呦呦撒娇。

"滚开啊！"

两人互不相让，一通打闹，把林天诺敲门这事完全抛诸脑后了。

门外，林天诺叫门无果，拿出手机，拨打了易涵的电话，却听到"你拨打的用户已关机"。

林天诺气得够呛，找到裴呦呦的电话号码，正准备打过去，几番犹豫，还是摇了摇头，用手指理理头发，转身去按电梯。

不知过了多久，裴呦呦终于下了床，一边整理衣衫往外走，一边控诉易涵："我告诉你，今天，必须全都给我拆了！"

易涵伸出手指："三天。"

"两天，别跟我讨价还价！"

易涵瘪嘴："你好凶哦。"

裴呦呦浑身一抖，掉了一地鸡皮疙瘩："你，不许给我装可爱！"

易涵故意捏着嗓子弄出娃娃音："为什么不许人家装可爱，是不是因为，你怕自己会受不了？哈哈！"

裴呦呦很是无奈，她真的是嫁给易涵了，还是嫁给了一个神经病？

等裴呦呦打开门，易涵也跟在后面过来了，两人这才发现，外面的火锅残局已经被收拾得整整齐齐，而林天诺早就没影儿了。

裴呦呦捂住脸，内疚不已，赶紧打给林天诺，那边很快接通："天诺哥哥，对不起啊，昨天……本来是请你吃饭的，结果也没招呼好你。"

易涵挪着小碎步凑近偷听。

林天诺温和地说："哪里的话，你招呼得很好啊。"

"那昨晚？"

"我后来看你们都喝多了，就先走了，你不记得啦？"

"是吗……"裴呦呦心虚不已。

她对自己说话时，可从来没这么温柔。易涵不爱听了，大摇大摆地走开，又百无聊赖地坐到沙发上，摆弄手机，状似不在意。他当然知道，林天诺是为了不让裴呦呦难为情才这么说的。

裴呦呦连连道歉："不好意思啊天诺哥哥，我们……下次再聚。"

"好啊，但可提前说好了，我不喝酒。"

裴呦呦笑道："好……"

以为彼此都要挂断了，裴呦呦刚拿开手机，林天诺的声音突然传出来："呦呦……"

"唔？"裴呦呦马上把手机放到耳边。

"呦呦……要幸福啊。"

裴呦呦一愣，过往的景象重又纷纷涌现在眼前：他和煦的笑容，放在她手心的大白兔奶糖，还有一张张星星糖纸，还有不久前他欣赏的目光……都是她生命里最温暖的存在。

半晌，裴呦呦微微展颜，肯定地说："我会的。"

结束了和林天诺的通话，裴呦呦怅然地拿着手机在易涵旁边坐下，嘟囔着："你说，你刚才是不是故意的？搞成这样……我觉得我们特别对不起天诺哥哥……"

"没什么对不起的，别乱想。"易涵不动声色地把手机锁屏，放到了旁边，又顺手揽住她。但这个藏手机的小动作还是被裴呦呦一眼发现。

"你刚在看什么？"

"没什么啊。"

"那怎么我一过来，你就赶紧藏起来？让我看看！"

易涵无奈，只好拿出手机，打开一段视频："说好了，是你自己非要看的。"

视频正是昨晚客厅的监控录像，画面中，裴呦呦趴在易涵的胸口，两个人姿势暧昧，窃窃低语。

"这个画面有点小吧，要不咱们投到电视上看？看看到底是不是实锤？是不是有人叫老公？"

"啊啊啊啊！我不看！"裴呦呦抱头，立刻逃离现场。

望着裴呦呦离开的背影，易涵满脸的笑容顿时消失，他低头将视频切换到微博页面。

他的道歉信加声明书已经发出了，下面是潮涌般的评论和转发。而入目可见的，全都是极不友好的字眼，里面有百分之八十是对裴呦呦的诋毁。

易涵攥紧手机，低声说："不要怕，我会保护你。"

接下来的几天里，易涵、裴呦呦、冉子书和鹿鸣四个人天天混在一起，打牌、下厨、跑步、玩游戏。易涵刻意不让裴呦呦看手机或上网，每次她要拿手机，都会被抢走。

一天早上，当他们三人正围成一圈、沉迷于游戏中时，裴呦呦穿好衣服，背上包偷偷溜了出来。

她一边快步走，一边给店长打电话："是他非要给我请假，其实没事的，不用不用，我都快到店里了。"

转个弯，裴呦呦已经走到店门口，一抬头却愣住了。

叶子等人正背对着她用抹布拼命擦拭玻璃门，隐约可见还没擦掉的油漆印子，店长自己手里也拿着一块抹布，说："快点快点，呦呦就到了！"

一转身，却刚好跟裴呦呦四目相对，店长尴尬地笑了笑，把抹布藏到身后。

美甲店里，大家围坐在一起，描述了这几天发生的被泼红油漆事件。

裴呦呦紧紧握拳："都连着好几天了？是谁干的？有线索吗？"

叶子小声地说："这也正常啦，粉丝里面难免会有一些想法和行为都很偏激的人，不然怎么会有那么多明星谈恋爱、结婚都不敢公布呢？你别太放在心上。"

看裴呦呦低着头很沮丧的样子，店长拍拍她："这两扇门也有些年头了，我正愁没理由换了呢，正好趁这次换新的，新门新气象。"

裴呦呦愧疚不已："店长……"

店长挥挥手，让她别介意，转而问："对了，易涵怎么样？都还好吧？用不用我们去家里看看他？"

裴呦呦回忆起上次他们几人探望时乱作一团的样子，忍不住笑出来声："没事，他都挺好的，就是手上的一些工作可能要暂停了，不过你们要想去，随时。"

店长终于还是按捺不住自己那颗八卦的心，好奇地问："那你们俩到底是真的还是……"

叶子咳了一声，店长赶紧转过话头："肯定是真的，我们又不是没见过，是吧？那个喜欢一个人的感觉是演不出来的。你放心，我们永远是你的后盾！我打算一会儿就给总部汇报，请易涵做咱们的代言人。别人不敢用他，我们敢！"

裴呦呦叹道："店长，真没事。"

店长仗义地说："呦呦！什么都别说了！你好的时候，我们沾了你多少光，现在你出事了，我们不会看着不管的！"

突然，有人大叫一声。

众人闻声看去，一个人正鬼鬼祟祟的，拎着半桶油漆，准备泼到刚擦干净的店门上，见被发现，转身就逃。

没跑几步，就被刚好赶来的易涵拎着衣领拽了回来。

易涵走进店里，把那人往地上一丢。

"停车的时候正好被我看见，光天化日的，可以啊。"

小混混低头，没敢说话。

叶子一巴掌打在那人身上，气愤地说："我刚擦干净，你这人怎么这么缺德啊？这几天泼油漆的都是你吧？"

裴呦呦偷偷瞄一眼易涵，心虚地转身要跑，直接被易涵拎住了衣领。

"越狱啊，好样的！"

裴呦呦委屈道："你……你怎么知道我在这？"

"你还能去哪儿？"

"我就想来看看，要没事我也就安心啦，可你看，出事了吧。"裴呦呦讨饶地用手肘碰了碰他，"我知道，你不让我来上班，是因为早料到会这样对吗？"

易涵闷不出声。

不然呢？他那天发完微博之后，网上铺天盖地都是讨伐她的言论，但以他的经验，这些很快就会过去了，所以他就想让她在家休息几天，就当度蜜月了……

可确实是没想到，会有这么极端的人！

裴呦呦思来想去，总觉得哪里不对，绕着小混混转来转去，说："按照常理，来店里泼油漆，是冲着我来的……这么做的根源是什么呢？是因为超级喜欢你啊，可这个人……看到你，一点反应都没有呢。"

易涵摸着下巴："你这么一说也对，我抓到他的时候，他没有表现出任何兴奋的情绪。"

裴呦呦点头道："我怀疑他……甚至，都不认识你。"

"这就过分了啊，推理归推理，他怎么可能不认识我？！"易涵自言自语，"怎么会有人不认识我？！"

旁边的店长和叶子也被易涵良好的自我感觉逗笑。

裴呦呦用力拍了小混混一下："哎，我问你，是谁派你来故意搞破坏的？油漆也是你泼的吧？"

小混混没说话。

裴呦呦咬牙："不交代是吧？叶子，报警。"

叶子得令，拿起手机。

小混混一看慌了："别别别，我说，我说还不行吗？"

店长办公室里，小混混已经一五一十全都招了。店长气得拍桌："叶子，给她打电话！"

叶子接通孙青青的电话，一通忽悠，孙青青没防备，答应一会儿就到店里来。

另一边易涵的手机不停地响，裴呦呦问："是阚迪姐吗？"

易涵点头。

"那你先去忙你的，这边我自己搞得定。"

易涵不放心："没有我你能搞得定？不行，我可不能把你一个人扔在这！"

"可你也帮不上什么忙啊，你还能打她一顿？"

"我可以给你撑腰！孙青青那个女人心眼儿太多，我怕你弄不过她。"

易涵忧心忡忡的样子，引得裴呦呦失笑："行了，这件事说到底还是因我而起，店长他们是被连累的。等孙青青一来，我跟她当面把话说清楚。"

易涵向她再三确认，最后还是店长拍着胸脯保证裴呦呦的人身安全，他这才打算离开。

分别前，裴呦呦迷迷糊糊被他扣住了后脑勺，还没来得及害羞，就被他在额头上蜻蜓点水地吻了一下。

叶子和店长忍不住偷笑，裴呦呦立刻红了脸，易涵倒不以为然，大刺刺离去。

孙青青哼着歌到店里时，发现一个人都没有，就直接走到店长办公室，一推开门，才发现所有人都在。叶子当即在她身后把门给反锁了。

裴呦呦将手机早早调至录像模式。

那个小混混缩在墙角，看到孙青青来了，立刻带着哭腔说："姐，你吩咐我干的我可都干了。"

孙青青先前还优哉游哉，听罢脸色一变，否认得比谁都干净："我让你干什么了？你这个人真的好笑，我根本就不认识你！"

小混混跳脚说："你什么意思，还翻脸不认人了是吧？我这可还有你给我转钱的记录呢！"

"你别胡说八道，有证据吗？"

店长使劲敲桌子："别吵了！青青，这些年，我对你也不错吧，你为什么要这样？"

孙青青嗤笑一声，不搭理店长。

裴呦呦走到她面前："孙青青，你很聪明，也很谨慎，一直用的都是在线聊天软件跟他联络，没有暴露自己的手机号码，甚至连转钱的账号都是别人的，所以才敢这么有恃无恐。可你有没有想过，像你这种在线买凶的行为，我们是可以直接报警的！你当然可以继续嘴硬不承认，到时候只要让警察进后台看看，这个账号的实名认证信息，就知道是不是你了！"

孙青青一听，立刻慌了神。

"裴呦呦，你到底想干什么？"

"这个问题应该我问你吧？你到底想干什么？包括上一次，你威胁易涵去酒店……这么做对你有什么好处？"

"好处啊……"孙青青哼笑，"我就是想看你和易涵，一个接着一个地倒霉，然后再也爬不起来。"

裴呦呦扯扯嘴角："那可能要让你失望了。"

"别嘴硬了，你以为我不知道易涵现在什么处境吗？哈，《余生》现在因为他已经全组停工了，他的代言应该也很快都要换人了吧。"

"对，你说得都对，一旦确认违约，我们可能还要赔一大笔钱，但这都是暂时的。易涵能有今天的成就，是因为他的努力和优秀，他才不会被你这样龌龊的人搞垮！"

叶子偷偷把这一段拍了下来，激动地发给易涵。

裴呦呦缓了口气，说："大家同事一场，你把换门的钱给店长付了，然后保证以后绝不再犯，这件事就此揭过。不然，该怎么办就怎么办，你来选！"

易涵这边，正瘫在沙发里，麻木地接受阚迪分析当前的局势。

阚迪苦口婆心地劝："跟我们预想的差不多，你的道歉信发出来之后，除了少数极端言论之外，大众基本上还是宽容的。尤其是你给这件事的定义非常准确，'年少轻狂，败于真爱'，之前的恋爱合约算是'年少轻狂'，之后你们确确实实相爱了，也领证了，这叫'败于真爱'，网友们很吃这一套。所以，好消息是眼下几家广告商还在观望，暂时还没有提出解约和赔偿的要求，我们当务之急是要给他们一点甜头，吃下定心丸……"

手机一响，是叶子发来的视频。易涵没忍住，偷偷打开视频，便被屏幕上裴呦呦义正词严的样子逗得乐不可支，完全听不进去阚迪讲什么。冷不防，手机被阚迪一把夺过去。

阚迪气得大喘气："我跟你说话呢，你却在这给我走神！"

阚迪一边说，一边看向手机上正播放的内容。

谁知手不小心一划，手机上出现了之前监控拍到的那段视频。

"喂！别乱看，这是我的隐私！"易涵跳起来，拼死抢回手机，阚迪却灵光乍现。

"我知道了！我找到定心丸了！"

蠢萌易涵

两天后，大大小小的视频网站都转载了"易涵与未婚妻恋爱日常"的vlog（视频博客），一时间每日更新的视频成了大众口中的美谈，网络上关于两人的留言评论也改了风向。

最新一条vlog是来自易涵和裴呦呦划分地盘那天，一经发出，下面的评论呈井喷式增长。

易涵的老婆1号：天呐，这是什么偶像剧剧情！

易涵哥哥真漂亮：没想到易涵生活中是这样的，真是蠢萌又霸道，啊，好喜欢！

易涵数据库：他老婆也好可爱，居然要把易涵自己的冰箱卖给他！我要站定这对cp（网络用词，配对的意思）！

……

作为视频女主角裴呦呦，也正在和冉子书、鹿鸣围坐在地毯上一起用苹果iPad看vlog，叽叽喳喳的，不时爆发出大笑。

裴呦呦摸脸："我……是不是有点胖啊？"

"十级姐控"鹿鸣猛摇头："哪有，姐你超可爱的，哪怕穿着抹布都遮不住你的可爱。你看这些弹幕，都是在夸你的。"

冉子书指着自己的鼻子："那我呢我呢？"

鹿鸣一笑："你打游戏的时候最可爱。"

易涵坐在跟他们稍微有点距离的沙发上，闷闷不乐，看向对面的阚迪。

阚迪却笑得春风得意，说："没想到这颗定心丸，比我想象的来得还要快。"

易涵叹了口气："你招呼都不打一声就拷走我全部视频，我没意见，因为我相信你不会害我！可你剪视频的时候是不是也要审核一下，注意一下我的形象？你看看！现在才出来几期啊，'易涵蠢萌'就上了热搜，我这么帅气、这么高冷，怎么可能跟蠢萌这种词产生关联啊！啊？"

易涵越说越激动，精致的脸蛋都扭曲了。

阚迪一脸无辜："可是如果把那些镜头都拿掉，你的内容就全没了……"

易涵拍桌："你的意思是，我就是蠢咯？"

"哈哈！不啊，很可爱！我觉得刚好借着这次机会，佐证你和呦呦是如何'败于真爱'的，将你以往高冷和有距离感的形象彻底打破，特别好，你不是也想做自己吗？"阚迪对付他，向来很有办法，几句话就说到了他的心坎上，让他一句嘴也回不了。

"话是没错……"易涵抓狂地抓了抓头发，"可我从来不认为自己是这样的！"

裴呦呦闻言，抬头看着他："那你觉得自己是什么样的呢？"

易涵想了想，斟酌着措辞："当然是……有才华，有理想，有抱负，真性情，还长得帅！"

他这话落地之后，并没人附和他，只有一片沉默。

"阚迪姐，下一期什么时候出啊？"冉子书仰头开口，打破沉静，好似刚刚根本没听见易涵的话。

阚迪忍俊不已，直接从包里拿出一张芯片，丢给冉子书："后面几期都在这了，拿去看！"

冉子书接过，尖叫欢呼："哇！太棒了！"

易涵装作刚才什么都没发生过，凑过去说："我也要看！"

"看可以，不准提修改意见，这都是定稿了。"阚迪好心提示，扭头问冉子书，"子书，你觉得怎么样？"

冉子书做痴迷状："好看！刺激！呦呦到底是怎么拿下易涵的，不，应该说他们俩到底是怎么互相拿下的，在我心里一直是个未解之谜，我相信不只我一个人好奇，这个东西来得正是时候！"

阚迪点头，表示十分赞同，又问："那你觉得视频里的易涵看起来怎么样？"

冉子书诚实地回答："很真实啊，易涵本涵！"

阚迪摊了摊手，看向易涵："大众的反应最为真诚，你还是面对现实吧！"

易涵无语，脸立刻垮了下来，转头看向客厅装了摄像头的方向，走过去，一把拆了下来！

入夜，大家吃饱喝足看完视频，纷纷散去，裴呦呦心里的大石总算暂且落了地，人也恢复了几分精神。

她慢悠悠地洗漱完，走出卫生间，冷不防被撑着额头靠在门口扮忧郁等她的易涵吓了一跳。

裴呦呦拍拍胸口："你干吗，吓死我了！"

易涵满眼小星星，期待地看着她："易太太，我只是想问你，是不是应该考虑正式搬到我房间里来睡了？"

怎么又想起这茬了？所以古话说，饱暖思淫欲……

裴呦呦抚了抚发热的脸颊，干笑了一下："不是……说好了给我一点时间的吗？"

"算了……"易涵就知道是这种结果，立刻泄气，转身要走，手心忽然一热，她的小手拉住了他。

咦？有戏？易涵露出坏笑，转头看向她的时候，又换上失望的表情。

"干吗啊？"裴呦呦摇了摇他的手臂。

易涵最大限度地发挥演技，一字一顿地说："心、情、不、好。"

裴呦呦一边擦头发一边瞄他，故意岔开话题："vlog的事，我看你还没消气吧？"

不提这茬还好，一提，易涵便垂头丧气。

裴呦呦凑上来，好声好气地哄道："好啦，至少你看，现在都没什么人骂我了，你就不用为我担心啦，所有的事情都在朝着好的方向发展，对吧？"

易涵声音闷闷的，点着头说："对，因为原本骂你的那些人现在都跑来笑我蠢了！"

"哈哈！那就算你为我牺牲的嘛！"裴呦呦失笑，抱住易涵的腰撒娇，"开心一点好不好……"

"怎么开心？外面网友笑话我，家里头老婆要跟我搞分居，你告诉我怎么开心？"易涵委屈道，"婚都结了……也不让我……"

裴呦呦打个冷战，连忙打断他，想了想，神秘地说道："我可是知道很多能让人开心的事情的……"

易涵眼睛一亮，已经脑补出无数画面。

"比如？"

裴呦呦的目光落在易涵微微敞开的浴袍领口，用手在他胸口上点了一下，一直滑到他浴袍的腰带处，然后轻轻拉了一下："你跟我来。"

"干吗？"易涵龇牙。

"给你占便宜啊，开不开心？"

易涵立刻难掩笑意，咧着嘴赶紧跟了上去。

然而！易涵就知道她没这么大方！

裴呦呦摆开了一桌子的美甲工具，正在给他做护理。

"哎呀呀呀！疼！"

裴呦呦一边帮易涵认真修剪指甲旁边的死皮，一边嫌弃他："少来，这都是死皮，怎么可能会痛？你知道我那些客人们都怎么说吗？她们都说，被我服务，是一件超有幸福感的事情。你占大便宜了，赚到了，你就偷笑吧。"

易涵还是担心，表情有些扭曲："你确定……不会剪到我的肉吗？我觉得你那个剪刀已经到达了危险的边缘，哎呀呀呀！"

"老板！你要再说这么多废话，我注意力不集中，肯定就要剪到肉了。"

易涵勉强扯出一个笑容："那我不说话了……"

裴呦呦将工具剪悬在易涵的指甲上方，作势要剪下去，同时抬眸问他："现在心情怎么样？"

易涵感觉受到了威胁，假笑道："好多了，我觉得我现在的心情，嗯，好多了……不过，我觉得这样就很完美了，真的！男人不用太精细，可以了可以了！"

易涵刚要抽回手，裴呦呦抓住他，另一只手打了个响指："别动！接下来的这个，你一定会喜欢！心情呢，会更好！"

易涵十分惊恐："不不不！"

"你等着，别动哦。"裴呦呦并不听他说话，兴致勃勃地跑开，没一会儿拿了一条还冒着热气的毛巾回来，将他两只手都包了进去，"舒服吧？"

易涵点点头，但还是很难放松警惕。

热敷过后，裴呦呦拿来一个瓶子，倒出手蜡，敷在易涵的手上。过了十分钟，裴呦呦撕下手蜡，倒上精油，开始给易涵的手做按摩。

裴呦呦的动作轻柔缓慢，易涵整个人终于放松下来。这种愉悦的感受，在裴呦呦将自己的手指穿插在他的指缝间，以十指相扣的方式，为他的手掌进行拉伸的时候达到了顶峰。

易涵舒服得不得了，面对眼前低头认真为自己按摩手指的女孩，咽了咽嗓子。

她长长的睫毛翕动着，她的呼吸近得几乎可以喷到他的手背上，她额头上的绒毛清晰可见，他忍不住想要靠近，将她抱起来使劲亲。

这时，裴呦呦的话立刻如当头一盆凉水将他浇醒。

"好好记住步骤，待会儿你给我做。"

"啊？什么？"

"别看我啊，看动作，好好记着。"

"哦……"

但真轮到易涵给裴呦呦按摩手指时，裴呦呦倒不自在起来，因为这人明摆着是"真"占便宜。

"好了好了……放开吧。"

易涵凑过来："别啊，没结束呢……"说着，半个身子都压向她。

裴呦呦莫名想到了色眯眯的西门庆，一脚踹在他的肩膀上。易涵整个人向后仰去，等他一个鲤鱼打挺坐起来，裴呦呦已经跑没影了。

他顺势呈大字形躺在沙发上，长长地叹息。

裴呦呦第二天照常到Inspire上班，店里的预约系统却突然崩溃，没有办法，店长便带着他们做地面活动。

这会儿裴呦呦正在大太阳下招揽客户，却收效甚微。

叶子气哼哼的，直跺脚，道："呦呦，你说，是不是又是孙青青！她门路怎么这么多！"

裴呦呦摇头："也许上次不该心软……都怪我，要不是我，也不能连累你们……"

"别说傻话了！她犯的错，怎么能由你来买单？别乱想了呦呦，我们接着发吧。"

叶子无精打采地在人行道上分发打折宣传单。然而路人转手就把宣传单塞进垃圾桶，叶子真是气不打一处来。

这时，一辆电动车驮着满满一车火红的玫瑰花向他们驶来，场面蔚为壮观。

"哇……"叶子张大嘴巴，眼睁睁地看着电动车最后停在了Inspire门口。

裴呦呦也愣住了，有种不太好的预感。

快递小哥从车上下来，核对地址，就要推门进去。

"喂！"叶子迎上去，笑意盈盈，"送花吗？送给谁？"

快递小哥说："给……裴呦呦女士。"

叶子尖叫了一声，围着裴呦呦转："易涵也太浪漫了吧！"

裴呦呦的笑僵在嘴角，来到电动车后端详着满车玫瑰花，喃喃自语："浪漫……唉，这得多少钱啊！"

"你是裴呦呦女士吗？"快递小哥准备打联系电话确认。

裴呦呦倒是十分不想承认。

"我是……"

此时此刻的易涵正在家里的地板上做俯卧撑，手机就被他放在两手之间的位置，他每下去一下，脸都会无限接近手机的屏幕。

他的眼睛一眨不眨地盯着手机屏幕，等着那个重要的来电。

终于，屏幕亮了，来电显示是裴呦呦。

易涵立刻不做了，就地一滚，躺在地板上，接通电话。

"花收到了吗？喜欢吗……"

裴呦呦的声音闷闷地从听筒那头传过来："太贵了。易涵，以我们现在的经济状况，应该节省一点啊……"

易涵委屈地说："我知道你肯定这么说，为了省钱，我特地找人打了折的。"

"那也还是很贵啊，像这样的花，一个星期就没了，一点都不实用。"

易涵没有得到预想中的结果，很是沮丧，但还是耐心地解释：

"可人家谈恋爱都是要送女朋友花的……"

"但我们不是在谈恋爱了啊,我们是要过日子的!你现在没收入,我一个月的工资也就几千块,怎么可以这样挥霍呢?"

易涵也来气了:"裴呦呦,是你说自己不适应婚姻生活,觉得太突然了。好!那我想说就先从谈恋爱开始,陪着你慢慢适应,可现在你又进入角色了,说什么我们不是谈恋爱,是在过日子,你让我怎么办啊?"

易涵说完,直接把手机扔到了一边,想了想,又把手机捡回来,从通讯录里找到阚迪的电话,打过去:"我要工作!"

"废话!你以为我想看你一直闲下去吗?我忙着呢,挂了。"

莫名被怼,易涵恼火,再次把手机扔了出去:"一个一个的,都要骑到我头上来!"

当浪漫遇见平凡

挂断易涵电话的阚迪,此时正在停车场蹲守林天诺。远远地见到他走来,她抓紧时间,悄声无息地下车,在他发动车子前,直接坐上副驾驶,系好安全带。

阚迪爽朗一笑:"林导,早啊。"

林天诺微微发怔:"有事?"

"当然。"阚迪也不避讳,直接说,"我觉得易涵差不多可以复工了。"

林天诺像听到什么好笑的事,摇摇头:"那也不用找到我这儿来吧,我自己都不知道上哪儿去复工呢。"

"林导,《余生》是你的心血,它就这么没了,你舍得吗?"

林天诺摊手道："现在投资方已经撤资，巧妇难为无米之炊，我也没办法。"

明明是他自己罢工，带着团队退出，结果到他嘴里还成投资方的不是了？说白了，还不是他脸皮薄，好面子，太书生意气了。

阚迪接着劝道："其实你也清楚吧，这件事不难，只要你肯低个头，做个姿态，《余生》是完全能继续拍下去的。"

林天诺面露不悦："原来……是劝我低头的。"

"误会了林导。"阚迪笑得讳莫如深，"我知道，这种事你做不来，强按着你低头，样子也不好看。我来，是想跟你打个招呼，我替你低这个头，怎么样？"

林天诺不解，目光中满是探询地看向她。阚迪戴上墨镜，精致的唇保持自信的弧度，扬了扬下巴："开车吧。"

挂断电话的裴呦呦也很气，心想：我说过我喜欢这种东西吗？还不是为了满足你自己。她气呼呼地抱着花就要扔掉。

叶子赶紧追上来，劝道："呦呦别冲动啊，这花可是易涵送你的，还这么鲜艳呢，你真舍得扔啊？"

裴呦呦犹豫了一下，回身看到叶子的一刻，心思立刻飞转，语气也软了下来："叶子，你觉得好看吗？"

叶子回道："好看啊，当然好看了。"

裴呦呦眼睛一亮："那我卖给你吧，我便宜点卖给你，怎么样？哎，店长，你也来点吧！"

阚迪约了几位主要投资商。一进到包间，她便从霸气外露转为笑脸盈盈，与众人寒暄起来。林天诺待在一旁，确实如她所言，他不必说一句话。

不知过了多久，阚迪脸颊泛红，醉意上来，晃晃悠悠地走向洗手间。

林天诺不放心，紧随其后。

阙迪越走，胃越不舒服，闷头钻进洗手间，转身关门的时候，发现了林天诺。

他用手挡住了门，皱着眉问她："你是不是喝得太多了？"

阙迪勉强睁开眼："放心，我还能喝……诚意……都在酒里，我不喝到位，人家怎么能找得到台阶？没事……"

说完，她扯了个笑，关上门。

林天诺能清晰地听到洗手间里传来呕吐的声音。

当阙迪走出来的时候，她又是那个神采奕奕的女强人了。她慢条斯理地来到洗手台前，弯腰漱口，然后拿出口红，对着镜子补妆……

一抬头，不期然看到巨大的镜子里，林天诺就靠墙站在她身后。

此时狭长的洗手间里，竟然一个人都没有。

阙迪笑了笑，没有回头，继续淡定地对着镜子描口红。等画完了，她才转过身，看着林天诺似笑非笑地开口："林导，这可是女洗手间。"

"你确定吗？"林天诺挑眉，歪了歪头。

阙迪顺着他所指的方向望去，这才看到旁边墙上的一排小便池，不由花容失色。

林天诺走近她："还说你没喝多？"

阙迪很快调整好了面部表情，敲了敲脑袋，无奈地叹气："吐完之后清醒多了，不过……你是把这里清场了吗？"

林天诺耸耸肩，说："不然你想吐完之后出来看到一排在小便的男人吗？"

阙迪想想那画面，简直惨不忍睹，苦笑着说："谢谢你，让我不用尴尬，可……你是怎么做到的？"

其实也简单，呕吐嘛，说她是他怀孕的妻子就行了，林天诺回想刚才不得已而撒谎，摇摇头。

"不重要，我送你回家。"

阙迪推开他朝包间方向走，拒绝说："不行，这饭还没吃完呢……不能半途而废。"

林天诺拦住："你不用回去了，他们都走了。"

"什么！"阚迪着急道，"事情都还没谈呢，我岂不是白喝了那么多酒？"

林天诺深深地看了她一眼："你不用再管了，我已经把该说的都跟他们说清楚了，该道的歉也道过了，他们不肯让步的一点是想要换掉我的摄影和灯光组，因为他们不想要会造反的团队。"

阚迪目光从容，完全不似喝醉的样子，肯定地说："你不会答应的。"

"我提出退还全部导演薪酬，免费执导，以此作为保留团队的交换，他们同意了，《余生》择日复工。"林天诺似乎是憋着一口气说完的，随后他拉开门，没再看阚迪，直接走了出去。

易涵在家里气得跳脚，无比烦躁，又无处发泄，决定出门去找冉子书和鹿鸣。

他刚走到冉子书家门口，就听到里面传来激烈的打游戏的声音，冉子书和鹿鸣的声音此起彼伏，"战事"正酣。

他没来得及进门，手机忽然响了，是阚迪打来的。

"复工？怎么这么突然？投资方那边不是一直要林天诺给说法吗？他不会理的吧？"

此时的阚迪站在窗前，望着林天诺的车尾灯消失在夜色中，说："所以……我喝了一场大酒，扭转了整个局面。"

"啊？喝酒？你没事吧？"易涵不由得担心。

阚迪让他放心，三分醉，七分演，况且她这酒又不是喝给投资方看的，人家都要换掉易涵了，哪可能给她面子，只有林天诺这个一根筋才会信。

易涵似乎猜到阚迪的套路了，问道："你该不会是去算计林天诺了吧？"

的确是那样，她去找他之前就暗暗跟自己打了个赌，林天诺这个人虽然固执又清高，骨子里却绝对是个绅士，一定不忍心看她喝成那样。

"是又怎么样？谁让他才是解决问题的关键？"

"他是个导演，拜托！他会看不出来你在演戏？"易涵扶额。

所以她才使出了杀手锏啊。"之前是差那么点意思，当我跑到男洗手间去吐的那一刻，他就信了，不光顺利解决了复拍的事情，还帮我清场，哈哈哈。"阚迪有些站不稳，身子一晃，手机差点掉了。

"呃……你确定你说的这个人是林天诺？"易涵不敢置信。

阚迪冷不防打了个酒嗝，接着说："那当然！我很清楚自己的斤两，我是解决不了所有问题的，但我知道什么人可以做什么事，也知道如何让这个人去做这件事，这样就够了。怎么样？你的经纪人厉不厉害？"

易涵一时间无话可说，尴尬地笑了笑："我觉得……你多少还是有点喝多了。"

"你很快就可以工作了，开不开心？哈哈哈！"阚迪完全没听进易涵的话，想起来什么，又问道，"对了，你为什么今天突然打电话给我说要工作？这么上进，不像你啊。"

易涵一肚子苦水没地方倒：鹿鸣和冉子书都是小屁孩，估计就算去找他们，他们也不能懂；而且一个是裴呦呦的亲弟弟，一个是裴呦呦的好闺密，到最后都会站在裴呦呦那边。易涵只能委屈地跟阚迪诉苦："我跟裴呦呦吵架了，她看不起我没工作。"

阚迪嗤笑一声："呦呦不可能讲这样的话，一定是你误会她了！"

"哎呀，反正差不多就是那个意思，她现在一个人工作赚钱，我闲在家里，就跟寄人篱下似的，看人脸色过日子的感觉太不好了，我要赚钱！"

阚迪耐心地说："易涵，你逞这个强有什么意义呢？你们是在过日子，又不是在打仗，非得要分个胜负吗？不要和她这样硬碰硬，两个人中间总得有一个人先低头软下来吧？"

易涵赌气道："反正我软不了，大不了离婚！"

夜色浓重，Inspire的招牌灯熄灭了，裴呦呦、叶子、店长还有几位店员，依次从店里走出来。大家手里各抱了一捧玫瑰，笑逐颜开地告别。裴呦呦锁上门，最后离开。

裴呦呦正走在去往公交车站的路上，手机响了，显示有好几条微信。她点开一看，发现连着十几条全都是易涵的转账信息，每条转账下面都附了要跟她说的话。

"520"的下面是"老婆大人我错了"。

"1314"的下面是"我以后再也不乱花钱了"。

……

裴呦呦边走边看，走到路口，抬起头，目光与正靠在车门前等她的易涵相遇。

两人相望良久，还是易涵先妥协，对她绽开一个大大的笑容，露出标准的八颗牙。

当裴呦呦若有所思地走到他面前，易涵深吸口气，迎上前，迫不及待地说："我想了好久，觉得这样的道歉方式你肯定会喜欢。两个人过日子，中间总得有一个人先低头软下来，我肯定是舍不得让你来的，所以，就我来呗。"

裴呦呦说不清自己是什么心情，轰轰烈烈的浪漫过后，自然要面对生活的鸡毛蒜皮。她想了大半天，认为纵然易涵的做法不妥，但她多少也有不对的地方。

裴呦呦抬起头，目光从怅然转为郑重，吓得易涵心脏直跳，以为她下一秒就提离婚。

"易涵。"

易涵仿若被点名的士兵，立正道："是。"

裴呦呦深吸口气："我得明确一下，既然咱们想要长久地在一起，就必须考虑很多很多东西，其中包括当我在为这个家而节衣缩食的时候，你哪怕不支持，至少也不要肆意挥霍。不然咱们的日子是过不下去的。"

易涵小鸡啄米般点头道："老婆大人说得对。你也是为了我们的家着想，以后，我再也不敢乱花钱了，你给我多少我就花多少，今天的财政窟窿我会想办法弥补的。"

弥补？这家伙又有什么主意了？裴呦呦抱着手臂问："怎么弥补？"

"怎么都行，少吃几顿饭？或是……卖掉一个手办？"第一个基本不可能，易涵便在脑海中快速搜寻哪只手办最便宜，可以把损失降到最小。很快他就发现一个，于是兴致勃勃地和裴呦呦讲起来。

不管多便宜，一只手办的价值恐怕能换十卡车玫瑰花了吧？最重要的，那些都是他的心头肉，他同意卖吗？裴呦呦想到这里，暂且消了气，打了他手臂一下："你是不是傻？"

易涵冤枉极了，哭丧着脸，胡乱点头。

裴呦呦强忍住笑意，打开微信两人对话的页面，说："还有这个，你以为，这样就能收买我吗？"

易涵忙解释："不是不是。这叫资金内部流动，以这种转账的方式增加我们夫妻间一些新鲜感。"

裴呦呦非常认同，在微信上连点几下，通通收款。她抬头便对上易涵揶揄的目光，于是收起那电视剧里老板娘点钱时才会露出的笑容，说："怎么啦？这不检查一下内部资金流动吗……嗯，真的蛮有新鲜感的，不错。"

易涵揉了揉她的头顶，叹口气，抱住她："我们不生气了好吗？以后都不要生气了……"

裴呦呦埋进他怀中，手却伸过去扭他腰间的肉，奈何他身材结实，疼的是自己的手。

易涵连忙半蹲，把脸送到她手边："你掐这里！掐这里！想说什么就说，没关系，打也行。"

见他如此讨好自己，裴呦呦到底心软了，掐的动作换成了轻拍，下巴抵着他的额头："我也不想和你生气，你以为我这一天好过吗？前提是，你不要做出什么气我的事啊……"

"一定不会！下不为例！"易涵连忙接话，像宝物失而复得一样，起身紧紧把她拥入怀中，顺势转了一个大圈，不顾路人侧目，边转边喊，"我老婆最美！我老婆最棒！我老婆最宽宏大量！"

裴呦呦被逗得哈哈大笑，在晕头转向之中，她抬头仰望璀璨星空——现实的生活固然平凡，甚至琐碎不堪，但也不该忘记它本可以以浪漫的面貌出现。故而，只要最爱的人也爱着她，就足以让她有勇气，陪着他，伴着他，一步步走向未知的将来。

仪式感

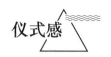

第二日，裴呦呦的心情转换过来，高高兴兴地去上班。

不知怎么的，Inspire今天的生意不错，接连来了两拨客人，虽然不至于门庭若市，但也足够叶子和她忙得脚不沾地，就连新招来的两个小姑娘都没闲着。

店长满面喜色，悄悄拉过裴呦呦，拜托她多带一带新人。

裴呦呦连连答应，于是上前察看，发现其中那个叫作小桃的姑娘，有一步操作不对，又不便当着客人的面明着指出。裴呦呦想了想，拍了拍她的肩膀，示意她先起来，自己来做示范。

小桃心领神会，起身让出位置。裴呦呦抱歉地对客人笑笑，戴上口罩，在对面坐下来，顺便说道："本店的周年庆推出了很多新的优惠活动，每天前十位进店的客人当日可免费体验任一款式的叠钻，您看看，想做在哪根手指上？"

客人思索半晌，指向无名指。

裴呦呦驾轻就熟："好的，您挑一下钻的款式吧。小桃，帮我把钻盒拿过来。"

小桃应声而去。

客人在这过程中似乎逐渐认出了裴呦呦，裴呦呦假装不知，跟着应付了几句。

钻盒拿过来了，却是由一只指节粗大的手递向裴呦呦。裴呦呦没抬头，只是接过来，顺势打开，向对面的客人展示。

"您看一下，我们的免费体验是三颗钻，您要觉得不够想再加的话，补差价就可以了……小桃，帮我拿一下我的水晶粉和雕花笔。"

那双手很快把裴呦呦要的东西拿来，通通放到她旁边，裴呦呦正要拿，一抬头，这才发现站在自己旁边的根本不是小桃，而是易涵！

还没等裴呦呦问话，易涵冲她眨了眨眼，目光转向她对面的客人，礼貌地问道："您要喝点什么吗？"

客人明显已经傻了，说话都不利索了："你是易、易、易……易涵？"

裴呦呦压低声音问："你怎么在这？"

易涵笑得如沐春风，却没搭理她，顾自招呼起客人："是我，要喝点什么吗？柠檬水，还是果汁？"

客人瞪大眼睛，结结巴巴地回道："都、都、都可以……"

易涵一脸阳光："那我做主了哦，就柠檬水吧。"说完转身去倒水。

客人兴奋得差点晕了过去，等缓过神来，连忙拉着她问长问短，问是不是每天来做美甲，就每天都可以看到易涵。

易涵听到这句话的时候，刚好回来，一边将柠檬水递给这位客人，一边笑着替裴呦呦解围："您问我太太这种问题，她表面上不说，心里会吃醋的。"

客人"嗷"了一声，起身围着裴呦呦打量一圈，这才发现，面前的美甲师就是前几天被拍到和易涵领证的女人！

客人捂住嘴，满眼冒红心，跌坐在椅子里，自言自语："我这是什么运气啊……对了对了……易涵，我可以问你个问题吗？你为什么在这儿啊？都什么时间在这儿啊？明天还在吗？后天呢？"

"啊……"易涵摊摊手，佯装无奈的样子，"因为我现在没什么工作，要靠老婆养，就想着过来帮帮忙，不然不成吃软饭的了吗？哈哈……"

易涵全程面带微笑，标准的服务态度，和客人胡侃了好几句。只见客人被撩得心花怒放，合照、签名，一整个流程下来，才消停了一会儿。

终于做完叠钻，裴呦呦把客人重新交还给小桃，自己拉着易涵回了办公室，气呼呼地指责他当着外人说那些，什么吃软饭的，万一别人当真了怎么办？

易涵半个屁股坐在她的桌子上，随手摆弄桌上放的物件——一些她亲手做的胸针、项链、耳坠等小饰品，与上次为了临时补救他划破的戏服那只差不多，小而精致。仔细看去，果真一花一世界，他第一次感受到，微缩艺术的精巧和美妙绝伦。

"本来就是真的啊！瞧瞧，我老婆多厉害！"易涵发自内心地赞叹，"现在可不就是你在赚钱养家嘛，我吃软饭吃得太开心了！"

裴呦呦把胸针夺回来："我看你就是闲的！"

易涵嘿嘿笑道："闲只是一部分原因，主要还是想看到你。"

虽然是在她的办公室单间内，裴呦呦还是抖了一地鸡皮疙瘩，这男人肉麻起来也是不得了！

裴呦呦将他从桌上拽下来，一边往外推，一边说："你刷存在感刷得差不多了，可以走了！别影响我的工作！"

易涵无辜地眨了眨眼睛："我怎么会影响你的工作呢？我问了店长，他说了，现在店里人手不够，欢迎我随时过来，反正我在家闲着也是闲着。他还要给我发工资呢，我没要，我说统一发给你就行，反正是夫妻共同财产，咱俩要一起花的嘛。"

裴呦呦听到这，眼睛一亮，放下推易涵的手："那他打算给多少？我跟你说，店长老奸巨猾，谈待遇你得叫上我呀！还有，昨天刚批评完你，今天就又乱花钱。"

易涵心虚，紧忙否认："没有，没有，绝对没乱花钱。"

裴呦呦呵呵冷笑道："那外面那些群演是义务演出的？"

易涵没留神脱口而出："那当然不是了。不过雇群演的钱是阚迪出的，她主动表示要为我们的家庭和谐做点贡献，跟咱俩没关系！"

刚说完，易涵就意识到自己说漏了嘴，赶紧改口装傻："不过你说的外面那些群演是什么意思啊，我没听懂，外面不都是客人吗？我说的是我们之前拍的一个广告……"

裴呦呦早就看穿了，店里已经好多天没生意，他一来，生意就好成这样，除了是他找的托儿，实在是想不出原因。

"编，接着编。"裴呦呦好整以暇，抱着手臂。

易涵立刻露出一脸委屈巴巴的表情："冤枉，我也是想帮你啊……而且就只有前面那两个是我找的！不对，是阚迪找的！其他客人都是跟着进来的。是真的，而且刚才那个客人回去后肯定会发微博、发朋友圈等，到时候就不愁没生意了！"

这倒是没错，名人效应对于他们这种普通线下店面来说，百利而无一害……裴呦呦看向正在等表扬的易涵，不可思议地问："你不会是想每天都来吧？！"

"我想啊！"易涵一个劲儿点头，还风骚地挑了挑眉，"老婆大人欢迎吗？让我们展开一段激烈的办公室恋情怎么样？"

裴呦呦翻了个白眼，到底还是没绷住，大笑起来，等意识到易涵靠近时，已经晚了。他一只手轻轻环住她的腰，向她压近，在她耳边轻轻地说："看来你是同意了……"

柔风吹过耳边，裴呦呦顺势也搂住他的脖子，声音很小很小："好像……蛮刺激的，可以试试……"

易涵在店里坐镇整整一天，生意火爆，直到下班时间，众人才从忙碌中得到解脱。

两人离开Inspire后，手牵手在灯火辉煌的街头聊着天，慢悠悠地散步，恣意享受此时此刻的宁静。

裴呦呦晃着他的手臂，说："店长千叮万嘱，改天一定好好谢谢你，不然这次没那么容易渡过难关。"

易涵哼了一声："店长说谢谢我，那你呢？"

"我？我有什么好谢的？你是我老公，这不是你应该为我做的吗？"裴呦呦心里美滋滋的，今天确实是她第一次体会到，当易涵的老婆还是有好处的，至少能招揽生意。

易涵诧异，探头仔仔细细地看着她，一副惊喜到不可置信的模样："哇！你终于肯承认我是你老公了！"

裴呦呦好笑地说："承不承认你不都是吗？"

易涵哼唧着："那你倒是叫一声来听听啊。"

又来……裴呦呦懒得跟他抬杆了，试图转移话题："其实我觉得，一直就这样生活下去也挺好的……"

易涵成功被带偏，急忙说："那不行，我还是得出去赚钱！"

裴呦呦从小到大家庭环境都不宽裕，尤其离开家后，节俭的日子过惯了，所以面对易涵现在棘手的状况，她还是相当淡定的。反而是易涵，由奢入俭难，拮据的生活对他来说一定无法适应。

"赚钱，赚钱……有时候想想，为了赚钱，要牺牲掉那么多东西，还赚它干什么！"

易涵随口反驳道："那不对，当然要赚！最起码钱可以给你买花，这样，你喜欢就可以自己留着，不用再转手卖掉了。"

裴呦呦动容，原来他都知道了，不用多说，肯定叶子出卖了她，告诉他卖玫瑰花的事。她不禁有点内疚，挥了挥手道："嗨，哪有你说得那么惨！"

"对啊！我也觉得！我们哪有过得那么惨，就是你把气氛给弄成这样，都怪你！"

易涵抓着她噼里啪啦地说个不停。裴呦呦忽然心生恐惧，怕不是……要忍这位话痨式老公一辈子啊？

裴呦呦忽然停下脚，仰起头，拉着他双手，故意用甜甜嗲嗲的声音打断他："老公老公！我饿了！"

易涵猝不及防，吓了一跳："啊？你叫我什么？快快快，再叫一遍，要死了！我怕我再也听不到了！"

裴呦呦板起脸，举起小拳头作势要打他："胡说什么呢？你是有家有室的人了，不要随便说'死'字！不理你了！"

易涵抓住她的手腕，将她一拽，轻轻带入怀中，低头深深地看着她。她眼神清澈真挚，还有几分担忧，一下子触碰到他心底的柔软。

是啊，从今以后他不再是一个人，他多了一份牵挂，她亦是。

易涵认真了几秒，转而又嬉皮笑脸，亲亲她的脸蛋，小声地问："那……老婆呀……是不是从今晚开始可以不用分居了？我是不是也该……履行下当老公的责任啦？"

裴呦呦嫌弃地一把推开他："你为什么满脑子就只想着这一件事呢？"

易涵郑重其事地说："这是仪式感啊。"

裴呦呦左顾右盼，生怕周围有什么熟悉的人，头也不回地快步离开："再说吧。"

见她有所松动，易涵追上去，不依不饶："再说是什么意思啊？什么时候再说？喂！你说清楚啊！"

两人回了家，裴呦呦多希望易涵将这种事情遗忘，和她来段彻头彻尾的柏拉图式恋情。可易涵不肯，一通软磨硬泡，趁她不注意，把她打横抱起来，扛进了卧室。

裴呦呦既害怕，又有些期待。易涵死死压在她身上，她也不觉得太沉，反而有种安全感。突然，身上的重力消失，只见易涵一惊一乍地跳了起来，说："亲爱的，等等。"

易涵转头从抽屉里拿出了几支香薰蜡烛，一根根点起来，可能是太紧张，差点把自己烫到。

裴呦呦整理好衣服领子，起身问："你没事吧？"

想想也是好笑，先前他嚷得欢实，真到了这时候竟这么惊慌失措。

裴呦呦想要缓解尴尬的气氛，问道："什么时候准备的？还有这个？"

易涵手忙脚乱地丢掉燃尽的火柴棒，脸色赧然，站也不是，坐也不是，最后来到她身边，对她龇牙一笑："当然是……咱俩结婚以后啦，我特意去买的……也算准备很久了，唉，谁都有七情六欲，你不是男人不会懂的。"

裴呦呦看向别处，脸上像是着了火。

易涵深吸口气，离她更近一些，手覆在她的手上。卧室没有开灯，烛火摇晃，星星点点地流淌着暧昧的气息。

两人默不作声，裴呦呦手心都快出汗了，易涵一点点扳过她的肩膀，喉结不停地上下滚动。终于他吻了她，力道轻柔，而后渐渐地，只有凌乱的呼吸声。

一夜缠绵，裴呦呦醒来时，只觉得身体发沉，愣了一会儿，才忆起昨夜的种种。此时，她的身后是紧紧拥着她的易涵，光裸的手臂交叠，十指依偎相扣，他的脸埋进她的发中，她能清晰感受到他均匀的呼吸。

裴呦呦小心翼翼地翻过身，端详他熟睡的脸，伸出食指点了点他的眉心，然后顺着高挺的鼻梁滑到鼻尖，恨不得捏一下，再滑到看起来冷清的薄唇和性感的下巴……

虽然两人相处的时间那样短暂，裴呦呦所经历的却比她过去二十几年都要丰富百倍，她记得他生气时会皱起眉头，记得他受挫迷茫的失落，记得他喜笑颜开时像个没心没肺的傻小子，记得……每个细节，都不知不觉埋藏于心，她的喜怒哀乐，任他牵动。

原来，就算他不是大明星易涵，只是一个普通人，她也这么爱他……或者说，就算除去万人仰慕的光环，他在她眼中依旧光彩熠熠。

裴呦呦正要收回手指，易涵像是受到了骚扰，迷迷糊糊地"哼"一声，被子下的手臂一用力，将她搂得更紧，头发凌乱的脑袋再次埋进她的肩窝……

沐浴阳光

　　阳光从厚重的遮光窗帘缝隙中照进来，明亮而耀眼，她眯着眼睛望了会儿，发了会儿呆，才轻轻挣脱易涵的"禁锢"，光着脚下床。

　　走到窗前，裴呦呦把窗帘拉开一条缝，脸伸进那条缝里，闭上眼，让柔和的阳光洒在脸上。

　　冷不防，一个炙热的拥抱环住了她。她缩了缩肩膀，睁开眼回头看。

　　易涵像个耍赖的孩子，眼睛懒懒地合着，脸靠在她背上蹭来蹭去。

　　"现在才几点，怎么不多睡会儿啊？"

　　裴呦呦眼角还有泪痕，说："我做了个梦，就醒了。"

　　"嗯……"易涵迷迷糊糊地问，"梦到什么了？"

　　裴呦呦断断续续做了许多梦，或者说，整夜都在半梦半醒中，而最后一个是记忆最清晰的，也是她最为熟悉和放不下的。

　　"我……梦到妈妈了……从小到大我每隔一段时间，就会做同一个梦，场景是妈妈走的那天，她拖着箱子在前面走得很快，我在后面追，怎么都追不上，永远都只有一个背影。说真的，这么多年，我都快忘记她长什么样子了……但我特别害怕，我怕我有一天会真的忘记。可昨晚，我追上她了，我看到了她的脸，我才发现，我从来都没忘记过，她一直是我记忆中的样子……"

　　裴呦呦的声音微微哽咽，易涵抱着她的手不自觉收紧，低声问："你很想她吧？"

　　裴呦呦混乱地摇头："我不知道。"

　　易涵抬头，下巴搭在她的肩头："你当时千难万难地要买下老房子，不就是为了等她回来？"

　　裴呦呦沉默了，因为她从来没想过母亲有一天会真的回来，直到后来鹿鸣出现，告诉她，母亲已经不在了，她也就彻底断了念想。

这个念想，既是见面，也是原谅，她没有机会再见母亲，也没有机会再原谅她。她大概会怀抱对母亲的恨，直到生命的尽头，永远无法和解……

裴呦呦不回答，易涵也不再追问了。他弯腰将手往她膝盖窝里一放，直接把她打横抱着，重新放回床上。

他轻轻覆在她身上，吻干她眼角的泪水，安慰道："别想了，再躺会儿吧……"

裴呦呦闭上眼睛："嗯。"

两个人抱着躺了一会儿，易涵突然开口："对了，你妈留给你的那封信看了吗？"

裴呦呦摇头，手背搭在眼上，歪进他的怀中，声音闷闷的："没有，我不敢看，很多次我都想看，但我又害怕……她已经……离开了，我不确定我还能承受多少……要不，回头你帮我烧掉吧。"

易涵揽住她的身子，若有所思。之前他在裴呦呦房间翻找户口本的时候，曾经发现一个厚厚的信封，他当时刚刚在裴呦呦的床底下翻出一大箱自己的周边产品，便有些得意忘形，所以看到信封并没有封口，以为是写给他的表白信之类，就顺手打开看了。越看他心情越情重，那正是鹿鸣带来的裴母给裴呦呦的家书。

裴呦呦察觉易涵在出神，用手在他眼前晃了晃："喂，你在想什么呢？这么出神。"

母亲一直是她的心结，易涵望着她的脸颊，设想若是自己从小被母亲抛弃，该会怎样活着……她爱钱如命、拼命挣钱，难道不是因为从小母亲离她而去，无人可依靠吗？他豁然开朗。

可明明是这样的人，昨晚却问他若是牺牲那么多去赚钱值得吗，她一定是心疼他吧，宁愿不要能给她带来安全感的钱，也希望他自由自在些……

易涵的心口涩涩的，他好像更心疼她了。对上她的眼睛，他勉强扯了一个笑容："哦，没什么……我在想，我们是不是应该去哪里度个蜜月？你有什么特别想去的地方吗？欧洲？北美？或者新西兰？日本？"

裴呦呦歪头："我不知道，我没出过国。"

易涵搂紧她，心里已经有了主意："那就好好想想！再有一个礼拜，《余生》应该就要复工了，咱们先计划着，等拍完了就去。欧洲怎么样？我现在就让浩子给你准备签证的东西！"

易涵说完，起身去找手机给浩子发信息。

裴呦呦激动地扯着被子起身："等等，《余生》要复工了吗？喂！你怎么不早告诉我？"

易涵发完信息，把手机丢到一边，亲密地拉着她的手，摆弄她细细嫩嫩的手指，说："告诉了你，我还怎么心安理得地吃软饭？这个林天诺真的很烦，说复工就复工，不过这样也好，以后一天三顿饭就可以在剧组吃了，可以省不少钱。"

裴呦呦顺势扣紧他的手掌，起身快速亲了一下他的嘴唇："哇，很上道嘛，巨星！"

"嘿嘿……一大早的，可别撩拨我！"易涵将她胳膊反剪到后背，正打算反客为主、加深这个吻时，手机"嗡嗡"振动。

裴呦呦经历昨晚，现在多少有点害怕，感受到赤裸裸的威胁，只想逃离。

"喂……喂，不看吗？"

易涵哼哼唧唧，抵着她的额头："这个时候，看什么手机啊？"

"哎呀……你……你别动我！"裴呦呦羞得不行，用力挣脱开，回头发现他一脸怨念，就拍了几下他的脸，"别这样啦，万一是急事呢，我帮你看！"

她赶紧拿过易涵的手机，飞快地按下自己的生日，手机竟真的解锁了。

裴呦呦呆住，之前易涵说过会把所有银行卡、手机屏锁和各种账户密码都改成她的生日，方便她统一管理，没想到还真的是……

易涵见她一脸震惊，凑过来质问："我说到做到，你呢？"

他不甘心，爬到床头找到裴呦呦的手机，半信半疑地输入自己的生日，显示：密码错误。

不出所料，她根本就没有改！

“裴呦呦……”易涵阴沉地看向她。

裴呦呦心虚，傻笑着试图“萌”混过关，赶紧转述浩子的信息：“浩子说，最近我们人气高有热度，让咱俩这两天有空的时候，收拾收拾，穿个情侣装，拉着手出去溜达溜达，给蹲守的记者们一点素材。”

裴呦呦看了眼时间，立刻起身，兴奋地说：“不如现在就去吧！溜达一圈回来，吃个早饭，我刚好上班，什么都不耽误，况且……之前好几次被拍都是晚上，也该拍拍白天了，看得清楚点。”

“你倒考虑得挺周详……”易涵向床褥里一倒，噘嘴说，“我老婆手机密码都不是我的生日，我心情很不好，今天要在家疗伤。”说罢，开始闭眼装死。

“起来嘛，你看外面天气多好呀！”裴呦呦扯了易涵半天，始终无法叫醒一个装睡的人，她突然想到什么，“那好，不起床也可以。”

裴呦呦干脆直接起身，下床穿上睡袍，把那从不曾拉开的窗帘用力向一边一拽。一瞬间，温暖的阳光洒满了整个房间，光线明亮到空气中飘浮的尘埃都清晰可见。易涵下意识地用手遮住了脸。

裴呦呦跪着爬到床上，试图掰开他的手指。

易涵猛摇头，表示拒绝：“快把窗帘拉上！”

“不拉，你又不是吸血鬼，怕什么！”

“你住进来第一天我不就跟你说过了吗，会被人拍的！”

“喂！我们本来不就要被拍吗？反正你也懒得出门，我们正好就在家里完成被拍的任务呗，多好！”

易涵还是不适应，用被子蒙着头不肯出来。裴呦呦使了好大劲儿，还是掰不开他的手指，也扯不掉他的被子，干脆低下头，轻轻亲吻易涵的头发。

躲在被子里的易涵整个人一下僵住，裴呦呦的声音轻轻柔柔，仿佛有魔力，在耳边嗫嚅："没关系的，随便他们，以后你不是一个人啦……有我陪着你，我们什么都不怕，我们一起晒太阳，一起坐在阳光下面，好不好？易涵？"

易涵扯着被子的手指稍微放松一点，被子就被拉下来一点点，吻便相继落在他的额头上……就像是照耀在冰山上的阳光，暖暖的，让他的心一点点地融化。

就这样，被子被渐渐拉开，直到易涵的整张脸都露出来。

两人四目相对，裴呦呦冲易涵粲然一笑。

刚才是谁打断他们的！啊？他再也受不了了，直接伸手将裴呦呦抱过来，一起滚进被子里。

裴呦呦在里面胡乱挣扎："喂，不可以！被人看到了！"

易涵大笑道："是你要拉开窗帘的！是你说，我们以后一起在阳光下，什么都不怕！怎么？刚说完就要反悔啊？"

易涵忍无可忍，饿虎扑食一般，马上就要亲到她。

裴呦呦灵活一闪，两人互相缠绕着直接跌下床。

易涵在电光火石间判断裴呦呦会先栽倒在地，一个俯冲，让自己先落地，顺其自然稳稳接住她，然而……裴呦呦的头正好磕在他的下巴上，下巴一合呢，牙齿又正好咬到他的舌头。上面没顾得上，下面，裴呦呦的手肘又正好杵到他的大腿根。这两下，命中的可都是要害，他"嗷"一嗓子，凄厉的惨叫久久回荡在房间中。

惊不惊喜，意不意外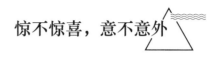

裴呦呦安坐在办公室的椅子里，心情相当不错。尽管一夜之间她和易涵的关系发生了质的飞跃，对她而言更是一个重要的转变，但……太阳照常升起，这一天与平日没什么不一样。

裴呦呦开心地拿出图纸，开始画设计稿，主题便是……阳光吧！

今早发生的那一幕幕又跃至眼前，她脸颊开始泛热，于是埋头捂脸，又是一阵害羞。

这时，手机提示音响起，显示收到一封邮件。

她收拾心情，点开来看，竟然是……国际美甲大赛发来的参赛邀请函。

裴呦呦一字一句地阅读邮件，不自觉地嘟囔出声："请于9月23日前寄送参赛作品进行海选……一等奖获得者，可获得一张环球旅行机票，以及前往全世界28个国家54个城市106所一流美甲机构参观学习的机会。一应费用，全免！"

念完最后一个字，裴呦呦激动得心脏颤抖。机会难得，她正打开表格，准备填表时，叶子推开门走了进来，裴呦呦赶紧拉着她一起分享。

叶子快速扫过，为难地冲裴呦呦扯个笑："就我这水平，就不去了吧。"

裴呦呦不解地问："为什么？我觉得你技术很好的，你想啊，如果能在这样的比赛上拿到名次，我们的职业生涯会发生翻天覆地的变化。"

叶子莫名其妙地看着她："呦呦，你该不会真想一辈子都做美甲吧？我跟你说实话，在我们老家那边，做美甲跟给人洗脚一样，都是上不了台面的工作，我是打算趁着年轻，赚点钱，以后好回去做点小生意的。可你跟我不一样，你可是嫁给了易涵的女人啊，你应该有更好的前途的。"

人的固有思维很难改变，裴呦呦没再多说话，只耸耸肩笑道："那我就自己报名喽。"

见裴呦呦认真地坐下填表，叶子顿觉不可思议，问："你真要去参加啊？"

裴呦呦点点头，眼睛盯着屏幕："嗯，干一行爱一行嘛，你没往下走，怎么能知道这条路能走多远呢？再说，我真的挺喜欢做美甲的，你忘了我以前怎么跟你说的？我们都是指尖上的艺术家。"

说完，她继续兴致勃勃地填报名表。叶子实在是不懂，叹了口气出了门。

阚迪确认了门牌号是2507，便按响了门铃。直到她按到第四遍的时候，门才打开。孙青青一脸无辜地站在门里，眼皮有点红肿，像是刚哭过。

"请问是孙青青女士吗？"阚迪保持礼貌，"幸会。"

孙青青愣了一下，点点头："你是？"

不等她说完，跟在后面的浩子已经把门关上。阚迪则旁若无人地走进门里，在沙发上坐下。

孙青青被这个阵仗吓了一跳，慌张地问道："你们是谁？"

阚迪挺直腰背，抱起手臂，目光慑人地盯着孙青青，但是嘴角还是保持一贯冷清自信的弧度："我叫阚迪，是易涵的经纪人。"

孙青青抽抽搭搭地说："哦，我知道了，你肯定是看了那些网上的照片来兴师问罪的，可这件事我也是受害者啊。"

阚迪哼了一声，直接打断她："差不多得了，就你那演技就别在我这儿演了，你但凡戏好一点，也不至于用什么非常手段进组了，是不是？"

孙青青不由得心虚，目光不敢直视她。

"坦白讲，我也在这个圈子里混了这么多年，什么样的恶心事我都见过。如果是在我年轻的时候，你闹的这点么蛾子，在我眼里还真不算事。可你倒霉就倒霉在，姐姐现在年纪大了，脾气没以前那么好，眼里揉不下沙子。"

阚迪讲完最后一个字，眼神似刀子般锋利，刷刷地抛向孙青青。

孙青青深吸口气，挺了挺胸："你的意思是我故意找人拍的那些照片吗？你这是诽谤！我可以告你的。"

阚迪笑出声，讽刺道："好啊，有没有诽谤，到时候咱们各自举证嘛。我们家易涵树大招风，总有人来碰瓷儿，他住的酒店房间门口我向来都是要装摄像头的，清晰度比酒店的走廊监控可要高多了哦……"

孙青青被堵得一句话都说不出来，她完全没注意到易涵房间门口会装有摄像头……这个张大伟，事情总是被他搞得错漏百出。

她又怨又怕，憋了半天才说："你到底想怎样？是想让我发声明澄清吗？"

阚迪站起身，由于身高的原因，在类似的谈判中，总是能无形中帮她抬高气场。她步步逼近孙青青，甚至都无需抬眼，就让对方有种被藐视之感。

"对啊，开心吗？发完声明，你又能白挣一波热度。"

手段被一眼看穿，孙青青退步："好，我发，我就说我跟易涵一点关系都没有，那天晚上只是在……聊剧本。"

"呵……"阚迪嗤笑，"你在逗我吗，孙青青女士，这种声明发出来的意义是什么？"

孙青青快哭了："那……应该怎么发？"

阚迪冷下脸来："你自己去想，我就一个要求，绝对不能带易涵，你的声明但凡有一点让我觉得不满意，我就把视频放出来，给大家还原一下现场。"

阚迪说完，又对她绽开一个"标准"的微笑，转身带着浩子离开。

孙青青腿软，一下子跌坐到地板上，只觉得阚迪那最后一笑，阴森又吓人……

教训完孙青青，阚迪昂首阔步走向电梯。浩子亦步亦趋跟在后面，说："姐，你太厉害了，还是得你出马。"

阚迪看向他："别就知道拍马屁，你早晚有一天要独当一面的，尤其对付这种很会伪装的女人，可得学着点。"

浩子连连点头："姐你说得对，刚才那个孙青青，被你吓得嘴唇都白了……真是解气！"

"那是我吓的吗？"阚迪瞪他一眼，"别把我说得像老巫婆，是她自己心虚，狗皮膏药一样。"

阚迪转瞬想起什么，又皱紧了眉头，满脸嫌弃："不过她的Casting（选角）林天诺看过吗，他有没有一点责任心啊？！"

浩子笑容僵硬，不敢搭茬。

易涵的所谓"丑闻"曝光后，在网上引起了轩然大波，可毕竟是有人故意兴风作浪，那些公众期待的"实锤"消息并没有如期出现。

裴呦呦早有经验，这种时候，她不上网就是了，而且她正忙着准备参加国际美甲大赛的作品，因而几天过去了，她都没有关注网上的风浪。

前几天她去了秦川的作品展，得到了一些灵感，此时正伏案描画样甲。精练写意的设计笔触下，甲片正看是渐变的晚霞，反看则是盛开的花束。

叶子突然冲进来，上气不接下气地问："呦呦，你看新闻了吗？"

裴呦呦头都没抬："什么新闻？"

"孙青青！是孙青青啊！"

"哦……"裴呦呦翻了翻眼睛，"她怎么了？"

叶子抓狂："你怎么这么冷漠啊？她可害了你两次！"

裴呦呦画完最后一笔，松一口气，故作夸张地拔高语调，"戏精"附体一般："你说什么？！孙青青？！我听到她的名字就要晕倒了！她又怎么了？快告诉我！"说完，又面无表情，"这样，满意了吗？"

叶子撇了撇嘴："敷衍！都说夫妻在一起会越来越像，我发现你已经被易涵同化了！你之前可不是这样的……"

裴呦呦用几秒钟短暂地回忆一下，与她第一次被曝光后的恐惧和心焦相比，现在她的确淡定多了。

难道真是易涵的功劳？

叶子把手机递给裴呦呦。裴呦呦低头翻看起来，原来是关于孙青青公布恋情的新闻。之前流出的那张疑似她和易涵的酒店亲密照，照片里的男人，其实是她男朋友，并不是易涵。

叶子恨得牙痒痒，说："她那条动态一发，底下评论全是骂她的，活该！她就是蹭易涵热度炒作，不然根本没人知道她是谁，谁管她公不公布恋情啊！"

片场林天诺的办公室里，阚迪正坐在沙发上低头看手机，刷的也是这条动态。虽然只能这样暂且放过孙青青，但直觉告诉她，这个女人始终是个定时炸弹，必须找到"埋雷"的那个人才行……

她正思索着，有人拍着手走进门，听不出是调侃还是夸赞地说："厉害！杀人不见血！"

阚迪向来是单刀直入的风格，和林天诺也如此，道："林导，说吧，找我什么事？"

林天诺微微一笑："想让你帮个忙。"

阚迪皱着眉，站起身："是拍摄出了什么问题吗？预算不够？还是制片方又提什么过分的要求了？"

"放轻松点。"林天诺做了个下压的手势，"别这么紧张，是私事。"

阚迪愣了愣："什么？"

林天诺将缘由娓娓道来，阚迪听完，匪夷所思地看了他半晌。

起因不过是林天诺父母给他安排了相亲，林天诺想让她去搅局，让双方不欢而散。可阚迪实在找不到什么理由说服自己去帮他。

"林导，拒绝相亲对象而已，你自己也可以做到，何必多此一举？"

林天诺振振有词："理论上讲是没错，但事关我爸妈的面子，我必须得体，不能让他们面上无光。但你就不一样了，反正你和他们大概率这辈子也不会再见，你又是甲方，怎么也怪不到你头上。"

阚迪勉强地点了点头："算是合理……但你认识那么多演员，演技过硬的比比皆是，为什么不找别人，偏要找我？"

这么多年，她确确实实多次参与搅局，但相亲局，她可是第一次碰见。

林天诺围着阚迪转了一圈，用甄选演员时那种笃定而自信的语气说："因为这个表演是没有剧本的，需要随机应变，再也没有比你更合适的人选了。"

"哈……好吧，这个理由我很满意，我答应了。"阚迪扪心自问，他这么说，饶是听过各式各样赞美的自己，都不得不心动。

林天诺一副人畜无害的样子，感激地笑笑："还有别的问题吗？"

"有！"阚迪戴上墨镜，准备离开，"你万一觉得那个相亲对象还不错怎么办？"

林天诺回答得很快："不会，我有喜欢的人了，我很专一的。"

阚迪的脸色微微变了。她没再说话，径直走出办公室。

叶子一进裴呦呦的办公室，就要个小半天，这会儿客人不多，工作也不忙，两人就着孙青青的话题闲聊八卦。

叶子意有所指地问："呦呦，你觉得结婚有意思吗？"

"啊？哈哈，我也不知道，毕竟我也是第一次结！"

叶子急得打她："呸呸呸！别乱说话！让易涵听见了多伤心！"

"嘿哟，你一天天的，总站在他那边！"裴呦呦气哼哼的，随后认真地想了想说，"我不知道别人是不是这样，就是有时候会觉得……有点平淡，好像两个人在一起能做的事情也就那么多，没什么悬念，也没什么惊喜……"

她话音刚落，困惑又遗憾的表情还没来得及收敛，几个黑衣人……对！就是电影里那种凶神恶煞的黑衣人，突然闯进办公室，不由分说围住了裴呦呦。

叶子歇斯底里地惊叫道："喂！你们干什么？来人啊！来人！"

"你们是谁！谁要你们来的？喂！"裴呦呦还没站起身，就被按住肩膀困在座位里。黑衣人配合默契，有人负责将她眼睛蒙上，有人负责将她嘴巴捂住，有人捆住她的手脚，显然早有预谋。

裴呦呦剧烈挣扎，但她力量有限，没反抗几下，就被架起来抬走！

店长闻声赶来，吓得冷汗直流，哆哆嗦嗦拿出手机："报，报，报警吗？"

等嘈杂声在门口消失后，叶子瞬间变脸，笑嘻嘻地按住店长准备拨打110的手："嘿嘿，警察不会管这种家务事的啦……"

裴呦呦被塞进一辆商务车内，不停地拼命挣扎，一时间绝望极了，祈祷叶子能够报警，警察能迅速赶来解救她。

裴呦呦按照电影里演的，默默地记路线，然而刚过了十分钟，她就记不住了……

呜呜呜！电影都是骗人的！

煎熬了四十多分钟，裴呦呦被解开手脚上的绳子，带下车，一路迷迷糊糊到了机场贵宾室。

当眼前的黑暗消失，易涵欠揍的笑脸出现，裴呦呦气得脸色涨红，说不出话来。

易涵龇牙笑道："惊不惊喜，意不意外？"

裴呦呦顾不得形象，挥起拳头噼里啪啦砸向他："易涵！你有病啊！想干吗？吓死我了，我还以为我被绑架了……"

"就算你真被绑架了，被吓死的也是我……好吗？"易涵任她打，拽过她的手腕，有绳索留下的红痕，再看她眼角流出的眼泪，心疼不已，"浩子这个家伙，都说了不用太真嘛，瞧瞧……哎哟，还疼不疼……"

易涵给她吹手腕，裴呦呦还是不解气，推开他："你到底要干吗！"

"不是你说……生活太平淡了，想要一点悬念和惊喜吗？"

裴呦呦咬牙切齿："叶子这个叛徒！不对啊……那也不可能我刚说完，你就搞了这一出吧？所以……你到底想干吗？"

易涵笑嘻嘻地把她搂进自己怀里，给予她足够的安全感。

"是这样，签证不是办好了吗？我买了三小时后去布拉格的机票，你的护照和行李我都帮你拿了。"

裴呦呦刚坐稳，又激动地跳起来，焦躁不已："你……怎么天天想一出是一出啊！签证办下来了，就要立刻出国？拜托，我还要回去上班，而且我刚刚画好要参加比赛的样甲，再润色一下就要准备寄出去了！"

易涵给她捏肩揉背，说："回来弄也来得及，你相信我。"

裴呦呦不喜欢毫无计划的行程，可瞧易涵这架势，今天是必须得走了。

"可……为什么突然要去布拉格啊？"

易涵神神秘秘地说："上了飞机我就告诉你！"

裴呦呦隐约嗅到了阴谋的味道，布拉格？为什么是布拉格？真的是巧合？

她满是戒备，下意识地将身体后撤："我不去……"

易涵举起机票："你不知道，这机票真的超贵的。"

"少来这套，没用，说不去就不去！"裴呦呦气哼哼的，恨恨地瞪他。

两人眼神交锋，互不退让，前一秒还很强势的易涵却不知怎么了，突然变脸，委屈巴巴地看着裴呦呦："去嘛！老婆！求你了！拜托拜托啦……"

亲情结

直到裴呦呦登上飞机，安安稳稳坐在头等舱的位置里，她还在懊悔，严重怀疑易涵是不是下了蛊，她怎么就答应了呢！

易涵笑意盈盈，俯身替她系好安全带，顺便亲了一下她的脸蛋。

裴呦呦深吸口气："现在可以说了吗？到底为什么要去布拉格啊？"

易涵沉吟片刻，望着她说："你想想……明天是什么日子？"

裴呦呦被他的情绪带动，认真地想了想，实在记不得，茫然地摇了摇头。

易涵拉住她的手："再想想……"

裴呦呦推了推他："都坐上飞机了，你就别卖关子了，快告诉我。"

易涵酝酿半晌，看着她，一字一句地讲出来："是你妈妈的生日，呦呦，我们去看看她，好不好？"

听到这里，裴呦呦脸色变了，眼泪一下子涌到眼底，手下意识就要去解安全带，嘴里低声说道："我要回去！我要回去！"

易涵用力按住她，裴呦呦情绪激动，拼命挣扎，却无法挣脱，无力感让她痛哭出来："易涵你这个混蛋！我不去……我不见她！我……不去……"

飞机开始滑行，同时，机舱响起起飞广播。

裴呦呦满脸是泪，说道："再说一次，放手，我要下去……"

易涵心有不忍，只能尽量不去看她，说："飞机现在已经开始滑行了，如果你非要下去的话，等飞稳了，我帮你跟他们要一顶降落伞。"

裴呦呦的拳头重重锤向他胸口："易涵，你混蛋！"

易涵强烈暗示自己不疼，继续嬉皮笑脸："我发现你啊，骂人的词汇量不怎么样，我感到欣慰。"

裴呦呦固执道："等到了布拉格……我就立刻订回国的机票，我绝对不会去见她的，绝对！"

那是她这么多年坚守的一道墙，那么恨，那么痛，她一直不去想要如何原谅母亲，她知道自己做不到。

因为如果原谅，那她这些年所经受的孤独和被抛弃的苦，有什么意义呢？

"呦呦，别嘴硬了，你多少次说梦话都是'妈妈别走，别丢下我'……你在梦里看到她的脸，不也开心得不行吗？你说了你从没有忘记过她，你也说了担心你们永远无法和解，现在机会就在眼前，你怎么就怂了呢？"易涵紧紧抱住她，用下巴蹭了蹭她的头顶，声音轻柔而温和。

裴呦呦伏在他胸口，手指用力抠他的外套，哭得不能自已，发泄道："易涵，你以为你很了解我吗？还是自我感觉太良好了？我告诉你，我最讨厌别人打着为我好的名义替我做决定！"

易涵叹息："我当然知道你讨厌，但我为什么宁可被你讨厌，也还是要做这件事？因为比起你恨我，我更不想看到你后悔！"易涵拿出一封信，正是裴母写给裴呦呦的那封，"你只要看过这个，就什么都明白了。"

易涵把信轻轻塞进裴呦呦的手里。

裴呦呦先是一愣，那封信仿佛滚烫的岩浆，让她觉得手背都快要烧起来了。

"你看了这封信……我不是告诉你……"

易涵淡淡地说："如果我没看的话，你可能会后悔一辈子。"

裴呦呦咬牙切齿，像个赌气的孩子，把头埋进他怀里，声音闷闷的："那就后悔一辈子好了！"

"好吧……那我们现在就把它撕了，等飞机落地，我再将它烧得灰都不剩，然后立刻陪你一起订回程的机票！怎么样？"易涵当然是故意激她，"前提是……只要你点头。"

犹豫了很久，裴呦呦终于从易涵胸口处抬起头，回头瞄一眼那封信，忍不住开口："她……写了什么？"

易涵将信推过来："你自己看。"

裴呦呦做了好几个深呼吸，接过来，可她的手指抖得厉害，怎么都打不开信封。

易涵心疼得无以复加，无奈地叹了叹，帮她打开，从中抽出厚厚一叠信纸，交到她手上，那分别是不同时期写给裴呦呦的信，像日记一样。

在这些信纸中间，还夹着一张银行卡，裴呦呦的手一直在抖，眼泪再一次大颗大颗地滑过脸颊。

第一封，该是母亲刚抛弃她时写给她的，裴呦呦一行一行看下来，胸口好像被插了一把锋利的弯刀，痛得不能呼吸。

"呦呦，当你看到这封信的时候，妈妈应该已经不在了，毕竟，从离开你的那一刻起，我就不配再做你的母亲，也没有资格再联系你……呦呦，最近身体还好吗，你的头发应该已经长得很长了吧，记得你小时候，脖子后面老喜欢长痱子，一到夏天，我就要给你把头发剪得很短，结果每次剪头发，你都会哭鼻子，说公主都是长头发……"

随着信里内容的展开，那些陈年记忆像老照片，带着泛黄的颜色，陆陆续续地在脑海中显现出来。

她还记得，夏日的余晖洒进窗台，电风扇在一旁匀速转动，她坐在镜子前面，脖子上围着一块花布，抽抽搭搭地哭。

妈妈站在身后给她剪头发，当妈妈揭开花布，示意裴呦呦看镜子时，裴呦呦用手捂着眼睛死活不肯看。突然，她手背一凉，被什么东西碰了一下，又一下，她张开一点指头缝，看到是一个蛋筒冰淇淋。她最爱吃冰淇淋了啊，立刻破涕为笑，捧着冰淇淋满足地舔起来。妈妈呢，则在她的娃娃头上，给她扎了一个漂亮的蝴蝶结，看着她说："我们呦呦，短发也很美啊！"

还有啊，那时她最喜欢在妈妈晒衣服时偷穿妈妈的衣服。老宅的院子里，她总是要费很大劲才够得到衣服的一个边角，那裙子，柔软、温暖，带着妈妈的味道，光是闻着就感觉好幸福。

有一次，她去够裙子，却被裙子绊了一下，眼看就要摔倒在地上，幸好妈妈把她接住了。她吓坏了，呜呜大哭，妈妈却咯咯笑个不停。

再长大一些，裴呦呦开始懂得臭美了，会偷偷把妈妈的化妆品都拿出来，搬个小板凳，一手举小镜子，一手拿口红，噘起嘴来一顿乱涂，涂完了，再眯起眼睛画眼影。妈妈下班回来，发现她小小的脸上被画得乱七八糟，从来不训斥她，反而忍不住大笑起来。

然后呢，所有美好的记忆都停留在了那个折磨她多年的噩梦上。

妈妈拖着箱子决然地离开家门，任她怎么喊、怎么叫，妈妈还是上了车，小小的她，在后面哭着追赶……

信有厚厚的一沓，越往后读，裴呦呦的情绪越失控，她告诉自己一定要坚持看完，不然，不知道下一次她还有没有勇气拿出来……

"××××年×月××日，算起来，你今年都二十岁了，到谈恋爱的年纪了，我们家呦呦这么漂亮，一定有很多男孩子喜欢吧。知女莫若母，我猜你肯定只喜欢那些学习成绩好的男孩子，但妈妈倒觉得，那种长得不错人又单纯的也可以适当考虑一下，等你再大一点就懂了……想想时间过得真快，用不了几年，你就该嫁人了，我这辈子最大的遗憾大概就是永远没办法看到你披上婚纱的样子……呦呦，你心里一定很恨我吧，我也恨我自己，所以我从不敢奢求你的原谅。我只希望，你能相信，妈妈是爱你的。在离开你的这些年，我无时无刻不在想你，但我不能联系你，因为我不能用眼下的幸福去交换曾经的过错，以换取内心的平静，这太自私了。我已经伤害了你，我不能再伤害鹿鸣……我不知道该怎么补偿你，我也知道，什么补偿都没用，但我还是存了一笔钱，就当是给你的嫁妆，密码是你的生日……对不起，呦呦，妈妈永远爱你。"

信纸从裴呦呦的指端飘落，散了一地，她紧紧攥着那张银行卡，指节发白，早已泣不成声。

易涵将她搂到自己怀里，像安抚受伤的小动物，轻轻抚摸她的头发。

"为什么会这样……她说她一直爱我……我还怎么恨她？她为什么要这样？"裴呦呦几乎号啕大哭，她对母亲的感情太复杂，又爱又恨，有多爱，就有多恨！

这么多年，她一直处在矛盾和怀疑中，太想她时，也不是没考虑过去国外找她，可那道心墙一直矗立在那，让她跨越不过去。她宁愿拼了命地挣钱，买下过去的老房子，奢望能留住人生中那最快乐的几年。

可世事总不尽如人意，到头来她等到的是母亲去世的消息，她们从此阴阳两隔，再也无法相聚。

"呦呦，过去了，放过自己吧……你母亲这些年，也非常自责和痛苦。"易涵握住她仍在颤抖的手，"余生那么长啊，难道真的要永远活在恨里？我知道原谅很难做到，我们慢慢来，好吗？我陪着你……"

裴呦呦默默点头，不知道哭了多久。当她从易涵怀里抬头，一条细细的阳光透过遮光板的缝隙落在她的手背上，她试图抓住，终究只有影子，而那些深埋于心底的强烈的爱和恨，忽然虚无缥缈起来，剩下的，只有遗憾……

重逢与别离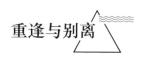

市中心医院，张小菲的病情急转直下，张大伟额头直冒冷汗，站在急救室的门口。

一位医生行色匆匆地走出来，张大伟一把拉住他，颤抖着问："医生，我妹妹怎么样了？"

医生眉头紧皱，摇了摇头，叹气道："准备后事吧。"

张大伟整个人像失了魂一样。走廊深处，不知道从哪个病房传出隐隐约约的歌声，张大伟熟悉至极，是他每天放给妹妹听的歌。

他突然想到什么，拔腿跑了出去。

夜风呼呼地吹着，他冷静了几分，抖着手找出电话号码，拨打过去。

阚迪正在家里百无聊赖地翻看最近递过来的剧本，这时手机响了——一个陌生号码。

阚迪漫不经心地接通，却听通话那头的声音十分急切："我想见一下易涵。"

阚迪看了一眼时间，凌晨一点。

"你是？"

张大伟异常激动，迎着风瘫坐在地上："只要他愿意见我妹妹，只要见她一面，我们之间所有的事都可以一笔勾销，求你了，我求你了……"

阚迪从沙发上站起，攥紧手机："你先好好说话，你到底是谁？"

张大伟情绪崩溃，失声痛哭，反反复复道："她不行了，真的已经不行了，医生说她可能活不过今晚了，我求你，我求你，让易涵来见她一面吧，我求你了……求你了……"

"这位先生，你别激动，真的很抱歉，易涵他现在……不在国内，还有什么能帮到你吗？喂？喂？"阚迪再三确认，电话那头却早已变成了忙音。

阚迪若有所思，连忙让浩子查询一下电话号码。这一夜，她睡得极其不安稳。

易涵和裴呦呦顺利到达布拉格，按照鹿鸣提供的地址，来到裴母安葬的墓园。

园子里清幽寂静，偶有知更鸟飞过，落到墓碑上。

裴呦呦久久地望着墓碑上母亲的照片，将手里的花放在墓前，两人一起鞠躬。

裴呦呦起身时，想要伸手去摸一下母亲的照片，却还是没有勇气，将手缩了回来，鼻子酸涩，眼泪不争气地滴下来，打在鲜花上，仿佛晨间的露珠。

易涵揽过她的肩头："不跟我丈母娘说点什么吗？"

裴呦呦不肯抬头，随意摇了摇头，脑子一片空白，喉咙里像灌了铅，哽咽道："本来以为有很多话要说的，结果看到她，反倒一个字也说不出来了。"

易涵吻吻她额头，过了许久才说："其实你能站在这，她应该就很开心了。"

"是吗？那……我们走吧。"裴呦呦在飞机上一直做着心理建设，然而真的面对时，她仍然高估了自己，脑海中仿佛有两个女孩，一个是年幼的她，迫切需要母亲，一个是成年的她，固执地拒绝面对。

"急什么，你没什么要说的，我有。"易涵放下搭在她肩膀上的手，扯了扯外套的衣摆，站得笔直，一副庄重严肃的样子。

"啊？"裴呦呦蹙眉看他，"你……要说？"

"嘘……"易涵冲她比了个手势，朝着墓碑认认真真地再次鞠躬，直起身后，徐徐说道："妈，我是易涵，是您的女婿。我是做音乐出身的，出过几张销量还不错的唱片，您在欧洲说不定也听过我的歌。我偶尔演戏，演得还行，您要想看，回头给您烧点。我身体健康，每年体检，收入稳定，每个月都身体力行做公益，就是您信里极有远见提到的那种成绩一般，但人品过硬的好青年……至于呦呦呢，您也不用太担心，她很好，具备在任何环境下都能把日子给过好的超能力，才华横溢，又会攒钱。所以，我们俩也算是强强联合，一定会很幸福的！虽然没有机会跟您见面，但我内心充满感激，谢谢您把她带到这个世界上，让我能遇到她……虽然她说，这世界上的婚姻十有八九都是凑合，但我还有百分之二十和十的机会让她每天都幸福得像花儿一样……您在天之灵也一定要保佑我们啊……"

易涵每个字都说得虔诚无比，他说完再次深深鞠躬，然后回过头，拉住裴呦呦的手："我跟妈说完话了，这回可以走了……"

裴呦呦释然一笑，用力回握住他："真的谢谢你……"

"跟老公还这么客气啊。"易涵故意凑近裴呦呦，"想不想知道，你妈给你留了多少钱？"

裴呦呦看了一眼母亲的墓碑，用力打了易涵一下："你正经点，别当着我妈说这些！"

易涵摇头："行了，知女莫若母，你在你妈面前就别装了，明明就很想知道吧。"

裴呦呦撇了撇嘴。

易涵靠近，轻声耳语。裴呦呦听了，真吓了一跳，原来有这么多啊。

夜色中，鹿鸣坐在窗边，一张一张翻看手机里母亲的照片，不禁怅然。

冉子书悄声无息地凑过来，看了看照片，小心翼翼地问："这是你的妈妈？长得可真好看。"

鹿鸣点头："这张是我高中毕业，我们全家一起去北欧旅行时拍的。你不知道，拍这张照片的时候，我正跟我妈冷战，因为她不肯给我买一双我很喜欢的球鞋。那时候的我，并不知道姐姐的存在……就在我因为一双鞋而认为妈妈不够爱我的时候，她的另一个孩子已经十几年没见她，正在世界的另一端独自生活……我真的很恨那时候的自己。"

冉子书轻轻靠在鹿鸣的肩膀上："别这样，你很好。"

鹿鸣后来想，母亲一定是知道，他总会有一天跟姐姐见面，所以她把对姐姐的爱一起给了他，等他见到姐姐的时候，就可以分给她了……

万里晴空，碧海蓝天。回程的飞机上，裴呦呦盖着毛毯，头偏向一边，已经快睡着了。

易涵贴心地帮她把毛毯掖好，这几天，一直有个问题如鲠在喉，他几欲开口，始终没好意思问出来。

不行不行，易涵挣扎一番，趁她对自己很有好感，此时不问，更待何时？

"老婆呀……我有个问题想问你。"

裴呦呦迷迷糊糊应道:"你每天怎么有那么多问题?你是十万个为什么啊?"

易涵呵呵笑,在她耳边吹着气,小声说:"就是……我想知道,我和孙青青的那个酒店亲密照……别人也就算了,你应该认得出来吧,那照片里面的人就是我。她后来澄清,其实是……"

"是阚迪姐的手笔吧。"裴呦呦接上他的话,"我又不瞎,我当然认得出来是你。"

易涵好奇地问:"那你怎么都没问过我到底是怎么回事呢?你一点都不在乎吗?"

裴呦呦转过身,主动将头靠在易涵的肩上,蹭了蹭,闭眼呢喃:"有什么好在乎的?你根本不可能看上她啊,好了,别吵了,让我再睡会儿。"

易涵还执着地想要问个明白:"你别敷衍我,人家身材很好的,你怎么就知道我看不上她?"

裴呦呦崩溃极了:"哎呀,哪那么多为什么啊,就像你知道我没勇气面对我妈一样啊,我就是知道啊,你再叨叨个没完,小心我把嘴巴封上哦!"

易涵一听,满眼期待,搓了搓手:"亲爱的,你是要强吻我吗?来啊!么么么!"

裴呦呦愤怒地睁开眼睛,易涵噘着嘴巴,闭着眼睛,正伸脖子过来。她一抬手,捏住他上下两片乱颤的嘴唇,让他没办法发出声音。

"唔唔唔……"易涵想哭,口齿不清,"说……好……强吻的嘛……"

市中心医院的ICU病房外,女孩终于被推了出来,她的脸已经被白色的床单盖上了,床单下的身体,依稀可见单薄得惊人。

行尸走肉般的张大伟刚刚走出电梯,看到这一幕,赶紧上前惊慌失措地拉住了轮床,哀求护士:"她怎么了,为什么把她推出来?不行,她现在很虚弱,必须得住在ICU!我求求你们,让她住在里面,她不能离开那些机器和药物，她会死的，还需要多少钱，我这就去交钱，求求你们了！"

护士为难，叹息道："张先生，您妹妹已经不在了，您节哀顺变吧。"

张大伟痛哭着大吼："不可能，小菲不可能死！不可能！你们骗人！"

护士掰开张大伟握着轮床边缘的手指，将女孩推走，男人绝望的哭喊声回荡在医院的走廊上。

阚迪如约到了林天诺告知的饭店包间，全程丝毫没有令他失望，演技发挥得淋漓尽致，将他的要求全部做到——既保全了他父母的面子，又成功地将相亲对象和她一直挑事儿的母亲"气"走了。末了，还贴心地安排司机送那母女回了家，接着陪他母亲聊家常，陪他父亲喝酒。简直一条龙服务……

阚迪准备离开的时候，脸有些泛红，林母不放心，还没示意林天诺，发现他已立刻起身，追在她身后。

老人家喜欢喝白酒，阚迪虽不擅长，也不好扫兴，跟着喝了点，这会儿酒劲上来，踩着高跟鞋，走路晃晃悠悠。

林天诺扶住她手臂，带她上了自己的车。

阚迪不解地说："你怎么出来了？没事，我可以。"

"知道你可以，我自己愿意的，送你回家。"林天诺不由分说把她塞进副驾驶座，系上安全带。

车子启动后，林天诺郑重地向她道谢。

阚迪笑笑，打个响指："小意思，以后还是要麻烦林导多多照顾一下我们家易涵！"

林天诺有几分微不可察的失落，说："你答应帮我原来是为了易涵？"

阚迪耸肩："不然呢？"

林天诺看向她："我以为我们怎么说也并肩作战过，应该算得上是朋友吧。"

阚迪意味深长地看了他一眼，没说话。

阚迪在车上小睡了一会儿，醒来后筋疲力尽，望向车窗外，再看一眼开车人，记忆慢慢收拢。

"我说这位朋友，找个地方帮我买瓶水吧。酒喝多了，有点渴。"阚迪声音沙哑，伴随几声难受的咳嗽。

车子停在路边，阚迪下车坐在马路边，看着眼前的车来车往。

林天诺拿着两瓶水从便利店走出来，把其中一瓶拧开，递给她。

阚迪粲然一笑："谢啦！"

林天诺顺势在她旁边坐下，此时夜色浓重，周围静谧、悠然。

林天诺开口说："没想到这里的夜景还挺漂亮的，来了这么久，都没好好看过。有时候会觉得，虽然身处这座城市，却好像从来没有好好跟它相处过。"

阚迪歪头问他："你去过很多地方吧，最喜欢哪里？"

林天诺眯眼仔细想了想："也谈不上最喜欢，十几岁的时候总觉得全世界都是自己的，只想四海为家。到了现在这个年纪，反而想有个地方可以停下来，大概最后能让我停下的那个地方就是最喜欢的吧……你呢？"

阚迪摇了摇头，回想起来，竟十分怅然。

这些年来，她不管去东京还是巴黎，罗马或是米兰，都只是工作，从来没有认真去看过任何一处风景。

如果有机会的话，她真希望可以什么都不用想，不用赶通告，不用调行程，就到处走走看看、吃吃喝喝。

阚迪借着酒劲，允许自己短暂地沉浸在憧憬中。突然，她眉头皱了一下。

林天诺察觉到："怎么了？"

阚迪用力按住胃部，嘴上却说："没事，还不是之前诈你那次喝得太猛，有点伤了胃，都过这么久了，还以为好了呢，看来还是不行……你能去车里帮我拿一下药吗？就在我包里。"

林天诺连忙起身去车里拿药，回来递给阚迪。看着阚迪熟练地吞下药，他心里十分不舒服。

他强压住情绪，淡淡地开口："知道自己胃不好，随身带着药，为什么还要跟我爸喝酒？拒绝他就好了啊！"

"哎哟，没事的，老人家难得高兴，怎么忍心拒绝他啊！"阚迪苦涩地叹口气，"你知道吗，我都好几年没回家看过我爸妈了。虽然每个月我都给他们打钱，但他们很少联系我，结果上个礼拜，我妈破天荒主动给我打了电话，你猜是为了什么？"

林天诺望着此时不经意流露出脆弱的阚迪，和平时那英姿飒爽、犀利果决的女人截然不同，更加别不开眼睛，缓缓摇头。

阚迪向来人狠话不多，这会儿，却像是终于找到了愿意听她发泄情绪的人，一口气说道："她知道我离婚了，气得不行！足足在电话里骂了我二十分钟！在她老人家的眼里，一个女人，失去了婚姻，就像被判了死刑一样，是人生最大的失败！我无从辩解，也不知道该说点什么，就希望她骂我归骂我，别把自己给气坏了……如果像你爸爸一样，喝点酒就能把他们给哄好了，那就太好了……"

林天诺定定地看着她："其实，你很好的，一点也不失败。"

阚迪哈哈一笑，手肘撑着地，仰头望向漫天星斗，语气骄傲："这还用你说！我当然知道我很好！"酒意微醺，阚迪蓦然转头，看向林天诺，问他，"对了……你说你有喜欢的人了？是呦呦吗？"

林天诺笑了笑，既没否认，也没承认。

阚迪触电一样坐起身，用手背拍了拍林天诺的手臂，冲他抬起下巴，一副大姐大的样子："喂！别喜欢呦呦了！我这么好，你要不要考虑喜欢我？"

林天诺不经意被她吓了一跳。不等他说话，阚迪又开口了："你跟你妈说的话，我都听到了……"

林天诺扶额笑了笑，方才那一对来相亲的母女俩一离开，林母就若有所思地问他，是不是因为还喜欢着裴呦呦，所以对别的女孩都看不上眼。

"你不喜欢我也没关系，像我这么好的女人，虽然不多，但还是有几个的，你喜欢哪个都行，就是不要喜欢呦呦！好不好？她跟易涵现在过得特别好，我希望你能祝福他们。"阚迪语气十分真挚诚恳，看得林天诺很想笑。

"我当然祝福他们。"林天诺肯定地说，观察着阚迪的表情，果然，她眼角眉梢都带着毫不掩饰的欣喜。接着他话锋一转，"明晚我可以请你吃饭吗？就当好好谢谢你。

夫妻统一战线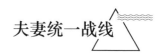

回国后第二天，裴呦呦神清气爽地去上班，专心准备参加国际美甲大赛的作品。快到中午时，终于将样甲的最后一笔画完，她用力伸了个懒腰，拿起做好的样甲看了又看。

上周评委会给她发了邮件，通知她已通过海选，顺利进入下一轮：网友投票。规则是，选手将作品直接上传到大赛的官网，由网友投票来决定成绩，每人可以上传两款。裴呦呦之前从秦川作品中得来灵感完成的，算一款；还有一款，她正发愁。

她起身活动活动肩膀，顺便在作品架上随意一翻，目光落在那款领带图案的样甲片上，忍不住又想起之前跟易涵间的小趣事，不禁笑出了声，目光也柔和下来。

不如……就用这款？

裴呦呦心动了，时间紧迫，如果来不及设计新的花样，就要在原有设计的基础上做一点创新。她的灵感忽然涌现，连忙回到座位上忙活起来。

黑色的领带呢，可以做成立体的，旁边的花纹还是用白描的手法来呈现，底色直接用碎钻铺满，效果应该不错！

敲门声响起，裴呦呦习惯性没抬头，随口说道："请进。"

"呦呦，比赛准备得怎么样了？"原来是店长。裴呦呦赶紧起身招待，将进度一一汇报。

"呦呦啊，放心，需要什么尽管跟店长说，我全力支援！"

"谢谢店长，其实……我确实有个小小的请求。"

店长十分干脆："你说！"

考虑到这一轮比赛的结果是参考网友投票，裴呦呦必须想办法拉票才行。

"我想直接推这两款做本月店里的新品，凡是在网上投票成功的都可以凭投票页面来店里做同款，享受八折优惠。"

店长一拍桌子："就这么办！过会儿让前台给出个海报，也贴在咱们大门口，支持不光是说的，还要做！对了……让你们家易涵也帮着宣传宣传！"

裴呦呦笑着摆手："他？算了吧。"

店长义正词严："怎么了，给自己老婆宣传，他还不乐意了？"

裴呦呦开玩笑道："那倒不是，我就是怕对其他选手太不公平了，哈哈哈哈！"

"你这心眼儿也太实了，有什么不公平的，比赛就是为了赢，至于怎么赢，大家各凭本事！再说，不就是家属帮着宣传一下吗，谁要不服气，也可以让她老公发啊！"

这么说来，店长的话还是很有道理的，裴呦呦表示值得考虑。

店长离开后，裴呦呦端详着那两款样甲，若有所思，开始按照新的思路修改领带那一款。

时间飞逝，裴呦呦将新的样甲打光、拍照、上传，页面显示：上传成功。

阚迪是被手机闹铃吵醒的，她翻了个身，用被子把头蒙上，然而无济于事，闹铃设置成每隔五分钟响一次。

阚迪不爽极了，从被子里伸出一只胳膊，摸索着手机，想要把它关掉。

这时，有人直接走过来，帮她将手机调成了静音，然后弯腰捡起地上的衣服，并将杂乱的房间稍稍归置了一下。

意识到领地被侵入的阚迪突然惊醒，猛地坐起来，跟正在收拾的林天诺四目相对。

林天诺赤裸着上身，头发还湿着，看起来像是刚洗过澡，他丝毫没有觉得尴尬，招了招手，说："早。"

画面快速退回到前一天晚上，无数的碎片涌入阚迪的脑中。

到底发生了什么呢？对，她之前答应了林天诺一起吃一顿饭，昨晚，两人相谈甚欢时，在餐厅遇到了她的前夫朱文耀。

朱文耀在她去卫生间的时候尾随并骚扰她，甚至试图强吻她……幸好林天诺及时出现，英雄救美，拥住了她的肩膀，对朱文耀说出了影视剧台词一样的话："你敢再碰我老婆，看我不打断你的腿！"

两人一同离开餐厅，林天诺本打算送阚迪回家，却发现朱文耀一直开车跟着他们。

林天诺表面上看起来波澜不惊，车速却快得吓人，阚迪抓住扶手，懊恼地说道："他肯定是疯了。"

林天诺语气平稳："他没有疯，他只是不信你，毕竟你们团队，就是特别喜欢搞这种冒名顶替的事情。"

阚迪自然想到他指的是裴呦呦和易涵，瞪了林天诺一眼，紧接着拿出手机准备报警。

"报警没用的，他并没有对你造成人身伤害，警察来了，人家大可以说，他回家也是走这条路。"

阚迪恼火地盯着林天诺，这时候他的冷静看起来有一点像是看热闹不嫌事大的样子。

赌气也好，无奈之举也好，她最终咬牙对林天诺说："那好！你跟我回家！"

就这样，林天诺跟着阚迪到了她家，朱文耀依旧没死心，跟到她家楼下，并没有离去的打算。

阚迪知道朱文耀的秉性，不到天亮他是不会离开的。如此漫漫长夜，总不能大眼瞪小眼吧，于是她便从酒柜里拿出一瓶红酒，递给林天诺一个杯子，两人一边聊天一边喝酒。

事实证明，酒精不是什么好东西。

当林天诺问她，当初为什么嫁给朱文耀的时候，她起初还保持着精英女神的形象，对女性在处理爱情、婚姻、事业间的关系上侃侃而谈。然而几杯酒下了肚，她的情绪就完全失控，与之前的从容笃定大相径庭。

她犹记得，她似乎是对林天诺歇斯底里地说："我难道不想幸福吗？我难道不想有人来爱我吗？赚钱，赚再多钱又有什么用呢？回到家里还不是一个人？可是我告诉我自己，不能这样想，只要我不想，我就不会去奢望！"

林天诺也有些醉意，拍拍她的肩膀："追求爱难道不是人类的本能吗？怎么会是奢望呢？"

阚迪抱着酒瓶不撒手："你不懂，人生……是没有多少公平可言的，你不管怎样拼尽全力去爱一个人，可能都是徒劳！但只要你努力工作，就一定会有回报！换了你，会怎么选，是不是还是爱工作比较好？"

林天诺靠近她，距离她的脸大概只有五厘米的距离："别这么说，我会心疼的……"

阚迪点着他高挺的鼻梁："奇怪，这种骗小姑娘的话明明我十年前就听腻了，这会儿听到怎么还有点感动呢……是太久没人跟我说这些了吗？哈哈哈哈！"

阚迪笑着，滚烫的眼泪却大颗大颗地滑落，她下意识想要用手背去擦，下一秒，她已经被林天诺拥入了怀中。

清醒地回忆起一切，阚迪不免尴尬，再看眼下这光景，她意识到

299

她和林天诺可能是发生了什么，但她表面上还是显得很镇定。

"你转过身去，我要穿衣服了。"

"好。"林天诺乖乖转过身去。

身后的阚迪一边窸窸窣窣地穿衣服，一边淡定地跟林天诺说话："我今天还有好几个会要开。"

林天诺也很平静："嗯，我待会儿也要开工。"

阚迪下床，系好睡袍带子，走到门口："那好，我先去洗澡了，你自便吧。"

林天诺看了眼时间："我差不多也该走了，如果那个人还来骚扰你的话，你可以随时给我打电话。"

阚迪点点头，快步走进浴室，一关上门，立刻背靠在浴室的门上。她一边按住了胸口，平复呼吸，不让自己喘气喘得太厉害，一边把耳朵贴在门上听外面的动静。直到她听到关门的声音，说明林天诺已经离开了，整个人才彻底松懈下来。

裴呦呦下班回到家后，惦记着美甲大赛的网友投票，干什么都心不在焉的。

可趴在床上专心看篮球比赛的易涵似乎并没有发现她的异样。裴呦呦想起店长的话，缓缓蹭到他身边，趴在他背上，跟着一起看了会儿。

易涵一只手折回来抓着她的手，进球的瞬间，两个人一起欢呼，顺带亲对方一下，当作特别的庆祝方式。

中场休息时，易涵鼓捣她的手指头玩儿："你最近不是很忙吗，今天怎么回来得这么早？"

"初赛的东西弄完了啊，就早点回来陪陪你。"

"这么好啊。"

裴呦呦把下巴抵在易涵的颈窝处，酝酿一番，低声说："老公……我想让你帮个忙。"

易涵就知道她吞吞吐吐，一定有话要说。

"这么客气干吗！老婆大人有什么需要我的，我一定赴汤蹈火，在所不辞！"

裴呦呦将比赛方式介绍给易涵，然后手指绕手指，问："你愿意帮我发个微博宣传一下吗？这样我的投票肯定就能上去了……"

易涵听罢，后背微微一僵："发微博啊……我微博都是团队在管的，可能不行……"

虽然隐约预料到会被拒绝，但真听到他说出来，裴呦呦还是挺失望的，强颜欢笑道："算啦算啦，不行就不行吧，没关系。"

球赛继续，易涵显然没了心情，两人沉默了一会儿，易涵抓过裴呦呦的肩膀，问道："那个美甲大赛对你很重要吗？"

"当然了……"裴呦呦还是蔫蔫的，"就像你们做音乐的想拿格莱美，拍戏的想拿奥斯卡一样，这是我的职业梦想。"

易涵摇头，认真道："我的意思是……你不是喜欢画画吗？以前是迫于生计才去做了美甲。现在情况好起来了，你不用为了温饱挣扎，也不用攒钱买房子，回来画画不好吗？我帮你开个画廊。"

裴呦呦感激地看着他，却坚定地摇了摇头，说："我当然爱画画，但在指甲盖上画画也是一样的啊……我同样要调色，要勾边，要晕染，该做的事情一样不少，甚至因为作画的空间有限，而要做更多的设计，面临更多的挑战。漂亮的画作是曲高和寡的艺术，挂在画廊的墙上，成功的标准是最终能卖出高价，然后被富人们收藏在豪宅里，不见天日。但美甲不一样，它是平价的，是可以交流的。我在客人的指甲上画画的过程，就是改造的过程。不仅仅是把眼前的这个人变美，同时也让她意识到，她很美，这么美的她，一定要自信努力地过完这一天！想想就觉得很快乐！"

裴呦呦说完，一扫方才的阴霾，嘴角不自觉翘起，骄傲地昂起下巴，一转头，竟发现易涵已经不见了。

自从上传完作品照片，裴呦呦像得了强迫症，几乎每隔一个小时，就要看一下投票票数和评论，这一夜她根本没睡好。一醒来，她拿着手机去卫生间，正要打开官网，叶子的电话就打来了。

　　"呦呦，你快看看呀，你的作品下面怎么那么多恶评啊！店长不是建议让易涵帮你宣传吗？我看他微博也没更新啊……"

　　裴呦呦对叶子的碎碎念充耳不闻，切换APP，进入官网参赛作品那一页，点开自己那两张作品下面的评论。

　　椰子树：丑死了！颜色俗气，样子老土，不喜欢！

　　小美妞：也太难看了吧！Inspire就拿这种东西出来参加比赛吗？

　　公主Rita：真的，谁要给我做这个指甲，我恐怕会忍不住把我这双"双十一"都没舍得剁了的手给剁掉。

　　芬姐：只是有点土而已，也没你们说得那么夸张啦。

　　裴呦呦不敢看下去了，只觉得一阵晕眩，差点没站稳。怎么会这样？

　　易涵在裴呦呦离开房间时就醒了，等了半天她还没出来，她这一夜睡得不踏实，翻来覆去地看手机，一定在关注投票的票数。

　　他回房间，在网页上搜索国际美甲大赛，进入界面，一探究竟。

　　很快，易涵也看到了那些评论，他表情阴沉，拿起手机给浩子发信息：给我查一下，呦呦那个美甲大赛是怎么回事？怎么那么多差评？

　　没一会儿，浩子的电话打进来，说："我找人查了，现在可以确定的是这些差评肯定不是真人操作，全是机器刷的，但是到底是谁干的，一下子还查不出来。"

　　易涵没说话，浩子在电话那头有点忐忑，问："要不，咱们也买点僵尸粉？"

　　易涵想了想，以裴呦呦的机灵劲肯定一下就能察觉到，以她的性格，也肯定不同意弄虚作假。

　　"你有点出息，我会用这种下三滥的手段吗？"

浩子为难道："那怎么办？哥……你不会是要披马甲亲自上吧，不行，万一被人给发现了，多没面子啊，再说了，这人哪比得过机器啊？"

易涵嗔了一声："在阚迪给我消息之前，我们也不能坐以待毙啊！除了我，这不还有你吗？"

"啊？"浩子欲哭无泪。

易涵和浩子一转头，各自注册了好几个小号，一边怼人，一边轮着把留恶评的人都给举报了。

裴呦呦无精打采地去上班，悲观地想，大不了止步这轮，再等下次比赛的机会吧……

推门进店，叶子等人围上来安慰她，店长无奈地说："这叫枪打出头鸟，是大众的恐惧心理，正说明你的作品是出色的，你千万别因为这个失去信心！对了……易涵那边没……"话还没说完，叶子兴奋地"嗷"一声，举着手机给裴呦呦看："易涵发微博了，现在他和你的CP粉全都去自发反黑了！我的天！"

裴呦呦马上跑进办公室，登录大赛网站，发现自己参赛作品下面那些恶评都不见了，全是一水儿的赞美，偶尔几个言辞恶毒的，再一刷新，就没了，甚至那个小领带作品还被顶上了热度榜。

裴呦呦觉得不可思议，赶紧打开微博，"易涵为老婆打call（网络用词，是日式应援的术语，专用于表达对歌手的喜爱之情）"的词条赫然位列热搜第一位。

她心中一喜，激动地点进易涵的个人主页。

最后一条微博正是今早发的，被高高地置顶：老婆大人把我们之间的小故事画出来咯，可爱。

下面直接配了样甲的图片和美甲大赛的官网链接。

裴呦呦忍不住打开评论，全都是"干了这碗狗粮"之类的。

看到这些，裴呦呦感动得不行，心情也瞬间雀跃了起来，巨大的焦虑也被缓解了，整个人一下子放松下来。

幸福来得太突然，她稍微冷静了一下，准备给易涵打个电话，易涵的电话就先进来了。

易涵的声音充满得意："阚迪说微博可以发哦，怎么样，你看了吗？"

"嗯！看到啦！谢谢你……"

"傻瓜，谢什么！我们是夫妻统一战线！做老公的要为你而战！"

他声音洪亮，故意做出一股播音腔，逗得裴呦呦乐不可支。

Inspire内，因为易涵的宣传，裴呦呦的小领带成了大爆款，大家忙得不亦乐乎，裴呦呦和易涵通完话，蹦蹦跳跳地出来，也跟着帮忙。

不远处，一个女人正躲在墙角，目光阴沉，死死盯着裴呦呦的一举一动。

这时，她的手机响了，她看了一眼，才接通。

对方说："怎么样？青姐，我这边的水军效果还不错吧，再买点吗？"

不等他说完，孙青青重重地挂断电话。

曲线救国

易涵收工后走回化妆间，发现化妆台上放着一个礼盒，打开一看，里面竟然是一份合同。他不明就里地拿起合同翻了翻，意外发现上面居然写着自己的名字，在合同的下面则压着一份计划书，计划书里详细地写了他的下半年工作规划。

这是什么意思？浩子？

易涵回头，身后空无一人，浩子并不在。他正在错愕间，下一刻，"嘭"的一声，香槟瓶塞弹出来。

阚迪和浩子缓缓走进来，手里拿着早已准备好的香槟杯，准备倒酒。

"到底……怎么回事？"易涵接过阚迪递来的香槟杯，还没反应过来。

那两人对视一眼，大笑起来，看得易涵更懵了。

阚迪挑了挑眉，揭晓说："这个呢，是浩子给你准备的礼物。我最近太忙了，这部戏前期全是浩子去接触的，本来想着差不多了我就支援一下，没想到这小子今天直接给我把合同都拿回来了。这可是咱们浩子独立拿下的第一个大项目，喏，计划书也是他做的！"

"可以啊小子！"易涵欣慰地拍了拍浩子的肩膀，忽然小声对他说，"咦？你不是应该忙着注册小号帮我举报黑粉吗？"

浩子不好意思地挠头："闲暇的时候，也忙点别的。"

阚迪将三人的酒杯都倒满："来，让我们为浩子干杯！"

"干杯！"

三人兴高采烈地碰杯。

这时，阚迪忽然瞥到有一抹人影接近，一口酒差点没喷出来，神色仓皇地抓起包包就逃走。

"对不起，我有事先走了！"阚迪匆忙放下酒杯，闪身不见。

易涵来不及叫住她，实在是不解，看向周围，除了林天诺之外，并没有看到第二个人。

易涵抬手跟林天诺随意打了个招呼，却见他走过来，饶有兴味地看向阚迪离去的背影，问道："你们在干什么？"

易涵没有多想，说："哦，浩子升职了，我们在帮他庆祝。"

林天诺收回视线，面向浩子："恭喜你啊，浩子，不请我也喝一杯吗？"

"林导您等一下，我这就去给您拿杯子。"

浩子正要转身，却被林天诺拦下，他随手拿起阚迪放下的那只酒杯，酒杯边缘还印着她鲜红的唇印，说："我用这个就行。"然后，便在易涵和浩子震惊的眼神中，拿起酒杯跟两人碰了一下，直接喝阚迪喝剩下的酒。

阚迪从片场逃离后，直接开车回家。车子在路上行驶了一段路，她紧绷的神经才松懈下来。

忽然，手机铃声响起来，正是林天诺打来的。

她原本要按向"接通"的手指，立刻挪到了旁边的"挂断"，想了想，还是没按下去，干脆直接将手机静音，看也不去看，开自己的车。

等阚迪回到家，收拾了一阵，又忙了会儿工作，再拿起手机，发现未接来电有八通了，她心里闹腾得厉害。手机屏幕突然又亮起来，是来自林天诺的微信，阚迪差点直接把手机给丢出去。

她没看错的话，林天诺给她发来的是颇具挑衅意味的信息：你在躲着我？

阚迪冷笑了一声，大大方方用语音回复："林导，抱歉刚才在洗澡，没接到您的电话。您说我躲着您，真是开玩笑！哈，怎么可能，您肯定是误会了！至于那天晚上的事情，我确实要向您道歉，但我想，大家都是成年人，发生了这种事情，虽然意外，但也没有必要太过纠结，就让它过去吧！当然了，我希望这件事不会影响到我们之间的合作。就这样，没事的话，不要再打给我了，我很忙。"

一口气说完，阚迪松开手指，语音"咻"的一声发出去了，她如释重负。

没一会儿，林天诺回复了，也是一条语音，足有五十几秒。

我该说的都说了，他怎么还这么多话？阚迪皱眉看着那条语音半天，试探着点开，林天诺的声音立刻传出来："发生了就是发生了，怎么可能让它过去呢，我觉得……"

刚听到这一句，一些不好的记忆跃入脑海，阚迪立刻停止了播放，不顾形象地抓了抓头发："这么大个人了，怎么就说不通呢！还赖上我了！算了，爱怎么觉得怎么觉得去吧，没工夫跟你辩论！"

阚迪深吸口气，毫不犹豫地删掉了那条信息，把手机丢在了旁边。

第二天一早，易涵正坐在自己的休息椅上，等着马上要开始的拍摄，放眼看去，林天诺正站在监视器前跟摄影指导讨论待会儿就要开始的拍摄。

昨晚那一幕始终在他脑中挥之不去，他忍不住盯着林天诺一直看，冷不防有人在他肩膀上重重一拍。

易涵吓了一跳，刚要发飙，回头一看，是笑眯眯的冉子书。

"看什么好玩的呢，看得这么入神？"

易涵赶紧收回视线，假装在看剧本，顿了顿，再从剧本上抬起眼看林天诺。

"当然在看剧本，还能看什么！"

冉子书化身好奇宝宝，站在易涵身后，顺着他的方向看过去，说："啊，原来在看林导啊……你也发现了吗？"

"我没有！"易涵下意识地否认，一转念，瞧向冉子书，"你……这话什么意思？"

"我是说……"冉子书左右看看，确认周围没有闲杂人等，拉了张椅子坐到易涵身边，悄悄说，"林导向来是超级工作狂，经常忙通宵，第二天都不换衣服的。可最近你发现没，他每天都换衣服，我从他身边走过的时候，居然还闻得到淡淡的香水味，这还不够奇怪吗？"

"也不算奇怪吧，最近又不忙，勤换衣服爱干净是好事啊！"易涵努力说服冉子书，也像在说服自己。

冉子书扯扯嘴角："谁说不忙的！你演配角你不懂，之前停工了那么久，现在赶进度，我们都要忙死了！"

易涵翻了个白眼："好了！配角这个话题可以过了，你接着说，他现在每天换衣服，然后呢，这代表什么？"

冉子书自信满满地笑了笑："代表他恋爱了！"

随着冉子书的这句话，林天诺用阚迪的杯子喝酒的画面快速地浮现在易涵面前，然后是一系列的画面——林天诺跟阚迪牵手，林天诺跟阚迪拥抱，林天诺跟阚迪接吻。

他猛地回过神来，从椅子里站起来："不会吧！"

"为什么不会？林导挺帅的。"

"可他性格很奇怪啊，他这种人，会有人想要跟他谈恋爱吗？"易涵抓狂，那个人是阚迪啊！这两人怎么想都不搭啊！

"怎么不会！"冉子书突然想起什么，神秘兮兮地拿出手机，找到一段视频，里面的侧影正是林天诺，"看这个！我刚才路过的时候，正好碰到林导在打电话，我就偷偷拍了下来。你看他那个表情，明显就是在跟喜欢的人打电话啊，是不是？笑得呀，啧啧，也不知道到底是谁？"

易涵本来还在不可置信中，漫不经心地看着视频，突然脸色一变，让冉子书倒回去几秒，在确认林天诺嘴里叫了一声"呦呦"后，恨不得将剧本甩在他脸上，然后大吼一声："人渣！我不干了！"

裴呦呦接到林天诺电话的时候也很吃惊，这会儿他已经站在料理台前，腰上系一条深灰色的围裙，正专注地准备食材。

裴呦呦则捧着受伤的手指，站在厨房门口。

林天诺抱歉地说："都怪我不好，要不是我突然说有点饿，你也不用给我炒饭吃，结果把手给弄伤了。"

裴呦呦回了回神，连忙说没事。

林天诺麻利地备好食材，下锅翻炒，即使在燃气灶这种最有烟火气的地方，也难掩他一身的艺术气息，整套动作优雅流畅。

裴呦呦不禁被吸引，感叹道："天诺哥哥，你真的是天生的艺术家，连做个蛋炒饭都这么好看！"

林天诺回过头："真好看吗？"

裴呦呦点头如捣蒜："好看啊。"

"那快给我拍个视频。"

"啊？哦。"

裴呦呦听话地拿出手机，开始录制视频。两分钟后，裴呦呦观看自己的成果，随口问："是要做vlog的素材吗？"

"不用那么复杂，这样就挺好，你发个朋友圈。"林天诺说这话时波澜不惊的，裴呦呦大吃一惊，犹豫着不敢发。

林天诺说："怕易涵看到发飙？你可以分组，别让他看到就好了啊。"

裴呦呦这个时候终于回过神来，走到他身侧说："哦，我知道了，你是想给谁看的吧？"

林天诺神秘一笑。

"我也认识的……谁啊？女人？"裴呦呦在脑海中搜索和林天诺相关的、可能产生暧昧关系的女人，突然林天诺的手机响了。

林天诺指挥裴呦呦去拿外套中的手机，裴呦呦想也没想就跑过去，一看屏幕，是易涵。

林天诺正忙着大火翻炒腾不出手，说："呦呦，你帮我接一下，看他要干吗？"

裴呦呦察觉不对，但铃声叫得厉害，她还是接了起来。

易涵此时在车上向浩子大吐特吐林天诺的槽，听到电话里传来裴呦呦的声音，易涵眉头一皱，下一秒，易涵差点炸了："裴呦呦？这不是林天诺的电话吗？怎么是你接的啊！"

裴呦呦看了眼林天诺，说："他……这会儿不太方便接电话，怎么了？你跟我说一样的。"

易涵气得直想打人，坐在前面的浩子连连叹气。

"你这个女人怎么回事啊？帮别的男人接电话，问自己老公怎么了？"

"好好的发什么脾气啊。"这家伙肯定又误会了，裴呦呦无奈，"算了，你们自己说。"

裴呦呦直接把电话放到林天诺的耳朵边。

林天诺开口："我在你家……对……我做饭呢。"

易涵火冒三丈："你为什么在我家？谁让你在我家做饭的？你跟我打招呼了吗？"

林天诺淡淡地说："哦，呦呦手受伤了，我帮一下她。"

"她手为什么会受伤？算了，你别说话了，我自己回去看！"易涵愤怒地挂断电话，对司机小天大声催促："给我能开多快就开多快！"

林天诺的炒饭已经弄得差不多了，他直接关火，撒盐，然后把饭再翻炒了一下。

"好了，拿碗吧。"

裴呦呦没动，眼睛一眨不眨地盯着他看。

林天诺哭笑不得："怎么了？我脸上有东西吗？"

"我就觉得你今天突然到家里来，说是想看看我的画稿，其实目的并不单纯。"裴呦呦一句戳破他的目的，"你在利用我。"

林天诺一点都没有被揭穿的尴尬，表情很无辜，自己打开碗橱，拿了三个小碗出来。

裴呦呦叹气："为什么把我搭进去啊？我们刚结婚，感情很脆弱的。"

林天诺哈哈笑道："那正好，没事吃吃醋，感情更牢固。"

裴呦呦呦呦正要说话，猛地打了个喷嚏。

"完了，八成是易涵在骂我。我说你追女孩子，为什么要逼我老公啊？"

林天诺想了想，说："谁让你老公是个巨婴，他遇到事情，一定会找妈妈的。"

裴呦呦恍然大悟："原来你喜欢的是……阚迪姐？"

林天诺摊手："我从来没隐藏过，但你是猜到的第一个人。"

裴呦呦松口气，接过碗，不解地问："那你就大胆追啊，找我和易涵干吗？"

310

"她不理我啊，我有什么办法，我只能曲线救国了。"

林天诺说完，抬手摘围裙，不小心围裙的绳子刮到了他衬衫纽扣，裴呦呦搭把手帮忙。这时门"砰"的一声关上，易涵冲了进来，正好看到这"暧昧"的一幕。

易涵眼睛冒了火，一把扯过裴呦呦，拽到自己身后："拉拉扯扯干什么呢！"

裴呦呦着急道："你听我说……"

"你！赶紧给我走！我家不欢迎你这种人！"易涵压根不让她说话，黑着脸，连推带搡地将林天诺赶出了门。

林天诺却一点不见狼狈，站稳，淡定地看着门在眼前重重关上，抻了抻有点皱的袖子。

果然，门很快又开了，易涵把他的外套用力丢出来，林天诺一下子接住，抖了抖外套，穿上，转身乘电梯离开，从容又潇洒。

易涵忍无可忍，用胳膊夹着裴呦呦的手，像怕她跟着林天诺跑掉一样，一个电话给阚迪拨了过去。

"我告诉你，今天你骂我也要说，我不干了！我没办法跟这种人品有问题的人一起工作！后面不是有别的戏找我吗？全都立刻接下来！我明天就可以进组！"

发泄完，根本不等阚迪回复，易涵直接挂断了电话，把手机重重丢到一旁。

裴呦呦小媳妇一样乖巧地坐在沙发上，一点也没挣扎，小声嘀咕："看来天诺哥哥要得逞了。"

易涵听见了，问："你说什么？什么意思？还有，刚才的事情，你是不是要给我解释一下，为什么把林天诺约到家里来？"

裴呦呦极其无辜，将事情原委详细讲了一遍。

易涵听罢，久久不能回过味儿来，难以置信地站起身——林天诺真的是在追阚迪？而不是打他家呦呦的主意？

"他故意在我和你之间搞事情，是为了让阚迪注意到他？"

裴呦呦点头，表示认同。

易涵轻蔑地一笑："哼，我都搞不定的女人，就他？算了吧！"意识到裴呦呦投射来的杀人目光，易涵赶紧改口，"不是说我搞不定，是我根本不想搞，我这不是有你了嘛，是吧？"

裴呦呦不置可否地冷哼了一声："我倒觉得天诺哥哥挺有胜算的，你想啊，他又高又帅，又成熟又睿智，有钱，有名，有才华，有风度，哪有女人会不爱他？"

这次换易涵投射杀人般的目光："你如果点评我的话，也讲得出这么多优点吗？"

裴呦呦笑得谄媚，上前一把抱住易涵的腰，抬头眼巴巴地看着他："那当然，我可以再多讲十个，不，二十个！"

林天诺刚走出电梯，阚迪的电话就打了过来。

他弯起嘴角，接通。

阚迪劈头盖脸地问道："你到底搞什么？林导，我们上次不是说好了吗？你不是答应我，不再喜欢呦呦，会祝福他们的吗？她已经结婚了，就算你不为她考虑，也该为自己考虑考虑吧，你这是第三者插足，很不道德！"

林天诺却笑得很开心："我可没说过我喜欢呦呦，我只是有点工作上的事情，才拜访她的。"

阚迪可不信，想来工作这么多年，什么牛鬼蛇神她没见过，怎么就没发现外表文质彬彬的林天诺，实际就是个无赖呢？而且这人，好像不管怎么对他，他永远都不会发脾气，永远笑眯眯的，所以永远也猜不到他在想什么。

"易涵都炸毛了，他说他不要再跟你合作，你这不是让我为难吗？"

听到阚迪强压着不爽的声音，林天诺忍不住笑了笑："好说，接下来，是可以提条件的时间了吗？"

阚迪摸不到他的套路，深吸口气，说："易涵的戏份都快结束了，林导这时候还提条件，真是耐人寻味。"

林天诺慢悠悠地说："其实条件特别简单，你可以达成。"

阚迪用力攥着手机，绞尽了脑汁也想不出林天诺接下来会说的话。

"你来和我吃顿饭，我保证工作上的事不再麻烦呦呦……不然……"林天诺顿了顿，假装犹豫的样子，"嗯，我想想，我这边手头上还有一点剧组资源，需要像呦呦这样有天分的……"

"OK！"阚迪咬牙打断，"时间、地点，告诉我！"

裴呦呦接到入围总决赛的通知时，眼睛差点瞪了出来，再三确认后，兴奋地在自己的小办公室里转圈圈，然后路过壁柜，从里面拿出一块巨大的画板。

画布上是一幅未完成的油画，一眼看去，是星空和大海，并无特别，但其中暗藏玄机：那绵延的海岸线轮廓是一个人的侧脸，而这个人正是易涵无疑。

裴呦呦调色，润笔，开始继续完成这幅画作。一上午匆匆而过。

得知裴呦呦入围总决赛结果的叶子来找裴呦呦，正好看见画作，连连惊叹："呦呦，我现在越来越相信了，你真的是个画家！"

"随便画的，易涵快过生日了，我想给他准备个礼物，想来想去，也不知道他缺什么，就想给他画幅画，结果一动笔，才发现真的是懒了太久，手都生了。"

裴呦呦还有许多不满意，正思索着怎么样修改，叶子灵光一闪，一拍手说："如果能画到指甲上肯定很梦幻！呦呦，你的总决赛作品不是还没定吗？"

裴呦呦虽然也有过心动，但这样一幅画看似简单，其实细节很多，必须得有足够的尺寸才能铺陈开，指甲盖毕竟尺寸太小，肯定是没法画的。

裴呦呦再次摇头，叶子挥挥手："我只是说说而已啦，对啦……呦呦，有件事也要跟你说，哈哈，不知道算不算双喜临门呢！"

裴呦呦目露八卦的光芒："哦，什么喜？"

叶子害羞地低头道："我交男朋友啦！"

裴呦呦难掩激动，从座位上弹跳起来："什么时候的事？他长什么样？有照片吗？什么星座？哪里人？做什么工作的？"

"哎呀！你查户口呢？"

"哈哈哈，这不是娘家人帮你把把关嘛。"

"在酒吧认识的，是个设计师，比我大五岁，人长得特别帅，哪里人我倒没问。"

裴呦呦脸上的狂喜渐渐退去，酒吧？怎么听起来有点不靠谱……

阚迪按照林天诺发来的时间、地点准时赴约。到的时候，林天诺已经点好了一桌子菜，正好整以暇地等着她。

看阚迪满脸怨念的样子，林天诺倒了半杯啤酒给她，阚迪接过来，一饮而尽。

"说吧，你到底要干什么？"阚迪不时地看手机，保持标准的微笑，说，"林导，我很忙的。"

她本想搪塞过去，让浩子赴约，奈何林天诺并不是好对付的角色，硬是用"打算找裴呦呦出来叙旧谈心"的理由将她逼了来。

"大家都很忙，但是也要适当沟通一下感情的对不对？"林天诺摊手，"在这座城市，我认识的人不多，你不来的话，我只想到呦呦了。找她呢，也不过是闲聊一下，回忆回忆童年，增加一下感情浓度。不过，我跟你的话，恐怕没有什么童年回忆，那就单纯地增进一下感情好了。女士优先，你先来，说吧，你想从哪里开始聊起？"

阚迪一时不知该如何管理自己的表情："你……是在整我吗？"

林天诺无辜地道："是我的表达哪里出了问题吗？你是怎么从中读出'我要整你'这个信息的呢？"

阚迪怒极反笑，直接在林天诺对面坐下："林导，我不知道你追求呦呦的意愿到底有多强烈，以至于你要这样来挑衅我。但我也告诉你，我是不会妥协的，我一定会保护他们！"

林天诺脸色严肃起来："我没有要追求呦呦。"

"啥？"阚迪简直怀疑自己听错了。

林天诺一字一句地重复："我，没有想要追求呦呦。"

阚迪彻底懵了："那你到底想干吗？"

"我那天在微信里说得很清楚了，我想要追的人，是你。"

林天诺目光炽热，说这话的时候，定定地看着她，像要把她点着了。阚迪的眼前蹦出几帧断断续续的暧昧画面，她本能地避开，使劲地回忆，嘟囔说："什么微信？"

林天诺抱着手臂："你……该不会……听也没听，就把我发给你的微信删了吧？"

阚迪心虚。

林天诺拿出手机，叹口气，只好再放一遍给她听。

"发生了就是发生了，怎么可能让它过去呢？我觉得每个人都要为自己的行为负起责任，我们那天晚上确实是回了你家，后来也确实是喝了点小酒，但我们什么都没做，所以你不必尴尬。我找你想要说明的是，不知你还记不记得那天你喝醉之后从我手腕上拿走了一块表，那是十八岁那年我爸送我的成人礼礼物，对我来说很珍贵。第二天醒了之后我怎么找都找不到……考虑到你有点不好意思躲进了浴室，我没当场跟你要，但现在都过去好几天了，我希望你能帮我找一下，这是我打给你要说的第一件事……"

阚迪环顾四周，只想找个地缝钻进去，她正抬腿要走，林天诺按住她的手，示意她接着听。

"第二件事是……我想问你，要不要试试看也跟我假戏真做，我们交往吧？"

经过裴呦呦连续几天废寝忘食的努力，那幅易涵的画像已经完成得差不多。

她曾有个浪漫的想法，如果每年易涵的生日，她都画一幅他的画像，那到老了的时候，就真的可以开一个画展了……

想到这，裴呦呦忍不住甜蜜地笑起来，再仔细端详，耳边响起叶子那天说的话："其实，不试试，怎么知道一定不行呢？对吧？"

裴呦呦心沉下心来，拿起一枚甲片，对着画像，尝试在甲片上进行临摹，由于空间小，只能放弃细节，选择色块来勾勒，然后在色块边缘勾线，显现出侧脸的轮廓，再用一排细碎的钻石将沙滩的部分小心仔细地填满……

时间滴答而过，伴随着最后一颗碎钻被固定好，样甲已初具雏形。甲片总体分为蓝白两部分，白色是沙滩，蓝色是大海，海岸线则是易涵的侧脸轮廓，经裴呦呦加工后，沙滩呈现出斑斓的色彩，尤其在阳光下，每个切面都折射出不同的光线和色彩。

裴呦呦十分满意，但下一秒，她又愁眉苦脸起来，大海应该用什么材质呢？普通的蓝色甲油胶太黯淡了，或者用墨蓝色的墨镜粉？还是干脆镶蓝色的宝石？

裴呦呦开始依次实验，但她试了各种材质，却怎么都不满意，对比璀璨的沙滩，这片大海看来看去都十分黯然失色。

毫无灵感之际，裴呦呦拿起手机发微信给易涵：什么东西，会比钻石还灿烂啊？

没一会儿，易涵的回复过来了：我们的爱情。

裴呦呦抖一抖鸡皮疙瘩，回复：戏精本精，台词够肉麻！

发完之后，却忍不住会心一笑，裴呦呦自言自语："我们的爱情，我们的爱情，我们的爱情……有了！"

裴呦呦立即拿出工具，开始鼓捣，这一忙，不知不觉天已经黑了。

她看着调制好的新颜色，有点兴奋，忍不住窃喜。

小小的罐子里，墨蓝色的液体像星空一样，有着丝绒的质感，又有仿佛缀着千万颗星星般的闪亮。

裴呦呦拿起画笔，小心地蘸了一点，慢慢画在样甲中"大海"的位置上，自然光线下，颜色仿佛会流动一般。

裴呦呦知道，她成功了！

因为易涵的一句玩笑话——比钻石还灿烂的是"我们的爱情"，裴呦呦想到诸如《千里江山图》这样的名画，它们历经千年而不褪色，是因为将贵重的宝石作为颜料。她由此得到启发，将欧泊石磨成了粉末，将其加入甲油胶进行调色，果然得到像会流动的宝石一样的颜色，正好契合了大海的形态，非常神奇。

裴呦呦将画好的样甲小心封层、烤干、擦拭，然后放进专门的透明展示架。

她没料到，总决赛的作品完成得如此顺利，心里不由得产生前所未有的自信。看了眼还剩下的最后一点颜料，裴呦呦重新拿起画笔，在自己的指甲上勾出了易涵的侧脸……

二选一

夜已深，裴呦呦疲倦不已，洗完澡躺在床上，举起左手，凝神看了很久。

易涵探头过来："看什么呢？"

"老公，这就是我最后准备拿来参加总决赛的作品，好看吗？"裴呦呦得意扬扬。

易涵轻轻抓住她的手腕，发出惊叹："大海在流动吗？这个……"他轻轻抚摸海岸线，"这个，是我吗？"

裴呦呦的头枕在他的肩膀上，说："对，是你。"

"我的天呐，老婆大人你也太有才华了吧，你简直把美甲变成了艺术。当然，我完美的侧脸也为这幅作品添色不少，我觉得你不光能打进决赛圈，就是拿冠军也没问题啊！"易涵的夸大其词反而让裴呦呦有些沮丧。

"唔……你要是大赛评委就好了！"

易涵笑嘻嘻地说："你需要吗？我可以立刻申请成为这个比赛的

评委，以我现在的名气，应该不难吧！"

"够了啦……说得像真的一样。"裴呦呦推开他，转身拿过床头的台历，用红笔一通画，叹了叹气，下床去卫生间。

台历没有放稳，在裴呦呦离开片刻后，跌落到了地上。易涵不经意瞄了眼地上的台历，俯身去捡，只是随手一翻，发现一个重大问题——裴呦呦有在台历上涂鸦记事的习惯。例如，在大赛日期旁画个"握拳"，是加油的意思；在昨天画了个"露齿笑"，大概是高兴的意思；例假的几天则会用"一滴血"表示。易涵向前翻了两页，再三确认，裴呦呦已经两个月没来例假了……

而此时，易涵恍惚听见卫生间里传来干呕的声音……

第二天，易涵起床后就明显心不在焉，欲言又止，这种状态一直持续到了片场，连浩子跟他说话，他都完全没听到。

浩子戳了戳他："哥，哥？"

"啊？你说什么？"易涵猛地回过神来。

"我说，25号上海有一场大秀，设计师特地给你发了邀请函。因为他说里面有给你专门准备的小礼物，我就没拆，让公司同事直接给你寄去家里了，你记得收哦。"

易涵仍是不在状态，胡乱地点头。浩子又说了什么，易涵完全听不进去，而是一直拿着手机百度"女性两个月没来例假"的原因，而网上清一水的回复都是——怀孕，再配合那几声难受的干呕，不会……真的怀孕了吧！

因为大赛作品顺利完成，昨天裴呦呦下班后在叶子的怂恿下，一起去吃了小龙虾。结果搞得她胃不太舒服，从昨晚起就开始恶心，这会儿还没缓解。一进门看到叶子，裴呦呦就责备说："叶子，你又勾引我吃小龙虾，害得我好苦！"

叶子一脸讨饶，裴呦呦捂着胃，"仁慈"地挥了挥手："算了吧，赶紧帮姐姐叫个快递，我再收个尾，差不多下午就把样甲发走！"

叶子兴奋："也太神速了，我这就帮你下单，要保价吗？"

"当然，那可是凝聚了我智慧与汗水的无价之宝……"裴呦呦一边笑着说话，一边推开办公室的门。当看清眼前的一切，她整个人只感到一阵头晕目眩。本就虚弱的她几乎站不稳，只见放置样甲的玻璃盒子被摔在地上，碎了一地，里面的甲片也被破坏得七零八落。

叶子正兴高采烈地要和裴呦呦讨论作品细节，一进门看到这一幕也吓傻了。

裴呦呦脑袋一片空白，已经说不出话，叶子紧张地说道："我早上是第一个来的，店门都是我开的，我进来的时候，你办公室的门关得好好的呀……是进贼了吗？我去看监控！"

叶子慌慌张张地跑开，裴呦呦像傻了一样，脸上没有一点表情，只是慢慢地蹲下来，颤抖着手指去捡地上被摔烂的甲片。

叶子手忙脚乱地打开监控，一边一段一段地拉着看，一边自言自语，都快哭了："没有啊，昨晚你是最后一个锁门走的，夜里也没人进来过。然后就早上了，我就来了……"

突然，她愣住了，所有话都卡在了嗓子眼。

她难以置信地看着眼前的视频，愣了半晌，惊慌失措地关掉了显示器。

办公室内，裴呦呦已经恢复精神，动作麻利地整理现场，时间虽然很赶，但应该还来得及重新做一套。

叶子不知什么时候已经回来，站在门口发愣。

裴呦呦转头问："监控有发现吗？"

叶子紧张地咽了咽嗓子，木讷地摇头。

裴呦呦管不了那么多，从材料库里拿出普通的欧泊石，研磨成粉末，慢慢调入甲油胶。

叶子在一旁帮手，屏息观看，裴呦呦将颜色调匀，对着光看了看，然后用画笔蘸了在纸上试色。

"怎么样？"

裴呦呦没说话，又加了一点粉末进去，再试，直到把所有的都加了进去。

"怎么都不对，可能是欧泊石的级别不够。之前的欧泊石是从天诺哥哥送我的手链上拆下来的，品质肯定很好，咱们材料库里的确实是不行。"

叶子慌张地问："那怎么办？"

裴呦呦咬牙："实在不行，只能再买一条一模一样的手链了！"

叶子抓狂："你疯了，你知道那个手链要多少钱吗？"叶子在手机上打开某电商主页，搜索了那条手链，显示出价格后，递给裴呦呦看。

裴呦呦看完，眼睛都差点瞪出来——这么贵……

易涵坐在场边候场，一时间百感交集，震惊和狂喜并存。

我要做爸爸了？我要做爸爸了！

易涵赶紧开始搜索下一条——"怀孕初期注意事项"，然后立即叫来浩子，让他照网上列出的清单去买东西。

浩子懵懵懂懂地问："叶酸？防辐射服？呦呦这是……怀孕了吗？"

易涵宛如真的要当爹了，拍了拍胸口，缓解激动："我觉得八九不离十，先别声张，你快去快回。"

"好嘞！"浩子也跟着兴奋，正要跑开，又说，"哥，这事你要不要带呦呦姐去医院做个检查确定一下啊？"

易涵大手一挥："先别了，万一她不想要怎么办？"

浩子犹豫着开口："那你想要吗？"

"我当然想要了，这可是流淌着我血液的孩子，用脚趾头都能想得到有多优秀。"易涵自豪地微笑，幸福洋溢在脸上。

浩子总觉得哪里不对劲："可她要真不想要的话……也不能瞒着吧……"

易涵点头："所以我得先探探她的口风，不打无准备之仗。总之，你快去就是了！"

浩子得令，连忙握着手机去买东西。

易涵接着在网上搜相关的信息，根本停不下来，忽然手机进来一条微信，他点开一看，不禁皱紧眉头。

裴呦呦匆忙回到家，刚好易涵还没回来，她蹑手蹑脚地在卧室的衣柜里摸了很久，终于摸出母亲留下的那个信封。

犹豫半刻，她拿出银行卡，紧紧攥在手里，努力说服自己：妈妈应该也会支持我的吧，嗯！

正打算离开，一转身，撞入一个结实的怀抱。

裴呦呦差点没站稳，易涵赶紧伸手捞住她，想到她已经怀孕了，更加紧张，赶紧把她上上下下仔细检查了一遍："没事吧，没磕着你吧？这大晚上的，干吗不开灯呢？"

易涵边说边按开遥控器。裴呦呦低着头，下意识地把银行卡藏到身后，心里默念：虽然说好了是夫妻共同财产，但她只借用一下，等有多余的钱了，很快就会填补回去的。

"没事，我要去洗手间……"

易涵一听她要去卫生间，更紧张了："是不是碰着哪儿了？所以要去卫生间检查一下，我陪你一起去！"

裴呦呦用疑惑的眼神看着易涵："你是变态吗？"

裴呦呦把卫生间的门关上，放下马桶盖。她坐在马桶上，拿出那张银行卡，打开网银APP，一个数字一个数字地输入卡号。

易涵的声音在门外响起："老婆你没事吧？"

裴呦呦很烦躁："没事。"

"那你上完厕所赶紧出来啊，我有东西给你看。"

"知道了！"裴呦呦心不在焉地答应，将欧泊石官网打开，盯着定价，感觉心在滴血。

终于，裴呦呦慢吞吞地从卫生间走出来，易涵迎上去，将一个盒子塞进她手里。

"什么啊？"裴呦呦说着，怕是恶作剧，半信半疑地瞄了易涵一眼，才缓缓打开。当她看清躺在盒子里的正是与林天诺送给她的一模一样的欧泊石手链，一下子捂住嘴巴，眼睛瞬间就热了。

易涵手足无措，怎么了这是！哦，一定是因为怀孕，情绪不稳定！

裴呦呦则盯着手链，瘪着嘴，一阵抽泣，一定又是叶子，呜呜，这个内奸。

易涵轻手轻脚搂过她，低声地哄："好了好了，别哭了，你现在不是一个人了，老情绪这么大起大落的，伤身体！"

裴呦呦并没有发现这句话有什么问题，抽抽搭搭地点点头，说："我当然知道我再也不是一个人了，我现在有家，还有你。"

裴呦呦把头靠进易涵怀里。

易涵转转眼珠，突发奇想道："我们今天能不能换一下？"

"啊？"裴呦呦搞不懂他又有什么主意，只见易涵拉着她坐在沙发上，直接把头枕在了裴呦呦腿上，耳朵刚好贴上她的肚子，试图感受里面的动静。

裴呦呦只觉得莫名其妙，连哭都忘记了："你在干吗啊？"

第二天，裴呦呦早早到了店里，重新调制甲油胶的颜色，一遍遍实验，很快就找到了对的颜色，她开始认真绘制新的样甲。

待终于完成，裴呦呦将样甲小心翼翼地包了又包，交给快递员寄走。

叶子在旁边叹息："太好了，好在没误了截稿日期。"

裴呦呦也很感慨。

叶子有些内疚地拉过裴呦呦的手："对了，呦呦，你下周有空吗？我男朋友想下周请你吃饭，就当作赔罪。"

裴呦呦一头雾水："赔罪？"

叶子意识到自己说漏了嘴，赶紧更正："没有没有，其实……就是吃饭啦，我们之前不是说好的吗？"

刚经历一场虚惊，裴呦呦绷紧的神经终于松懈下来，想也没想就答应了。

等待结果的日子裴呦呦备受煎熬，每天都不断刷新邮箱，比网络票选时更加焦虑。

易涵这些天查了不少资料，完全把自己当成一个陪产丈夫培养。

此时，他正在料理台处用罐子和小捣锤努力研磨叶酸片，磨成粉末后，倒进水里，搅拌。

一切完毕，易涵来到裴呦呦身边递给她："来，喝点水。"

裴呦呦接过来一口气将水咕咚咕咚喝掉大半。

易涵在一旁盯着她催："喝完，喝完。"

裴呦呦听话地喝光，易涵赶忙又给她剥了个橘子，掰出一瓣喂给她："来，吃点这个，这是我特地给你买的丑橘，超级甜，富含维生素C，有利于调节心理压力，释放不良情绪。"

裴呦呦这边刚放下水杯，那边张嘴把橘子含进嘴里，看着易涵叹了口气："你也看得出来我压力大？正式进入总决赛的选手会收到委员会寄送的邀请卡，我最近每天在微博上搜实时关键词，都看到好几个人收到决赛邀请卡了。那个卡片特别漂亮，上面还有激光防伪呢！"

看她小学生一样在乎胜负的样子，易涵安抚道："你也会有的。"

裴呦呦很颓丧："可我现在还没收到，决赛日期是19号，如果在那之前没收到，就彻底完蛋了。"

"什么完蛋了啊！说不定明天就收到了呢！好啦，不要愁眉苦脸的了，你要真拿不到邀请卡，我就在家里给你办一个美甲大赛，用你的名字命名——呦呦杯，然后内定你做总冠军，怎么样？"说完易涵脑袋里已经有画面了，哈哈大笑起来。

裴呦呦用力打了他一下："什么叫拿不到！你这个乌鸦嘴！你给我把这句话收回去！"

易涵赶紧扶住她："好好好！我收回我收回！你坐好，别激动，别闪着腰了！"

这时，裴呦呦的手机响了，是叶子。

叶子提醒她今晚约了和她男朋友一起吃饭。裴呦呦蔫蔫地挂断电话，歪在易涵怀里，她现在都要神经衰弱了，哪有心情去吃饭啊。

易涵拉起她，兴致勃勃地也要去，裴呦呦不理："人家是邀请我这个娘家人去鉴定，你去干吗？"

"看你这话说的，我是你老公，难道不算娘家人？再说，你这个时候在家待着，只会胡思乱想，还不如出去散散心！走吧！"易涵三催四请，终于将裴呦呦带出了门。

两人到了餐厅，叶子一眼发现他们，拼命招手。

落座后，叶子难掩兴奋地看着易涵："没想到你也能来，我特地挑了一个隐蔽的位置。"

叶子冲男友挑挑眉，表情中有一丝得意："我就说了，我认识易涵吧，你还不信。哈哈，来，我介绍一下，这是我男朋友，肖锐。这是易涵，就不用说了。这是我的同事，也是易涵的太太，裴呦呦。"

"你们好，我是肖锐。"肖锐礼貌地向二人打招呼。

易涵点头示意，不知道为什么，他直觉上就并不喜欢眼前的这个人，所以反应很冷淡。

"你好。"

裴呦呦却始终一副神游外太空的状态。

易涵用手肘撞了下她："人家跟你说话呢。"

裴呦呦猛地回过神："哦，你好。"

这时，裴呦呦的手机又响了，她整个人都弹跳起来："一定是快递，给我送邀请卡的，我去接一下！"

裴呦呦拿着手机走到安静的地方，叶子看着裴呦呦的背影叹了口气："你们聊，我去看看。"

桌前只剩下易涵和肖锐，气氛有点尴尬，肖锐倒是自来熟，先开口："她怎么了？状态不太好？是因为……参加了那个国际美甲大赛吗？"

连他都知道？易涵看了肖锐一眼，点了点头。

肖锐摇头笑笑说："那你这个做老公的真的也太大方了，如果是叶子，我一定不让她参加。"

易涵眯着眼睛盯着肖锐："你这话什么意思？"

"你都不知道吗？"肖锐表情夸张，就像完全没看见易涵一点点沉下来的脸色，继续说，"好像这个国际美甲大赛，获得大奖的是去法国视觉学院进修三年，你们新婚燕尔，你怎么舍得她去那么远的地方啊？还去那么长时间。"

易涵的眉头紧紧皱起来。他记得裴呦呦说过，美甲大赛的终极大奖，是可以去全世界一百多家最顶级的美甲店参观学习，机票、酒店费用全免。他当时听到，也觉得相当不靠谱，再者，去一百多家店参观学习，那岂不是一两年都在外面飞来飞去！

"要我说，去学习干吗啊，嫁了你这位大明星老公，还不抓紧时间过几年二人世界，再生个孩子，这才靠谱。"

叶子刚好回来，听他俩聊得很起劲的样子，坐下来说："怎么啦？"

肖锐把玩着水杯，笑笑说："没什么，明星也是人啊，我们聊家常而已。"

不一会儿，裴呦呦蔫蔫地回来，很显然不是她期待中的电话。易涵若有所思，抓住她的手。裴呦呦并没发现，他总是热乎乎的手心变得有些冰凉。

这顿饭两人都是食不知味，散步回家时，各怀心事。

易涵不知道在想什么，嘴里小声念着，手指还在另一只手的手心里比画，五月，六月……九月，处女座。

裴呦呦经历了情绪的大起大落，现在已经进入了自暴自弃的阶段，说："我是不是根本就没进决赛啊？我的作品，其实很普通吧？就是浪费了那么贵的手链，心疼死我了！"

易涵没说话，还在算日子。

"我知道，我最近有点神经质……可是既然参加了比赛，谁不想赢？我只是想要站在更高、更广阔的舞台上，然后变成一个更好的自己……"

易涵忽然想起肖锐那似乎漫不经心说起的话，试探说："呦呦，其实我觉得，你不用参加这个比赛，也可以变成更好的自己。"

裴呦呦摇头："不一样的，我要让全世界都看到我，看到我的作品！让他们都见识见识中国的艺术，也是很厉害的！"

易涵望着她说话时满脸的神采飞扬，阳光洒在她因走路而起伏不定的发梢上，有点微微透明。

本来准备好的说辞，突然不忍发表了，过了许久，他还是硬着头皮淡淡地说："不过我觉得这种走马观花的学习，没什么意义吧，还不如去一个真正的高等学府学习一两年。"

裴呦呦一愣，停下脚步，认真地问："如果是那样的话，你能舍得我吗？"

这话在易涵耳朵里就像一种试探，他随意挥挥手："那得先看你舍不舍得我吧！裴呦呦，如果……让你在我和你的美甲事业中间选一个，你会怎么选？"

裴呦呦"喊"一声，蹦蹦跳跳地走在前面："干吗突然问这种问题？幼稚死了！"

易涵追上去，按住她肩膀："好好走路。"

裴呦呦不明所以，说："我现在两个都有，干吗非得选一个，我不选！"

易涵执着道："选一个！"

"不选啊！"裴呦呦突然想到冉子书要她去剧组一趟，刚好躲开易涵问这一连串毫无意义的问题。

易涵牛皮糖一样，紧紧跟随她，要送她过去，被裴呦呦狠狠拒绝了。

当裴呦呦坐上了出租车，易涵还追在后面不忘嘱咐她走路小心点，不要冒失。裴呦呦回头从后车窗中望着易涵渐渐变小的身影，心里忽然涌出酸楚，他到底怎么了啊……

易涵满腹心事地回到家，刚好门口碰到楼层管家，他手里拿着一个快递信封。

易涵接过来，一边往屋里走，一边仔细看了看，信封上的地址和名字都在运输中磨损了，只能看个大概，他干脆撕开，不小心直接把里面的卡片也给撕烂了。

卡片是用A4大小的铜版纸折叠成卡片，里面密密麻麻印满了烫金的字，全是英文。

易涵没耐心全部看完，下意识就觉得是浩子提起的品牌大秀的邀请卡。

"这一季的邀请函也没见多有创意啊，真是，搞得神秘兮兮的。"他把卡片顺着刚撕过的那一道，又撕了两下，直接丢进了垃圾桶。

转身的下一秒，易涵僵住了，赶紧趴在垃圾桶旁边把已经变成碎片的卡片翻出来。他手指有点抖，颤颤巍巍地点着上面的几个关键词，一个字一个字地念了出来。

"Nail……art…… contest，美甲大赛！"

易涵头发丝都立了起来，有气无力地拿起那张卡片，逆着光看去，的确如裴呦呦所言，有激光防伪。

"完蛋了……"他蒙着头瘫坐在地上。

东窗事发

两个小时后，易涵仍在地上趴着，一点一点地把碎片拼在一起，偏偏激光防伪的部分怎么都对不上。

他下意识地拿起手机，准备给阚迪打电话求助。通话已经拨出去了，肖锐的话突然在他耳边响起，"你不知道吗，这个国际美甲大赛的大奖是去法国视觉学院进修三年。你们新婚燕尔，你怎么舍得她去那么远的地方啊？"

通话接通，阚迪的声音从听筒那头传来，易涵猛地回过神，说着"按错了按错了"，将电话挂断。

易涵看着一地狼藉发愣，选择只发生在一瞬间，他心一横，干脆把它们一股脑团起来扔进了垃圾桶。他打开门准备将垃圾袋扔进垃圾房，刚好碰见裴呦呦疲惫地从电梯里出来。

"这么快就回来了？"易涵心虚，将手里的垃圾袋背到身后。

"嗯。"裴呦呦是去剧组帮冉子书接指甲的，情绪还是蔫蔫的，没怎么理他，直接回房，打算按冉子书劝她的那样，洗个澡睡个觉。

易涵擦了擦汗，望着她的背影，眼前浮现她期待自己获奖时神采飞扬的模样，他的头顶仿佛出现两个小人，一个拿刀，一个拿剑，互不相让地打得激烈。

易涵纠结得不行，挥手把小人都赶走，大步离去，一口气将垃圾扔进垃圾房。

可离开时，又三番五次想折回去……

最终，他还是叹了口气，耷拉着头，将垃圾袋捡了回来，蹲在走廊的地上，刚要打开袋子翻出撕碎的卡片，突然，房间里传来裴呦呦的一声惨叫。

易涵吓了一跳，浑身的毛孔都要张开了，丢下袋子就朝家里奔去。

时间飞快，19号当天，国际美甲大赛总决赛如期举行，并进行全球直播。易涵正在拍戏，来探班的裴呦呦坐在易涵的化妆间用手机看直播，而此时她的右臂还因为前几天在浴室摔的那一跤，上着夹板。

屏幕中，主持人正在一一介绍参赛的选手，因为都是英文，又是直播，没有字幕，所以裴呦呦听得也是一知半解。

冉子书刚结束一场自己的戏，凑过来和裴呦呦一起看，半晌之后，她望了望出神的裴呦呦："听得懂吗？"

裴呦呦动了动麻木的胳膊："听不太懂。不过，能看一看顶级美甲师的作品长什么样子也行啊，看看我到底差在哪里……"

冉子书拍拍她肩膀，以示安慰："明年也许还有机会呢，不要放弃，我永远支持你！这次啊，最逗的还是你们家易涵，居然以为你怀孕了！"

裴呦呦无奈地笑道："是啊，就他那智商，还骗我吃了半个月叶酸，真是难为他了。"

笑完之后，她脸上难掩落寞，看着屏幕里热闹的决赛现场："我想，这大概就是天意吧，哪怕我真的拿到了总决赛的资格，现在手这个样子，也参加不了比赛……"

冉子书正不知怎么接话，鹿鸣气喘吁吁地推门进来："姐！"

"你怎么来了？"裴呦呦手机上的直播还在继续，鹿鸣一动不动地听着，眉头一皱。

裴呦呦看了眼直播，心底有种不好的预感，着急地问："怎么了，鹿鸣？"

鹿鸣聚精会神地仔细听了一会儿，目光复杂地看着裴呦呦："这个主持人说，很高兴看到今年的亚洲选手比去年多了一倍。在寄来的作品中，有一件让所有评委都印象深刻，它的作者来自中国。这次总决赛，他们本来都很期待可以看到这位作者，但不知道出于什么原因，她并没有出现在总决赛的现场……"

裴呦呦的手抖得厉害，但还是故作镇定，苦笑着说："中国的选手多了，也不一定就是我吧……"

鹿鸣拉着冉子书和裴呦呦，三人一起坐下来："继续看就知道了，他们马上就要展示这件作品！"

"好……"裴呦呦的声音在颤抖、手在颤抖，甚至整个人都不受控制地微微颤抖着。她几乎无法呼吸，只能强迫自己看着屏幕，直到屏幕上出现了她的那件参赛作品——碎钻铺面的沙滩、欧泊石研磨的大海、最心爱的人的轮廓。

冉子书抓住裴呦呦的手，大叫起来："是你啊！呦呦！真的是你！"

裴呦呦顿时犹如五雷轰顶，头脑眩晕起来……

怎么会这样？她明明什么都没收到啊……裴呦呦不顾冉子书和鹿鸣的阻拦，托着受伤的手臂跑出片场，打车去老房子。

等她气喘吁吁地到达老房子的门口，用钥匙打开信箱，里面陈年的传单和小广告哗啦啦掉了出来，掉在她的脚下。

裴呦呦一边哭，一边蹲下翻了个遍，怎么也没找到她要找的那封通知书。

天黑了，易涵在鹿鸣的告知下，也追到了老房子，裴呦呦却不在那，他焦急地四下环顾，终于在墙角看到了一个熟悉的人影，蜷缩着坐在地上。

易涵赶紧上前："呦呦？"

裴呦呦一只胳膊抱着腿坐在地上，另一只打着夹板的胳膊无力地垂在旁边。她把头深深地埋在膝盖中间，一动不动，听到易涵的声音，她稍微抬起头。

易涵脱下外套，披在裴呦呦身上，蹲下抱住她。裴呦呦浑身虚软地靠着他，一瞬间眼泪决堤："你说我怎么这么倒霉啊？以前闯了祸，或是遇到什么事情，只要转身一头扎进妈妈怀里，她总是无所不能，什么都能解决……现在妈妈没了，我就只想回老房子待会儿，都不行，他们说这里要拆迁了……"

易涵心痛不已，更是内疚，轻轻摸她的头发："没关系，你还有我。"

裴呦呦气若游丝，断断续续地说话："我给快递公司打了电话，他们一口咬定，说那天确实给我送到物业了。我问物业，他们说快递都是由每栋楼的管家直接负责派送的，只要有我的件，肯定不会丢。可我就是就没收到啊……你说如果真的是我不够好，我认了，可是，可是，现在算什么呢……呜呜……"

裴呦呦哭得不能自已，易涵却哑口无言，只能将她抱得更紧。

裴呦呦在墙角蹲得太久，脚麻了，易涵一路背着她回来，把她轻轻放在沙发上，温柔地说："宝贝，我去给你放水，你好好泡个澡，什么都别想，先好好睡一觉，好吗？"

裴呦呦哭肿了眼睛，头也疼得厉害，整个人已不似自己，无神地点头。

易涵叹息，进浴室去给她放水。裴呦呦呆呆地坐在沙发上，突然想到什么，拿起电话，拨出一个号码，电话接通，她收拾起情绪，说："你好，我是8号楼3601的业主，我想查一下上上个星期一下午三点到晚上六点之间的楼道监控视频。"

没一会儿，易涵从浴室走出来，却发现原本在沙发上休息的裴呦呦不见了。他攥紧手心，一边找到手机拨出去，一边三步并作两步要出门，刚到门口，只见脸色青白的裴呦呦摇摇晃晃地走进来。

易涵一颗心提到嗓子眼："呦呦……不是说好了洗澡休息吗，你干什么去了……"

裴呦呦目光发直，直接越过了他，坐在沙发上，整个人散发出冰冷的气息。易涵缓缓靠近，却被她的眼神逼退。

东窗事发，他预料到会有这么一刻，却不想，是这么难熬。

他默默坐到她的对面，焦急地看着她，曾经亲密无间的两个人，此刻中间仿佛隔着万水千山。

裴呦呦的眼泪止不住地流，她垂头问："为什么？"刚在监控视频里，亲眼看见易涵从楼层管家手中接到快件，她在心里就问了千遍万遍，为什么……

易涵徒劳地将当天的事情一五一十地复述出来，一边说，一边观察着裴呦呦的表情，心里有着从没有过的心虚。

而裴呦呦的脸上除了冰冷，已看不出太多情绪波动。

"然后呢？就算粘不好了，你也不该自作主张决定瞒着我，把它给扔了吧？以为这样就可以当它从来没存在过吗？"

易涵知道自己已经百口莫辩，来到裴呦呦面前，半跪着，去抓她的手："其实我后来是想跟你坦白的，结果你不小心把胳膊给摔骨裂了。我就想反正也去不了了，多一事不如少一事……"

裴呦呦躲开他，甚至都不愿看见他的脸，苦笑着说："你说得好像就只是一场意外，但你真的一点私心都没有吗？"

易涵沉默了许久，哑哑地说："对不起，我承认我有私心，那时候我以为你怀孕了，听说你一旦拿奖，就要去法国视觉学院进修三年，坦白说我确实不想你去，可是我……"

裴呦呦错愕地抬头："什么去法国进修三年？你在说什么啊！一等奖是什么我不是早就告诉你了吗？你到底从哪儿听来的！简直不可理喻！"

易涵任她吼，默不作声。

"好好……这都不重要！"裴呦呦眼睛通红，盯着他看，仿佛要看进他的灵魂里，"你就告诉我，邀请卡到底是你不小心撕的，还是故意撕的？"

易涵难以置信，猛地站起身："我说了，是不小心撕的，你是不相信我吗？"

裴呦呦歇斯底里地喊出来："你难道就相信我了吗？！"

气氛一下子陷入诡异的安静，两人静静对峙，都从对方眼中看到了陌生的东西。

裴呦呦摇了摇头，已经泣不成声："你以为我怀孕了，你为什么不告诉我？你听别人说我拿了奖就会去法国，你为什么不跟我求证？你明知道这个比赛对我有多重要，为什么还要欺骗我做这样的事情？还是说，你就算知道我会难过、会生气，你也不在乎，因为你笃定我会原谅你？"

易涵慌乱起来："不是的，呦呦，这件事情没有你讲的那么严重！我承认，我错了！我真的错了！我愿意认错，你希望我怎么来补偿，都行。这样，不管你想去哪儿，全世界我都陪你一起去，好不好？我不拍戏了，我陪你……"

易涵手足无措，也不知道该说什么，只能身体上行动，试图上前抱住她，却被她用力甩开。

裴呦呦满是失望地看向他："易涵，你永远都只是个长不大的孩子……"

说完，她转身走向门口，易涵抢先一步，固执地死死堵住门。

"我暂时不想看到你，你连这点都不尊重我？"裴呦呦的目光带了些许恨意，易涵看得心惊肉跳，一下子放下手臂。

裴呦呦头也不回地离开，易涵望着她寥落的背影，又想起那个他撕碎邀请函的夜晚，想追，整个人却怎么都动不了。

裴呦呦在街上晃悠到了很晚，无处可去，找出原来房东的电话号码，询问出租屋有没有新房客。

半小时后，房东阿姨赶来，带她走进去。

屋子还是当初她搬走的样子，空荡荡的，只剩一张沙发。

裴呦呦走到窗边，看着窗外璀璨的灯火，静静地发呆。

她又回到了这里，就像什么都没发生过一样……

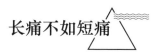

长痛不如短痛

第二天裴呦呦照旧去上班，仿佛什么事都没发生过，只是周身都散发一股"生人勿近"的气息，叶子接到易涵的指令去打听裴呦呦住在哪儿，也被吓了回来。

易涵没办法，抓耳挠腮时被路过的鹿鸣和冉子书发现，事已至此，只好乖乖坦白。

裴呦呦下班后回出租屋，手里拎着一大包从超市买回来的零食，楼梯上了一半，就听见熟悉的说话声。果然，冉子书和鹿鸣正在她家门口神色紧张地商量什么。

裴呦呦没办法，尤其是面对鹿鸣，做不到将他拒之门外。

"你怎么找到这来的？"

鹿鸣和冉子书对视一眼，说："姐，怎么你搬出来也不告诉我？我和子书在你家找到你以前签的租房合同，就联系了房东，想碰碰运气。没想到，你真的在这。"

出租屋里简陋不堪，裴呦呦在地上铺开报纸，随意地将零食散落到地上，掏出一瓶啤酒，"啪"地打开，仰脖一口气喝了大半。

冉子书和鹿鸣面面相觑，也坐下来，气愤地说："我是真没想到，易涵会做这种事！"

裴呦呦摇头，喝了一口酒："其实换位思考，我能理解他，如果是我，知道他不声不响突然要去法国三年，我也接受不了！"

鹿鸣的拳头握了起来，砸了一下地板："可问题是，你没有要去法国啊，他宁可信别人，都不信你！"

冉子书偷偷拉了鹿鸣的袖子一下，鹿鸣没再说下去。

冉子书的声音软下来："易涵这件事确实做得太不对了，我知道了都要气炸了！可是呦呦，说到底，美甲大赛已经结束了，你不管再怎么生气，也没办法重新来过，对不对？但你跟易涵的日子还长着呢，你该打该罚，消了气，就也别怪他太多了……"

鹿鸣还想说什么，冉子书拼命给他使眼色。

裴呦呦喝了一大口酒，苦笑着说："你们也觉得我太小题大做，太作了吗？"

鹿鸣一脸正色："没有，姐，我支持你做任何决定。"

裴呦呦晃晃悠悠地走到窗边，知道他们是来好心劝和，可他们又怎么会懂呢……

冉子书打从一出生就是集万千宠爱于一身的小公主，易涵也是一样，一路顺风顺水走到今天的位置。这也就决定了，他们不管再怎么设身处地地换位思考，都不会懂她的处境，更不会懂她所身处的这个行业所遭受的异样眼光。

甚至在她十几岁、还是个意气风发的美术生的时候，她也不懂，那些干美甲的小姑娘为什么浪费光阴去做那么卑微的工作。而这种卑微却一直伴随着她职业生涯的前半程，她告诉自己：你只是眼下迫于生计，没办法，早晚有一天，你会离开这！你手里的画笔，可是要用来画梵高、画达芬奇、画塞尚的！

改变她想法的契机，是一次偶然的机会，让她知道在世界的很多地方，美甲大师就像是真正的艺术家一样，被人尊敬、被人追捧……她就想，她也要这样！

尤其是她学了那么多年画，太清楚中国美学在世界上的特别位置。凭什么提起亚洲美甲，引领风潮的永远是别的国家呢？

从那一刻起，她开始在这件事里找到了乐趣，也看到了希望，也意识到在哪里画画，永远不是决定艺术高低贵贱的标准。她不再自卑了，相反热爱起现在的工作。

可惜的是，她没有办法改变别人的眼光，在别人眼里，这个行业从来没有变过，就是服务行业里的最底层，而她也永远只是一个不起眼的美甲妹，直到易涵认可了她。

她常常想，成为他的妻子，被更多人关注和认可，对她而言，就像梦想成真。可讽刺的是，也是他亲手打碎了这个梦……

裴呦呦第一次深深地触及自己内心最卑微和脆弱的地方，原来是这样痛苦和无奈。

鹿鸣望着姐姐孤寂的背影，心痛极了，却不知道怎么劝。冉子书叹息道："不管怎么样，孰能无过呢，易涵是真的爱你的，你始终还是要面对他……"

"我不知道怎么面对他……真的，结婚的这些日子以来，我们拼命磨合，彼此迁就，挺有劲头的，但也很累很累。我们总是怀抱美好的愿景，然后又被现实狠狠打脸！"裴呦呦忽然觉得疲惫不堪，一个念头酝酿许久，此时更加清晰地蹦了出来，"我们本来就是两个世界的人啊，哪怕拼了命地想要走到一起，大概也还是不行吧……就像那首歌里唱的，我们都没错，只是不适合。你们说的那些爱，能支撑我多久呢？如果注定悲剧收场，是不是长痛不如短痛？"

冉子书紧张地站起身，看了鹿鸣一眼："呦呦你要冷静啊，事情不见得那么绝对吧！"

鹿鸣则默默走到裴呦呦身后，小心翼翼地问："姐，你要跟姐夫离婚吗？"

裴呦呦没有正面回答，窗外的夜景在眼中逐渐模糊……

两人离开后，裴呦呦麻木地整理完房间，在笔记本电脑前起草《离婚协议书》。删了写，写了删，过往的一切像电影一样在眼前掠过，一整夜有多久，她就哭了多久。第二天天刚亮，裴呦呦肿着一双核桃眼，被巨大的敲门声惊醒。

"谁啊，才几点啊……"裴呦呦一边问着，一边起身去开门。

她打开门，被楼道里填满了大型家具、电器的场景震惊到。一个工人从空隙里挤出来说："你是裴小姐吧，这些都是您先生定的，特地叮嘱我们，你十点上班，一定要一早送货。"

先生？易涵？

工人继续眉飞色舞道："您先生还说了，只要门开着就行，反正家里也没什么值钱的东西，您就安心去上班，我们在屋里安装，装完把门带上，等您晚上回来，稍微收拾打扫一下就行。"

裴呦呦始终没插上一句话，又可气又可笑，好，好，又是这样，招呼都不打一声就安排好了……

裴呦呦转身拿起手机拨打易涵的电话，工人们已经在她身后自觉地开始将家具搬进房间，安装起来。

通话接通，裴呦呦语气很差："你怎么知道我住在这儿的？"

易涵憋了半天，说："你别生气啊，我没别的意思，我就想着，你这么急住进去，肯定什么都没有，也不知道你这几天怎么住的。天气热，好歹得有个冰箱吧；还有，你睡觉也得有地方，我就顺便把床也买了；还有，你的衣服我也整理了一些，一会儿让浩子给你送过去。我知道你很生气，一时半会儿不会原谅我，没关系，你就先住着，什么时候气消了，什么时候我去接你。现在，我就只是想让你住得舒舒服服的，生气归生气，没必要跟自己过不去，对不对？

易涵紧张地握住手机，心想，他这么周到，她应该很感动才对吧……却听裴呦呦疏离地说："你怎么做都对。易涵，谢谢你。"

易涵的心跳加速，那种寒毛直竖的感觉又来了……

裴呦呦做了几次深呼吸，望着忙碌的工人，又重复了一遍："谢谢你，这么为我着想。你说得对，我确实需要一张床，这几天睡沙发，没一晚能睡好的。但在这些睡不着的夜晚，我也想了很多，我们大概是真的不太合适，与其这么一直消耗彼此，还不如就好聚好散吧……"

"你说什么，裴呦呦？你再说一遍……"易涵的脑袋里好像有炸弹在轰隆隆地爆炸，震得他脑壳嗡嗡作响。

裴呦呦依他所言，重复道："我说，易涵，我们分开吧。当然，为了不给你造成负面影响，这件事可以暂时先不公开，需要怎么做，我都可以配合。哦，对了，浩子待会儿不是来给我送衣服吗，我会把《离婚协议书》打好签字，连同你帮我买家具、电器的钱一起给你。你看看没什么问题的话，就把字签了。"

"你……你真的要跟我离婚？！你……跟我离婚？你疯了吗？"易涵震惊、愤怒、不知所措，一时语无伦次起来，"裴呦呦！不就是个破比赛吗？真的……比我还重要吗？"

裴呦呦一忍再忍，不愿亲眼看见，原本自己最爱的人，变成自己最恨的模样。

她哽咽道："易涵，那个破比赛……真的很重要。我想赢比赛，不光是为了我对你说的那些冠冕堂皇的所谓理想，我也有私心的……因为我爱上了一个人，我这些年好不容易小心翼翼藏起来的自卑，在我爱上你的那一刻，就全都跑出来了。你那么明亮，那么耀眼，尽管表面上我们总是吵吵闹闹的，但每当我看着你的时候，都会忍不住想，如果我可以更好就好了，好到有足够的资格站在你身边，让所有人都觉得，我是一个配得上你的女人。"

易涵咬牙，念她的名字："裴呦呦！"

"你听我说完，这些日子以来，你是不是也有同感？是不是也好累？算了，我只希望我们以后还能有机会做朋友吧。"

易涵几乎在咆哮："谁要跟你做朋友！裴呦呦你现在就在那别动，我立刻过来找你！我们当面聊！"

裴呦呦不再说话，不断劝说自己"长痛不如短"，狠心切断通话的一瞬，泪流满面……

易涵握着忙音的手机，急匆匆奔出家门，往裴呦呦的出租屋赶，一路上不停回拨，耳边却只有冰冷的已关机的提示音。

一整天，易涵没头苍蝇一般，找遍了裴呦呦可能出现的所有地方，但始终一无所获。

最后，一辆商务车在他旁边缓缓停下，浩子从车上下来，满脸为难："哥，现场都等着你了，咱们回去吧……"

易涵如行尸走肉，来到现场拍完了自己的戏份，晃悠着回到家里，开灯，发现一个文件袋静静地躺在茶几的正中间。

难道她回来过？

他飞快冲进卧室、洗手间、客房……全部翻找一遍，他大声叫着裴呦呦的名字，回应自己的只有落针可闻的安静。

不知缓了多久，他拿起文件，慢慢打开，是《离婚协议书》，一看就是从网上下载的范本，措辞极为冰冷："男方与女方于××××年×月××日登记结婚，因夫妻感情破裂，已无和好可能，现经夫妻双方自愿协商达成一致意见，订立离婚协议如下……"

他的视线缓缓向下，最下面，裴呦呦已经签好了名字。

易涵发狂地将《离婚协议书》朝空中丢出去，一时间白色的纸片漫天飞舞。

车在灯火通明的街道上一路狂奔，易涵眼底赤红，发疯一样死踩油门，不知要开到哪里去。渐渐地，眼泪模糊了视线。

这个女人怎么能这么狠心？！说离婚就离婚！她一定是根本不爱他！什么合不合！都是借口！

他又恨又怒，只顾着沉浸在悲伤和痛苦中，泄愤一般，啪啪地拍打方向盘，丝毫没注意到在他飞奔的车后，有一辆车一直尾随。

车子就这么开出了城，道路弯折，易涵却没有丝毫减速的意思。

突然，在一个转弯，一辆亮着大灯的货车迎面而来，易涵被晃得一下子看不清路。他反应过来后，马上踩住刹车，待车速减下来，才打方向盘准备停靠在路边。可不知怎么，一阵冲力由后面撞上来，恍惚之间，他撞向方向盘，紧接着晕了过去。

当易涵清醒过来时，阳光照在眼皮上，他艰难地睁开眼睛，意识渐渐清醒，昨晚的回忆一点一点地拼凑起来，停在额头的疼痛上，仿佛做了一场噩梦。

他不是已经死了吧？

易涵撑起手臂，环顾周围的一切，怎么看怎么不对劲，就算他出车祸，也应该被送去医院，可这里明明是一个酒店的房间。

身上的被子滑落，他竟愕然地发现自己上半身没有穿衣服，他赶紧掀开被子，发现裤子还穿得好好的，心下稍安。

"嗨！早啊！你终于醒了！"

易涵闻声抬头，孙青青衣着清凉，指尖夹着一根烟，从卫生间里袅袅婷婷地走出来。

易涵心里骂着脏话，忍住天旋地转，立刻从床上跳下来，抓起地上的衣服，朝门口走去。

孙青青的声音在身后慵懒地响起："别急着走啊，不想看看我们辛苦了一整晚的劳动成果吗？"

易涵站定，孙青青将手机抛给他，他清楚地在相册里看到里面全都是自己跟孙青青睡在一起的照片，两人都没穿衣服，画面令人遐想。

易涵将手机用力摔在地上，上脚狠狠地踩，沉沉吸了口气："昨晚我出车祸晕过去了，你这不是乘人之危吗？还有……你是怎么知道我在哪儿的！"

孙青青魅惑一笑："这不重要啊，大明星，重要的是，就算你毁掉这个手机，我还有无数的备份，哈哈……是不是很厉害……"

易涵拽过她的手臂："像块狗皮膏药一样，你到底想干什么！"

"我想干什么，你不是一直都知道吗？你呀，还得谢谢我昨晚救了你呢。"孙青青冲他挑挑眉，停顿了一下，微笑着，缓缓吐出剩下的字，"不过，你如果就那么死了，我还不乐意呢，我当然是想要你……生不如死啊。"

混乱

易涵额头上还带着伤，黑着脸从酒店走出来，耳边回荡起他离开时，孙青青胸有成竹的一番话。

"你是不是觉得，我也不是第一次算计你了，我之前没有成功过，这次也一样不会得逞？没关系，咱们走着瞧。老话说得好，失败是成功之母，很快你会看到，所有事情的发生，都有意义……"

易涵拿出手机，立刻拨给阚迪。

懒得处理伤口，易涵先回到家，望着地板上散着的被他丢出去的《离婚协议书》，面无表情，一动不动。

原本就虚掩的门被推开，阚迪气势汹汹地走进来，鞋都没换，直接走到他面前。

"你怎么回事，一次两次都被人算计，你是不是以为我手眼通天，什么烂摊子都能收拾啊？"

"哦……"易涵跌坐在沙发里，眼睛发直，"所以呢？"

"我给几家关系好的媒体都打了电话，他们说现在还没收到风声。一旦有任何风吹草动，就第一时间联系我们。到时候怎么处理看你，省事的方法就是干脆说照片是电脑合成的，你如果不想这么办，我们也可以按照程序依法对孙青青提起诉讼，只是取证可能麻烦一点，周期也会比较久。没事，我们跟她耗……"

易涵起身，去地上捡那些散落的纸片。

"这是什么？"阚迪帮他一起去捡，等她看清楚手里的东西，差点叫出来，"离婚？"

易涵没理会她的震惊，捡起最后一页，然后从阚迪手里抽走她手里的那张，放在茶几上，开始按照顺序整理。

已经从歇斯底里的状态中缓过来了，易涵的语气平淡得让人心疼："你说，她真会跟我离婚吗？我开车出去，就是想清醒清醒……我撞车的一瞬间以为自己会死，那她是不是就原谅我了？可我万万没想到会这样……"

他这副颓然的模样，这么多年，阚迪还是第一次见，心软下来，碰了碰他额头的伤。易涵疼得咧嘴躲。

阚迪站起身，原地打转："不对！这太诡异了！你在城外出车祸，她居然还能逮到你……这说明什么？她一直在跟踪你！而且她一个女人，怎么可能把昏过去的男人抬到酒店？"

阚迪想到这，满身鸡皮疙瘩，正要打电话给浩子，却见来电显示正好是浩子。

"姐，不好了！照片突然被爆出来了！"

虽然早有心理准备，但阚迪的脸色还是变得很难看："哪家媒体报的？"

"事前没有任何一家媒体得到爆料，是一个叫'张大伟说'的公众号爆出来的！"

"又是他？"好像易涵这些日子一出事，总离不开这两人——孙青青、张大伟！

浩子也有同样的怀疑，说："我了解了一下，他一个多月前就从原先就职的网站离职了，现在自己干，这个公众号在今早之前还没有发表过任何东西。"

阚迪冷静几分，利落地说："立刻联系我们合作的律师事务所和公关公司，十五分钟后，电话会议。"

阚迪匆匆挂断电话，用手机上网，果然易涵和孙青青的不雅照已经开始被人不断转载，公众号的阅读量也在不断飙升。

阚迪还没看完，手机就又响了，仿佛蝴蝶效应，连带着另一部手机也响了，全都是客户打来的……

然而一转眼，阚迪发现，易涵又不见了。

裴呦呦灵感空无，正坐在办公桌前发呆，画纸上空空如也，叶子门都没来得及敲，冲进来说："呦呦！易涵……出事了……"

紧接着阚迪的电话也打进来了。

裴呦呦气喘吁吁地赶到易涵家的时候，客厅里坐了满满一屋子人，冉子书、鹿鸣、林天诺、阚迪、浩子，全都在，唯独没有易涵。

"到底怎么回事？"

鹿鸣迎上去，拉裴呦呦坐下，关心地问道："姐，你还好吧？"

冉子书也战战兢兢地说："呦呦，你别多想，我相信易涵绝对不是那样的人！"

"我知道！我就想搞清楚，现在到底什么情况？"

裴呦呦话音没落，浩子就叫起来。

"糟了糟了！那个孙青青发声明了，她说之前在酒店走廊上被拍到跟她在一起的那个人，根本不是什么男朋友，就是咱们涵哥，当时之所以撒谎，是因为遭到了经纪人的威胁！还有一段视频！"

浩子点击视频播放，孙青青立刻出现在屏幕上，一副楚楚可怜、快要哭了的样子。

"大家好，我是孙青青，照片中的女主角。事发之后的这几个小时，我一直在深深的痛苦和矛盾中煎熬着，最终我决定站出来，还公众一个真相。事实上，我跟易涵的不正当关系打从他和裴呦呦刚在一起的时候就开始了，易涵表面上跟裴呦呦无比恩爱，暗地里却一直勾搭我，说对我一见钟情，还说他和裴呦呦只是合约恋爱，他真正喜欢的人是我，只要他们之间的合作结束，他就会立刻向全世界宣布，我才是他真正的女朋友。那时候的我太天真，居然傻乎乎地全都信了……"

浩子气得语无伦次："这个女人也太不要脸了，这么能编，怎么不去当编剧啊！"

视频里的孙青青抽噎着，接着说："可时间久了，我发现根本不是这么回事，他就是个不折不扣的渣男！不光欺骗了我的感情，甚至还插足经纪人的婚姻，直接导致他的女经纪人阚迪与丈夫离婚！认清他的真面目之后，痛定思痛，我决定结束这段关系！没想到易涵居然死缠烂打，并拿出了我们的亲密照威胁我，说只要我敢离开他，他就将这些照片公之于众，让我一辈子都抬不起头做人。我真的很害怕，只好什么都听他的，任由他和阚迪摆布，可怎么也没想到，这些照片居然先一步在网上流出，大概这就是恶有恶报吧！"

阚迪走过来，直接关掉了视频，叹口气："看来刚才跟律师还有公关团队的会是白开了。浩子，你去联系一下，把最新的情况跟大家同步一下，两小时后我们再开碰头会，希望届时大家都能拿出可行的方案。对了，你问一下刘律师在不在，请他务必出席，另外，最后一丝希望，调查一下易涵撞车路段有没有监控"

浩子立刻打起精神："好！"

鹿鸣实时监察网络，此刻，所有人都在议论纷纷，易涵的微博更是重灾区，评论早已沦陷。

易涵老婆N号：没想到，易涵是这样的人！脱粉了！再也不见！

蒙脸女人：听说他之前那些丑闻都是真的，没爆出来，都是经纪团队公关得好。

江山易改本性难移：我就说，没有空穴来风的事，早就知道他不是什么好东西。

……

鹿鸣退出易涵的微博，来到热搜，"易涵出轨门女主"的词条呈现"爆"的状态，他用力点进去，看了一会儿，问道："这有个叫朱文耀的人……是谁啊？"

林天诺看了阚迪一眼，阚迪轻咳："他是我前夫，怎么了？"

鹿鸣照着手机念："朱文耀在同一时间接受了媒体采访，爆料称易涵的经纪人，也就是你，曾与易涵婚内出轨。"

林天诺揶揄说："你这个前夫还真是不消停啊。"

阚迪恨恨地白了他一眼。

鹿鸣的手指接着往下点，担忧地说："现在网上很多对姐夫不利的言论，一些八竿子打不着的人也都出来爆料蹭热度……"说完，紧张地观察裴呦呦的表情。

阚迪摇头："反正现在是墙倒众人推，这次易涵麻烦大了……不管真相如何，一旦先入为主，想要挽回简直难如登天。"

裴呦呦满心焦灼："他人呢？出这么大事，他跑去哪儿了？"

阚迪拍拍她的肩膀："我们到处都找不到他，电话不接，信息不回。呦呦，现在恐怕只有你才能找到他，我真的很怕他一个人在外面会出事……"阚迪的心口仿佛压了一块大石，难以呼吸，"我出去透透气……"

阚迪一个人出门，站在窗边，用力拉开窗子，风立刻灌进来，吹得她几乎睁不开眼。

林天诺的声音在身后响起："你没事吧？"

阚迪有气无力地笑笑："我看起来像没事吗？"手机再次如魔音

般响了，她看都没看，直接挂断。再响，再挂。

"不接吗？"

"不重要，不用管它。"

话音刚落，手机又响，林天诺直接抢过来，接通："哪位？"

听筒里传来很激烈的声音，似乎是在骂人，林天诺教养很好地全程沉默听完，然后一言不发地直接挂断了电话。

阚迪好笑地看着他："说了别接，应该是要解约的吧？让我猜猜，是哪个品牌？"

林天诺皱眉："KOKI。"

阚迪听罢，紧紧闭了一下眼睛。

"很严重吗？"林天诺真挚地问。

阚迪点头，已然一副破罐子破摔的表情："是我们最大的合作方。"说完，舒了一口气，故作轻松地笑，"我本来还想再'鸵鸟'一会儿的，都怪你。"

林天诺露出不可置信的神情："那可不像我认识的阚迪。"

阚迪转身看他："真是对不起，让你失望了，我没你想象中那么厉害，我有解决不了的事情，也有山穷水尽的时候！喏！就是现在，我一点办法也没有，只想逃避……易涵这个臭小子，多大人了还给我捅娄子！"阚迪咬牙切齿，又凶狠又脆弱，猝不及防，她被林天诺一把抱进了怀里。

"没事，有我在。"林天诺收紧手臂。

阚迪起初是别扭的，林天诺又重复了一遍："有我在，阚迪，而且我也没有失望，虽然在这种时候说这些可能不大好，但其实我挺开心的，我觉得自己好像离真实的你越来越近了……"

阚迪僵硬的身体，随着林天诺慢条斯理地说完这段话而缓缓放松下来。

下一刻，她抬起手回抱住林天诺，顺便把头放在了他的肩膀上。

阚迪渐渐平静，就先让她靠一会儿吧，她太需要靠一会儿了……

屋内，裴呦呦不停地给易涵打电话，却得不到任何回应。

而网络上关于此次事件的发酵并没有一刻停止，已经有好几家品牌宣布终止跟易涵的合作，并将就相关违约事项展开谈判，不排除使用法律手段。

阚迪开门跟林天诺一起进来，开玩笑一般说："以前老觉得他赚钱不够快，这会儿才发现，怎么身上有这么多代言和广告……"

裴呦呦目光坚毅，直接问阚迪："要赔多少？"

阚迪皱眉："还没算，可能八千万，也可能一个亿，具体要看法院怎么裁定。"

裴呦呦脚一软，差点没站稳，冉子书接住她，一跺脚说："不就是赔钱吗？我找我爸要，你们等着啊！"

冉子书跑去阳台，一连打了好几个电话，每个都通知她银行卡冻结，她爸的助理更是直接把她拉黑了……

"怎么这样啊！太不把我当回事了！"

冉子书差点哭了，鹿鸣走过来，摇摇头："这件事本来也不该麻烦伯父的……算了……"

裴呦呦死死盯着手机，眼泪一滴一滴掉下来，真的走投无路了吗？

夜深，时钟指向十一点，人都已离开，屋子里空荡荡的，裴呦呦把那幅给易涵画的画像也带来了，斜靠在墙边，她细细抚摸画上易涵的轮廓。

阚迪临走的时候跟她说的那些话，还在耳边。她走进卧室，慢慢打开床头的抽屉，整理出所有固定资产的文书。

易涵交出财政大权那天的场景，仿佛就在昨天——他把所有合同交出时诚恳而骄傲的模样，她拼命按计算器时的兴奋，他的笑容，她的惊喜……

门铃突然响了，裴呦呦狂喜着奔到客厅。

客厅没有开灯，黑乎乎的，门口处，只能看到易涵一个模糊的身影。

易涵明显也很意外："你怎么在这？"

裴呦呦抽着鼻子，试图朝他走过去。易涵却后退了半步，声音异常冷淡："出去。"

裴呦呦说："这是我家，我为什么要出去？"

黑暗中，易涵冷笑了一声："裴呦呦，你忘了，我们已经离婚了，《离婚协议书》我都签好了，明天就给你送过去。"

裴呦呦摸索着找到墙上的开关，打开灯。

灯光大亮，裴呦呦终于看清了眼前的易涵，胡子拉碴，面容憔悴。

裴呦呦努力挤出一个笑，上前拉住易涵的手："谁说我要离婚了，两口子吵架说分手不是很正常吗，跟你闹个脾气你还当真了？"

易涵幽幽地看着裴呦呦，下一秒，却皱着眉愤怒地甩开她："你脑子有毛病吗，裴呦呦？说离也是你，说不离也是你，你以为你是谁啊？这么玩弄别人你很有成就感吗？"无视裴呦呦眼里有些受伤的神情，易涵踢掉脚上的鞋子，往卧室的方向走，"你还不走，是打算留下过夜吗？行，那么喜欢留下，就留下好了。"

裴呦呦摇着头，这不是她认识的易涵……不是……

她快走两步抓住他的胳膊，易涵回应她的却是满脸的不耐烦。裴呦呦故意做出一副可怜巴巴的样子："你不是说了不想离婚吗？"

易涵将她的手掰开，转身不去看她的脸，说："我那是在别人面前装装样子，我心里巴不得早点甩掉你！"

裴呦呦不依不饶："可你还说过爱我，总不会也是装样子的吧？"

易涵目光闪烁，咬牙道："那倒不是，我还是新鲜过几天的，可我现在不爱了。想必你在网上也看到了，我身边的那些女孩，哪个不比你漂亮、身材好，你觉得我凭什么一直爱你？凭你美甲做得好？"

裴呦呦的眼泪快速在眼眶里集聚，但她硬是忍着没让它掉下来，还要努力微笑："我知道你是故意说这些话让我难受的，你说完自己心里也很不好受吧？"

易涵再次用力挣开裴呦呦，满脸的烦躁，刻意离她远一点："你烦不烦？你看你现在这副死缠烂打的样子，难看死了！裴呦呦，你不是最要脸的吗，你的自尊呢？"

　　裴呦呦努力平复情绪："没关系，出了这么大的事情，你情绪不稳定，随便你说什么，我都不会生气。怎么样？累不累？我去给你放洗澡水，洗个澡，好好睡一觉，我们明天起来再说……"

　　裴呦呦笑着说完，转身准备去浴室，眼泪瞬间就要掉下来，她赶紧用袖子擦了擦，不想下一秒已经被易涵用力抓住了手腕。

　　易涵暴跳如雷："我让你滚！现在就滚！听不懂人话吗？"

　　"易涵，你别这样……"裴呦呦的声音带了哭腔，易涵却像没听到一样，直接抓着她的胳膊，把她强行拖到门边，打开门，往外一丢。

　　门在裴呦呦眼前重重关上。

　　裴呦呦试着输入密码，却发现门从里面反锁了，根本打不开。她只好拼命砸门："开门！开门！易涵你这个混蛋，你开门！"

　　易涵背靠着门，无力地滑坐在地上，所有的伪装都在这一刻卸下。门外，裴呦呦还在使劲砸，他自责、内疚……把脸深深埋进了手心里。

　　不知道过了多久，敲门声消失了，易涵颓然地抬起头，就在他以为裴呦呦走了的时候，手机响了，是微信的提示音。

　　易涵打开一看，裴呦呦发来一段视频。

　　视频里，易涵正对着镜头，举手发誓："我，易涵，在这里向所有人保证。我会一生一世都爱裴呦呦，无论心灵还是肉体，都永远忠诚于她，除了孝敬爸妈和做公益之外，赚的钱只给她一个人花。虽然说完之后我也觉得我脑子是不是进水了，但是，我不后悔，我会做到的……"

　　回忆如潮水般涌来，易涵看着看着，早已泪流满面。

　　门外，裴呦呦的声音夹杂着一丝哽咽："易涵，你这个混蛋，你答应过我的，你会爱我一辈子，你说话不算数，你不是个男人……"

易涵用力闭上眼，抿紧唇，不让自己发出声音，待门外恢复安静，他才踉踉跄跄起身，走向卧室。

真相大白

裴呦呦这一晚做了梦，又回到了童年的那条小巷，阴沉沉的天空，分不出白天还是黑夜。

熟悉的女人的背影在前面拖着箱子走得很快，她跟在后面，哭喊着"妈妈"。突然，场景变化，前面的背影越来越模糊，变成了易涵。

易涵在听到她的呼唤时，只是回头看了她一眼，笑了笑，便转身大步离开。

"易涵，你别走！你不要离开我！"

她拼命追，却怎么都追不上……

裴呦呦大汗淋漓地从梦中醒来的时候，天已经亮了，门突然被敲响，她连鞋都顾不上穿，就兴冲冲跑过去开门，是易涵吗？

不想门一开，却是哭丧着脸的叶子。

"呦呦！"叶子直接扑到了她怀里，连连说对不起。

"发生了什么事啊？"裴呦呦燃起一丝莫名的希望，"是易涵让你来的吗？"

叶子默默摇头："是肖锐……肖锐不见了！"

两人坐在沙发上，叶子也早就发现男友的不对劲，据实交代起来："我从昨天开始就联系不上他了，发信息不回，打电话关机，我担心他出事，一宿没睡，半夜跑到他住的地方去找，结果发现那根本不是他家，是个民宿！还有，之前美甲大赛的事……"

裴呦呦头疼得很，听到这，眉头也皱了起来："美甲大赛？"

"嗯，摔坏你参赛作品的人，就是他！"叶子这些日子，一想起这事就后悔，说，"当时我看监控的时候发现他进过你的办公室，可是我打电话问他，他说他不是故意的，我就……对不起，呦呦，我包庇他了，你打我骂我吧！"

叶子视死如归地站在裴呦呦面前。

裴呦呦哭笑不得："算了，都过去，打你干什么啊……可是，他做这些，总有目的吧！"裴呦呦从沙发上站起来，拽着叶子往外走，"咱们去找他，问个清楚！"

拍摄现场附近早早就有记者蹲点，当易涵的保姆车缓缓开进来，立刻被围得水泄不通，情绪激动的记者们用力拍打易涵的车窗。

"易涵，你看过孙青青的视频了吗？她说的是事实吗？"

"所以你跟裴呦呦的婚姻确实是为了掩盖跟经纪人的不正当关系吗？"

"之前的访问你都是在撒谎吗？其实你更喜欢网红脸对不对？"

车子一点一点地往前挪动，浩子回过头，看着易涵的表情说："再坚持一下，我给组里打电话了，一会儿就来人把他们清走。"

易涵面无表情。

外面的记者还在拍玻璃，浩子有点坐不住了："这帮人有毛病啊！真想下车挨个把他们嘴都给撕了！"

易涵却始终低着头："算了，别理他们，这几天在外面，不管听到什么，都别跟人起冲突。"

易涵向来脾气火爆，鲜少见到他这样，浩子还是点了点头。

就在这时，拥挤喧哗的人群突然散开，朝另一个方向拥去，是林天诺的车开了过来。

林天诺从容下车，很快被记者的长枪短炮团团围住，这场景似曾相识啊，他心里一边抱怨着易涵，一边听着记者抛出的尖锐问题。

"易涵作为主演，出了这样的恶劣事件，会影响到剧组的正常拍摄吗？"

"林导对这次的事情怎么看？"

"听说孙青青之前也是组里的演员，是您亲自挑选的吗？"

林天诺表情严肃，一改往日的温和，正色说："我相任易涵的人品，不管外面有什么声音，都不会影响电影的拍摄，我们《余生》剧组永远都是亲密无间的一家人。"

说完，林天诺走到易涵的车前，拉开车门，记者再次潮涌而至，林天诺就这样护着易涵离开。

裴呦呦跟叶子根据肖锐留下的地址，找到那家民宿，没想到，他留下的名字、身份证号、联系电话，全都是假的。

叶子坐在餐厅里面，哭成泪人。

裴呦呦安慰道："还好咱们也没什么损失，这次就当长个教训，下次可得当心了。"

叶子瘪着嘴点头，想到什么，小心翼翼地问裴呦呦："易涵那边怎么样了？你们俩到底怎么回事啊？"

裴呦呦定定地看着叶子，若有所思，说："我不知道他从哪里听来的，说美甲大赛的获奖者要去法国视觉学院学习。这根本就是胡编乱造，美甲这个圈子，他就只认识Inspire的人……"

叶子瞪大眼睛："呦呦，你不会怀疑我吧，我是易涵的卧底没错，但我从来没想要破坏过你们啊！"无数画面在她眼前闪过，突然灵光乍现，她看向裴呦呦，"那次我请你们吃饭……我想起来了！也是肖锐张罗的！当时你出去接电话，我跟着你听了一会儿就回来了，那时候我就发现易涵的脸色不对劲，难道是肖锐说过什么吗？"

这绝不可能是偶然！

裴呦呦顿感心脏急速地跳动，她像抓住一根能够串联起所有证据的有力绳索一般，抓住叶子的手腕，说："你有肖锐的照片吗？"

叶子用力点头："有！"

"好！你发给我，我有事先走了啊！"说完，裴呦呦拨打阚迪的电话号码，匆匆离开。

林天诺护着易涵，终于进入拍摄区，记者被通通隔离在外，才松开手。

易涵没心没肺地哈哈一笑："我的天，刚才好像过了一把女主角的瘾。咱俩才是一对吧，哈哈哈！"

林天诺懒得理他。

"不管怎么说，谢谢你啊。"易涵这句倒是真的，拍拍林天诺的肩膀，"不知道以后会不会每天都这样……"

"没关系。"林天诺若无其事地说。

易涵将信将疑："真的吗，我不信投资方会放过我，他们没有提出换人？"

林天诺笑了下："没有，因为我告诉他们，拍摄过半，如果更换主要演员，跟重拍也没什么区别。"

听着怎么不对劲啊，易涵纳闷地问："然后呢？"

林天诺状似轻松地耸了耸肩："所以，他们直接撤资了。"

易涵惊愕："什么？！"

林天诺却一脸很无所谓的样子，径直走到监视器后面坐下，易涵在后面叫他："喂，那现在怎么办，重新找钱吗？"

林天诺摇头："我问过制片人了，账上的钱给大家结算完工资，也就只够拍今天一天了。赶紧去化妆，把最后一场戏给我演完。"

易涵真真对他萌生了敬意，当然还有不解，好言劝说他："林天诺，你完全可以把我换掉的！我们都很清楚，我的戏份没那么多，你现在找人补拍还来得及！"

林天诺身形一顿，回头看他，低低哼了一声："想换你的话，我上一次就把你换了。"

易涵"啧啧"两声,说道："身为一个导演，你假公济私，太不专业了！"

"易涵，你以为我不换你是因为我们之间情深义重、义薄云天吗？"林天诺抱起手臂，"别自作多情了！说白了，我们根本也没多熟吧！我不换你，恰恰是因为我的专业判断，因为这个角色非你不可……"

林天诺抬起头，看着易涵错愕到几近抽搐的脸，忍不住摇头笑道："别露出那种感动的表情，赶紧滚去化妆！时间宝贵！"

易涵苦笑一声，转身走开。

裴呦呦给阚迪打了无数个电话，奈何总是占线。不用猜，肯定是在处理代言解约的事，于是她直接找到阚迪家。

阚迪开门时，穿着宽松的家居服，趿拉着拖鞋，蓬头垢面的，裴呦呦差点没认出她。

阚迪把愣着的裴呦呦拉进门，说："我正要找你呢，你还记得你生日那天被人关在小黑屋里放了一把火，是不是？"

阚迪的家里一片狼藉，到处散落着纸张，裴呦呦在沙发上找到一角，缓缓坐下："当然记得了，咱们不是报警了吗，可惜一直没什么结果。"

阚迪眼睛一亮："刚刚派出所给我来了电话，人找到了，你猜是谁？"

裴呦呦大感意外，阚迪一字一顿地揭晓："张、大、伟。"

裴呦呦不明所以："我跟他无冤无仇的，他为什么要做这种事？"

"他当然不是冲着你，而是冲着易涵。这个人，也不是第一次了，处处和易涵过不去！我已经咨询过律师，法律规定，如果以放火为手段杀害或伤害特定的人，不足以危害公共安全的，只能构成故意杀人罪或故意伤害罪。警方那边会对他进行拘留，你是当事人，我需要你签一份授权书，咱们告他。"

裴呦呦激动地站起来："好！必须让他得到法律的制裁！"想起找阚迪的目的，裴呦呦问，"对了，我们的律师很厉害吗？我想知道，如果我们告孙青青诽谤的话，胜算有多少？"

"虽然我们合作很多年，但这次……"阚迪皱着眉想了想，摇摇头，"这次恐怕很难，刘律师说了，这种案子都是谁主张谁举证，如果我们要告她，就必须拿出证据，证明她说的事情根本不存在……最后这一次，最关键的环节就是易涵发生车祸后昏迷被带到酒店。可我和浩子已经查看过，易涵的行车记录仪被毁坏，城郊又没有监控，货车司机更是无处可寻。至于酒店那边，孙青青早已做好准备，挖下这个坑，一点线索都没留……"

裴呦呦顺着整件事透出的一点线索，渐渐捋下来，眼神却变得深沉起来："阚迪姐，这根本就是一场精心设计的阴谋。孙青青和张大伟……如果，我是说如果，他们是认识的呢？每一次，都是这样！一个做前锋，一个做后卫，要是真的，他们配合得倒是很默契、很成功！"

阚迪震惊地看向她，顿感一阵灵光从眼前飞过："对啊！如果他们是认识的，那么这么多的巧合就能得到合理解释了……可呦呦，我们现在都是推测，缺少证据。"

裴呦呦深吸口气，拿出手机，给阚迪看肖锐的照片。

"如果找到这个人，就算是有人证了吧！"

阚迪不明所以，裴呦呦花了三分钟，把肖锐的种种事迹讲给她听，事实的全貌逐渐显露，更加豁然开朗。

"他之前甚至摔坏了我准备参加比赛的样甲，其实想想，当时离截止日期还有两天时间，他是真的不想让我参赛吗？不是的，我重新做一次的时间虽然紧张，但也是够的。他只是想让我乱了阵脚，我越慌乱，情绪越容易失控，对比赛的渴望也就更加浓烈。本来就只是正常的比赛而已，我也很平常心，没有抱太高的期望，但因为这件意外，无端增加了难度和成本，等我重新卡着时间准备好了，就有一种失而复得、劫后余生的感觉，这瞬间升级了我对比赛的期待——他在我心里也埋下了一颗种子，不，是一颗定时炸弹！"

阚迪十分赞同这种推论，说："孙青青我见过，她没这么聪明，也没这么会玩弄人心……"

裴呦呦目光坚定："所以……她是有军师的，而这个人正是……"

两人异口同声："张大伟。"

黑暗中的光

前后想了想，阚迪立刻醍醐灌顶，难怪第一个爆出照片的就是张大伟的公众号。

张大伟做了这么多年记者，没有人比他更了解人性，他太清楚只要一颗小火星，就能烧出漫天大火。阚迪甚至能想得到，他是怎么去说服那个叶子的前男友的，他会告诉对方，这几件事难度不高，无关痛痒，也不会承担什么法律后果，又有钱拿，何乐而不为？

裴呦呦看到了希望的火光，振奋起来，说："如果我们推断没错，那他和张大伟之间一定有往来的信息记录，我们只要找到他，拿到他的供词，是不是就有机会赢？"

阚迪并没有裴呦呦乐观，说："理论上来说，是这样的，但人家凭什么为了我们指控张大伟呢？"

裴呦呦起身就要走："先不管了，只要有能帮易涵洗刷冤屈的希望，无论多难，都得试试！"

易涵的最后一场戏，在林天诺的一声"卡"之后，彻底结束。坐在监视器后面的林天诺第一个起身，热烈地鼓起掌。

"辛苦了！恭喜我们全组杀青。"

没有预想中的掌声和欢呼，所有人都安安静静的，空气中只有林天诺一个人孤独的掌声，十分寥落。

这时，有掌声从不远处响起，似乎是在跟林天诺呼应，大家一同望去，是易涵。他慢慢从刚才的拍摄区域走回来。紧接着，鹿鸣也开始跟着鼓掌，然后是冉子书，掌声越来越热烈……

鹿鸣拿来了林天诺早就准备好的香槟，林天诺看到，摇摇头："这瓶酒，是我准备杀青宴上喝的，抱歉了，没有杀青宴，不过，现在也正是时候！"

林天诺二话不说，开酒，随着瓶塞发出响亮的"嘭"的一声，泡沫喷涌而出，全场欢呼。

大家倒酒，干杯，互相拥抱告别，气氛热烈。

直到深夜，片场还是一片灯火通明。易涵悄悄离开，坐上车，怅然地从车窗内望着不断倒退的夜景。

易涵坐在后排，霓虹灯光映在他脸上，忽明忽暗，看不真切他的表情。

浩子看了他半天，小心翼翼地问："哥，你还好吗？"

易涵木讷讷地说："我没事，只是很内疚，都因为我，这么好的电影才拍不下去。"

浩子摇头："怎么能怪你呢……你也不想的。"然而，再说也是徒劳。

这么多年，浩子还是第一次在易涵脸上看见"生无可恋"这四个字，不免担心："要不，哥，你把呦呦找回来吧……"

易涵立马摇头："别胡说了，我现在不能找她，也不能见她……"

"我们都知道，你想跟她划清界限，尽快离婚，不就是为了避免她和你一起背上巨额债务吗？"浩子身子向后靠，叹气说，"呦呦也不傻，肯定也猜得到……"

易涵晃晃脑袋，将裴呦呦的脸从脑海中晃出去，说起来，他也好多天没见到阚迪。广告商们已经正式起诉他，阚迪估计正忙着处理他的资产，还要跟律师开会准备应诉。

"对了，你知道阚迪之后有什么打算吗？"

浩子吞吞吐吐了一会儿，才说："打算……大概会带新人吧……"

"带新人有什么不能说的？"易涵阴沉沉地从后视镜里盯着浩子，"不止这么简单吧，到底发生了什么？"

浩子只好照实说："公司马上要和你解约，但不肯放阚迪姐，要她留下来带新人。阚迪姐不干，她说，你在她在，你走她走。"

易涵百感交集，这个蠢女人，跟着林天诺，真是好的不学坏的学，都什么脾气啊！

　

裴呦呦和阚迪顺着民宿提供的资料，查到肖锐的真名原来叫刘霄，顺藤摸瓜，终于在酒吧里找到他。

然而两个女人的力量实在薄弱，关键时刻，还是林天诺和浩子赶来，将刘霄制服了。

裴呦呦打开录音笔，和阚迪配合，对他轮流轰炸。终于，刘霄坦白自己是受了一个人的指使，去勾搭叶子做他女朋友，然后再按他说的计划做那两件事，最后甩掉叶子。

阚迪拿出张大伟做记者时的工作证，放在刘霄面前："是不是这个人？"

刘霄连连点头，不得不承认。

几人疲惫不堪，来到阚迪家，阚迪将录音内容发给律师，可得到的结果却不尽如人意。

"律师说，都是间接证据，还是那句话，如果有证据直接证明，那晚易涵是在不知情的情况下被带到酒店，他就可以洗刷冤屈了。"

浩子急得在客厅里打转："如果能找到，我们就不用费劲抓人了，这些天，没少找人查，那地段荒无人烟，来往车辆少，否则涵哥也不敢开那么快……"

阚迪灰心地说："算了，别说了，听天由命吧！"

裴呦呦默默站起身，往门外走，林天诺跟上去叫住她："这么晚了，你还要去哪……"

裴呦呦魂不守舍地说："没什么，不要担心我，我只是……累了，要回家睡一觉。"

她努力冲林天诺绽放了一个笑容，开门，头也不回地离开。

当阚迪和林天诺反应过来时，先去了裴呦呦的出租屋，她果然不在，甚至可以说，根本没回来过！

"这个傻姑娘，不会真的自己……"阚迪懊恼，敲了敲自己的脑袋，"她那么爱易涵，我怎么就没想到……"

林天诺抓住她手腕，说："轻点打，打坏了怎么办！这不是在去找她的路上吗！"他拿出手机，想也没想，拨给了易涵。

裴呦呦根据之前阚迪查到的资料，打车到事发地点，因为身处城郊，路灯都隔得很远，周围漆黑一片。

她哆哆嗦嗦地站在转弯处，伸长脖子等待过往的车辆，抱着一丝侥幸，希望那晚有经过的车辆，会再次路过……也许，他们刚好目击了什么呢？

虽然机会十分渺茫，但总比什么都不做的好。她蹲在地上，拿起树枝胡乱地画画，体会着当晚易涵是该多绝望啊，才开车开了这么远……

都怪她吧，如果不是她提出离婚，他就不会开车出来，不会撞车，不会被孙青青有机可乘，他们之间也不会演变成这种局面……

泪水模糊了双眼，却刚巧有一阵强光照射过来，那是辆大货车，从转弯处开过来，车速飞快，前面的大灯亮着，晃得裴呦呦下意识地蒙住眼睛，往后退的过程中又差点跌倒，却感受到一股力道将她拉了回来。

"你是不是脑子有病！在这作死呢！"

这熟悉的声音和语气，不是易涵还会是谁？

裴呦呦瞬间泪如泉涌，却使劲挣开他，追着那大货车跑出很远，由于极强光后的极暗，她眼睛有一瞬间的失明，却将那几个数字和字母深深印在脑海里。

"都怪你！你有没有点良心啊，还骂我……我是在帮你找证据！"裴呦呦立即蹲下，从包包里掏出记事本，将车牌号写下来。

易涵的气还没消，从接到林天诺的电话开始，他的心就跳到嗓子眼，仿佛下一秒就要跳出来。

"大半夜，你一个女人在这晃悠，你也不怕出事是不是？你当我的心是石头一样的啊？"易涵将裴呦呦从地上拽起，根本不在乎她是否能找到什么证据，他只要她平安无事！

裴呦呦突然笑出声，扑进他怀中："易涵……不要生气了，你看，我没有白来啊，万一你那晚遇到的货车就是这辆呢……"

易涵任她抱着，眼底发红，说不出话来。

"易涵，不要再推开我，好不好？有什么事，我们一起面对，我会陪着你……"

裴呦呦仰头，紧张地看着易涵，等着他回复，易涵深吸口气，却没有正面回应。

"谢谢你，呦呦，但是你必须答应我，以后不要再为我做这种危险的事。不然，我永远不会原谅我自己，答应我！"

裴呦呦在这种情形下，只能点头，易涵在伸手不见五指的黑夜中，肆意地抱住她，然后突然俯身，一只手扣住她的后脑勺，在她的额头轻轻一吻。

恋恋余生

裴呦呦清早起来，下意识地摸向身边。昨晚易涵送她回家后，答应她不会走的，她一直抓着他的手，趴在他的怀里，仿佛最近这些日子的争吵和伤害从来没发生过。可她实在太累了，才不知不觉睡着……

这会儿人呢？

出租屋很小，很快裴呦呦就发现，他是真的走了。

叶子的电话打进来，声音在耳边回荡。

"呦呦！你快看易涵的微博！他，他发道歉视频了……"

裴呦呦万万没想到他会这么做，做了一番心理建设，手指颤抖着打开视频。

"大家好，我是易涵，就最近发生的一系列事件，我要向广大爱护我、关心我的公众诚挚地道歉。同时，对这次的事件我想要做几点说明，并向大家宣布一个重要的决定。首先我要回应一下，关于孙青青女士对我的指控，就四个字，胡说八道！"

视频中的易涵状态很好，面色严肃，底气十足，裴呦呦边看边为他捏把汗。

"首先，我无意对孙青青女士做任何人身攻击。但是，她说的那些什么，我对她一见钟情，还为了她婚内出轨，又何尝不是对我的审美和品位的无情践踏。我要郑重地再说一次，不管是之前，还是这一次，她所有的话都是无中生有，我不排除会以诽谤罪对她进行起诉。"

此时的阚迪和林天诺，也并排坐在沙发里，看着屏幕中的易涵。

这段话一说完，阚迪立刻打开电脑，追踪了一下实时的热搜榜，果然，易涵的名字赫然在榜单第一位。

阚迪对着手机那头的浩子说："算了，这段时间他估计也挺憋屈的，就让他发泄一下吧。"

挂断电话，林天诺不放心地看着她："这样，真的没事？"

"放心，总不会比现在的局面更糟了。"阚迪调出手机图片，是昨晚裴呦呦发给她的，疑似易涵事发当晚的货车车牌号，虽然现在还没收到确切消息，但她仿佛已经能看到真相公之于众的那一天了。

而视频中的易涵，正继续往下说。

"……众所周知，孙青青之前跟我太太是同事，而我也从侧面了解到，她有一个演员梦。对这种心怀梦想的人，我和太太一向都充满敬意。但她却无耻地利用了我们的善意，骗取密码，潜入我家……"

易涵细无巨细，将孙青青之前做的"好事"一件不落地说出来，并再三强调，有监控视频为证，会保留控告孙青青非法入室、盗窃、诽谤等罪行的权利。

"接下来……我要聊一下我的太太裴呦呦。"

裴呦呦听到自己的名字，微微一惊，凝神看着屏幕，眼睛都不敢眨一下。

"对不起，准确来说，是我的前妻，对的，我们已经离婚了……"

裴呦呦一下子呆住，不敢置信地盯着手机里面的那张熟悉又陌生的脸。

"跟这次的事件完全无关，离婚是基于对彼此性格不合的讨论之后共同做出的决定，是和平分手。但我必须承认，这里面有很大一部分责任在我，在她最需要我的时候，作为她的先生，我没能全身心地去支持她、肯定她、相信她，这一点，我必须要向她道歉……（易涵一阵失神，抬起头，接着说）离婚之后，不管真相如何，我出了那样的事……起初我真的很绝望，尤其是在我看到剧组因为我而停工，很多人因为我而无法继续他们热爱的事业，甚至我的经纪人也因为我而放弃了更好的职业，选择随时准备失业……我不知道你们有没有真正绝望的时刻，就是周围一片黑暗，什么都没有。可人往往就是在这个时候，反而更能看到光。直到此时此刻，依然没有放弃我，在为我四处奔走，寻找诉讼的证据的裴呦呦小姐，她就是我的光……她甚至不顾危险，三更半夜一个人，在马路边，等待证据的出现……"

裴呦呦潸然泪下，而美甲店里，以叶子为首，大家抱头哭成一片。

"所以，我告诉自己，我绝对不可以放弃，也绝对不可以妥协！

该赔的违约金，我一分钱都不会少，该拿回来的尊严，我也一点都不会让步！本来她说为了保护我的公众形象，决定暂不公开离婚这件事。但有目共睹，我现在也没什么公众形象可言，对于这段关系，我真的亏欠她太多，我不想到了这个时候还有任何欺骗或隐瞒……公开，是希望她今后可以自由去追求她想要的人生，不必再被"易涵的妻子"这个无聊的头衔束缚。除此之外，我要宣布的另一件重要的事情就是——我，易涵，身为一名公众人物，行为有失，不堪成为青少年的榜样，即日起将不限期退出娱乐圈！但不管我身在何处，处境如何，我都绝不会放弃追究张大伟先生和孙青青女士的法律责任，哪怕是倾家荡产，我也会一直告下去，因为没做的事，就是没做，一滴脏水都不要想泼到我身上来。各位，再见！"

随着易涵最后的一句"再见"，他的图像消失在屏幕中，裴呦呦猛地想起昨晚他拥着她，似乎在她耳边低低地说了句"再见"。

裴呦呦直觉不对，立刻拿起手机，拨出易涵的电话号码，里面传来冰冷的提示音："对不起，您拨打的用户已关机。"

她心中更加慌乱，立刻起身出门，奔向易涵的住处。哪知，当她按开密码进去的时候，里面却是中介带着人在看房，所有人都诧异地回过头看向她。

裴呦呦失落地走过街头，人潮汹涌，一辆车缓缓地跟在她身边，按了按喇叭，车窗摇下，阚迪探头出来。

"呦呦！"

裴呦呦没理她，兀自往前走，车子停下，阚迪下来拦住她。裴呦呦突然大哭起来："怎么办？我到处都找遍了，怎么都找不到他，我给他发了好多信息，打了好多电话，他都没回我……离婚就离婚，连见一面也不行了吗？一句再见就把我打发了吗？"裴呦呦越说越激动，像个无助的孩子，"有什么了不起的！我也走，我明天就走，我还要去跟别的人谈恋爱！他不是说了吗？让我追求我想要的自由人生，我自由给他看！"

"呦呦……"阚迪深深地叹气，让她趴在自己肩头，放肆大哭。

裴呦呦攥着阚迪的衬衫，紧闭着眼睛："为什么？他总是这样……就他最厉害，说喜欢也是他，说不喜欢也是他，求婚的是他，说走就走的人还是他……为什么……他还想要我怎么样……"

在离他们不远的地方，易涵看着这一幕，同样伤心欲绝。

少顷，裴呦呦擦干眼泪，从阚迪的肩膀上起来，咧开嘴努力笑了笑："没关系，反正那个《离婚协议书》我回去就撕了！我是不会离婚的！从今天开始我会努力工作赚钱，跟他一起还债，每个月的五号我会把钱存进他的账户，算作我的那份！我会多喝水，多吃青菜，早睡早起，锻炼身体，争取活得久一点！他有他的决定，我也有我的，不管要等到什么时候，反正，我等着他！"

两年时间，匆匆而过。

Inspire内一如既往，生意火爆，已经升为高级美甲师的叶子，正在给客人做指甲，这时手机发来一条推送。

她看了一眼，点开，直接投放在挂墙的电视机上。

"经过长达两年的案件审理，某著名网站前记者张大伟因涉嫌诽谤、敲诈、散播有害信息，于昨日下午于我市人民法院被判处有期徒刑三年，从犯孙青青因入室盗窃等罪名，一并获罪。当年沸沸扬扬的易涵事件终于水落石出。根据张大伟的供词，我们得知，当年的事件，皆因张大伟为报复易涵，一手策划。虽然事情真相大白，但两年前，易涵于事发后，曾遭到舆论大规模抨击，被迫发表声明退出公众视线。如今，虽沉冤得雪，却不知他人在何处，昨日的宣判现场，作为原告的他也并未出席……"

刚刚下飞机的裴呦呦，手机上也接到了这条推送，她关闭网页，嘴角缓缓弯起好看的弧度，打开前置摄像头，心情很好地招手。

"哈喽，大家好，这里是易先生和易太太的vlog第297期，今天易先生回到易太太的身边了吗？答案依然是……没有。不过，此时此刻，我的心情真的很好，相信大家也都看到了新闻，就像童话故事的结局，正义终将战胜邪恶，坏人也终将得到惩罚，相信很快，王子和公主就会幸福地生活在一起！"

"呦呦！"

裴呦呦按下结束建，一转身，竟然是阚迪。

两人来到餐厅落座，随意聊着，阚迪惊讶于裴呦呦这两年的变化，摇头说："来参加这个活动之前就听主办方一直提起，说这次活动的视觉总监是他们花了好大力气才请到的潮流艺术家，年纪轻轻就享誉中外，被称为东方美学的代表，没想到居然是你！"

裴呦呦被说得不好意思："哪有那么夸张，我这两年在干什么你又不是不知道！"

阚迪笑道："哈哈，这你难不倒我，我和天诺都是你的忠实粉丝，你的动态，我们一清二楚！"

当初易涵走后，她便接到那次国际美甲大赛的发起人铃木惠子的邀请，到欧洲游学了一年。之后，她一路顺风顺水，回国创立了自己的品牌YO，开起了属于自己的连锁美甲店，中间还顺便拿了几个奖，又顺便做了另外几个奖的评审……

两人说笑一阵，裴呦呦脸色沉下来："对了，那个新闻我看了，具体能跟我说说吗？"

"其实，这个案子，去年就应该判了。当时，我们根据你记下的货车车牌号，找到了司机，但他不肯承认超速，以为事情会不了了之。结果老天看不过，当晚真的有辆私家车经过，那辆车的行车记录仪，清楚地记录下张大伟和孙青青将昏迷的易涵抬上车的画面。一切事情水落石出后，那个张大伟居然神志不清，在法庭上指控易涵杀了他妹妹，这性质当然就不一样了，只好重新审理。"

裴呦呦震惊："不可能！易涵怎么可能会杀人？"

阚迪安抚道："你别激动，易涵当然不会杀人了，我后来了解了一下，才知道事情到底是怎么回事。"

原来，张大伟和他妹妹并没有血缘关系，他们都是孤儿院的孤儿，两个人从小感情就很好，相依为命，如亲人一般。他妹妹的病是先天性的，多年的治疗几乎花光了张大伟所有的积蓄，但兄妹两个一直很乐观，这么多年过得也还挺开心的。

直到两年前的一次发病，小姑娘陷入重度昏迷，再也没醒过来。因为她特别喜欢易涵，张大伟就拼命找人托关系想让易涵去见她一面，但未能如愿。张大伟误以为是易涵不肯去，仇恨的种子就这么埋下了。

裴呦呦紧紧地皱眉，那一桩桩波折的起源竟是这样的，一个没法恨也没法怨的可怜人。

无限唏嘘，两人默默碰了一下杯。

阚迪迟疑了下，最终还是问出了口："你知道吗，《余生》换了名字，现在叫《恋恋》，还有两天就是上海国际电影节的颁奖典礼，易涵被提名为最佳男配角了，但他始终没回我的消息。呦呦，你愿意出席吗？"

裴呦呦对易涵的新闻总是极其敏感的，在提名名单公布的时候，她就得知了。可是，她该以什么身份出席？就算她出现，他会来吗？

电影节如期而至，盛装出席的各电影主创一一走过红毯，聚集在大剧院里。

裴呦呦经过精心打扮，丝毫不逊色于在场的女演员们。她袅袅婷婷，大方得体，挽着林天诺的手臂，穿梭在人群中。

颁奖典礼正在进行中。到了公布最佳男配角的环节，主持人的声音响起："接下来要揭晓的奖项是最佳男配角奖，首先，让我们看一下入围名单！"

很快，易涵的巨幅照片跟其他几名演员一起出现在了大屏幕上。

裴呦呦忍不住咽了咽口水，林天诺倾身过来问："紧张吗？"

裴呦呦点点头，又摇摇头，说："我就觉得好奇妙，这两年来，我一直努力成长，要变成更优秀的人，想着有一天，站在他身边的时候，是可以真正配得上他的女人。他呢，人间蒸发，销声匿迹……没想到，再见面的时候，我还是要仰望他。"

林天诺笑笑："也没什么不好啊。"

"是啊，毕竟我们家易涵，天生就是要让人仰望的男人，对吧？"裴呦呦突然停顿，用有些怀疑的语气问，"你说他有希望拿这个奖吗？

林天诺实话实说："今年竞争很激烈，入围就是肯定，易涵拿奖的几率其实不大，我们也别想得太多，平常心就好了！"

裴呦呦怅然若失地自言自语道："可是，我好希望他能拿这个奖，这样，说不定我就能看到他了，我真的太想他了……"

台上，主持人宣读结果："最佳男配角，得奖的是，电影《恋恋》中沈并的扮演者，易涵！"

周围掌声雷动，裴呦呦跟林天诺对视，眼中全是狂喜。之后，追光满场乱扫，却始终没有定在某处。

裴呦呦按着胸口，眼巴巴地看着台上，感觉下一刻心脏就要从胸口跳出来。

主持人又念了一遍："有请易涵上台领奖。"

掌声持续，但等了很久还是没有人上台。台上的主持人有些尴尬，一名工作人员快速上台跟主持人交流，主持人频频点头，工作人员很快离开了。

"很遗憾，易涵先生因私人原因无法到场，但我们的工作人员刚刚得知，他的太太裴呦呦女士就在现场。让我们用热烈的掌声，有请裴呦呦女士上台代为领奖。"

一道追光打在裴呦呦的脸上，掌声再次雷动，周围的人全都站起来看着她，为她鼓掌。

裴呦呦一边微笑着应对满场的热情，一边看着林天诺，用口型问他：我没准备，说什么啊？

林天诺则笑得无比开心，跟着旁边的人一起拼命拍手："别紧张！感谢所有人就好了！"

裴呦呦提着裙子走上领奖台，讷讷地接过奖杯，望着台下乌泱泱的人，她深吸了一口气，说："大家好，我是易涵的太太裴呦呦。很高兴，今天可以代易涵领这个奖。首先要感谢电影节评委对易涵的肯定，感谢《恋恋》剧组全体工作人员为这部影片的付出，感谢导演林天诺先生，感谢电影的出品人冉向东先生，感谢易涵的经纪人阚迪小姐，感谢……"

裴呦呦拼命回想着那些获奖感言的套路，就在这时，她一眼看到了站在观众席后排的一个熟悉的身影，瞬间方寸大乱。

她愣了足足五秒钟，没再继续说下去，可等她再去找寻那个影子的时候，却什么都看不见了……

她的停顿和失神让台下的观众有些哗然，主持人轻声提醒她："易太太？"

裴呦呦猛地回过神来，因为过于激动，她的眼眶里已经蓄满了眼泪。

"最重要的是，感谢作为演员的易涵，对角色的深刻演绎。作为一个在国内拥有极高人气的艺人，他的一举一动都会成为公众关注的焦点。记得他常常跟我抱怨，这真是太无聊了，如果可以把处理这些事情的精力放在写歌和表演上就好了……众所周知，他不是科班出身，也没有系统地学习过表演，所以在进入这个行业之初，他遇到过很多质疑。而为了回应这些质疑，他要比那些科班出身的演员多花十倍甚至百倍的时间和精力。作为一个彻头彻尾的外行，我也曾问过他，这个世界每天都在量产各种各样的影视作品，产生难以数计的角色，你花了这么多的工夫去诠释一个人物，很可能明天就被人忘记了，这个投入产出比，值得吗？他说值得，因为在人类浩瀚的文明中，我们每个人的生命都无比短暂，但用生命赋予角色的灵魂却是永恒的。他在表述这个观点的时候，为了表现我也是一个很有内涵的人，我认真地点头来着。但说真的，我没有懂……"

台下因裴呦呦的风趣发出友善的笑声。

她停顿了一下，语气严肃起来："在座的各位可能也知道，两年前，易涵经历了一场几乎是毁灭性的风波。事后，他向公众宣布将不限期退出演艺圈，并停止了所有演艺工作，然后就消失在了大众的视野之中。虽然我们打赢了官司，可没办法，时间真的很无情，两年的时间，在这个新鲜面孔层出不穷的演艺圈，足以让所有人都忘记他的光芒。作为他的妻子，我曾无比惋惜，也曾无比心痛，直到此时此刻，手里握着奖杯，我知道大家从没有忘记过他。我终于懂了，那些关于吃饭、睡觉、谈恋爱的花边新闻才是真的会被时间毫不留情撕碎的东西，而用生命赋予角色的灵魂，才是永恒的……"

裴呦呦高高举起手里的奖杯，台下再次掌声雷动。

轰轰烈烈的颁奖典礼结束后，裴呦呦跟林天诺趁着夜色悠闲地散步回去。

"我觉得我刚才好像看到他了，就站在观众席的最后一排。"裴呦呦想到易涵，眼神那般温柔，和从前一样，一直没变。

裴呦呦还穿着礼服，肩头上是林天诺的西装，手里则紧紧握着易涵的奖杯。

林天诺望向远方："你大概是真的太想他了吧，才会产生这样的幻觉。不过说真的，刚才你发言的时候，我都快要感动得哭了，真看不出来，易涵还能说出这样的话。"

过往的一些画面，犹如昨日发生的一样，鲜活地跃至眼前，裴呦呦摇头说："这么有思想的话，他当然说不出来了，那都是我总结的。颁奖典礼上不得给他博点面子啊！不过……他确实大概有表达过这些想法，只是语言很粗陋，需要我这位贤妻为他加工。"

林天诺不得不对她竖起大拇指。

两人散步到了停车场，林天诺提出要送她回家。

裴呦呦努力笑出来："天诺哥哥，你先回去吧，我想自己走走。"

"好吧，那你一个人小心点，有事打我电话。"

"放心。"

裴呦呦目送林天诺的车开走，一个人漫无目的地闲晃，突然想起今天的vlog还没拍，她拿出手机，打开前置摄像头，屏幕里依旧是她明媚的笑颜。

"哈喽，大家好，这里是易先生和易太太的vlog第298期，今天易先生回到易太太的身边了吗？答案依然是……还没有。现在，我人在上海电影节，跟大家分享一个好消息，噔噔噔噔，看这是什么？"

裴呦呦举起手里的奖杯，止不住灿烂地笑出来："就在半小时前，易涵拿到了上海电影节的最佳男配角，是不是很厉害，让我们恭喜他——"

突然，背后传来熟悉的声音。

"这位太太，天这么黑，你穿成这样，一个人在外面晃，很危险的，知道吗？"

裴呦呦整个人都呆住了，笑容僵在了脸上，她甚至没意识到自己连声音都在颤抖。

"是我的幻觉吗，我怎么好像听到易涵的声音了……"

下一秒，易涵已经出现在了镜头里，对着镜头挥了挥手。

裴呦呦的手拼命地抖，根本拿不稳手机，想要回头的时候，一双手已经从背后缓缓抱住了她。

她身体僵硬，完全动弹不得。易涵的声音低沉而慵懒，响彻耳边："就跟你说了，一个人在外面晃，很危险，你看我现在就打算开始要调戏你。"

突然，眼泪大颗大颗地落在了易涵的手背上，裴呦呦感觉到箍在自己腰间的手力道松了很多，似乎是想要放开。她赶紧关掉手机，用力抓住他，不让他松开。

裴呦呦转身扑进他怀里："别走！你不许走！"

易涵的手臂在空中悬了半刻，慢慢放下来，落在她的头顶。

"不走……不哭了啊……"

裴呦呦埋头抱着他，用力地吸了一下鼻子，是熟悉的久违的易涵的味道。

等她终于鼓起勇气抬头，看到了她日思夜想的那张脸——他瘦了一点，面容有些许沧桑。但是，依然那么帅！

易涵挑起她的下颌："这位太太，你是不是太热情了一点？"

裴呦呦吸着鼻子，声音哽咽："还可以更热情一点，你想要吗？"

易涵做惊恐状："不用了，我有老婆，她会杀了我的！"

裴呦呦紧紧抱住易涵，在他身上蹭来蹭去，说："没关系啊，我也有老公，如果被发现，我们就私奔好了！"

易涵不满地皱眉："你确定吗？可是……我觉得我们好像不是很合适，在一起会很累的吧？"

裴呦呦定住，噘了噘嘴巴，使劲拍了一下他的手臂："喂！你一个大男人怎么这么记仇啊？"

"我就是记仇啊！不过看在你这么爱我的分上……"易涵抓住她的手腕，颇为得意的样子，"我也是可以考虑一笔勾销的！"

"哼！谁爱你了，少自作多情！"裴呦呦挣开他，赌气转身大步往前走，易涵在后面好整以暇地看着她的背影，然后卡着点，在差不多的时候，一脚踩住了她的裙摆。

随着一声划破天际的尖叫，裴呦呦向前摔去，易涵一步上前，刚好接住了她。

裴呦呦惊魂未定，半躺在易涵怀里，不解气地边挣扎着起来边打他："怎么都过去这么久了，你还是这么幼稚啊？"

易涵不甘心："那你快说，爱不爱我？"

"不爱！"

"别这样嘛，爱不爱？"

"不爱不爱，就不爱！我早就变心了！"

易涵撒娇："爱一下嘛，求你了。"

"走开！不要……"裴呦呦的这句拒绝没说完，下一秒易涵已经牢牢吻住了她的唇。

同样是他日思夜想的吻啊，甜蜜又热烈，充满无尽的爱恋……

此时，墨蓝的夜空中升起了漫天的烟花。

裴呦呦沉浸在炽热的吻里，眼角有晶莹的光亮闪过，隐藏于盛放的烟火之中。

　　长长的一个吻之后，裴呦呦抓着易涵的衣襟，脸颊涨红。

　　易涵在她耳边低声说："我听见了，你说爱我。"

　　裴呦呦头埋得更低，紧紧抱住他的腰，仿佛这样，他就永远不能再离开。

　　"我没有……我什么时候说的！"

　　"你啊，明明全身的细胞都在呼喊'我爱你'啊，你自己没听到吗？"

　　裴呦呦正要反驳，易涵已经从她手里拿过手机，打开vlog的录制软件，轻车熟路地打招呼："哈喽，大家好，这里是易先生和易太太的vlog第298期，今天易先生回到易太太的身边了吗？答案是……是的！易先生回来了！"